KB070336

민트 돔 아래에서

민트 돔 아래에서

송가을 정치부 가다

송경화 장편소설

한겨레출판

차례

인물 관계도

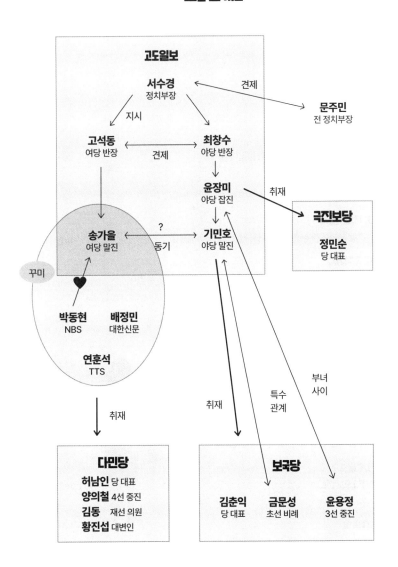

고도일보

서수경 정치부장 — 견제 → **문주민** 전 정치부장

지시

고석동 여당 반장 ↔ 견제 ↔ **최창수** 야당 반장

윤장미 야당 잡진 — 취재 → **극진보당** **정민순** 당 대표

송가을 여당 말진 ← ? 동기 → **기민호** 야당 말진

꾸미

♥

박동현 NBS **배정민** 대한신문

연훈석 TTS

취재 ↓

다민당

허남인 당 대표
양의철 4선 중진
김동 재선 의원
황진섭 대변인

취재   특수 관계   부녀 사이

보국당

김춘익 당 대표 **금문성** 초선 비례 **윤용정** 3선 중진

1.
정치부 입문

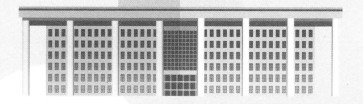

"안녕하십니까! 말진 송가을입니다."

"국회 돔이 민트색이었어? 하늘색인 줄 알았는데……."

송가을은 국회의사당을 올려다보며 중얼거렸다. 성냥갑처럼 네모난 건물 위로 아이스크림 한 스쿱 모양의 돔이 올려져 있는데 색이 이상했다. 그동안 하늘색이라고 생각했는데 실제로 보니 민트였다. 민트초코봉봉 아이스크림에서 초콜릿만 쏙 빼면 됐다. 하긴 국회의사당을 이렇게 맨눈으로, 그것도 바로 앞에서 보는 건 처음이지.

정치부에 발을 딛기까지 3년이 걸렸다. 이곳은 기자라면 누구나 꿈꾸는 '워너비' 부서로, 에이스만 갈 수 있다. 송가을은 사회부에서 특종 세 개를 연달아 터뜨린 뒤에야 가능했다. 송가을의 가슴이 웅장해진 건 눈앞 건물의 규모 때문만은 아니었다.

바로 앞에 서 있자니 문이 어디인지 헷갈렸다. 건물 한가운데 계단이 보였다. 계단은 2층의 넓은 야외 공간으로 이어졌고 그 끝엔 레드카펫이 깔려 있었다. 영화제에 등장하는 카펫과 같았다. 레드카펫을 따라 시선을 앞으로 옮기니 비로소 정문이 보였다. 문 앞엔 방호원들이 엄중한 얼굴로 주위를 살피고 있었다. 저기구나! 계단을 밟기 시작했다.

계단 하나를 밟을 때마다 생각났다. 경찰서 로비 바닥에 앉아 숱하게 훑었던 먼지, 주취자들의 술 냄새 섞인 비말, 사건 하나만 알려달라고 보이는 형사마다 붙잡고 빌었던, 아니 빌어야 했던 수많은 시간…… 꾹 참고 이겨내니 이렇게 멋진 건물이 나를 기다리는구나. 기자 생활의 꽃 정치부에 입성하게 되는구나. 레드카펫에 다가갈수록 송가을은 벅차올랐다. 왼쪽 눈에 찔끔 눈물이 고였다.

드디어 레드카펫을 밟았다. 이른 시간이라 그런지 주위에 아무도 없었다. 여유로웠다. 왠지 모르게 우아하기까지 한 공기가 주위를 감쌌다. 영화배우처럼 한 걸음 한 걸음 꾹꾹 누르며 걸었다. 드디어 문 앞에 다다랐다.

"물러나세요! 못 들어갑니다!"

감흥을 깨버린 건 방호원의 외침이었다. 어찌나 단호한지 당장 두어 걸음이라도 물러서지 않으면 안 될 것 같은 느낌을 받았다. 기어이 두어 걸음 물러난 뒤 물었다.

"못 들어가다뇨? 저 정치부 기자예요, 여기 출입 기자입니다!"

'정치부'라는 단어를 뱉을 때 배에 힘이 들어가는 것이 느껴졌다. 방호원은 그러거나 말거나 "안 된다"고만 했다.

"뒷문으로 가서 출입 절차를 밟으십시오."

"저기, 제가 고도일보 출입 기자인데요……."

뒷말은 듣지도 않은 채 방호원은 송가을의 뒤편으로 황급히 발걸음을 옮겼다. 돌아보니 검은색 세단이 올라오고 있었다. 아니, 여기로 차가 올라와? 그러고 보니 양옆으로 좁은 차로가 보였다. 정문 앞에 펼쳐진 넓은 공간은 다름 아닌 주차장이었다. 바닥에는 목침만 한 돌들이 차폭 간격으로 놓여 있었고, 그 위엔 '당 대표' '원내대표' '정책위 의장' 등의 표식이 새겨 있었다. 모두 정치인의 직책이었다. 그중 당 대표의 자리가 가장 좋아 보였다. 검은 세단은 바로 그 자리에 주차를 마쳤다.

운전석에서 웬 젊은 사람이 내려 뒷좌석으로 향하더니 문을 열었다. 방호원은 어느새 차 옆에 서서 인사할 채비를 마치고 있었다. 이윽고 뒷좌석에서 머리가 하얀 노인이 내렸다. 방호원의 허리가 90도로 꺾였다. 양복 차림의 노인은 위풍당당한 태도로 정문을 향했다. 어디서 본 듯한 얼굴인데 누구인지 쉽게 떠오르지 않았다.

"허남인은! 재개발을! 허용하라!"

그때 어디선가 확성기 소리가 요란하게 들렸다. 분명 가까이에서 들리는 소리였다. 건물 위쪽이었는데 잘 보이지 않았다. 바로 밑에 서 있어서 그런 듯했다. 송가을은 서둘러 계단을 밟고 내려왔다. 방호원과 운전석의 젊은이도 재빨리 내려와 고개를 들었다.

놀라운 풍경이 펼쳐졌다. 국회의 돔, 그러니까 그 민트색 돔 위에 한 남성이 매달려 있었다. 돔 아래에는 건물의 옥상이 네모나게 자리하고 있는데, 그곳에 사다리를 두고 올라가 돔에 도달한 모습이었다. 그는 확성기에 끈을 달아 어깨에 메고는 한 손으로 마이크를, 다른 손으론 사다리 끝을 잡고 있었다. 한눈에 봐도 위태로운 상태였다.

"허남인은! 개승동 재개발 제한을 해제하라! 허남인은! 서민의 피눈물을 외면 말라!"

허남인…… 여당 대표 허남인? 어, 그러고 보니 아까 차에서 내렸던 그 노인?

송가을은 그제야 깨달았다. 검은 세단에서 내린 노인은 여당 대표 허남인 의원이다. 근엄한 이미지로 유명한 광주의 5선 의원. 국회의원 임기가 4년이니까 무려 20년째 재직 중인, 말 그대로 직업이 국회의원인 거물 정치인이다. 정치부 기사를 스크랩하며 예습할 때 보았던 내용이 하나둘 떠올랐다.

허남인은 송가을이나 방호원처럼 호들갑스럽게 계단 아래로 내려오지 않았다. 그저 메마른 표정으로 차 옆에 서 있었다. 확성기에서 자신의 이름이 거칠게 흘러나오는 상황에 전혀 동요하지 않았다.

돔 위 남성의 자세한 사연은 알 길이 없었다. 하지만 시위 자체로 얘기가 돼 보였다. 사회부에서 시위 현장을 적잖게 취재했지만, 국회 돔 시위라니……. 처음 보는 것이었다. 주위를 둘러봤다. 사람들이 서넛 있었으나 기자 같지는 않았다. 기자는 딱 보면 알 수 있었다. 그렇다면 정치부 출근 첫날부터 대형 특종을 하는 건가? 하늘이 나를 돕는구나!

송가을은 서둘러 사진을 찍고 남성의 멘트와 행태를 핸드폰 메모장에 적었다. 심장이 쿵쾅쿵쾅 뛰었다.

허남인의 반응도 따야 할 것 같았다. 계단을 오르는 사이 허남인은 건물에서 나온 당직자들의 안내를 받으며 안으로 들어가버렸다. 따라 들어가려 하자 방호원이 앞을 막았다.

"뒷문에서 출입 절차 밟으시고……."

대쪽 같은 그의 태도에 어쩔 수 없이 물러나야 했다. 위쪽에서 우당탕탕 시끄러운 소리가 났다. 누군가가 돔에서 남성을 끌어 내리는 모양이었다.

"오 씨! 벌써 8시야?"

시계를 본 송가을은 화들짝 놀랐다. 8시 30분까지 오라고 했는데 어느덧 30분밖에 남지 않았다.

입사 뒤 사회부에서만 3년. 후배가 한 트럭이었다. 사회부에서는 어깨 좀 펴고 걸어 다녔다는 소리다. 그러나 정치부는 다르다. 송가을은 말진 중에 상말진이었다. 고도일보 입사 기수로 제일 막내이고, 나이로도 마찬가지였다. 스물여덟 살이면 이제 막내는 벗어날 법도 한데 정치부는 달랐다. 마치 이상한 나라의 앨리스에 나오는 이상한 나라처럼 숫자의 의미도 화법도 모두 다른 곳이 여기, 여의도였다.

첫 출근인 만큼 송가을은 한참 일찍 도착하려 했다. 7시 30분이 목표였다. 그런데 돔 시위를 취재하다 시간을 다 잡아먹었다. 그래도 특종을 했으니 미리 도착하지 못했다고 고깝게 보지는 않을 것 같았다. 출입 절차를 밟으라는 말이 생각났다. 얼른 뒷문으로 향했다.

도떼기시장이란 말을 비유 용도로 쓴다면 지금 이곳이 적당할 것이다. 국회 뒷문은 건물 안에 들어가려는 이들로 북적였다. 여기는 일반인의 영역이다. 당 대표나 원내대표 등 '배지'와 보좌관, 국회 직원을 제외한 일반인들은 이곳에서 서류를 작성하고 임시 출입증을 받아야 국회에 입장이 가능해진다. 얼른 신분증을 맡기고 출입증을 받아야 하는데 줄이 길어도 너무 길었다.

한 민원인은 "우리 남편이 억울하게 돈을 잃었는데!"라고 외치며 태연하게 새치기를 했다. 한 시민단체 인솔자는 "민증부터 빨리빨리 꺼내놓으시죠! 기자회견 30분 남았습니다!"라고 말하며 회원들을 재촉했다. 송가을은 그들의 뒤로, 줄의 맨 끝에 섰다. 하나, 둘, 셋, 넷, 다섯, 여섯…… 앞에 선 사람이 족히 19명은 돼 보였다. 레드카펫을 밟을 때 송가을의 눈시울을 살짝 적셨던 액체는 식은땀으로 변한 지 오래였다.

*

"안녕하십니까! 37기 송가을입니다!"

국회 1층 소통관에 위치한 고도일보 부스에서 송가을이 자신의 이름을 내뱉었을 때 눈길을 주는 이는 한 명도 없었다.

고도일보 부스는 파티션으로 둘러싸여 있었다. 옆 부스에 어느 언론사가 있는지 알기 어려웠다. 100평 남짓한 공간에 30여 개 언론사가 각자 업무 공간을 마련해두었는데, 그 모습이 꼭 벌집 같았다. 국회에는 이런 공간이 두 곳 더 있었다. 국회에 출입이 등록된 기자만 870명이었다. 긴 대기 끝에 겨우 출입증을 받아낸 송가을은 고도일보 부스를 찾는 데 10분을 더 허비했다.

1평 남짓의 고도일보 부스 안에는 두 줄로 책상이 마련돼 있었다. 한쪽에 야당 반장 최창수와 야당 잡진 윤장미, 그리고 말진 기민호가 앉아 있었다. 다른 한쪽엔 여당 반장 고석동이 앉아 있었고 그 옆에 두 자리는 비어 있었다. 양측은 등을 진 상태로 앉아 바쁘게 노트북을 두드려댔다.

시계를 보니 8시 50분이었다. 전달받은 시간보다 무려 20분이 지나 있었다. 송가을은 투명인간 취급을 당해도 싸다고 생각하며 앞만 바라봤다. 그때 최창수가 뒤편에 앉은 고석동을 향해 말했다.

"고 반장! TTS 라디오 야당 부분 올려놨데이. 여당 의원 반박 부분 붙여서 인터넷에 기사 쏴주이소!"

"제목은 뭐로 할까? '김춘익 대표 저격수로 나선 여당 초선… 뒷감당? 걱정 안 해요!' 어때?"

"저격수? 김춘익은 명색이 제1야당 대표 아인교. 여당 초선이랑 동급으로 제목 다는 건 좀……."

"최 반장. 그러니까 맨날 깨지는 거야. 조회 수 신경 안 써?"

"허허, 그래 그럼……."

두 반장의 대화가 끝나자마자 잡진 윤장미가 입을 삐죽거리며 말했다.

"오늘 정치인들 라디오 스크립트 열두 개나 올렸는데, 기사는 달랑 하나 나가요? YBS는 스크립트 제공이 늦는 데라

제가 들으면서 일일이 받아쳤다고요."

오전 6시에서 8시 사이에는 라디오 시사방송 스크립트를 기반으로 '따옴표 기사'들이 쏟아진다. 정치인들이 출연해 뱉은 워딩을 가지고 기사를 뚝딱 만들어낸다. 이곳이 바로 기사 생산 공장이었다. 송가을은 이들의 대화에 귀를 기울이면서 고석동 옆 빈자리들을 주시했다. 어쩌면 저곳이 자신의 자리가 될지도 모르겠다고 생각했다.

야당 테이블 끝자리에 앉은 기민호는 송가을의 입사 동기로, 송가을이 여기서 비빌 수 있는 유일한 존재였다. 정치부에 손이 부족하다는 하소연에 편집국장은 사회부의 기민호를 공식 인사 발령 2주 전에 국회로 보냈다. 송가을이 그의 뒤통수를 연신 쳐다봤지만, 기민호는 다른 사람들처럼 무관심으로 일관했다. 약간 서운했다. 아니 많이 서운했다.

송가을에게는 이들의 관심을 끌 무기가 있었다. 출근길에 건진 따끈한 특종. 송가을은 조심스레 입을 열었다.

"바쁘신데 죄송하지만, 제가 들어오는 길에 단독 현장을 포착했습니다. 주위에 다른 기자는 없었고요. 제가 이제 출근하는데 앞에 검은 차가 섰고 그 와중에 어디선가……."

고석동은 더 듣지 못했다. 송가을의 말을 자르며 한마디를 뱉었다.

"야마부터."

송가을이 무슨 말인지 바로 알아듣지 못하고 머뭇거리자 고석동이 말했다.

"야마. 너 기자 새끼가 야마라는 말 모르는 거 아니지?"

송가을은 얼른 정신을 차렸다.

"압니다! 주제, 가장 핵심적인 내용! 말하고자 하는 바를 뜻하는 언론계 은어로써 일본어에서 유래돼 한글로 순화해야 할 대상인⋯⋯."

고석동은 다시 한번 송가을의 말을 자르며 외쳤다.

"야!마!부!터!"

송가을은 서둘러 자신이 국회 돔 시위 현장을 실시간으로 포착해 취재를 완료했다고 밝혔다. 곧 날아올 칭찬을 생각하니 입꼬리가 올라가려고 했다. 붙잡기 위해 입술에 힘을 줬다. 그런데 고석동의 반응은 예상과 달랐다.

"누가 너한테 그거 취재하라 시켰어?"

송가을은 이번에도 바로 이해하지 못했고, 고석동은 말진의 머뭇거림을 참지 못했다.

"그 사람이 올라가서 시위할 거라고 사전에 기자들에게 일정 다 공유했어. 방호원들이 수습하러 올라갔을 때 바로 옆에서 다들 취재했고. 근데 무슨 단독 포착이야?"

고석동은 핸드폰을 들어 사진 하나를 보여줬다. 남성이

끌려 내려오는 장면이 생생하게 담겨 있었다. 바로 옆에는 기자들이 있었다. 열댓 명은 돼 보였다. 송가을은 말을 이을 수 없었다.

"그리고 너한테 누가 허남인 마크맨 하랬어? 너 여당 출입이야, 야당 출입이야? 네 나와바리(기자업계에서 취재 영역, 출입처를 지칭하는 말) 네 마음대로 정해? 오늘 아침 너한테 주어진 미션이 뭐였는지 알아?"

송가을은 고개를 숙인 채 가로저었다. 고석동은 또 소리쳤다.

"제!때!출!근!"

고석동이 이렇게 목소리를 높이는 동안 야당팀 누구도 뒤를 돌아보지 않았다. 각자 노트북만 열심히 두드려댈 뿐이었다. 그러다 최창수가 기민호에게 덤덤하게 말했다.

"8시 55분이네. 기민호, 니 안 올라가나?"

기민호는 말이 떨어지기 무섭게 노트북을 덮고 일어섰다. 신고 있던 슬리퍼를 벗고 옆에 두었던 구두를 신었다. 그때 고석동이 말했다.

"너 올라갈 때 그 넋 빠진 놈 하나 달고 가라."

기민호가 주춤하자 고석동은 다시 입을 열었다.

"남들 다 아는 거 단독이라 착각하며 지시도 없는데 날뛰다가 사상 최초, 첫날부터 지각한 넋 빠진 말진!"

기민호는 송가을의 백팩을 붙잡더니 그대로 부스 밖으로 끌어냈다. 밖으로 나가며 송가을은 기민호에게 자신이 그렇게 잘못한 거냐고 물었다. 기민호는 그걸 몰라서 묻냐는 표정으로 말했다.

"여기 정치부야. 보이는 대로 막 다 취재하는 곳 아니야. 그런 시위는 주요 취잿거리도 아니고."

"뭐? 그럼 주요 취잿거리는 뭔데?"

송가을이 묻자 기민호는 검지로 송가을의 관자놀이를 살짝 치며 답했다.

"정치인들 머릿속."

송가을은 그가 전과 좀 다르다고 생각했다. 사회부에서는 동영상 찍는 걸 좋아하고 귀여운 짓을 곧잘 하는 동기였는데 여기선 어쩐지 주눅이 들어 있었다. "왜 그리 쫄아 있냐"는 송가을의 말에 기민호는 "쫀 게 아니라 대충 맞춰주는 거"라며 설명했다.

"여기는 실시간 기사 쓰는 데라서 지시가 즉각적이야. 상명하복이 사회부보다 심하고. 1년에 정치부가 1면 톱 쓰는 날이 200일 넘는 거 알지? 그만큼 주요기사를 많이, 빨리 써내야 한다고. 부스 안에서는 대충 쫀 척해주면 기자질하기 훨씬 편해."

송가을은 그게 무슨 소린지 이해할 수 없었다. 기자가 할 말이 있으면 해야 하는 거 아닌가? 기자질이라는 말도 귀에 거슬렸다.

"기자질? 걸레질도 아니고, 말이 왜 그 모양이냐?"

"기자질만큼 입에 착 붙는 말을 들어본 적이 없는데? 기자일, 기자업이라고 하면 어색하지 않냐?"

기민호는 이어 잠시 생각에 잠기더니 이렇게 말했다.

"그러고 보니 걸레질이랑 비슷하네. 사건 터지면 가서 닦고, 정치인들 입도 닦고……."

기민호와 대화를 나누다 보니 어느새 2층에 올라와 있었다. 지금 어디 가는 건지 풀해달라는 송가을의 말에 기민호는 "본싸움 하러 간다"고 했다.

"예비 전은 아침 라디오 워딩으로 치렀으니 이제 진짜 싸움을 시작해야지!"

두 사람이 도착한 곳은 다민당 당 대표실 앞이었다. 여당인 다민당은 300개의 의석 중 140석을 차지하고 있는 거대 정당이다. 중도 또는 진보 성향으로 평가된다. 반대쪽에는 야당 보국당이 있다. 마찬가지로 140석을 보유하고 있는데, 보수 성향이었다. 보국당은 다민당과 건건이 부딪쳐왔다. 이 밖에 20석을 차지하고 있는 극진보당이 있다. 이름에서 알 수 있듯 급진적 진보를 표방하고 있었다. 극진보당은 소수정당이지만 존재감이 컸다. 다민당과 보국당 사이를 오가며 캐

스팅보터(casting voter) 역할을 했다. 140대 160. '여소야대' 의 진영이라 다민당은 법안 통과에서 힘을 발휘하지 못하고 있었다.

'다민당 당 대표실' 푯말을 송가을은 멀뚱히 쳐다봤다. 정신 차리고 돌아보니 기민호는 한참 떨어져 달려가고 있었다. 기민호는 "난 보국당 회의 가야 하니 네가 다민당을 챙기라"고 외쳤다. 회의를 어떻게 챙기라는 거냐는 질문에 기민호는 다시 외쳤다.

"일단 들어가 봐! 감이 올 거야!"

송가을은 당 대표실 문을 확 열어젖혔다. 순간 뜨거운 공기가 혹하고 얼굴을 덮쳤다. 안에는 80여 명의 사람이 빽빽이 자리를 차지하고 있었다. 가운데에 원형 테이블과 8개의 좌석이 마련돼 있었고, 테이블 위에는 '당 대표' '원내대표' '정책위 의장' 따위가 인쇄된 푯말이 올려져 있었다. 레드카펫 근처에서 본 표식이 종이로 옮겨진 모양새였다. 당 대표 자리는 비어 있었다. 나머지 자리엔 양복 차림의 남성들이 앉아 있었다. 정장을 입은 여성 한 명도 눈에 띄었다.

테이블 앞으로는 방송사 카메라 6대가 서 있었다. 그 뒤로 의자가 불규칙하게 놓여 있었는데 얼른 세어 보니 30석 정도 되었다. 그곳엔 기자들이 노트북을 편 채 심각한 표정으로 앉아 있었다. 노트북 앞에는 각자 소속 언론사 이름이 새겨진 스티커가 붙어 있었다.

맨바닥에도 기자들이 앉아 있었다. 바닥에 엉덩이를 대고 앉은 채 역시 노트북을 보고 있었다. 다들 거북목이었다. 나머지 공간에는 당직자와 보좌관들이 수첩이나 태블릿 PC를 들고 서 있었다. 사진 기자들은 여기저기 흩어져 있었다. 송가을은 이 생경한 풍경 앞에 얼어버렸다. 그러다 이내 빈 곳에 엉덩이를 붙이고 앉았다. 서둘러 노트북을 켰다. 그래야만 할 것 같았다.

송가을은 옆에 앉은 기자의 노트북을 봤다. 보호 필름을 붙였는지 화면이 보이지 않았다. 앞을 보니 TTS라는 스티커가 붙어 있었다. 망설이다 용기를 내어 물었다.

"죄송하지만 이제 뭘 해야 하나요?"

송가을의 질문에 TTS 기자는 고개도 돌리지 않은 채 답했다.

"어디 매체예요? 일단 통성명이 업계 룰 아닌가?"

송가을이 '고도일보'라고 하자 그는 "고도일보 말진이 새로 왔냐"고 물은 뒤 자신은 TTS 연훈석이라고 밝혔다. 이어 그가 말했다.

"일단 쳐요. 들리는 모든 것을 받아치세요. 숨소리 하나도 놓치면 안 됩니다. 그리고 반장한테 톡으로 쏴요. 바로바로."

23

그때 카메라 셔터 소리가 요란하게 들렸다. 고개를 돌려 보니 문으로 누군가가 들어오고 있었다.

"허남인……."

송가을이 소리를 내뱉자 옆에 서 있던 당직자가 제 입에 검지를 대며 미간을 찡그렸다. 조용히 하란 소리였다. 옆에 연훈석은 손가락을 오므렸다 펴며 관절을 풀었다. 허남인은 느리게 발걸음을 옮겼다. 카메라 렌즈는 빠르게 그의 동선을 쫓았다. 5선 의원 허남인에게는 이 시선을 즐길 수 있는 여유가 충분했다. 그가 자리에 앉자 연훈석은 손가락 운동을 멈췄다. 이어 허남인의 입을 응시했다. 그러고 보니 여기 있는 기자와 당직자, 보좌관들은 일제히 그의 입을 바라보고 있었다. 허남인이 입을 여는 행동은 이곳의 모든 사람에게 무엇보다 중요한 일인 것처럼 보였다.

그가 드디어 두 입술을 떼기 시작했다.

"산업재해로 아까운 청춘이 또 숨졌습니다. 강주중공업 김미정 씨는 기계에 깔려, 스물일곱 살에 세상을 떠났습니다. 사측은 본인 부주의라며 책임을 회피합니다. 김 씨 오빠의 절규가 마음을 울립니다. 더는 죽게 하지 마라!

파파파파파파.

타타타타타타.

입이 열림과 동시에 카메라 셔터와 노트북 타자 소리가

들려왔다. 송가을 역시 서둘러 손가락을 움직였다. 어느 정도 쳤다 싶을 때마다 고석동 반장에게 카톡으로 보냈다. 연훈석이 조언한 대로였다. 반장도 기다리고 있었는지 바로바로 읽음 표시가 떴다. 그러다 어느 순간부터 '읽지 않음'이 사라지지 않았다. 벌써 기사 야마를 뽑은 건가? 그렇게 야마부터, 야마부터 하더니? 송가을은 개의치 않고 열심히 손가락을 굴렸다.

*

"오늘 아침 장사 폭망이네. 제목에 더 센 걸 넣었어야 했나 봐. 저격수 가지고도 망설이고 앉아 있었으니……."

고석동은 최창수를 쏘아보며 말했다. 부스마다 라디오 인용 기사의 '성적표'를 논하느라 바빴다. 기사가 양대 포털 사이트 메인 화면에 걸려야 성공이었다. 대략 오전 9시면 그날의 성적이 나오니 작업과 평가가 거의 실시간인 셈이었다.

언론사들은 좋은 성적을 올리기 위해 자극적인 내용을 뽑거나 낚시성 제목을 달았다. 안타깝게도 오늘 고도일보는 포털 어디에도 얼굴을 내밀지 못했다.

국회 부스뿐만 아니라 고도일보 편집국에서도 같은 논의가 이어졌다. 디지털부장 이용식은 정치부장 서수경에게 인상을 쓰며 말했다.

"서 부장, 정치부에서 이렇게 페이지뷰가 안 나와주면 대체 뭐로 먹고살아?"

"그렇다고 우리까지 낚시 제목을 달 순 없잖아요."

"그냥 아예 실시간 따옴표 기사를 쓰지 말지 그래? 고상한 분석 기사만 쓰고? 어? 그럼 되겠네?"

서수경은 천연덕스럽게 "좋은 생각"이라고 대꾸하며 웃었다. 이용식은 혀를 차며 고개를 내저었다.

이용식은 서수경이 늘 아니꼬웠다. 자기보다 네 기수나 아래인데 부장 중 가장 선임으로 여겨지는 정치부장에 먼저 오른 것도 눈꼴 시린데, 거기에다 따박따박 말대꾸까지 하니 더 마음에 들지 않았다. 여성 처음으로, 게다가 최연소로 정치부장이 된 서수경은 고도일보는 물론 언론 업계에서 화제의 대상이었다. 여성 최초 편집국장 후보로까지 점쳐졌다.

부스에 돌아온 송가을은 두 반장의 대화를 한참 지켜봤다. 기민호도 노트북을 들고 내려와 자리에 앉았다. 송가을은 용기를 내 고석동에게 말을 걸었다.

"선배, 저 허남인 워딩 받아치기하고 내려왔습니다. 아, 야마부터 말씀드리자면…… 저는 이제 뭘 하면 될까요?"

고석동은 어이가 없다는 듯 코웃음을 쳤다.

"받아치기? 지금 네가 받아친 거로 내가 기사를 썼다고 생각해? 직접 봐봐, 본인이 친 거."

고석동은 노트북 화면을 송가을에게 내밀었다.

'사ㄴ업재ㅎㅔ로 넘ㄴ 아깝 청춘 숨져. 강?중공ㅇ업 김미정. 17일... 스물일곱 살? 세상으ㄹ ㄸㅓ낫다. 사측... 책임ㅁ 푀히하ㅂ니다...'

"펜 잡고 손으로 써도 이보다 낫겠다. 정신 안 차려? 첫날부터 지각이나 하질 않나."

송가을은 얼굴이 빨개진 채 작은 목소리로 죄송하다는 말만 되뇌었다. 고석동은 쉬지 않고 말했다.

"프랙티스! 연습해! 계속 이러면 사회부로 돌려보내버릴 테니까."

재작년에 미국 연수를 다녀온 고석동은 '프랙티스'를 외칠 때 R 발음에 특히 힘을 줬다. 그는 정경사(정치부·경제부·사회부의 줄임말로 주요 부서를 뜻함)를 두루 거친, 자타공인 에이스 기자였다. 뒷자리 최창수는 수습을 떼자마자 정치부에 와서 반장까지 하게 된 입지전적인 인물이었다. 입사 동기이자 여야 반장인 두 사람은 차기 정치부장 자리를 두고 경쟁 중이었다. 두 사람 사이에는 묘한 긴장감이 가득했다.

고석동은 성격이 즉각적이고 야망을 숨기지 못하는 스타

일로, 최창수를 자주 누르려 했다. 반면 최창수는 싫은 소리를 잘 하지 않았다. 그저 '허허' 웃으며 상황을 넘기곤 했다. 기민호는 최창수가 고석동보다 한 수 위라고 생각했다. 그 감은 맞았다.

고석동이 선배들 앞에서 요란하게 아부를 떨 때 최창수는 뒤에서 조용히, 그러나 분주하게 움직였다. 명절이면 대게와 장뇌삼, 죽방멸치 따위를 편집국장은 물론 차기 국장 후보로 꼽히는 선배들에게 따로 보냈다. 겉으론 지인들 제품 팔아주기 위한 것이라 했지만, 실제 농사를 짓거나 수산업을 하는 지인은 없었다. 가격은 30만 원을 훌쩍 넘겼다. 최창수의 의도를 빤히 아는 선배들은 이 은밀한 로비를 그저 즐겼다.

그런데 단 한 명, 서수경만이 최창수의 선물을 번번이 거절했다. 선물을 받을 의향이 없으며 집 주소는 사생활 영역이므로 알려줄 수 없다고 했다. 서수경은 총무부에서조차 주소를 파악하지 못한 유일한 직원이었다.

송가을은 아직 부스에서 자리를 잡지 못했다. 백팩을 멘 채 서 있는 모습이 고석동 눈에 들어왔다.

"자, 그럼 여야 말진을 정해볼까?"

고석동이 송가을과 기민호를 번갈아 쳐다보며 말했다.

현재 야당은 말진 자리가 공석이다. 기민호가 임시로 때우고 있었다. 여당에는 반장 밑에 잡진과 막내 말진이 모두 없었다. 잡진을 맡던 기자는 육아휴직에 들어갔다고 했다. 국회가 140석 대 160석의 여소야대 구조이기 때문에 서수경 부장은 여당 둘, 야당 셋의 인력으로 국회팀을 꾸려 가겠다고 했다. 기민호와 송가을은 어느 쪽에 가든 말진이었다. 고석동은 둘을 나란히 앉혀놓고 입을 열었다.

"이제 말진이 둘 생겼으니 정식으로 여야를 나눠야겠지? 기민호, 너 어디 출신이야?"

서울이라는 답에 고석동은 다시 물었다.

"부모님은? 지방에서 안 태어나셨어?"

"서울요. 할아버지도 서울이고요."

이번엔 송가을에게 시선을 돌렸다.

"송가인, 너는?"

"네? 송가인이 아니라 송가을인데요."

송가을이 당황한 표정을 짓자 고석동은 미세하게 웃으며 말했다.

"쏘리. 요즘 호남 의원들이 하도 송가인, 송가인 해서 귀에 인이 박였어."

송가을이 자신도 서울 출신이라고 하자 고석동은 갑자기 서수경에게로 화살을 돌렸다.

"아, 진짜! 서 부장은 이번 말진 지역 분배를 왜 이 모양

29

으로 한 거야? 이딴 식이면 대체 농사를 어떻게 지으라고!"

이어 송가을에게 "부모님은? 할아버지는?" 하고 연달아 물었다.

"부모님도 서울이요. 할아버지가 어릴 적에 일찍이 서울로 올라오셔서……"

그때 고석동이 송가을의 말을 자르며 외쳤다.

"잠깐! 할아버지가 올.라.와.서? 그럼 지방 출신이네? 어디? 호남? 영남?"

"영남은 아니고 영암……"까지 말하자마자 고석동은 갑자기 신이 나서 말했다.

"오메, 뭐시여! 여응아암, 영암이라고라. 내가 으째 송 기자 보자마자 딱 알아봤당게요. 흐미. 나의 시선을 느꼈을랑가몰라!"

고석동은 느닷없이 전라도 사투리를 해댔다. 송가을이 "할아버지가 세 살에 올라오셔서 출신이라고 하기엔……" 하고 난감해하자 고석동은 사투리를 더 진하게 구사하며 말했다.

"아따. 나이가 뭣이 중요하간디? 어쨌든 고향은 여응아암, 여으응암 아니여라? 여응아암 하믄 또 무화과가 기가 막히제. 흐미, 단 긋!"

송가을과 기민호가 놀라 아무 말도 못 하는 사이 고석동은 다시 표준어를 구사하며 상황을 정리했다.

"오케이. 송가을 집안이 호남 출신이니까 여당인 다민당 말진, 기민호는 자동으로 야당 말진 당첨!"

옆에서 듣던 윤장미가 심드렁한 표정으로 말했다.

"고향 따져가며 후배 받는 거, 좀 별로지 않아요?"

고석동은 고개를 가로저었다.

"야. 네가 20석 쪼매난 극진보당만 취재해서 그래. 호남 기반 거대 정당 취재해봐. 지역구 관련해서 비빌 건덕지라도 있어야 유리하지. 말진이 가서 '저희 할아버지가 영암 출신인디요' 하면 영암 의원하고 게임 끝인 거여. 다른 호남 의원들도 허벌나게 좋아라 허고."

고석동은 서울 출생이다. 전라도 사투리는 열심히 연습해 체득했다. 하지만 제아무리 노력해도 약간의 어색함이 남아 있었다. 반면 부산 출신인 최창수는 원래부터 경상도 사투리를 써왔다. 자연스러웠다. 고석동은 최창수의 경상도 사투리를 들을 때마다 묘한 열등감을 느꼈다.

기민호 역시 지역주의에 찌든 취재 관행이 후지다고 생각했다. 송가을에게 톡으로 '고향으로 당 나누기 졸라 구림'이라고 쳐서 보내려다 지웠다. 송가을 노트북에 화면 보호 필름이 붙어 있지 않았던 게 퍼뜩 떠올랐다.

최창수는 그런 기민호를 보며 말했다.

"그럼 이제 정해진 거지예? 기민호 야당 말진님요, 바로 대법원 앞으로 뛰가이소!"

대법원 앞에선 보국당 대표 김춘익의 기자회견이 예고돼 있었다. 이날 발행 부수 1위 신문사이자 고도일보의 경쟁사인 대한신문은 이번에 대통령이 추천한 대법관 후보자가 농지법을 어기며 땅 투기를 한 의혹이 있다고 단독 보도하며 다른 언론사에 물을 먹였다. '1톱3박(신문 지면에서 1면 톱 기사와 3면 박스 해설 기사를 동시에 쓰는 것으로, 대특종을 뜻함)'이었다. 조간신문이 배포되자마자 후보자는 사실이 아니라며 반박 입장문을 냈다.

야당인 보국당이 이 기회를 그냥 넘길 리 없었다. 당 대표실 당직자들은 '대표께서 직접 대법원 앞에 찾아가시어 그림을 만들자'고 제안했다. 김춘익이 이를 마다할 이유는 없었다.

김춘익은 올해 72세로, 300명의 의원 중 최고령이다. 여당 대표 허남인보다 여섯 살이 많았다. 그렇지만 젊은 의원들보다 체력이 좋기로 유명했다. 체력만 좋은 건 아니었다. 막말로 그는 누구에게도 밀리지 않았다. 그리고 화를 잘 냈다. 기자, 특히 말진들을 막 대했다. 감정을 잘 드러내지 않는 허남인과 막말계 수장 김춘익은 늘 대조 대상이 되곤 했다.

허남인은 아침 회의에서 언급한 강주중공업을 찾아가기

로 했다. 어젠다를 확장하려는 의도였다. 송가을은 그곳으로 튀어 가라는 지시를 받았다.

국회 앞 대로변에 서서 택시를 잡으려는데 잡히지 않았다. 그때 한 언론사 차량이 정문을 빠져나가는 게 보였다. 송가을은 대뜸 차 앞을 가로막았다. 뒷좌석 창문이 내려가고, TTS 연훈석이 얼굴을 빼꼼히 내보였다. 송가을은 외쳤다.

"살려주세요!"

연훈석은 빠르게 머리를 굴렸다. 모든 사안에서 연훈석의 판단 기준은 취재에 도움이 되느냐 마느냐였다. 고도일보라면 발행 부수 3위 매체로 나름의 영향력이 있었다. 그러나 초짜 말진 기자는 취재에 방해만 된다. '그래도 고도일보니…… 도와주면 언젠가 쓸모가 있겠지.' 연훈석은 결론을 내렸다.

"타요."

송가을은 빙그레 웃으며 뒷자리에 올랐다.

*

멀리서 안전모를 쓴 허남인의 모습이 보였다. 이곳은 실제 공장이 있는 곳이 아니라 경영진이 머무는 서울 사무소인데도 굳이 안전모를 쓰고 있었다. 여당 대표실에는 언제든 현장에서 사용할 수 있는 안전모와 방역복은 물론, 발랄함을 연출할 후드티와 스니커즈 따위가 다양하게 구비되어 있었다. 야당 대표실도 마찬가지였다.

송가을은 기자 무리 끝에 쭈그리고 앉아 노트북을 폈다. 이것도 두 번째라고 조금은 잘할 수 있을 것 같았다. 바닥에 앉아 있으려니 엉덩이가 시렸다. 옆을 보니 다른 기자들은 엠보싱이 들어간 접이식 깔개를 가지고 있었다. 곳곳에 낚시 의자도 보였다. 도장을 모으면 스타벅스에서 주는 캠핑용 의자도 두어 개 있었는데, 취재 현장과 어울려 보이지 않았다. 송가을은 퇴근하면 인터넷으로 엉덩이 깔개부터 주문해야겠다고 생각했다.

이윽고 허남인이 기자들 앞에 섰다. 송가을은 두 눈에 힘을 준 채 그의 입만 바라봤다. 이번에는 한 글자도 놓치지 않으리라 다짐했다. 그런데 그의 입은 무슨 이유에서인지 쉬이 열리지 않았다. 침묵이 10초를 넘어가자 주위에서 웅성거림이 들려왔다. 어느 기자가 질문을 하기 위해 입을 떼려는 순간, 그의 입술이 비로소 움직이기 시작했다.

"처참……합니다. 막을 수 있는…… 죽음이었습니다."

허남인의 목소리가 살짝 떨렸다. 그는 평정심을 유지하기로 유명했다. 이게 의도된 떨림인지 아니면 자연스럽게 발산된 것인지를 정치부 초짜인 송가을은 알아차리기 어려웠다.

다만 어느 한 부분도 놓치지 않으리라 생각하며 받아치기 와중에 '(떨림)'이라는 묘사를 추가했다. 적고 보니 꽤 뿌듯했다. 이번에는 오타도 전혀 없었다.

"산업재해 처벌을 강화하는 법을, 이번에 반드시! 통과시키겠습니다."

누군가 옆에서 데시벨을 조정하는 듯 허남인의 목소리는 적재적소에서 커지고 작아지기를 반복했다. 가장 크게 들렸던 부분은 '반드시'였다.

각 사 말진이 받아친 워딩은 즉각 국회 부스의 반장들에게 전달됐고, 정치부장을 통해 편집회의 테이블 위에 올라갔다.

말을 마친 허남인이 자리를 뜨려 하자 기자들은 우르르 일어나 그를 따라가기 시작했다. 대기하고 있는 차까지 열 걸음 남짓 남았는데, 그 안에 추가 워딩을 따내야 했다. 이를 백블(back briefing, 백 브리핑)이라 불렀다.

다들 한 손에 노트북, 다른 손에 핸드폰을 들고 조금씩 발걸음을 옮겼다. 송가을도 그 대열에 합류했다. 기자들의 핸드폰이 제각기 허남인의 얼굴을 감쌌다. 그러나 허남인은 추가 발언 없이 차를 타고 떠나버렸다.

송가을 옆에는 대한신문 여당 말진 배정민이 서 있었다. 배정민은 여느 말진처럼 백팩을 메고 있었는데, 그의 백팩에는 먼지 한 톨 붙어 있지 않았다. 무릇 말진의 백팩이라 하면 운동장 바닥에 굴린 듯 분진이 잔뜩 묻어 있기 마련이지만 그는 달랐다. 양복바지에는 각이 잘 잡혀 있었다. 어쩐지 1등 신문사의 말진다운 모습이었다.

배정민에게는 아까부터 거슬리는 게 있었다. 송가을의 핸드폰이었다. 그는 다짜고짜 송가을에게 다가가 신경질적으로 말했다.

"저기요, 핸드폰이 그게 뭐예요?"

송가을은 눈을 껌뻑였다. 여의도에서는 왜 다들 바로 알아들을 수 없는 질문만 하는 걸까. 배정민이 말을 이었다.

"핸드폰에 뽀로로 스티커가 잔뜩 붙어 있잖아요. 앞뒤로."

그제야 송가을은 답을 할 수 있었다.

"아, 이거요……. 어제 조카 만났는데 붙여줬어요. 아끼는 건데 이모 준다면서. 귀엽죠?"

배정민은 어이없다는 듯 물었다.

"지금 귀엽고 아니고가 문제예요? 계속 붙이고 들이밀 거예요?"

송가을이 조카가 마음 써준 건데 떼어버릴 순 없지 않냐고 하자 배정민은 단호하게 말했다.

"여기, 정치부예요."

"네? 그렇……죠, 그런데요?"

"기자들이 핸드폰 내밀고 허남인 쫓아가는 장면, 수십만 아니 수백만 명이 뉴스로 보는 거 몰라요? 거기에 뽀로로가 보이면, 기자를 뭐로 보겠어요? 여기 직장입니다. 언론 업계에서도 탑 티어 현장이라고요. 아마추어처럼 굴지 마시죠. 도매급으로 묶이기 싫으니까."

대체 무슨 핸드폰 하나 가지고 저러는지 송가을은 어이가 없었다. 말싸움이 벌어지려는 순간 옆에 있던 연훈석이 중재에 나섰다.

"배 기자, 그만해. 이 말진님, 오늘 처음 오셨대."

연훈석은 이번엔 송가을을 바라보았다.

"그건 시청자한테 가벼워 보일 수 있으니 떼는 게 좋겠네요. 실제 당원이나 지지자들이 '기자가 개념 없다'고 댓글 달고 항의도 하거든요."

이어 배정민과 연훈석은 각자의 회사 차를 타고 떠났다.

송가을은 혼자 남아 생각했다. 정치부 기자들 어깨에는 지나치게 힘이 들어가 있었다. 사회부로 돌아가고 싶다는 생각도 잠깐 스쳤다. 경찰서의 익숙한 공기가 그리웠다. 하지만 아직 첫날이니 버텨보자는 생각이 더 컸다. 무엇보다 좀 전에 받아치기를 잘한 것 같아서 기분이 좋았다. 택시를 타고 국회로 돌아갔다.

대법원 앞으로 간 기민호 역시 바닥에 쭈그려 앉아 노트북을 폈다. 김춘익이 말진들 앞에 섰다. 목소리의 데시벨은 처음부터 높았다.

"이럴 줄 알았습니다! 대한신문 보도에 따르면, 대통령 추천 대법관 후보인 이묵현 판사가 농지법을 어기며 투기에 나선 사실이 확인됐습니다! 땅 투기 대법관, 상상이나 됩니까? 보국당은 결코! 인사청문안을 통과시키지 않을 것을 천명합니다!"

발언을 마친 김춘익이 차로 이동하려 하자 기자들이 붙었다. 기자들은 그의 얼굴에 핸드폰을 들이밀며 질문을 쏟아냈다. "장외 투쟁도 생각하냐"는 질문에 김춘익이 계속 걸으며 말했다.

"어떤 방법도 가능합니다. 두려울 게 없습니다. 어이, 나 몰라? 나 김춘익이야!"

"청문회를 보이콧하는 거냐"는 질문에 김춘익은 "방법 다 열려 있다고 답하지 않았느냐"고 말한 뒤 기자를 위아래로 훑어보며 신경질적으로 말했다.

"어이! 어디 갔다 왔어?"

김춘익이 차량에 거의 도착했을 때 기민호가 외치듯 물었다.

"대한신문 보도는 크로스 체크를 한 겁니까? 당사자는 아니라고 반박했는데요."

김춘익이 발걸음을 멈췄다. 그는 굳은 표정으로 기민호를 뚫어지라 쳐다보기 시작했다. 미간이 움찔거렸다. 속에서 화가 올라오는 듯했다. 기민호는 순간 당황했다. 어쨌든 눈을 깜빡이면 안 될 것 같았다. 기민호 역시 김춘익의 눈을 뚫어지게 응시했다. 백블을 따다가 김춘익과 눈싸움을 하게 될 줄은 몰랐다. 땀방울 하나가 척추를 타고 내려가는 게 느껴졌다.

기자들 뒤쪽에서 보국당 당직자가 김춘익을 향해 '이제 차에 타시라'는 제스처를 보였다. 그제야 김춘익은 차를 타고 떠났다. 김춘익이 기민호를 노려보던 7초가량의 시간 동안 기민호를 제외한 다른 기자들은 한숨을 내쉬고 있었다. 그가 떠나자마자 타사 기자 대여섯 명이 기민호를 에워쌌다.

"대표님 기분 상하시면 어쩌려고 그래요?"

한 기자의 예상 밖 질문에 기민호는 반문했다.

"그게 대체 무슨 소립니까?"

그러자 또 다른 기자가 말했다.

"김 대표, 한 번 빈정 상하면 이삼일 백블 안 해주는 거 몰라요? 그럼 우린 내부 취재하느라 당직자들 일일이 붙들고 물어봐야 하고. 다들 당 대표 의중에 달렸다는 말만 하고. 말진에게 고난의 시기가 온다고요!"

기민호가 대꾸하기도 전에 또 다른 기자가 말했다.

"누군 질문하기 싫어서 안 하나? 적당히 선 지키면서 합시다. 결정적인 거 아니면 괜히 심기 건드릴 질문 하지 말고. 지만 기자인 줄 알아, 초짜가."

누구보다 '적당히'를 실천해온 기민호였다. 선배 말에 토를 달기보다 요령껏 대응하고 취재 시간을 확보하는 게 현명한 길이라 여겼다. 부스 안에선 그랬다. 그렇지만 취재 대상에게는 다르지 않은가. 질문에는 성역이 없어야 한다. 부스에서 적당히 대처해온 건 취재 현장에 더 집중하기 위해서였다. 그런데 여기서 선을 지키라고?

기민호가 막 팔을 걷어붙이려 할 때 핸드폰이 울렸다. 반장이었다. 전화부터 받아야 하나 머뭇거리는 사이 기자들은 흩어졌다. 어이가 없었지만 반장의 전화는 늦지 않게 받아야 했다. 국회에 온 첫날 전화를 두 통 못 받았다가 경위서를 쓴 뒤부터 그랬다.

최창수는 "현장 시마이됐으면 대변인에게 대법관 후보자의 반박에 대해 논평 낼 건지 물어보라"고 했다. 이렇게 내게 전화할 시간에 직접 대변인에게 전화하면 되지 않을까. 기민호는 잠깐 생각하다가 서둘러 대변인을 검색해 통화 버튼을 눌렀다.

부스에 돌아온 송가을은 뿌듯했다. 이번에는 받아치기를 정말 잘한 것 같았다. 그러나 돌아온 반응은 예상 밖이었다. 고석동은 "정신 똑바로 안 차릴 거냐"며 속사포로 따져 물었다.

"잘 봐. '산업재해 처벌 강화 법을 이번에 반드시 통과시키겠습니다'인데, 네가 친 거. '산업재해 처벌 강화 법을 반드시 (떨림) 통과시키겠습니다.'"

송가을은 뭐가 다른 건지 몰랐다. "혹시 '떨림'이 추가돼서 그러냐"고 물었다. 고석동은 한숨을 내쉬었다.

"여기! '이번에'가 빠졌잖아! 이게 얼마나 중요한데! 이번 회기에 통과시킨다는 거랑 그냥 막연한 거랑 천지 차이인데 그걸 놓쳐? 좀 나아졌나 싶어서 네가 친 걸로 회의 올렸으면 어쩔 뻔했어? 혹시 몰라 타사 반장한테 풀 받아 크로스 체크를 했으니 망정이지."

할 말이 없었다. '이번에'라는 단어 하나가 그렇게 중요할 줄이야. 반면 고석동은 할 말이 많은 듯했다.

"말진이 어리바리하면 고도일보 손발이 묶이는 거야. 너 그냥 사회부로 돌아가……."

고석동이 더 열을 올리기 전 다행히도 전화벨이 울렸다. 그는 태도를 돌변해 전화를 받으며 밖으로 나갔다.

"오메, 우리 김 선배 아니시요잉. 진도가 나은 호남의 아덜! 4선 같은 재선 의원! 뉴 리더 김 선배!"

고석동이 부스를 떠나자 윤장미가 다가왔다. 백팩을 멘 채 고개를 숙이고 있는 송가을에게 말진한테는 체력이 생명

41

이라며 가방부터 내려놓으라고 했다. 그러곤 자신의 받아치기 노하우를 알려주기 시작했다. 정치부 생활 3년 차인 그에게는 노하우가 많았다.

"몇 번 하다 보면 자주 쓰는 단어가 들릴 거야. 예를 들어 여당 원내대표는 여당으로서 화합을 이뤄내려는 척하거든? 말할 때 '그럼에도 불구하고'가 많이 등장해. '그럼에도 불구하고 우리 여당은 야당과 화합하여!' '그럼에도 불구하고! 협치를 위해' 이런 식. 그럼 어떻게 할까. 일단 '그불'로 치고. 반장한테 쏘기 전에 〔찾기-한 번에 바꾸기〕 기능을 이용해서 '그럼에도 불구하고'로 한꺼번에 전환해서 보내. 그럼 20초 절약된다."

윤장미는 구세주였다. 그는 한마디 더 보탰다.

"오늘 실수 반까이(만회) 하고 싶어? 반장보다 한발 먼저 움직여. 대법관 후보를 김춘익이 세게 쳤잖아? 그럼 여당 대변인에게 물어봐야겠지. 논평 낼 거냐고. 아, 대변인, 초선인 거 알지? 초재선 젊은 의원한테는 '의원님'이 아니라 '선배'라고 불러. 어색하겠지만 이 동네 어법이야. 그리고 야마부터 얘기하는 건, 우리 야마모토상에게만 해당되는 건 아니야. 모든 선배에게 마찬가지야."

야마모토상은 고석동의 별명이었다. 그는 성격이 급했다. 늘 핵심부터 얘기하라고 요구했다. 그런데 다른 선배들도 비슷하다는 게 윤장미의 설명이었다.

"맞다. 꾸미 먼저 찾아! 그게 지금 네가 해야 할 일 1순위
다."

꾸미는 기자들 네다섯 명의 모임을 뜻하는 말로 일본어에
서 유래했다. 업계엔 한글로 순화해야 할 은어가 아직 많았
다. 기자들은 몇 명씩 모임을 꾸린 뒤 점심, 저녁으로 의원들
과의 밥 약속을 잡아 공유했다. 혼자 약속을 잡기가 쉽지 않
은 데다 의원들이 여러 매체를 한 번에 만나길 선호하니, 상
부상조로 모임을 만들어 움직이는 것이다. 반장 꾸미, 말진
꾸미 식으로 포지션에 맞춰 비슷한 연차끼리 꾸미를 만든다.
국회에는 40개가량의 꾸미가 굴러가고 있었다.

"에이스 꾸미를 잡아야 의원을 많이 만날 수 있고 초장에
적응할 때 편해."

그때 기민호가 부스에 들어오며 송가을에게 "커피 한잔하
자"고 했다. 그리고 보니 밥 시간이 한참 지나 있었다.

둘은 구내식당에 딸린 매점으로 향했다. 송가을은 카페
모카, 기민호는 아메리카노를 집었다. 계산대로 향하는데 왼
쪽으로 우유가 잔뜩 들어 있는 냉장고가 보였다. 분홍색 딸
기우유가 한쪽을 차지하고 있었다. 송가을은 눈을 질끈 감고
냉장고를 지나쳤다.

둘은 구내식당 구석에 앉아 커피를 홀짝이기 시작했다.

이곳은 300석 규모의 식당으로 국회 직원과 민원인이 식사를 해결하는 장소다. 오후 2시 30분에 찾은 식당엔 아무도 없었고, 찐 밥과 김치 따위의 냄새가 뒤섞여 공기를 가득 채우고 있었다.

"송가을, 여전히 카페모카만 마시냐?"

"이것만큼 밥 때우기 좋은 아이템이 없다니까. 포만감 주지 카페인 보충해주지. 근데 여긴 원래 이렇게 밥때 잘 놓쳐?"

"당 대표 따라다니다 보면 그렇지."

"꾸미를 찾아야 의원들이랑 같이 점심 먹고 그런다며?"

"난 꾸미 안 할 거야. 끼리끼리 문화가 싫어서. 어떤 꾸미는 들어갈 때 면접을 본대. 그게 뭐 하는 짓이냐? 같은 기자들끼리."

"와, 그 정도야?"

"에이스 기자놀음, 이너서클 문화에 난 편입되고 싶지 않다."

"그럼 어떻게 하려고?"

"꾸미 없다고 의원 하나 못 사귀겠냐?"

송가을은 아리송했다. 기민호 말대로 꾸미 없다고 의원 하나 못 사귀진 않겠지만, 꾸미가 있으면 더 잘 사귈 수 있을 것 같았다.

"그야 그런데…… 그래도 일단 들어가는 게 좋지 않을까?"

"그럼 너는 들이밀어보든지. 여당 꾸미는 거기가 유명하다며."

"어디?"

"TTS 연훈석, 대한신문 배정민, NBS 박동현 꾸미. 개네 원래 자칭 F4라며 돌아다니다가, 남기자 한 명이 경제부로 발령 나서 지금은 한 자리 비었나 보던데."

익숙한 이름이 있었다. 박동현. 전에 경찰서를 돌 때 인사 나눈 적이 있는, 같은 해 입사한 동기였다. 나머지 둘도 아는 이름이었다.

"아까 나랑 한바탕 한 애들 같네. 배정민이랑 연훈석. 개들 내 스타일 아닌데……. 개들도 나 싫어할 테고……. 내가 뚫을 수 있을까?"

"국회 돔 아래에 내 스타일인 사람 한 명도 없다. 너희 반장 봤지? 호남 의원이랑 통화한다고 갑자기 전라도 사투리 쓰고. 그게 뭐냐? 그럼, 보국당 출입 기자들은 다 경상도 말 쓰게?"

"너네 반장은 경상도 사투리 쓰던데?"

"전라도고 경상도고, 말투 때문에 취재 결과가 달라진다고 생각하는 게 웃기잖아. 구려."

인상을 쓰던 기민호는 뭔가 떠올랐다는 듯 미간을 펴며 말했다.

"아! 내 스타일 한 명 있구나. 윤장미 선배."

"윤 선배?"

"그런 배경의 소유자가 어떻게 저런 기자가 됐을까?"

"배경? 뭔데?"

"하여튼 송가을, 너는 취재만 잘하지 사내 소문에 너무 둔감해."

기민호가 막 윤장미의 이야기를 풀려고 할 때 식당 입구 쪽에서 최창수와 윤장미가 모습을 드러냈다. 기민호는 얼른 몸을 숙이며 속삭였다.

"나 지금 보국당 대변인실에 있어야 하거든. 다른 문으로 몰래 나가자."

송가을도 서둘러 몸을 숙였다. 이어 기민호의 꽁무니를 따르며 당부했다.

"윤 선배 비밀, 다음에 꼭 풀해줘. 꼭이다!"

최창수와 윤장미는 두 말진의 굽은 등을 보았지만 모르는 척했다. 커피를 사 와 구석에 앉았다. 윤장미는 커피를 홀짝이며 말했다.

"아까 고 반장, 일부러 그런 거죠? 기민호 외갓집이 전주인 거 저번에 부스에서 풀됐잖아요. 근데 외가는 일부러 물어보지도 않고."

"송가을 갸가 그렇게 잘하나?"

"작년에 법무부 장관 후보 날렸잖아요. 기업인 스폰서 있는 거 특종해서."

"사회부서 잘한다꼬 정치부서도 잘하는 건 아닐 긴데."

"사회부처럼 '다 조져 버려!' 이것만으로 안 되죠. 유연하면서 심지는 굵어야 하고요."

"둘이 비슷한 듯하면서도 다르제? 기랑 송."

최창수의 질문에 윤장미는 잠시 생각하더니 말했다.

"제가 보기에 송가을은 조용한데 실은 열정 넘치는 스타일 같고, 기민호는 외향적이면서 대충하는 쪽 같아요. 둘 다 일반적인 기자 스타일은 아니네요. 보통 외향적이고 열정 넘치는 애들이 많잖아요."

최창수도 잠깐 생각에 잠기더니 말했다.

"내가 보기에는, 기민호가 잘할 것 같다. 송가을보다, 훨씬 더."

"정말요? 왜요?"

"두고 보면 알끼다."

송가을은 다민당 대변인실로 향했다. 도중에 핸드폰이 울렸다. 엄마였다. 잠시 망설이다가 전화를 받았다.

"왜."

"첫날인데 잘하고 있냐?"

"걱정 마세요……."

짧은 대화가 오갔다. 송가을은 복도에 서서 입을 삐죽거렸다.

"내가 아직 고딩인 줄 아나 봐."

송가을의 집은 국회에서 25킬로미터가량 떨어진 서울 노원구에 있었다. 엄마는 전화를 끊은 뒤 딸의 방 문을 열었다. 책상에 신문기사 스크랩북이 여러 권 놓여 있었다. 오려 붙인 기사 옆으로 메모가 빼곡했다. '요점 사항' '주요 용어' 등이 적혀 있었다.

엄마는 옆에 책장으로 시선을 옮겼다. 그곳에는 송가을의 졸업앨범이 차례로 꽂혀 있었다. 남색의 초등학교 앨범, 짙은 녹색의 중학교 앨범에 이어 바로 대학교 앨범이 놓여 있었다. 엄마는 중학교 앨범과 대학교 앨범 사이의 빈 곳을 한참 바라보았다.

대변인실 안에는 운이 좋게도 대변인 혼자 있었다. 대변인 황진섭은 40대 남성으로, 부산 초선 의원이었다. 여당이 이기기 힘든 지역인데 재보궐 선거 때 뚫어냈다. 보국당 소속 지역구 의원이 자녀 취업 청탁 혐의로 의원직 상실형을 선고받자 민심이 걷잡을 수 없이 나빠졌고 이는 여당의 호재로 이어졌다.

하지만 워낙 야권의 텃밭인 지역이라 황진섭이 재선 타이틀을 달 수 있을지는 불확실했다. 여당은 황진섭을 당의 얼굴인 대변인으로 낙점하며 그를 밀어주기 시작했다.

송가을은 명함을 건넸다. 황진섭도 명함을 꺼냈는데, 앞면의 절반이 그의 얼굴로 채워져 있었다. 뒷면엔 후원 계좌 번호가 적혀 있었다. '선배'라는 말이 도무지 나오지 않았다. 호명을 머뭇거리자 그가 먼저 입을 열었다.

"선배라고 해야 하는데 잘 안 되죠? 언제 봤다고 선배래, 그렇죠?"

속을 꿰뚫고 있는 듯했다.

"입이 잘 안 떨어지네요. 직전에 경찰서 돌 때 형사들을 형님이라 불러야 했는데, 그것도 저는 두 달 걸렸어요."

황진섭은 피식 웃은 뒤 말했다.

"저도 이 동네 문법 익히는 데 한참 걸렸어요. 근데 또 다 유구한 역사가 있는 것들이더라고요. 워낙 기자들과 밀접한 동네고, 젊은 사람끼리 호흡이 잘 맞으면 좋으니까."

송가을은 황진섭이 마음에 들었다. 왠지 선배라고 불러도 될 것 같았다.

황진섭은 대법관 관련 논평을 낼지 말지는 보국당의 움직임을 더 보고 결정하겠다고 했다.

같은 시각 기민호는 보국당 대변인실에 도착했다. 다른

기자들이 먼저 와서 대변인을 둘러싸고 대화를 나누고 있었다. '선배' 소리가 말끝마다 붙었다. 40대 여성인 대변인 백민숙은 "논평은 진작에 준비해놨다"며 브리핑룸으로 성큼성큼 향했다.

백민숙은 진보 성향 변호사 단체에서 활동하다 보수 정당에 전격 입당하며 화제를 모았던 인물이다. 그가 보국당 입당 발표 당시 내놓은 기자회견문은 "신물이 납니다"라는 문장으로 시작되는데, 김춘익 대표는 그의 회견을 보고 감동을 받아 눈물을 흘렸다고 밝히기도 했다. 백민숙은 보국당 비례대표 앞 번호를 받았고, 당선 뒤 대변인으로 발탁됐다.

브리핑룸 뒤편엔 국회 로고가 잔뜩 찍힌 백드롭이 걸려있었다. 그 앞으로 단상과 마이크가 놓였다. 단상 앞엔 방송 카메라 10여 대가 삼각대 위로 놓여 있었다. 그 옆에 의자를 두고 앉아 핸드폰을 보고 있던 촬영 기자들이 백민숙의 등장에 재빨리 일어나 카메라의 초점을 맞추기 시작했다.

백민숙은 촬영 기자들에게 인기가 좋았다. 버벅거리지 않아 '다시 갈게요'를 하지 않았고 딕션이 좋았기 때문이다. 사진 기자들은 바로 옆 기자실에서 달려와 카메라를 들었다. 대변인 옆으로 부대변인들과 당직자들이 나란히 섰다. 그들은 뭔지 모를 패널을 옆구리에 하나씩 끼고 있었다.

"대법관 후보의 뻔뻔하고 비겁한 변명, 지나가던 개가 웃을 일입니다."

백민숙이 카메라를 똑바로 바라보며 말했다. 그는 '지나가던 개'라는 말을 뱉을 때 눈에 힘을 줬다. 옆에 있던 부대변인과 당직자들은 그 타이밍에 맞춰 일제히 패널을 들어 올렸다. 패널에는 웃는 개의 얼굴이 여러 개 붙어 있었다. 그리고 개들 사이에 대법관 후보의 얼굴이 놓여 있었다. 대한신문 특종 기사에 '누가 농사지으러 오는 건 못 봤고, 개들 지나가는 건 봤다'는 주변 농민의 워딩이 실렸는데, 이를 상기시키려는 의도였다. 개와 개 사이로 후보의 얼굴이 보이자 꽤 우스꽝스러웠다. 카메라 셔터 소리가 커졌다.

백민숙이 브리핑을 마치고 나오자 복도에 서 있던 야당 기자들이 엄지를 내밀었다. 한 기자는 "그림 제대로 나왔다"며 좋아했고 다른 기자는 "클릭 수 잘 나오겠다"며 물개처럼 손뼉을 쳤다. 기민호는 한 발자국 떨어져 이들을 지켜봤다. 누가 기자이고 누가 당 관계자인지 분간하기 힘들었다. 기민호는 도무지 저 무리에 낄 자신이 없었다.

다민당은 분주해졌다. 브리핑이 끝나자마자 황진섭은 대변인실 당직자에게 개 관련 속담이나 표현 등 받아칠 만한 걸 찾아보라고 지시했다. 백민숙의 브리핑이 끝나고 불과 15분 뒤에 여당발 논평이 나왔다. "광견병 걸린 개가 아니고서야 웃을 개가 있겠느냐"는 내용이었다. 송가을은 대변인실의 발 빠른 대응을 입을 벌린 채 쳐다보았다.

지나가던 개가 웃어 vs 광견병이냐…여야 설전 후끈

대법관 후보자 두고 여의도 때아닌 개 타령…승자는?

포털 메인에 개 공방 기사가 뜨기 시작했다.

"야, 개 공방, 톱으로 올려."

고도일보 편집국에선 이용식 디지털부장이 오랜만에 미소를 지었다. 개 공방 기사는 이날 부족했던 클릭 수를 순식간에 메웠다. 다른 부장들이 "저걸 톱으로 두는 건 좀 민망하지 않냐"고 했으나 먹히지 않았다.

"저는 소를 키우겠습니다. 귀하들께서는 고귀하고 멋진 기사들을 작성하십시오."

디지털부장의 판단 기준은 늘 조회 수였다. 그리고 편집국에선 그의 목소리가 점점 힘을 얻어가고 있었다. 편집국 한가운데에 대형 전광판이 놓이게 된 것도 그의 제안 때문이었다. 전광판은 주식 시황판처럼 기사 조회 수와 인기 기사 순위를 실시간으로 보여주었다. 사회부장과 문화부장이 "저걸 보면 실적 내라고 쪼이는 듯해 숨이 막힌다"고 호소했지만 소용없었다.

개 공방 기사를 톱으로 띄운 건 고도일보만이 아니었다.

다른 언론사들의 판단도 비슷했다. 삽시간에 포털의 많이 본 기사 1위부터 4위까지가 관련 기사로 도배됐다.

송가을은 뭔가 놓치고 있다는 느낌을 받았다. '산업재해 처벌 강화 법을 이번에 통과시키겠다'는 허남인의 말이 귓가를 맴돌았다. 반장이 지시하기 전에 먼저 움직여야 한다는 윤장미의 조언도 함께였다. 황진섭에게 물었다.

"허 대표가 말한 법은 곧 언제 발의돼요? 의원들 서명은 다 받아놓은 거죠?"

"법? 무슨 법?"

황진섭이 되물었다.

"아까 허 대표가 안전모 쓰고 산업재해 처벌 강화하겠다고 한 거요."

송가을의 답에 황진섭은 "준비는 무슨"이라며 웃었다.

"의원들 다들 관심도 없는데? 기자 중에 그거 물어본 사람, 송 기자가 처음이고."

"네? 대표가 말한 건데요?"

송가을이 의아해하며 묻자 황진섭은 대수롭지 않다는 듯 핸드폰을 만지작거리며 말했다.

"송 후배. 당 대표가 던지는 화두 중에 실제 통과된 법이 몇 건이나 될 것 같아? 법이 다 법이 아니야. 정쟁을 위한 법이 있고, 하루 이슈 파이팅에서 밀리지 않기 위한 법도 있지.

그중에 뭐, 드물지만 실제 통과되는 법도 있고. 허 대표 어제 그제 워딩도 찾아 봐봐. 얼마나 많은 법이 언급됐는지."

황진섭은 TV로 시선을 옮기더니 "저 사람들은 또 뭐냐" 며 리모컨을 들어 소리를 키웠다. 대변인실 TV 화면에 한 무리가 등장했다. 이 화면은 종일 브리핑룸 마이크 앞을 비추고 있는데, 대변인은 화면에 누가 나타날 때마다 소리를 키웠다가 줄이기를 반복했다. 화면에는 젊은 남녀 십여 명이 나란히 서 있다. 그중 한 남성은 큰 가방을 메고 있었다. 이들은 자신을 '동물지킴이연합'이라고 소개했다.

이들이 성명서를 읽으려 할 때 옆에 서 있던 한 의원이 마이크 앞으로 얼굴을 내밀었다. 극진보당 대표 정민순이었다.

"이분들께 저희 당에서 기자회견을 잡아드렸습니다. 극진보당은 두 거대 정당이 외면하는 목소리를 전하기 위해 노력하겠습니다. 자, 그럼……."

마이크가 넘어오자 한 여성이 성명서를 읽기 시작했다.

"개를 정쟁의 도구로 사용하지 말라! 금일, 여야는 후보자의 비리 혐의와 관련해 '지나가던 개' '광견병 걸린 개' 표현을 사용하며 개 공방을 벌였다. 왜 개를 비하의 대상으로 삼는가. 개가 그렇게 만만한 생명체인가? 동물지킴이연합 50만 회원은 잊을 만하면 등장하는 정치권의 개 용어 악용에 경악을 금치 못한다."

그때 큰 가방을 메고 있던 남성이 때가 됐다는 듯 가방을 열어젖혔다. 그러자 안에서 치와와 한 마리가 튀어나왔다. 남성은 카메라를 향해 개를 들어 올리려 했으나, 카메라 플래시에 놀란 개가 격렬하게 움직이면서 그만 놓치고 말았다.

개는 순식간에 단상 앞 방송 카메라를 향해 돌진했다. 카메라 기자들은 놀라서 앵글을 이리저리 돌리다가 이내 개를 찍으려 고군분투하기 시작했다. 시민단체 사람들은 개를 잡기 위해 급하게 뛰어다녔다. 방호원들이 달려오더니 "개가 어떻게 들어온 거냐"고 소리쳤다.

대변인실에서 황진섭은 요란하게 손뼉을 쳐댔다.

"나이스! 이로써 대법관 비리는 없어지고 개만 남겠네. 완벽해! 안 그래, 송 후배?"

송가을은 놀라 화면만 바라볼 뿐이었다. 그때 핸드폰이 울렸다. 고석동이었다.

"당장 개한테 튀어 가! 스케치 기사 써야지!"

기민호는 한발 앞서 브리핑룸으로 달려갔다. 입사할 때 자기소개서에 '고도일보가 신문기사에 그치지 않고 동영상 콘텐츠를 활용하는 종합미디어사로 거듭나야 한다'고 썼던 기민호는 사회부에서부터 동영상 촬영에 적극적이었다. 촬영도 곧잘 했다. 하지만 펜기자로만 지내면서 실력을 발휘할 기회가 많지 않았다. 업계에서는 촬영 기자와 구분해, 취재

및 기사 작성만 하는 기자를 펜기자라고 불렀다. 기민호의 감은 치와와의 등장이 무척 얘기가 되는 콘텐츠이고, 지금은 기사보다 영상이 필요한 상황이라는 것을 말해주었다.

기민호는 브리핑룸 문을 활짝 열어젖혔다. 그 순간, 치와와가 기민호의 품으로 갑자기 달려들었다. 당황한 기민호는 들고 있던 핸드폰을 놓치고 말았다. 대신 치와와를 덥석 안았다. 순식간에 수많은 카메라가 기민호를 향했다.

찰칵찰칵, 차르르르르.

쏟아지는 플래시 세례에 기민호는 눈을 뜰 수 없었다. 그저 치와와를 꼭 안고 있을 뿐이었다.

"선배. 그 친구 우리 야당 말진이에요. 예. 모자이크 처리 부탁드려요."

"백 선배! 그거 당 사람 아니야. 우리 말진이야. 기사로 밥 지어 먹는 식구들끼리 배려 좀 해줘."

이날 밤 고석동은 타사 사진 기자들에게 전화를 돌리느라 분주했다. 기민호가 치와와를 안고 있는 사진은 '개, 국회를 습격하다' '혼비백산 놀란 정치권' 등 자극적인 제목을 달고 포털 메인 화면을 오르락내리락했다. 고석동은 말진 얼굴을 가려달라고 여기저기 부탁했다. 그렇게 한참 전화를 돌린 뒤 기민호에게 말했다.

"너 별명 생겼다. 개민호."

고석동은 이어 송가을에게 시선을 돌렸다.

"핸드폰에 뽀로로, 뭐냐? 아까 9시 뉴스 보는데 허남인 얼굴 옆에 떡하니 보이던데? 거, 너무 눈에 띄어. 기자가 가벼워 보이잖아. 프로답지 않고."

타사 기자들에 이어 2연타였다. 송가을은 시무룩한 표정으로 떼겠다고 답했다. 고석동은 풀 죽은 송가을을 바라보며 알 수 없는 음정으로 흥얼거렸다.

"송가인~ 개민호~ 이제 퇴청하여라~."

송가을은 백팩을 챙겨 나가다 뒤를 돌아보며 말했다.

"근데 선배. 저희는 언제까지 이래요?"

"뭔 소리냐?"

"이런 말진 생활이 언제까지일지 궁금해서요."

고석동은 망설임 없이 한 단어를 뱉었다.

"대선."

짧은 침묵이 흐른 뒤 고석동은 이렇게 덧붙였다.

"앞으로 국정감사, 예산 심사에 당 대표 선거, 지방선거 그리고 대통령 선거 즉 대선으로 일정이 쭉 펼쳐진다. 너네는 이제 막 말진으로 왔으니 1년 6개월 뒤 대선까지 무조건 붙박이야."

*

송가을과 기민호가 국회 문을 나선 건 밤 10시가 넘어서였다. 7시와 8시, 9시까지 이어지는 방송사 저녁 뉴스를 모두 챙긴 뒤였다. 퇴근길 문 역시 정문이 아닌 후문이었다. 레드카펫이 깔린 정문은 오가는 의원 없이 한산했다. 반면 후문은 퇴근하는 기자와 직원들, 야식 배달을 온 라이더들로 북적였다.

송가을과 기민호는 국회 후문 앞에 서서 건물을 바라봤다. 후문 바로 앞에서 올려다본 건물은 굉장히 커 보였다. 7층 높이에 불과한데, 체감상 20층 정도는 돼 보였다. 그에 비해 두 말진의 모습은 한없이 작아 보였다. 쭈구리였다.

"오늘 하루 뭐 한 거냐……. 신문 지면에 기여는 한 걸까."

송가을의 말에 기민호는 답했다.

"난 오늘 개 한 번 안고 하루가 끝났어."

둘은 긴 한숨을 내쉬었다. 이 생활을 1년 넘게 더 해야 한다니 막막할 뿐이었다. 대선이 언제더라……. 고2 때 다음 해 수능 날짜를 헤아리듯, 저 멀리 대선 날짜가 아득하게 보일락 말락 했다.

송가을은 제 핸드폰을 빤히 바라봤다. 뽀로로와 크롱, 에디가 자신을 처다보고 있었다. 모두 환히 웃는 얼굴이었다.

송가을은 그중에 에디의 귀를 잡았다. 스티커를 떼기 위해 손가락 끝에 힘을 줬다. 그때 진동이 울렸다. 조카가 보낸 메시지였다.

"이모! 테레비에 내가 부쳐준 스티커 나온 거 바써. 내일 친구테 자랑하께! 담에 또 해주께! 사랑해!"

송가을의 얼굴에 빙그레 미소가 번졌다. 송가을은 스티커를 떼려던 손가락을 내렸다. 결심한 듯 입을 열었다.

"나 뽀로로 안 뗼래. 그냥 내 길을 갈 거야."

"아까 야마모토상이 떼라 해서 알겠다 하지 않았어?"

"오늘 첫날이라 쫄아서 그랬는데, 그렇다고 다른 사람이 될 순 없지."

"송가을 너도 내 노선 걸으려는 거야? 독고다이 플렉스?"

송가을은 눈에 힘을 주며 말했다.

"마이웨이 하면서 할 수 있는 건 다 할 거야. 꾸미도 뚫어보고! 까짓것 뭐, 들어갈 꾸미 하나 없겠어?"

몇 발자국 걷던 송가을이 뒤를 돌아보았다. 얼마 떨어지지 않았는데 국회 건물이 제법 한눈에 들어왔다. 아까보다 훨씬 작아 보였다. 기자실을 비롯해 대부분의 사무실엔 불이 환히 켜져 있었다. 한강의 서늘한 공기 속에서 불빛은 본래보다 더 반짝거렸다. 그것을 바라보는 송가을의 눈동자도 반짝이기 시작했다.

집에 도착한 기민호는 빼꼼히 안방 문을 열어보았다. 기민호의 아빠가 옆으로 누운 채 잠들어 있었다. 들어가 이불을 고쳐 덮어주려다 그냥 나왔다. 라면을 하나 끓여 먹고 샤워를 한 뒤 제 방 침대 위에 누웠다. 잠이 오지 않았다. 계속 뒤척였다. 그러다 벌떡 일어나 책상에 앉았다. 핸드폰을 들어 유튜브 앱을 켰다. '경상도 사투리'를 검색했다. 관련 콘텐츠가 촤르륵 떴다. 그중 하나를 조심스레 눌렀다.

'경상도 사투리 단기간 마스터하기'였다.

"행, 행님. 식사는 하셨습니까, 행, 행님!"

"무슨, 므슨, 머선, 머선 일이고?"

기민호의 목소리가 새벽까지 방 안을 가득 채웠다.

2.
인사청문회

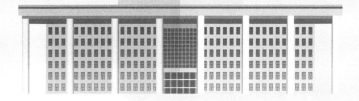

"딜은, 극비로 진행돼야 하거든요."

구내식당 벽면에 네모난 화면이 띄워졌다. 화면 가운데에 '송가을 자기소개'라고 적혀 있었고 그 앞에 송가을이 서 있었다. 옆엔 미니 빔 프로젝터가 빛을 쏘고 있었다. 대한신문 배정민과 TTS 연훈석은 화면을 마주한 채 무심한 얼굴로 앉아 있었다. 밥 찐 내와 생선의 비릿한 냄새가 온기와 함께 구내식당을 가득 메웠다. 몇몇 사람들은 열심히 조식을 먹고 있었다. 메인 메뉴는 오징어뭇국이었다. 벽시계가 아침 8시를 가리켰다.

송가을은 밤새 프레젠테이션을 준비했다. 그간 어떤 특종 기사를 썼고 사회부에서 어떻게 날렸는지를 담은 내용이었다. 23페이지에 달했다. 제 입으로 자기 자랑을 하자니 손발이 오그라들었지만, 에이스 꾸미에 입성하기 위해선 이게 최선이었다.

막상 화면을 띄우고 보니 다음 장으로 잘 넘겨지지 않았다. 이렇게까지 해야 하나, 라는 생각과 뭐라도 해보자는 생각이 초 단위로 교차했다. 그러다 물끄러미 앞에 앉은 두 사람의 얼굴을 보았다. 무심함으로 가득 찬 얼굴들을 마주 보니 '애네 앞에서 이런 것까지 해야 하나'가 앞서기 시작했다.

대한신문 배정민은 턱을 치켜들고 바른 자세로 앉아 있었다. 양복은 콤비 정장이었다. 안에 조끼까지 완벽하게 차려입었다. 운동을 많이 했는지 어깨가 딱 벌어져 있었다. 송가을이 아무리 눌러도 오므라지지 않을 것 같았다. 손톱이 유독 짧아 보였다.

TTS 연훈석은 삐딱한 자세로 팔짱을 끼고 앉았다. 무심한 표정 속에서 조소 같은 게 엿보였다. 얼굴은 뽀얬고 귀여운 편이었다. NBS 박동현은 보이지 않았다. 휴가라고 했다. 박동현 역시 꽤 잘생긴 편인 걸 송가을은 알고 있었다. 애네가 왜 F4를 자처하며 돌아다녔는지 알 것 같았다.

둘을 바라볼수록 '나 이렇게 특종 많이 했으니 뽑아주세요, 제발'이라는 말이 도무지 나오지 않았다. 배알이 꼴렸다. 송가을은 결국 빔 프로젝터의 전원을 껐다. 구내식당의 하얀 벽면이 다시 드러났다.

"나 너네랑 입사 연도 같고, 사회부에서 열심히 했고, 정치부에서도 그럴 예정. 뽑을 거면 뽑고, 안 되면 어쩔 수 없고. 그럼 이만!"

송가을이 뒤돌아선 순간 배정민의 목소리가 들려왔다.

"바로 답할게. 탈락이야."

배정민은 이어 한껏 조롱하는 어투로 말했다.

"넌 그렇게 계속 뽀로로 붙이고 혼자 잘 다녀라."

송가을은 다시 뒤돌아섰다. 두 기자 앞으로 성큼성큼 걸어갔다. 코앞에 핸드폰을 들이밀었다. 이어 동영상 하나를 열어 재생시켰다.

화면 속에서 송가을은 핸드폰을 들이대며 허남인을 쫓고 있었다. 기민호가 촬영한 영상인지, 간간이 그의 목소리가 들렸다. 허남인의 비서실장은 송가을을 막아서다 핸드폰을 보더니 한마디를 뱉었다.

"그건 뭡니까? 유치하게."

뽀로로 스티커를 보고 한 소리였다. 허남인은 발걸음을 멈추고 송가을의 핸드폰을 보았다. 근엄한 표정이었다. 약간 화가 난 듯도 했다. 송가을은 당황스러웠다. 그때 갑자기 머릿속에 뭔가가 떠올랐다.

"뽀로로 모르시는 거 아니죠? 아이들의 대통령, 뽀통령이요. 허 대표님을 보면 자꾸 뽀통령이 생각나요. 또 모르죠? 나중에 국민의 뽀통령, 아니 대통령이 되실지?"

허남인의 표정은 여전히 굳어 있었다. 순간 송가을의 머릿속이 복잡해졌다. 유머 코드를 잘못 잡았나? 역시 무리수였던 걸까…….

그때였다. 웃음소리가 들려왔다. 뜻밖에 허남인의 웃음이었다.

"흐흐. 흐흐흐."

요란하진 않았지만, 긍정적 의미의 웃음소리가 분명했다.

"흐흐. 아주 재밌는 기자분이시고만. 그만 가지. 흐흐흐."

비서실장은 "어쩐지 저도 뽀로로가 낯설지 않더라고요"라고 말하며 허남인을 따라갔다. 허남인이 웃기도 하는구나. 감정을 내비치지 않는다고 알려진 그가 웃음소리를 내는구나. 처음 보는 모습이었다. 어느 미디어에서도 본 적이 없었다. 송가을은 얼떨떨한 표정으로 그 뒷모습을 바라보았다.

그렇게 동영상은 끝났고, 송가을은 말했다.

"너희 방식만 다 정답은 아니야. 난 뽀로로 스티커, 계속 붙일 거야."

부스에 돌아온 송가을은 여당 자리 세 석 중 제일 끝에 앉았다. 야마모토상 바로 옆자리도 비어 있었지만 왠지 맨 끝에 앉아야 할 것 같았다. 끄트머리의 비좁은 자리야말로 자신에게 어울리는 공간인 듯했다. 꾸미에도 못 들어가는 말진인데 여기에나 쭈그려 있어야지 싶었다. 아까 괜히 자존심 앞세웠나. 다시 가서 합격시켜달라고 할까. 큰소리쳐놓고 이제 와서 그러는 건 쪽팔린데…… 어디에도 소속되지 못한 채 혼자 다니는 건 다시 하고 싶지 않은데…… 다시는…….

그때 핸드폰이 울렸다. 기민호로부터 온 메시지였다.

기민호　꾸미 면접 어찌 됐어?

송가을　망했어. 타사 애들 이상해ㅠㅠ 거만하고.

기민호　한마디로 재수가 없지ㅋㅋ

송가을　왜 그렇게들 힘이 들어가 있지?;;

기민호　스스로 기자가 힘이 세다고 생각하는 애들 많잖아. 목에 기관 출입증 걸면 자기가 의원이라도 된 것 같고, 검사가 된 것 같고.

송가을　유독 정치부랑 법조팀에 그런 애들이 많은 것 같아.

기민호　맞아. 기자질을 완장 찬 걸로 착각하는 인간들. 어? 회의 올라갈 시간이다.

송가을　벌써 9시?;;

송가을과 기민호는 각각 다민당과 보국당 대표실의 바닥을 지켰다. 아침 회의에서 허남인은 몇 가지 민생 법안을 통과시키겠다고 발언했다. 송가을 옆에 서 있던 황진섭은 몸을 낮추더니 송가을에게 속삭였다.

"오늘 마땅한 땔감이 없더라고."

보국당에선 대법관 후보자 때리기가 이어졌다. 김춘익은 물 만난 물고기처럼 목소리를 높였다.

"우리 보국당은 결코! 그런 후안무치 후보를 통과시킬 수 없습니다. 국민의 뜻을 받들어 반드시! 막아내겠습니다!"

노트북을 보며 한참 워딩을 받아치던 기민호는 문득 강렬한 시선을 느꼈다. 고개를 들어 보니 김춘익이 자신을 뚫어지게 쳐다보고 있었다. 시루 속 콩나물처럼 빽빽하게 앉아 있는 기자들 사이에서 기어코 자신을 찾아낸 집념을 생각하니 등골이 오싹했다. 그러면서도 이럴 때일수록 지면 안 된다는 생각이 들었다. 피하지 않고 그의 눈을 응시했다. 옆에 있던 원내대표가 말을 걸어 김춘익의 시선이 옮겨가면서 눈싸움은 끝이 났다.

부스에 돌아온 기민호는 극심한 피로감을 느꼈다. 아직 오전 10시밖에 되지 않았다. 퇴근하려면 열두 시간은 더 있어야 했다. 국회 돔의 무게가 어깨를 짓누르는 것 같았다.

송가을은 부스에 돌아와 오전 장사의 성적표를 살폈다. 포털 사이트 메인 화면엔 정치부 기사가 두세 개 걸리기 마련인데, 오늘도 고도일보는 없었다. 옆을 보니 반장들 분위기가 좋지 않았다. 이런 날은 조용히 있는 게 상책이라는 생각이 들었다. 문득 기민호의 말이 떠올랐다.

"대충 맞춰주는 거야." "쫀 척하면 두루 편해."

어떤 맥락에서 한 말인지 알 것 같았다. 송가을은 며칠 만에 이곳 공기의 흐름을 익혀가고 있었다.

그때 핸드폰에 메신저 알림이 떴다. 텔레그램 단톡방이었다. 3명이 들어 있던 방에 송가을이 초대된 거였다.

연훈석 웰컴 투 아우어 꾸미. 아, 꾸미는 영어로 뭐지? 쿠미?

배정민 꾸미는 일어잖아. 영어로 조인트 정도 되려나? 한글로 바꾸자니 맛이 안 살고.

연훈석 똑똑. 송가을, 없어?

송가을 어? 안녕. 뭐지?

연훈석 뭐긴. 최강 꾸미에 합류하게 된 것을 축하합니다. 송 기자님!

송가을 탈락이라더니 갑자기 뭔 소리야?

배정민 잘해보자, 송가을. 지난날은 잊고.

송가을 뭐? 이렇게 느닷없이?

연훈석 아까는 쏘리했고, 웰컴이다!

송가을이 제대로 대꾸하기도 전에 일정 공지가 날아왔다. 다민당 4선 중진 양의철과 점심 약속이 잡혀 있으니 11시 30분까지 기자실 옆 로비로 나오라고 했다.

갑자기 합격이라니 얼떨떨했다. 콧대 높던 두 기자가 왜 마음을 바꿨는지 짐작이 안 됐다. 몇 시간 전 둘의 태도를 생각하면 괘씸함이 앞섰지만, '웰컴'이란 말에 기분이 나쁘지는 않았다. 양의철······. 들어본 것도 같고 아닌 것 같기도 한 이름을 되뇌며 송가을은 꾸미에 합류한 걸 비로소 실감했다. 문득 뒷자리에 앉아 있는 기민호가 신경 쓰였다. 그렇지만 일단 양 의원에 대해 조사하는 게 먼저였다. 11시 30분이면 한 시간 반밖에 남지 않았다. 이렇게 바로 의원과의 식사 자리가 생기다니······. 진짜 정치부 기자가 된 것 같았다. 어딘가에 소속된다는 건 싫지 않은 안정감을 주었다.

양의철은 검사 출신이다. 수도권 지역구 의원답게 완벽한 서울말을 구사하며 여당 대변인과 정책위 의장 등 주요 직책을 거쳤다. 고석동 반장이 전에 쓴 기사를 보니 양의철은 법조인 출신 의원들 사이에서 여야를 통틀어 수장 역할을 하고 있었다. 300명의 의원 중 법조인 출신은 65명이나 되는데 그들의 좌장격이면 힘이 셀 게 분명했다. 최근엔 해양 환경 보호와 관련된 입법 활동을 열심히 하는 듯했다. 보도자료 낸 걸 보니 그런 쪽 법안이 많았다.

조사를 마친 송가을은 시계를 봤다. 11시 20분이었다. 서둘러 로비로 향했다. 다른 꾸미원들보다 일찍 나가 있어야

70

할 것 같았다.

로비에 서 있으니 타사 기자들이 하나둘 나와 옆에 서기 시작했다. 각자 꾸미원을 기다리는 모양이었다. 같은 꾸미원이 나타나면 반갑게 맞으며 동그란 원 모양을 만들어 섰다. 꼭 어릴 때 하던 '둥글게 둥글게' 놀이 같았다. 허허벌판 정치부에서 누군가와 묶이게 되는 건 확실히 기분 좋은 일이었다. 송가을은 흐뭇하게 몇 개의 원이 만들어지는 걸 보고 있었다.

"송가을? 너 뭐냐?"

기민호였다. 혼자 구내식당에 가던 그는 송가을이 다른 기자들처럼 꾸미원을 기다리고 있는 걸 목격했다. 송가을에게 같이 구내식당에서 짬밥이나 먹자고 하려던 참이었다. 당황한 송가을이 "꾸미에 들어갔어"라고 말하려는 찰나, 연훈석과 배정민이 나타났다. 셋은 서로 반갑게 인사한 뒤 유유히 출입문 밖으로 나갔다.

기민호는 그 모습을 물끄러미 바라보다 홀로 식당으로 향했다. 국회 출입 3주 차, 독고다이 생활에 익숙해졌다고 생각했는데 약간의 외로움이 몰려왔다. 기민호는 전부터 개인 유튜브 채널 '기민호의 기민한 하루'를 운영해왔는데, 오늘 밤 오랜만에 라이브 방송을 해야겠다고 생각했다. 그렇지 않고선 외로움이 채워질 것 같지 않았다.

*

    점심 장소는 국회 앞 한정식 식당이었다. 음식이 화려했다. 잡채, 동태전, 들깨토란탕, 갈비찜, 간장게장에 홍어무침이 상다리가 부러질세라 차려져 있었다. 얼른 메뉴판을 보니 1인당 2만 9000원이었다. 나오는 음식에 비해 저렴하다고 생각했다. 송가을의 생각을 읽었는지 배정민이 입을 열었다.

    "원래 5만 원 이상 하던 건데, 김영란법 시행 뒤에 2만 9000원으로 이 일대 가격표가 다 바뀌었어. 기자는 밥, 3만 원 이하로 얻어먹어야 하는 거 알지?"

    기자는 왜 얻어먹기만 하는가. 송가을은 이 말을 뱉으려다 접었다. 한 끼 2만 9000원씩 매일 밥값이 나가고, 때론 쏜다고 생각하니 감당이 안 됐다. 입안에서 쓴맛이 올라왔다.

    11시 58분이 되자 양의철 의원이 들어왔다. 감색 양복 차림의 그는 깃 끝자락에 국회의원 배지를 달고 있는데 다른 의원들보다 더 위쪽 자리였다. 가르마는 7대3으로 정확하게 나뉘어 있었고 눈가엔 주름이 거의 없었다. 그로부터 톡 쏘는 스킨 냄새가 훅 풍겼다. 예순두 살이랬는데, 그 나이로 보이지 않았다.

    "이따 2시에 대법관 청문회에 들어갈 거야. 후보가 나랑 사법연수원 동기잖아. 내가 잘 보필해야지."

양의철은 들어오자마자 목 운동을 하듯 고개를 돌리며 말했다. 둘은 검사와 판사로 길이 달랐지만, 1년에 한두 번씩 보면서 인생사를 나눴다고 한다. 배정민은 "역시 법조인이라면 선배의 인맥을 비껴갈 수가 없다"며 양의철을 치켜세웠다. 양의철은 "서초동 바닥 20년에 여의도 짬밥 15년이면 여간해선 다 형님 동생"이라며 고개를 끄덕였다.

분위기는 훈훈했다. 송가을도 대화에 끼고 싶었다. 아니, 끼어야 했다. 그러지 않고선 2만 9000원짜리 밥만 축내러 온 기자로 남을 것 같았다. 이곳에 오기 전 조사했던 내용이 떠올랐다.

"의원님. 저번에 바다 폐기물 관련 보도자료 내신 거요. 진척이 있나요? 환경단체가 최근 요구하는 내용인데 서둘러 법을 발의하셨더라고요."

그러나 양의철은 금시초문이라는 표정이었다.

"지지난 주에 왜, 해양 생태계 관련해서……."

송가을이 다시 물으려는데 양의철이 말을 잘랐다.

"송 기자는 그게 궁금한가? 자세한 건 보좌관에게 물어보면 잘 알려줄 걸세."

송가을이 굽히지 않고 보도자료를 냈던 또 다른 법을 물어보려 하자 양의철은 재차 송가을의 말을 잘랐다.

"우리 송 기자는 법에 관심이 많네? 그보다 요즘 재밌는

게 많은데 그렇게 재미없는 거만 궁금해서 어디 쓰나. 재
밌는 얘기가 뭐 있더라……. 어, 나도 바람결에 들은 건데,
보국당에 김찬민 의원이랑 이연숙 의원 말이야……."

양의철은 눈을 반짝거리며 말을 이어갔다. 마치 이 얘기
를 하고 싶어서 이 자리에 나온 사람 같았다.

"두 의원이 같은 과 출신 선후배인 건 알 테고. 근데 그냥
선후배가 아닌가 보더라고. 김 의원 방에서 키스하다 걸렸
다, 뭐, 그런 설이 있던데……."

말이 끝나자마자 연훈석은 호들갑을 떨었다.

"대박! 둘 다 유부남, 유부녀인데 키스를요? 그것도 신성
한 의원회관에서?"

양의철은 "물론 내가 남의 당 의원들 연애사까지 관여할
건 아니지"라며 말을 줄이는 듯했다. 그러나 그것도 잠시였
다. 이후 밥 먹는 내내 두 의원의 염문설을 얘기하며 때론 재
밌다는 듯 크게 웃었다.

송가을은 대화에 전혀 참여할 수 없었다. 두 사람이 누군
지 모르는 데다, 이게 사실에 기반한 소문인지 확실하지 않
았기 때문이다. 그렇게 한 시간이 흐른 뒤 양의철은 다시 목
운동을 하며 자리에서 일어났다.

"청문회 준비 좀 하고 들어가야 해서. 오늘은 이만 파하자
고."

식당 밖으로 나가니 양 의원의 수행원으로 보이는 여성이 차 옆에 서서 김밥을 먹고 있었다. 의원이 보이자 주머니에서 검정 봉지를 황급히 꺼내 남은 김밥을 담았다. 이어 의원이 편히 탈 수 있게 문을 열어주고는 서둘러 조수석에 올랐다. 차는 제네시스 최상위 버전 세단이었다.

차 문이 닫히자 연훈석과 배정민은 허리를 90도로 숙였다. 창이 열리고, 양의철이 고개를 내밀었다. "청문회 때문에 고생하시겠다"는 말에 양의철은 "실은 보국당에서 청문회를 그냥 통과시켜주려는 기류가 있어 큰 걱정은 안 한다"고 답했다. 이후 한 손을 여유 있게 흔들고 떠났다. 어차피 기자들도 다 국회로 복귀하는데 왜 의원 혼자만 차를 타고 가는지, 애초에 걸어서 10여 분 거리인 식당에 왜 차를 타고 온 건지 송가을은 이해가 되지 않았다.

송가을과 연훈석, 배정민은 국회를 향해 걷기 시작했다. 송가을이 물었다.

"근데 보좌관은 밥을 따로 먹어? 아까 그분, 김밥을 너무 급하게 드시던데……."

연훈석은 아까 김밥을 먹던 사람은 보좌관이 아니라 비서라고 정정했다.

"보좌진 9명 중에서 보좌관, 비서관, 비서……. 이렇게 나뉘는 거 알지? 요즘 공식적으론 비서 직함이 없어지긴 했는데, 여전히 막내급을 비서라고 부르고."

이어 배정민이 고개를 한껏 치켜들며 말했다.

"내가 설명해줄게. 의원마다 다른데, 세 가지 부류로 나뉘어. 첫째, 동지애 부류. 보좌관도 동료로 생각하는 의원은 기자들 밥자리에 보좌관이 참여할 수 있게 해주지. 물론 끝자리에 앉고 말은 잘 안 하지만, 그렇게 동석시키는 의원들이 있어. 주로 운동권 출신인데 보좌관도 같이 운동한 사람으로 고용했을 때 그런 경우가 많고. 대체로 극진보당에 많아."

송가을은 고개를 끄덕이며 귀를 기울였다. 이번에는 연훈석이 나섰다.

"두 번째는 따로 테이블 부류. 자신은 기자들과 룸 안에서 먹되, 보좌진은 홀에서 먹게 하는 거지. 밥값은 경비 처리해주고. 일반적으로 많이들 그래."

"그럼 양의철 의원은?"

다시 배정민이 질문을 받았다.

"세 번째, '어디 감히!' 부류. 어디 감히 이 비싼 한정식집에서 수행원 따위가 밥을 먹을쏘냐! 김밥으로 때우든 말든 알아서 빨리 처리해라. 냄새난다고 김밥을 차 안에서 먹지도 못하게 해. 보국당에 그런 의원이 많은데, 양 의원은 다민당인데 보국당 느낌을 풍긴단 말이야."

송가을이 인상을 쓰자 연훈석이 말했다.

"그렇다고 나쁘게 볼 건 아니고. 양 의원이야말로 정보의 보고니까 관계를 잘 유지해야 해. 아까 들었지? 유부들의 로맨스. 근래 들은 얘기 중에 제일 재밌다."

*

오후 2시가 되자 청문회가 시작됐다. 보국당은 법조인 출신으로 청문위원을 꾸렸다. 그중 재선 고규범 의원이 유명했다. 중저음에 높은 데시벨의 목소리를 구사하는 고규범은 청문회 때마다 대통령이 지명한 인사들을 날카롭게 쏘아붙이며 이름을 날려왔다. 고규범은 후보자가 들어오자마자 자리에서 벌떡 일어나 외쳤다.

"우리 보국당은 불법 투기꾼을 후보로 인정할 수 없습니다!"

맞은편에 앉아 있던 양의철이 입을 뗐다. 후보자가 보도 내용은 사실이 아니라고 부인했으니 청문회는 계획대로 진행해야 한다고 했다. 점심에 먹은 음식물이 이에 남아 있는지 양의철은 혓바닥으로 송곳니 쪽을 연신 훑어댔다.

청문회장에선 고함이 자주 들려왔다. "후보자 태도가 괘씸하다" "후보자가 방금 미소를 지었는데 국민 앞에서 비웃은 것이냐" 따위였다. 아수라장이 따로 없었다. 말진들은 부스에서 생중계 화면을 보며 열심히 워딩을 받아쳤다. 후보자나 여당 의원의 발언보다 보국당 의원들의 발언이 압도적으로 많았다.

급기야 보국당 의원들은 '청문회 중단'을 선언했다. 고규범이 "후보의 태도가 너무 건방지다"며 회의장을 박차고 나가자 다른 보국당 의원들도 그를 따라 나갔다. 후보자가 농지법 위반은 사실이 아니라고 해명했을 뿐이라며 태도 논란을 억울해했지만 소용없었다. 그는 보국당 의원들이 빠져나간 청문회장에 울상으로 앉아 있었다.

청문회가 중단되자 기자들에게 여유가 찾아왔다. 송가을은 카페모카가 당겼다. 매점에 가려는데 카톡이 울렸다. 증권사에서 일하는 친구였다. 그는 "김찬민, 이연숙 의원, 이거 사실이냐"고 물었다. "뭔 소리냐"고 되물으니 대여섯 줄로 된 메모를 하나 보내주었다. 찌라시였다.

받은 글) 보국당 김찬민 이연숙. 40대 유부임에도 신성한 국회에서 대범한 사랑을 나누다 들켜. 김찬민 방에서 열나게 키스하다 걸렸다고. 여당에서 이 사실을 파악하고 공격 타이밍 재고 있음

송가을은 화들짝 놀라서 어디서 받았냐고 물었다. 친구는 누가 보내줬는데 증권가에 퍼졌다고 했다. 송가을이 점심에 들은 얘기가 불과 두 시간 만에 국회 밖에 퍼진 것이었다.

찌라시라는 게 이렇게 만들어지는구나. 송가을은 꾸미 텔레그램 방을 열었다. 찌라시를 복사해 서둘러 붙여넣었다.

배정민은 "너도 받았냐? 잘못하다 좆되겠다"고 했다. 연훈석은 "사내 보고할 때 보안 좀 지키지 그랬냐"며 배정민에게 화살을 돌렸다. 배정민은 "내 거 말고 네 거나 송가을 게 퍼진 걸 수도 있는데 말 함부로 하지 말라"며 "일단 텔레 방은 폭파한다"고 했다. 이내 채팅방이 없어졌다.

송가을은 너무 당황스러웠다. 자신은 사내 보고를 하지 않았기 때문에 찌라시의 출처는 두 기자 중 하나인 게 확실했다. 사실이 아니라면 두 의원의 명예는 크게 실추될 텐데 누가 책임진단 말인가. 또 사실일 경우 이걸 퍼뜨린 책임은 면제되는가.

머리가 복잡해질수록 카페모카가 더 당겼다. 매점으로 향했다. 땅을 보며 걷고 있는데 발 앞에 누군가의 구두가 보였다. 구두는 송가을 바로 앞에서 멈춰섰다. 고개를 들어보니 빨간 정장 차림의 40대 여성이 서 있었다. 정장 깃에는 의원 배지가 달려 있었다.

"보국당 이연숙입니다."

송가을은 놀라서 자신의 이름을 밝히는 걸 잊어버렸다. 사실 필요가 없었다. 이연숙은 정확히 송가을을 만나러 이곳 언론사 부스 앞을 찾은 게 분명했기 때문이다. 이연숙은 천천히 입을 열었다.

"찌라시는 보셨을 테고. 그게 그쪽 꾸미에서 나온 거란 얘기가 있어요. 제가 아는 기자가 그쪽 꾸미한테 받았다고……."

송가을은 눈만 끔뻑거렸다. 무슨 말을 해야 할지 몰랐다.

"송 기자. 꾸미원 중에 유일한 여기자라면서요? 말도 안 되는 찌라시 때문에 내 가정이 풍비박산 나게 생겼어요. 출처가 송 기자네 꾸미가 맞는지, 누가 그딴 소릴 기자들에게 지껄이고 다닌 건지 말해줄 수 없을까요? 같은 여자로서 제발……."

마음이 흔들렸다. 이연숙의 눈빛을 보니 사실이 아닌 게 분명했다. 그렇다면 이 얘기를 처음 발설한 사람은 응당 책임을 지고 사과해야 한다. 중간에서 퍼뜨린 자도 마찬가지다. 텔레그램방을 얼른 폭파한 걸 보니, 아니 애초 카톡이 아니라 보안이 뛰어나다고 알려진 텔레그램을 소통 수단으로 만든 걸 보니 꾸미에서 이런 일이 처음은 아닌 듯했다. 이번 기회에 그 고리를 끊는 것도 의미가 있어 보였다.

"그게요……."

그때였다. 송가을이 입을 여는 순간 누군가가 송가을과 이연숙 사이에 섰다. 그러곤 송가을 입에 막대사탕을 꽂았다. 츄파춥스였다. 달콤한 딸기우유맛이 삽시간에 입안으로 퍼졌다. 익숙한 맛이었다. 딸기우유맛 츄파춥스는 송가을이 대학 시절 내내 입에 물고 다니던 거였다. 기자가 된 뒤로는 전처럼 못 먹어 잊고 있던 맛이었다. 현장을 쫓아다니면서 사탕을 물고 다닐 수는 없었다.

오랜만에 그 맛을 느끼니 살짝 어지러웠다. 달콤함에 몽롱한 느낌마저 들었다. 정신을 차리고 고개를 들었다. 송가을의 눈앞에 키가 큰 남자가 우두커니 서 있었다. 후드티에 청바지를 입었고 목에 국회 출입증을 걸고 있었다. NBS 박동현이었다.

"어? 너, 뭐야?"

말이 끝나기도 전에 박동현은 송가을의 등을 떠밀어 옆에 보이는 문 안으로 밀어 넣고 서둘러 닫았다. 그러고는 문이 열리지 않게 손잡이를 당겼다.

"야! 너 나 감금하는 거야? 문 열어!"

송가을이 안에서 소리쳤지만 소용없었다.

"지금 뭐 하는 짓인가요?"

이연숙의 항의에 박동현은 배시시 웃으며 답했다.

"우리 송 기자가 지금 빨리 기사를 써야 해서 급히 부스로 돌아가야 하거든요."

박동현을 노려보던 이연숙은 한마디를 남긴 뒤 돌아섰다.

"NBS 박동현 기자. 내가 오늘 일, 절대 잊지 않을 겁니다."

이연숙이 자리를 완전히 벗어난 뒤에야 박동현은 손잡이를 잡고 있던 팔에서 힘을 뺐다. 문을 열고 나온 송가을은 잔뜩 화가 나 있었다.

"너 뭔데 사람을 네 맘대로 밀고 가뒤? 경찰서 가고 싶어?"

씩씩대는 송가을을 향해 박동현은 무덤덤하게 말했다.

"너야말로 경찰서 갈 뻔한 걸 내가 막아준 거야. 이거 봐."

박동현은 핸드폰 화면을 송가을 눈앞에 내밀었다. 화면은 어느 방 문틈을 보여주고 있었다. 자세히 보니 안쪽에서 웬 남녀가 입을 맞추고 있었다. 아까 마주했던 이연숙 의원이었다. 박동현은 핸드폰을 주머니에 넣으며 말했다.

"두 사람 불륜 맞아. 우리 국민이 불륜에 얼마나 예민한지 알지? 이미지에 치명타야. 이연숙 의원? 그렇다고 여기서 정치 접을 사람이 아니지. 지금 희생양을 찾는 거야. 기왕이면 이야기 꾸며내기 좋은 사람으로."

무슨 말인지 알 수 없었다. 박동현은 설명을 이어갔다.

"웬 또라이 말진 여기자가 남자 의원을 좋아해서 자신과의 관계를 의심하며 찌라시를 만들어 퍼뜨렸다. 어때? 남기자보다 얘기 꾸미기 쉽지 않아?"

여기에 등장하는 '여기자'가 송가을이란 말이었다. 송가을은 어이가 없어 말문이 막혔다.

"이연숙, 어차피 양의철 못 건드려. 법조계 수장이 그 정도로 넘어지겠어? 그러니 출처가 여기자다 어쩌고, 그렇게 화살을 돌려서 살아남으려고 한 거지. 연훈석, 배정민 놔두고 왜 출입한 지 얼마 안 된 너를 찾아왔겠나?"

박동현의 말을 듣는 내내 송가을은 얼이 빠져 있었다. 박동현이 다시 입을 열었다.

"이 얘기까진 안 하려 했는데……. 이연숙 방 비서관이 나랑 초중고 동창에 절친이야. 자기네 사장이 그 계획으로 우리 꾸미원 중에 여기자를 찾아간다고 하더라. 그래서 내가 달려온 거고. 이연숙 주머니에 녹음기 못 봤어?"

이어 박동현은 후드티의 모자를 뒤집어쓰면서 말했다.

"황금 같은 휴가에 국회에 오다니 내가 미쳤지. 그만 간다."

그리고 뒤돌아 가다가 한 손을 흔들며 외쳤다.

"꾸미 합류 환영한다! 송가을!"

송가을은 멍하니 그의 뒷모습을 보았다. 이게 대체 무슨 일인지 혼란스러웠다. 박동현에게 고마운 상황인 건 확실했다. 그렇게 한참을 바라보다가 입에서 막대사탕을 뺐다.

"쟤도 딸기우유맛을 좋아하나 보네."

사탕을 쳐다보고 있는데 핸드폰이 울렸다. 고석동이었다. 보국당이 의원총회를 여는데, 기민호 혼자 커버하기에 손이 부족하니 당장 달려가라고 했다.

*

　청문회 보이콧을 선언한 보국당 의원들은 의원총회를 열어 향후 대응 방안을 상의한다고 했다. 기자들은 의원총회장 문 앞에 하나둘 쪼그려 앉아 노트북을 보고 있었다. 송가을은 일찌감치 자리 잡은 기민호 옆에 앉으며 물었다.

　"의원총회 처음 본다. 나 뭐 해야 해?"

　기민호는 문을 뚫어지게 바라보며 말했다.

　"의원들 들어갈 때마다 붙잡고 백블 따야 해. 넌 야당 의원 잘 모르니까 타사 애들 붙을 때 잘 따라다녀."

　잠시 뒤 보국당 의원들이 삼삼오오 무리 지어 의총장 안으로 들어갔다. 그때마다 기자들이 따라붙었으나 다들 말을 아꼈다. 마지막으로 저 멀리 김춘익 대표가 보였다. 옆에는 후보자의 저격수를 자처하는 고규범 의원이 딱 달라붙어 있었다. 기자들이 붙자 김춘익은 "이번 건은 우리 법조 전문가인 고 의원에게 설명을 들으라"고 말하고 안으로 들어갔다.

　고규범은 고개를 한껏 쳐든 채 카메라 앞에 섰다. 말진들은 그 앞에 쪼그리고 앉아 노트북을 폈다.

　"우리 보국당은 이 사안을 굉장히 엄중하게 보고 있습니다. 앞으로 어떻게 대정부 투쟁을 할지 의원총회에서 의견을 주고받으려 합니다. 의총이 끝난 뒤 다시 말씀드리겠습니다."

고규범이 들어가자 의총장 문이 '꽝' 하고 닫혔다. 문이 닫히자마자 기자들은 일제히 일어났다. 그러곤 문에 저마다 귀 한쪽을 갖다 대기 시작했다. 꼭 냇가 바윗돌에 붙은 다슬기 같았다. 기민호도 귀를 대려는 순간 보국당 당직자들이 달려왔다. 그들은 "귀대기 금지"라며 기자들을 떼어냈다. 기자들은 하는 수 없이 문에서 떨어져야만 했다.

송가을과 기민호는 기자 무리에서 멀찍이 떨어져 의총장 문을 바라봤다. 최창수가 지나가며 둘을 보더니 아메리카노 세 잔을 사 왔다. 마시고 싶던 카페모카가 아닌지라 송가을 은 살짝 실망했다. 문득 아까 점심때 양의철이 했던 말이 떠올랐다.

"선배. 좀 이상해요. 꾸미 애들은 한 귀로 흘리던데 저는 영 마음에 걸리는 말이 하나 있었거든요. 양의철 의원 아시죠? 여당에 법조 출신."

"마, 양의철 모르면 그게 국회 기자가?"

"제가 양 의원이랑 점심 먹었는데요. 지나가는 말로 이러 더라고요. 사실 청문회 걱정 안 한다고. 보국당에서 청문회 를 그냥 통과시켜주려는 기류가 있다고요."

"뭐? 그걸 와 지금 말하노!"

최창수는 순간 커피를 뿜으며 다그쳤다.

"니, 점약 양의철이랑 한 거 니네 반장한테 보고 했나 안 했나?"

안 했다고 하자 옆에 있던 기민호가 송가을에게 속삭였다.

"의원이랑 밥 먹으면 안에 보고해야 해. 무슨 말 들었는지 워딩 복기하고 정리해서 공유해야 하고."

전혀 몰랐다. 그래서 아까 배정민과 연훈석이 사내 보고 어쩌고 했구나. 그제야 이해가 됐다.

"지금 중요한 건 양 의원 워딩인데……. 진짜로 보국당이 통과시키려 한다고 하드나?"

최창수가 물었다.

"헤어질 때 무심결에 뱉은 말 같았지만 진짜로 딱 그렇게 말했어요."

송가을이 답하자 기민호가 최창수에게 한마디를 덧붙였다.

"선배. 송가을 복기 능력 엄청나요. 제가 재 기자질하는 거 오래 봐왔잖아요. 복기력, 제가 보증해요. 아…… 이럴 때 일수록 의총장 귀대기를 해야 하는데, 저렇게 막혀버려서 너무 아쉽네."

기민호의 말에 송가을은 조급해하며 물었다.

"문이 저기 하나야? 의총장 되게 커 보이는데?"

최창수는 다른 문은 본 기억이 없다며 한숨을 쉬었다. 그때 기민호가 갑자기 뭔가 생각났다는 듯 말했다.

"아! 혹시 모르니 영상으로 확인해 보죠! 보국TV요!"

기민호는 재빠르게 핸드폰을 꺼내 유튜브를 틀었다. 보국당이 운영하는 보국TV 채널이 즐겨찾기 되어 있었다. 평소에 이런 채널을 구독하고 있는 건가. 왠지 뜨끔했다. 송가을은 다민당 유튜브 채널이 있는지 없는지도 모르고 있었다. 기민호는 동영상 목록을 뒤지더니 의총장 전경이 나온 영상을 찾아냈다. 내부 전체가 보이는 장면에서 일시 정지 버튼을 눌렀다. 손가락으로 화면 한쪽을 가리키며 말했다.

"저기, 저기 안쪽에요. 작게 문이 하나 더 있는데요?"

"저기에 저런 문이 다 있었나? 의원들은 항상 정문으로만 다니니까네 전혀 몰랐다……."

그 문 뒤에서 귀대기를 하면 될 텐데, 어디로 가야 할지 도통 감이 오지 않았다. 기민호는 또 뭔가 생각났다는 듯 말했다.

"맞다! 전에 국회 건축물 소개하는 영상을 본 적이 있거든요?"

기민호는 이번엔 국정홍보처에서 운영하는 유튜브 채널을 열었다. 거기서 국가 주요 건축물 소개 코너를 찾아냈다. 이어 '국회 지하에 로봇 태권V가 묻혀 있다? 의사당 건물 대해부!'라는 제목의 동영상을 재생했다. 국회의 구석구석을 소개하는 영상이었다.

영상은 국회의사당 건물이 돔 아래로 가운데가 넓게 파인 네모난 도넛 모양을 하고 있으며 본회의장 천장에 달린 365개 전구는 365일 국민을 생각하겠다는 뜻을 담았고, 지하엔 옆 건물인 의원회관과 연결되는 통로와 직원용 체육시설만 있을 뿐 태권V가 머물 만한 공간은 없다고 설명했다.

국회 지하에 태권V가 묻혀 있어 나라가 위험에 처하면 돔 뚜껑이 열리며 로봇이 출동한다는 얘기를 대체 누가 퍼뜨린 건지 알 수 없었다. 송가을은 이 이야기가 어떻게 널리 퍼져나갔을지를 생각하다 이연숙 의원의 얼굴을 떠올렸다.

동영상에서는 국회 돔이 원래 붉은색이라는 내용도 흘러나왔다. 돔은 구리로 만들어졌으며 1975년 준공 당시만 해도 붉은색이었는데 세월이 흐름에 따라 산화해 지금의 민트색이 됐다고 한다. 송가을은 고개를 들어 천장을 바라보았다. 의총장은 본회의장과 마주 보고 있었고 그 사이 공간은 위로 뻥 뚫려 있어 돔 안쪽을 바로 볼 수 있었다. 원래 민트색이 아니었단 말이지…….

그때 기민호가 또 한 번 정지 버튼을 눌렀다. 화면에는 국회 전체 구조도가 떠 있었다. 한참을 살피더니 한 곳을 짚었다.

"구조상 여기로 가면 저기 안쪽 문에 가까워질 것 같죠?"

"저기는 기획재정위 회의실 옆 쪽문이랑 연결되는 곳 아이가?"

최창수의 설명이 잇따랐다.

"니코틴 급하게 당길 때 바로 담배 피울 수 있게 여기저기 뒷문이랑 사람 안 다니는 복도를 여러 군데 찾아놨거든."

최창수의 말이 끝나자마자 송가을과 기민호는 기획재정위 회의실로 향했다. 회의실은 2층 복도 맨 끝에 있었는데, 그 옆에 진짜로 쪽문이 하나 있었다. 문을 열고 들어가니 천장이 낮은 복도가 나왔다. 복도 중간중간에 바깥으로 작은 창이 나 있었고 그 밑엔 종이컵이 몇 개 놓여 있었다. 종이컵 안에는 담배꽁초가 가득했다. 국회 안에 이런 곳이 있었다니…….

송가을과 기민호는 누가 볼까 봐 주위를 살피며 복도를 계속 걸었다. 가다 보니 옆에 문이 하나 보였다. 긴장하며 귀를 대보았는데 아무 소리도 나지 않았다. 그 옆에 또 다른 문이 있었다. 역시 조용했다. 세 번째 문에 귀를 대려고 할 때 청소부 아주머니가 문을 벌컥 열고 나왔다. 청소하는 분들의 휴게실이었다. 두 사람은 계속 걸으며 보이는 문마다 귀를 가져다 댔다.

아홉 번째 찾은 문에 귀를 댔을 때 송가을은 너무 놀라 소리를 지를 뻔했다.

"아니 그게 아니고!"

"또 천막 당사를 만들면 국민이 피로해한다니까요?"

보국당 의원총회가 분명했다.

송가을과 기민호는 숨죽인 채 문틈에 귀를 바짝 댔다. 소리가 생각보다 크게 들렸다. 둘은 한마디도 놓치지 않기 위해 집중했다. 중간에 기민호는 화장실에 가고 싶었지만 참아야 했다. 아까 아메리카노를 괜히 마셨다고 생각했다.

문뜩 고개를 들었을 때 기민호는 바로 앞에 놓인 송가을의 얼굴을 마주 볼 수밖에 없었다. 송가을의 숨결이 느껴졌다. 살짝 달큼한 향이 감돌았다. 딸기우유 향인가? 입사 뒤 누구보다 친하게 지내던 사이였지만 이렇게 가까이 마주한 건 이번이 처음이었다.

기민호에게 송가을은 늘 자랑스러운 동기였다. 보통의 기자들처럼 외향적인 성격은 아니었으나 특유의 끈기와 진실성이 있었다. 팩트를 열심히 추적했다. 그러다 특종을 여러 건 했다. 그런 모습에 배가 아프지 않았다면 거짓말이겠지만, 이상하게 다른 기자들이 특종을 할 때보다는 덜했다. 사회부에 있을 때는 서로 다른 경찰서를 커버하느라 자주 보지 못했는데, 정치부에 오니 부스에서 매일 붙어 있게 되어 좋았다. 둘이 여야 말진으로 발령을 받은 게 어쩌면 운명일지도 모르겠다는 생각이 불현듯 스쳤다.

쿵쾅쿵쾅.

기민호의 심장이 갑자기 거세게 뛰기 시작했다. 어찌나 크게 뛰는지 귀대기 소리가 잘 들리지 않을 정도였다. 특종을 하게 될지도 모른다는 생각 때문일 거라고, 다른 이유는 아닐 거라고 기민호는 애써 마음을 달랬다. 다른 이유 때문이라면…… 자신이 없었다. 기민호는 스스로 아직 멋진 기자, 멋진 사람이 되지 못했다고 생각하고 있었다.

*

의원A   김 대표가 이미 장외투쟁을 천명하지 않았습니까? 그런데 천막 당사조차 만들지 않으면, 그 말이 우습게 되지 않겠습니까?

의원B   아니, 대표는 의원들과 상의 좀 하시지. 무슨 장외투쟁을…….

김춘익   어허!

의원B   걱정돼서 드리는 말씀이에요. 날 추운데 의원들 감기라도 걸리면, 지역구 행사고 뭐고 다 못 가니까.

김춘익   자네 지난 주말에 새벽부터 강원도까지 가서 골프 치고 온 거 내가 모를 줄 알아? 놀 때는 안 걸리고, 투쟁할 때는 걸려?

고규범   존경하는 대표님. 제가 한 가지 제안을 드려도 될지요.

김춘익	그래. 이제 우리 고 의원 얘기를 들어보자고.
고규범	실은 저희 청문위원들이 미리 상의를 했는데요. 긴 시간 논의 끝에, 이번 청문회는 우리 당이 그냥 통과시켜주는 게 전술상 옳다는 결론입니다.
의원들	(웅성웅성) 뭐야? 뭔 소리야?
김춘익	조용! 고 의원, 계속해봐.
고규범	지금 우리 보국당 의원 중에 재판이 진행 중인 의원이 몇 명인지 아십니까.
의원B	나랑, 저기 선거법 위반한 최 의원이랑.
최 의원	거 말 조심하쇼! 혐의일 뿐이지 아직 형이 확정된 건 아니잖아!
의원A	고규범 자네도 마찬가지 아냐! 1심에서 무죄났다고 끝났다고 보는 건 아니지? 검찰 놈들이 당연히 항소할 텐데?
고규범	바로 이겁니다. 아직 재판이 다 진행 중이죠. 총 8명입니다. 무려 8명.
의원B	그래서?
고규범	딜을, 해야죠.

송가을은 직감했다. 방금 저 한마디가 내일 자 고도일보 1면에 실릴 거라는 걸. 어쩌면 1톱3박이 될 수도 있다. 가슴이 쿵쿵 뛰었다. 옆을 보니 기민호도 마찬가지인 듯했다. 둘

은 흥분에 찬 상태로 양손을 활짝 폈다. 하이파이브를 하려다 이내 소리를 내면 안 되는 상황이라는 걸 깨닫고 두 손을 내려놨다. 기민호는 왠지 아쉬웠다.

고규범은 "딜을" 다음에 한 템포 쉰 뒤 "해야죠"라고 발언했는데, 마치 연극배우가 중요한 대사를 할 때 잠시 뜸을 들이는 것과 비슷한 리듬이었다. 그다음 들려온 것은 김춘익의 웃음소리였다.

김춘익	허허. 우리 고 의원 많이 컸구먼. 그런 생각을 다 짜내고.
의원A	딜? 알아듣게 좀 설명해보지?
고규범	청문회 통과시켜줄 테니, 우리 보국당 8명의 법원 판결에 힘을 써달라고 물밑에서 작업하는 거죠. 형량을 낮추고, 의원직 상실형은 피해달라고요. 후보자도 지금 대법관 타이틀 다는 게 워낙 급하니 거절하진 않을 겁니다. 우리 판사 출신 이진희 의원이 후보자 부장판사 시절 밑에서 배석판사를 했어요. 요즘도 한 달에 한 번 같이 관악산 등산을 할 정도로 가깝고요. 그렇지, 이 의원?
이진희	예. 관악산 정기 받으러 갑니다.
의원들	(일동 웃음)
고규범	연락선은 이걸로 하면 되는데 문제는 외부에 보안이 잘 지켜질지……. 딜은, 극비로 진행돼야 하거든요.

의원B　다들 입 잘 다물어야지. 같은 당 의원들 목숨 줄이 걸렸는
　　　　데. 이럴 때 상부상조 안 하면 언제 하나?

의원A　입단속이야 기본이고. 일단 투표를 하시죠.

김춘익　거수로 하지.

한참 소란이 지나간 뒤 김춘익의 목소리가 들려왔다. 그
는 "투표 결과를 발표하겠다"며 "고규범 의원의 제안을 시행
한다"고 했다. 의원들이 자리에서 일어나는 소리가 들렸다.
송가을과 기민호는 서둘러 복도를 빠져나와 기재위 회의실
옆 쪽문을 열고 아무 일 없다는 듯 부스로 걸어갔다. 태연한
척했지만, 가슴이 터질 것 같았다. 웃음이 삐져나오려는 걸
참느라 혼났다. 둘은 귀대기가 가능한 이 뒷문을 '비밀의 문'
이라고 부르기로 했다. 이 넓은 국회에서 오직 우리 둘만 아
는 비밀의 문.

의총장을 나온 보국당 의원들은 입을 꾹 다문 채 국회 건
물을 빠져나갔다. 고규범이 남아 다시 카메라 앞에 섰다. 그
는 촬영 기자들에게 "카메라 세팅 다 됐나요?"라고 물으며
여유를 부리더니, 카메라에 하얀 불빛이 켜지자 사뭇 비장한
표정을 지으며 말했다.

"장외 투쟁 방식을 아직 정하지 못했지만 당분간 청문회
보이콧은 계속될 겁니다. 대통령은 이제라도 후보 추천을 철

회하길 바랍니다."

기자들은 저마다 부스로 돌아가 고 의원의 말대로 기사를 쓰기 시작했다.

송가을은 사회부 법조팀에 있을 때 고규범의 재판을 취재한 적이 있다. 고규범의 변호인과 검찰은 각각 고도일보 법조팀에 접근해 상대의 약점을 흘리며 취재를 종용했다. 당시 법정에 앉아 있던 고규범은 대체로 당당한 태도를 유지했지만, 어딘지 모르게 초조한 모습이 자주 엿보였다. 안면에 미소를 띠고 있으면서도 목 뒤로는 삐질삐질 땀이 흘렀다.

그런데 국회에서 만난 그는 달랐다. 뼛속까지 당당해 보였고 얼굴에서 반짝반짝 빛이 났다. 1심에서 무죄가 났어도 검찰이 여전히 칼을 벼르고 있으며 곧 항소심이 시작될 거란 상황은 여의도에서 전혀 문제가 되지 않아 보였다. 재판을 받고 있는 의원이 한둘이 아닌지라 기자들도 크게 신경 쓰는 것 같지 않았다. 서초동의 공기와 여의도의 공기는 이렇게 달랐다.

*

고도일보 편집회의에는 편집국장과 9명의 부장이 참여한다. 편집국장 바로 옆, 부장 자리 중 가장 상석에는 정치부장이 앉는다. 신문사가 생긴 이래 이 자리엔 항상 남성이 앉아 왔다. 그러나 6개월 전부터 그 자리를 서수경이 차지하면서 전통이 깨졌다.

편집회의에서 서수경은 "보국당, 대법관 통과 빌미로 의원 재판 감경 '딜' 의혹"이라 적힌 발제를 내밀었다. 약간의 미소를 머금은 채였다. 이 미소는 이내 편집국장에게 번져갔다. 1면 톱이었다.

부스에서는 바이라인에 송가을과 기민호 중 누구의 이름을 먼저 쓸지를 두고 기 싸움이 벌어졌다. 고석동은 "양의철로부터 모찌를 물어온 건 송가을"이라며 송가을, 최창수는 "귀대기할 수 있는 곳을 알아낸 건 기민호"라며 기민호를 앞세웠다. 표면상 두 후배를 두고 싸우는 것이었지만 실은 자신의 성과를 확보하기 위한 거였다. 여당반과 야당반의 성과는 늘 분리돼 입에 오르내렸고, 대조의 대상이 됐다. 각 반의 성과는 반장의 업적으로 평가됐다. 최창수가 결국 '허허' 웃으며 양보하면서, 송가을의 이름이 먼저 적히게 됐다.

송가을과 기민호는 귀대기 내용을 바탕으로 기사를 썼다. 디지털 배포는 다음 날 아침 7시로 예약해놨다.

신문은 집마다 뿌려지기 전날 저녁부터 당일 새벽 1시 사이에 인쇄된다. 그사이 판갈이를 하며 내용을 조금씩 업데이트한다. 이후 동이 트기 전 배달된다. 인쇄되는 도중 단독 기사를 인터넷에 띄웠다가 타사들이 조간신문에 베껴 찍는 일이 허다했다. 아침에 신문이 다 뿌려질 때까지 단독 상태를 유지하기 위해선 디지털 배포를 미뤄야 했다.

마감을 마친 송가을은 홀가분한 기분으로 방송사 저녁 뉴스를 모니터링했다. 보국당의 속내를 보도한 기사는 어디에도 없었다. 완전하고 깔끔한 단독이었다. 아! 이 맛에 기자를 하지!

송가을이 퇴근을 위해 노트북을 덮었을 때였다. 핸드폰이 울렸다. 모르는 번호였다. 최창수는 번호를 보자마자 "받지 말라"고 속삭였다. 기자실 부스는 방음이 좋지 않았다. 속삭인다는 건 옆 부스에서 들으면 안 된다는 소리였다. 송가을은 영문도 모른 채 조용히 물었다.

"누군데 받으면 안 돼요?"

"고규범."

최창수가 낮은 목소리로 답했다.

"기사 나가는 거 미리 알게 됐나 보네. 대체 또 어디서 샌 거야?"

옆에 있던 고석동이 씩씩댔다. 이어 최창수가 덧붙였다.

"우리 안에도 뿌락치가 있지 않겠나. 지면엔 이 시간쯤부터 인쇄되니까네 신문사 앞에서 배달 기사한테 한 부에 만 원 주고 사기도 하고, 방법은 여러 가지 있데이."

반장들의 설명에 따르면 고규범은 정치부 기자들 사이에서 '미친개'로 유명했다. 자기 마음에 들게 기사를 고칠 때까지 전화 테러를 멈추지 않는다는 것이다. 하지만 이번 사안은 의총장 워딩을 있는 그대로 전한 것에 불과하기 때문에 기사를 수정해줄 여지가 없고, 반론권 보장에 위배될 부분도 없다고 했다. 그러니까 전화를 받지 말라는 게 결론이었다.

기민호는 퇴근을 한 뒤에도 잠이 오지 않았다. 유튜브 창을 열고 '기민호의 기민한 하루' 채널에서 라이브 방송을 시작했다.

"여러분. 제가 정치부 가서 정신이 없었어요. 뭐 하는지 모르겠고, 내 자신을 찾지도 못하겠고……. 그래서 방송을 못 했어요. 죄송해요. 잘 지내셨어요?"

팔로워가 5200명이니 적지 않은 수였다. 기민호는 언론사에 들어오기 전부터 이 채널을 운영해왔다. 사회적으로 억울한 상황에 놓인 이들의 사연을 취재하고 직접 현장을 찾아 고발하는 게 주요 활동이었다.

채널을 만들기까지 기민호에게는 많은 일이 있었다. 기민호의 아빠는 자동차 부품 기업에서 생산직으로 일했다. 신생 회사인 이곳은 노동조합을 허락하지 않았다. 그럼에도 기민호의 아빠는 노동자의 권리를 보장받기 위해 노조를 만들었다가 부당하게 해고됐다. 그는 물러서지 않았다. 노동청에 부당해고를 고발하고 회사 앞에서 1인 시위를 벌였다.

사측은 대형 로펌을 앞세웠다. 그들은 기민호의 아빠가 업무 시간에 다른 직원들을 만나 노조 가입을 권유한 점을 들어 '근무지를 이탈해 업무를 소홀히 했다'며 해고의 정당성을 들먹였다. 기민호의 아빠는 "자리를 벗어난 건 10분이 채 안 된다"고 항변했지만 먹히지 않았다. 결국, 그는 회사로 돌아갈 수 없었다.

기민호는 아빠의 사연을 정리해 기자들에게 메일을 보냈다. 하지만 단 한 명도 답장을 주지 않았다. 그사이 기민호의 아빠에겐 간경화가 생겼다. 집에 몸져누웠다. 기민호는 어서 힘을 길러야겠다고 생각했다. 목소리를 키워야 했다. 언론고시에는 바로 붙을 자신이 없었다. 무어라도 해보고자 일단 시작한 게 유튜브였다. 4년 전 '기민호의 기민한 하루'는 그렇게 출발했다.

"제가 오늘은 근데 조금, 아주 조금? 잘한 것 같아요. 제 방식대로 하니까 길이 보이더라고요. 아, 뭔지는 내일 신문으로 확인해주시고요. 참고로 1면 톱입니다! 하하. 참, 여기 정치부에서는 꾸미라고, 기자끼리 모임을 만들어서 우르르 다니며 의원 만나고 카르텔을 형성하고 그러거든요. 저는 거기 안 들어가려고요. 제 방식대로 해보렵니다. 혼자지만 외롭지 않아요. 여러분이 응원해주실 거 아니까."

채팅창에는 "지지한다" "꾸미 필요 없다" 등의 댓글이 올라왔다. 기민호의 얼굴에 미소가 번졌다.

송가을 역시 잠이 오지 않았다. 핸드폰이 계속 울렸다. 고규범이었다. 새벽 12시 30분이 되자 부재중 횟수는 110번을 넘어섰다. 배터리가 우수수 닳았다. 쉼 없이 충전해야 했다.

그렇게 1시가 됐다. 최종판 인쇄가 종료되는 시각이었다. 핸드폰은 갑자기 아무 일 없었다는 듯 조용해졌다. 화면에는 이렇게 적혀 있었다.

부재중 전화(131)

*

다음 날 아침 국회가 술렁였다. 고도일보 특종은 큰 파장을 불렀다. 다민당은 보국당이 '재판 개입'을 하려 했다며 날선 비판을 쏟아냈다. 극진보당도 가세해 보국당을 강하게 비난했다.

보국당 의원들은 자신들의 의총 발언이 토씨 하나 빠지지 않고 기사에 통째로 실린 걸 보면서 서로를 의심했다. 고규범은 자기를 끌어내리려 어느 의원이 고도일보에 수를 썼다고 추측했다.

이번 보도로 고규범은 대법관 청문위원은 물론 법제사법위원회 위원 자리에서 물러나야 했다. 서로 가려고 하는 법사위에서 나와, 아무도 가려 하지 않는 환경노동위원회로 옮겼다. 어느새 대법관 후보자의 농지법 위반 이야기는 쏙 들어가고 없었다. 공수가 180도 바뀐 것이다.

기자들도 시끌벅적했다. 연훈석은 송가을에게 "어떻게 취재한 건지 알려달라"고 했다. 송가을은 입을 꾹 다물었다. '비밀의 문'의 존재는 절대 밝힐 수 없었다.

기민호에게도 여파가 미쳤다. 모르는 기자들로부터 카톡이 빗발쳤다. 자신들의 꾸미에 들어오라는 제안이었다. 기민호를 신경도 안 쓰던 이들, 때론 무시하거나 경멸하던 이들이 태도를 바꿔 두 팔을 벌렸다. 에이스 꾸미로 불리는 곳에서 연락이 왔을 때 기민호는 살짝 흔들렸다. 하지만 전날 밤 라이브 방송에서 쏟아냈던 말들이 떠올랐다.

'제 방식대로 가보려고요. 혼자지만 외롭지 않아요.'

뱉어놓은 말이 너무 많았다. 어제 방송을 괜히 했나 약간 후회됐지만 어쩔 수 없었다.

공수가 바뀌자 대법관 청문회는 일사천리로 진행됐다. 청문안은 싱거울 정도로 빨리 통과됐다. 후보자는 결국 진짜 대법관이 됐다. 법복을 입고 대법원 법정을 향했다. 나머지 13명의 대법관과 나란히 대법정 판사석에 앉았다. 청문회장에 앉아 있을 때와 달리 허리는 곧게 펴지고 얼굴에 온화한 미소가 번졌다. 전과 다른 사람처럼 보였다.

그는 고도일보 덕분에 청문회를 통과했다며 식사를 대접하겠다고 했다. 편집국장과 정치부장을 불렀다. 서수경은 송가을과 기민호를 그곳으로 불렀다. 고석동은 기사를 컨트롤한 건 반장들인데 왜 그런 중요한 자리에 자기 말고 말진을 부르냐며 투덜댔다. 최창수는 그저 허허 웃었지만 속이 쓰린 건 마찬가지였다.

식사자리에서 대법관은 말도 안 되는 의혹으로 너무 억울해 잠을 설칠 정도였으며, 앞으로 약자를 챙기는 정의로운 대법관이 되겠다고 했다. 그 모습을 보며 송가을은 설렜다. 처음부터 의도한 건 아니었지만, 결과적으로 그가 청문회를 통과하는 데 기여한 게 잘한 일로 느껴졌다. 그는 정말 정의로운 대법관이 될 것 같았다. 반짝거리는 눈빛을 보면 알 수 있었다. 그의 판결로 많은 약자에게 힘이 생길 걸 생각하니 벌써 행복했다.

사회부에서 부적절한 후보가 요직에 오르는 걸 걸러내는 일을 해왔다면 이번엔 반대로 괜찮은 후보가 내려오는 걸 막아냈다. 좋은 세상을 만드는 데 미약하게나마 힘을 보탠 것 같았다. 이런 게 기자질의 선한 영향력이구나. 뿌듯했다. 정치부에 와서 처음으로 느끼는 감정이었다.

며칠 뒤 사회부 법조팀장 선우철진은 정치부에 메모 하나를 공유했다. "대법원 빨대로부터 오프 더 레코드로 들은 내용"이라고 했다. 법조팀장은 대법원은 물론 대검찰청과 서울중앙지검 등 주요 출입처에 제대로 된 빨대를 하나씩 꽂고 있기로 유명했다. 물론 그의 '딥 쓰로트(deep throat)'가 누구인지는 비밀이었다. 편집국장도 몰랐다.

기자들은 오프 더 레코드를 전제로 이야기를 들으면 판단을 해야 했다. 오프를 지키고 취재원과의 관계를 유지할 것이냐, 관계를 파탄 내고 특종을 할 것이냐. 특종의 가치가 관계 유지의 가치보다 클 때, 드물지만 오프 약속을 깨는 일이 있었다. 선우철진은 이번에 오프를 철저히 지키기로 했다. 취재원과의 관계를 유지하는 게 장기적으로 더 효용성 있는 선택이라고 판단했기 때문이다. 취재 내용을 신문사 내부에 공유만 했다.

메모를 본 송가을은 아무 말도 할 수 없었다.

오프 철저 요망) 농지법 위반 맞았음. 대한신문, 1등 신문인 거 인정.
보도 뒤 후보자는 공소시효 지나 처벌은 불가하지만 법 위반이 명확

하다고 대통령실에 실토함. 투기 정보가 있었다고. 법 위반 중 악질 케이스. 시효 남았으면 형사 처벌감. 내부적으로 후보직 사퇴까지 논의됐었음. 그런데 우리 정치부 1톱 기사로 국면이 확 바뀌면서 일사천리로 대법정에 앉게 된 것……

에필로그

박동현은 호텔 방 침대 위에 누워 있었다. 오랜만에 쓰는 연차였다. 하얀 침구는 푹신했고 휴식은 달콤했다. 미국 드라마 〈지정생존자〉를 정주행하며 시간을 보냈다. 그때 꾸미 텔레그램 방에 메시지가 올라왔다. 송가을이 꾸미에 들어오겠다고 했다면서 다음 날 프레젠테이션을 한다는 소식이었다.

박동현은 벌떡 일어났다. 송가을? 그 송가을이 우리 꾸미에 들어온다고? 침대의 하얀 침구가 갑자기 뽀얀 구름 덩어리로 변하며 박동현을 5년 전 대학 캠퍼스로 데려갔다.

언론사 입사나 시도해볼까 싶어 신문이 보관된 도서실을 찾았다. 신문은 창가 쪽에 진열돼 있었고, 도서실의 창문은 열려 있었다. 얇디얇은 신문 종이는 작은 바람에 쉽게 살랑였다. 팔랑거리는 신문지 사이로 한 얼굴이 보였다. 작고 뽀얬다. 송가을이었다. 박동현의 심장이 왜 뛰기 시작했는지는 알 수 없었다. 도서실을 가득 채운 신문 잉크 냄새에 어지러워서 그런 것 같기도 하고, 전날 마신 술기운이 남아서였을 수도 있다. 확실한 건 그 순간, 마음이 거세게 요동쳤다는 것이다.

박동현은 송가을이 자신과 같은 경제학과 학생이지만 과 행사에 전혀 나오지 않고 존재감 없이 생활한다는 걸 알게 됐다. 송가을이 기자를 준비하고 있다는 얘길 듣자 운명이라는 단어가 머리를 스쳤다. 언론사 입사는 박동현에게 더욱 확고한 목표가 됐다.

목표를 이루기 위해 신문방송학과의 한 강의를 신청했다. 첫 수업에 들어가 보니 수강신청 때와는 다른 교수가 앉아 있었다. 담당 교수의 사정으로 바뀌었다고 했다. 새로 배정된 교수는 학점이 짜기로 유명했다. 학생들은 하나둘 가방을 싸서 나가기 시작했다. 박동현도 가방을 챙기려는데, 뒷문으로 송가을이 들어오더니 맨 뒤에 앉는 게 보였다. 박동현은 가방을 도로 내려놨다. 송가을은 학기 내내 뒷자리를 지켰고, 박동현도 열심히 수업을 들었다.

언젠가부터 송가을은 츄파춥스를 입에 물고 다녔다. 도서실에 앉아 있을 때는 늘 그랬다. 송가을이 잠시 자리를 비웠을 때 박동현은 다가가 츄파춥스의 껍질을 들춰보았다. 딸기우유맛이었다. 연핑크색이었다.

4월의 어느 날이었다. 햇살이 좋았다. 박동현은 츄파춥스로 작은 꽃다발을 만들었다. 강의실 문 앞에 서서 송가을이 나오길 기다렸다. 그때 송가을이 핸드폰을 들고 뛰쳐나왔다.

"고도일보 합격이요? 감사합니다!"

송가을은 눈물이 그렁그렁 맺힌 채 펄쩍 뛰었다.

박동현은 갑자기 자신이 없었다. 기자가 된 송가을 앞에서 취업준비생인 스스로가 초라하게 느껴졌다. 자신도 기자가 될 거라는 보장은 없었다. 츄파츕스 꽃다발을 들고 건물 밖으로 나갔다. 사탕을 일일이 빼내 과방에 있던 친구들에게 나눠 줬다. 애들은 왜 딸기우유맛만 있냐고 투덜댔다.

해가 가기 전인 12월 28일, 박동현도 방송사 NBS에 최종 합격했다. 송가을과 같은 해 입사 동기가 된 것이다. 하지만 이상하게 출입처가 겹치지 않았다. 함께 사회부에 있던 2년 중, 노원경찰서에서의 3주가 전부였다. 자신의 마음을 고백하기에 너무 짧은 기간이었다. 이후 박동현은 정치부에 가게 됐다. 그렇게 정치부에서 1년이 흐르고 텔레그램에서 그 이름을 보게 됐을 때 박동현의 심장은 다시 뛰기 시작했다.

그러나 꾸미 방의 대화를 보니 송가을을 내치려는 분위기가 우세했다. 연훈석과 배정민 모두 송가을이 탐탁지 않다고 했다. 에이스 꾸미에 초짜가 웬 말이냐고 했다.

박동현은 노트북을 열었다. 지난 3년간 송가을이 사회부에서 보여줬던 활약을 하나하나 정리하기 시작했다. 경찰 간부 비리를 밝혀낸 기사를 스크랩했다. 법무부 장관 후보자를 날렸을 때의 기사도 빼먹지 않았다. 특종이 한두 개가 아니었다. 탈북자를 다룬 기획으로 상을 받은 것도 첨부했다. 그러다 밤을 새웠다.

배정민과 연훈석은 구내식당에 앉아 있었다. 송가을이 떠난 직후였다. 배정민은 송가을을 탈락시킨 게 영 찜찜했다. 허남인 대표가 웃는 모습을 보는 건 처음이었다. 놀라웠다. 연훈석도 찜찜하긴 마찬가지였다. 허남인을 웃게 하는 기자라……. 그렇다고 했던 말을 바꾸자니 뻘쭘했다. 탈락이란 말을 너무 단호하게 했다.

그때 꾸미 방에 파일이 하나 날아왔다.

송가을을 꾸미원으로 받아들여야만 하는 이유.hwp

열어 보니 '송가을을 놓치면 꾸미에 큰 위해가 될 것'이라는 부제가 붙어 있었다. 작성자는 박동현이었다. 배정민과 연훈석은 서둘러 읽어내려갔다.

송가을을 당장 붙잡기로 했다.

3.
법안 심사

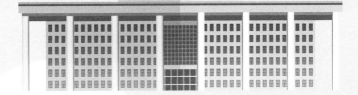

"정치인에겐 본인 부고 기사 빼고 다 득이에요."

기민호는 구내식당 구석에 앉았다. 오늘도 혼자였다. 점심시간, 구내식당은 4200원에 끼니를 때우려는 사람들로 빈자리를 찾기 어려웠다. 기자는 없었다. 기민호가 유일한 듯했다. 다들 어디 또 멋들어진 한정식집에 앉아 '의원님, 의원님' 하며 밥을 먹고 있을 터였다. 그들이 부럽지는 않았다. 다만 조금 억울했다. 신문사는 식비를 지원하지 않기 때문이다.

기자는 응당 누군가에게 얻어먹을 거라고 생각하는 걸까. 최창수 반장은 15년 동안 일하면서 밥값을 내본 경험이 열 손가락 안에 꼽힌다고 했다. 영세한 시민단체 사람이랑 먹을 때, 그리고 기획 기사를 위해 노숙자와 밥을 먹을 때 정도였다. 기민호는 매일 자신의 밥값을 월급에서 부담해야 한다. 구내식당 밥이 저렴하다는 게 그나마 다행이었다.

시금치를 깨작거리고 있는데 어디선가 시선이 느껴졌다. 고개를 들어 보니 웬 40대 후반으로 보이는 남성이 기민호를 빤히 쳐다보고 있었다. 가만, 아는 얼굴 같았다. 혹시 금……문성 의원? 보국당 비례대표 금문성 의원이었다.

금문성은 경기고와 하버드대를 졸업했으며 보국당에서 노동 쪽 전문가로 영입한 인물이다. 대개 초선 비례대표가 그러하듯 존재감이 없었다. 노동 쟁점에 관해 그가 어떤 시각을 가졌는지도 알려진 바 없었다. 다들 그가 하버드대를 졸업했다는 것에만 집중하지, 무슨 논문을 썼는지에는 관심이 없었다.

그런데 의원이 구내식당에서 혼밥을 다 하고 있네……. 고개를 갸우뚱하는데 금문성이 젓가락을 내려놓더니 기민호에게 손짓을 했다. 자기 앞자리에 와서 앉으라는 것이었다. 기민호는 얼른 식판을 들고 일어섰다. 그의 앞에 앉았다. 금문성은 대뜸 이렇게 물었다.

"시금치 안 좋아하세요?"

"네?"

"들었다 놨다 하시길래. 안 좋아하면 저 주시라고요."

기민호가 눈만 끔뻑거리자 금문성은 웃으며 말했다.

"기자님이시죠? 저는 금문성 의원입니다."

"알죠, 금 의원님이신 거. 아니, 의원이 구내식당에서 식사하는 거 처음 봐요."

"의원들은 한정식집이나 고급 중식당만 가는 줄 아세요? 실은…… 맞아요. 저도 여기서 밥 먹을 때 동료 의원 본 적 없어요."

"보통 주요 인사들이랑 먹잖아요. 장관이나 대기업 CEO, 그리고 기자들이랑요."

"제일 혐오하는 시간이 그거예요. 기자들 앞에서 자기 잘난 척만 하는 허울뿐인 시간."

놀라웠다. 보통 초선 의원들은 기자들 점약 잡아 오라며 보좌진을 닦달하곤 했다.

"자기 이름 알리려고, 기사 한 줄이라도 나보겠다고 난리잖아요. 동료 의원님들은요."

"저도 초반엔 그랬죠. 근데 너덧 번 먹은 뒤로는 차라리 구내식당에서 얼른 혼자 먹고 제 일 하는 게 낫겠더라고요."

"저도 기자들 꾸미 문화가 싫어서 혼밥 중이에요. 아, 저는 고도일보 기민호입니다."

"저희 좀 같은 과 같네요?"

금문성이 실실 웃었다. 그가 처음부터 "기자님이시죠?" 라고 물었던 게 생각났다.

"제가 기자인 건 어떻게 아셨어요?"

"딱 보면 알겠던데요? 주위 사람들 무슨 말 하나 계속 귀

기울이고, 중간중간 혼잣말하면서 짜증 내고, 옆에 노트북이랑 충전선이 놓여 있고……. Everything tells your job."

관찰력이 대단했다.

"기자질 하다 보니 귀대기가 습관이 돼서 그래요."

기민호가 민망해하자 금문성은 이렇게 말했다.

"너무 열심히 살지 마세요. 그래봤자 별거 없습니다."

송가을은 부스에서 혼이 나고 있었다. 조간에 크게 물을 먹었기 때문이다. 대한신문은 다민당이 산업재해 발생 시 기업의 처벌을 강화하는 법을 허남인 대표 이름으로 오늘 바로 발의한다는 소식을 단독 보도했다. 벌금을 크게 높이고 법인뿐 아니라 사업주를 처벌 대상에 넣기로 했다는 내용도 담겼다.

송가을은 분명 황진섭에게 이를 문의한 바 있었다. '이번에'를 빼먹었다고 반장한테 혼난 뒤였다. 하지만 당시 그는 발의가 전혀 준비돼 있지 않다며 관심도 없다는 태도였다. 그런데 단 며칠 만에 상황이 바뀌었다는 것인가. 조간을 보자마자 송가을은 황진섭에게 전화했다. 그는 한 가지 말만 반복했다.

"송 기자. 정치는 생물이야."

송가을은 고석동 앞에서 머리를 조아려야 했다. 얼마 전

보국당 귀대기 단독은 이미 잊힌 듯했다. 아니, 단독 한 번 했으면 물 한 번 먹을 수도 있는 거 아닌가. 이 정도면 '똔똔' 아냐? 이 말이 목구멍까지 올라왔지만 참기로 했다.

이번 단독은 심지어 같은 꾸미원인 배정민의 작품이었다. 어제 같이 점심도 먹고 상당한 시간을 함께 보냈는데 대체 언제 홀라당 단독을 쓴 건지 알 수 없었다. 그는 기사와 관련해 그 어떤 것도 티를 내지 않았다. 속으로 얼마나 고소해하고 있었을까. 배가 아팠다.

"배정민! 한 건 했네?"

연훈석이 묻자 배정민은 한껏 뻐겨대며 말했다.

"어제 당 대표실에 노동 전문 의원들이 분주히 드나드는 걸 보고 심상치 않은 기운을 포착했지."

연훈석도 할 말이 있었다.

"니 기사 보고 의원실 마와리 돌아보니 대표 임기가 얼마 안 남았는데 성과로 내세울 대표 법안이 없다는 비판이 있었다더라. 그래서 갑자기 밀어붙이게 됐다던데?"

출입처의 이곳저곳을 돌며 기삿거리를 찾아다니는 걸 '마와리'라고 한다. 역시 일본어에서 유래된 업계 은어였다. 휴가를 마치고 돌아온 박동현도 그새 마와리를 돈 모양이었다.

"허남인이 이번 회기에 무조건 통과시키라고 했다더라. 간만에 환노위 세게 팔로우업해야 할 것 같아."

다들 언제 이렇게 정보를 모은 건지 송가을은 신기하기만
했다.

*

국회는 법을 만드는 곳이다. 법안 심사는 국회가 수행할
제1의 일이다. 대표 명의로 법안이 실제 제출되자 분위기가
급물살을 탔다. 이 법안은 환경노동위원회 소관이었다. 환노
위엔 노동 소위원회와 환경 소위원회가 있었다. 이번 건은
노동 소위 몫이었다. 회의가 바로 잡혔다.

노동 소위는 다민당 의원 4명, 보국당 5명, 극진보당 1명
으로 구성됐다. 소위를 통과해야 환노위 전체회의에 상정되
고, 이후 법사위에서 다른 법안과 상충하는 부분은 없는지
등을 살핀 뒤 통과되면, 전체 의원 300명이 표결하는 본회의
에 상정된다. 본회의에 과반의 의원이 출석해 과반의 찬성표
가 나오면 최종 완료다. 소위는 법안 통과의 지난한 과정 중
첫발이었다. 비공개로 진행됐다.

오랜만에 소위 회의장 앞에 판이 벌어졌다. 여야 말진 30여
명이 노트북을 들고 와 진을 치고 의원들의 입장을 기다렸
다. 송가을도 익숙한 듯 쭈그려 앉았다. 기민호 역시 그 옆에
앉아 노트북을 폈다. 송가을의 특종으로 법사위에서 환노위

로 '좌천'된 고규범은 노동위가 아닌 환경위 소속이었다. 다행이었다. 여기에서 만났다면 송가을에게 눈을 흘기며 뒤에서 취재를 방해했을 게 뻔했다. 부재중 전화 131통은 결코 잊을 수 없었다.

그때 극진보당 정민순 대표와 함께 한 20대 남성이 회의장 앞을 찾았다. 정 대표는 "이분이 산업재해로 숨진 김미정 씨의 오빠"라며 "법안 통과를 촉구하러 직접 오셨다"고 소개했다. 김 씨의 오빠는 가슴에 국회 방문증을 차고 있었다. 그 옆엔 근조 리본이 달려 있었다. 그를 향해 일제히 카메라 플래시가 터졌다.

"강주에서 법만 잘 지켰어도 제 동생은 죽지 않았을 겁니다. 산업재해 발생 시 기업 처벌을 강화하는 법을 이번에 꼭 통과시켜야 합니다."

오빠의 말투는 덤덤했다. 슬픔을 꾹꾹 누르고 있는 듯했다.

소위 의원들이 하나둘 입장하기 시작했다. 다민당과 보국당에는 노동계 출신 의원이 서너 명씩 포진돼 있었는데 오늘 한데 모였다. 보국당 나태욱 의원도 그중 하나였다. 나태욱은 김미정 씨 오빠를 보자 회의장으로 향하던 발걸음을 멈췄다. 갑자기 그를 끌어안더니 눈물을 흘리며 외쳤다.

"울지 마십시오! 제가 최선을 다하겠습니다! 저 나태욱을 믿어보십시오!"

카메라 플래시가 요란스럽게 터졌다. 김 씨 오빠는 울지 않는데 그 앞에서 의원이 눈물을 흘리는 광경은 기자들의 시선을 끌기에 충분했다. 게다가 보수 정당인 보국당 의원이 아닌가. 나태욱은 이어 기자들을 향해 말했다.

"저 나태욱, 노동계 출신 아닙니까. 보국당이라고 노동자에게 인색할 거란 편견, 이참에 거둬주시길 바랍니다. 최선의 결과를 끌어내겠습니다."

나태욱은 이내 만족스러운 표정을 지으며 회의장으로 들어갔다. 나태욱 뒤로 금문성 의원이 무심한 표정으로 회의장에 입장했다. 금문성은 기자들 무리에서 기민호를 발견했지만 아는 척하지 않았다. 이번에도 귀대기는 당직자들에 의해 막혔다. 여야 합의 결과라고 했다.

소위 회의장은 테이블 하나가 들어갈 정도의 작은 규모라 정문 말고 다른 문이 존재할 리 만무했다. 그러니까 비밀의 문 따윈 없었다. 모든 회의장마다 비밀의 문이 있다면, 그리고 그것을 타사 애들은 모른 채 나만 알고 있다면 얼마나 좋을까. 송가을은 회의장 문을 바라보며 생각했다.

고석동과 최창수, 윤장미는 부스에 앉아 말진들이 올리는 메모를 살펴보고 있었다. 그때 누군가 부스 안으로 빼꼼히 얼굴을 내밀었다. 강주그룹 홍보실의 문주민 상무였다.

"똑똑! 잠시 들어가도 되겠습니까?"

문주민의 등장에 고석동은 자리에서 일어나 달려나갔다. 최창수도 "누추한 여기까지 어인 일이시냐"며 벌떡 일어났다. 두 반장은 함박웃음을 지었다.

문주민은 그냥 홍보실 상무가 아니었다. 고도일보 출신 기업인이었다. 심지어 직전 정치부장으로 서수경 부장의 전임이었다. 고석동과 최창수는 얼마 전까지 문주민의 지시를 받았다. 그런 그가 갑자기 강주그룹 홍보실 상무 자리로 옮긴다고 밝히자 다들 적잖은 충격을 받았다.

강주그룹은 총수의 비리로 검찰 조사를 받고 있었다. 주가 조작 및 횡령 혐의었다. 압수수색이 본격화하자 강주는 전방위로 기자들을 영입하기 시작했다. 영입된 이들은 직전에 소속됐던 언론사에 기사를 빼달라거나 크기를 줄여달라며 로비하는 일을 맡았다. 맨날 쪼아가며 부리던 후배 기자에게 부탁을 하고 때론 굽신거려야 하는 일은 생각보다 곤욕스러운 것이었다.

문주민의 이직 소식에 다들 놀랐던 것도 이 때문이었다. 문주민은 머리를 조아리지 않는 스타일이었다. 그 또래 간부급 기자들이 대부분 그러하듯 목에 깁스한 자세로 신문사 건물을 어슬렁거렸다. 그런 그가 홍보실로 이직을 한다고?

그를 움직이게 한 건 돈이었다. 돈이 모든 걸 보상해줬다.

언론사에 있을 때보다 연봉은 3배가량 뛰었다. 문주민의 딸은 국제학교를 다니고 있었다.

고석동과 최창수는 윗사람에게 충실한 캐릭터였다. 문주민을 보자마자 마치 현직 정치부장이 부스에 찾아온 것처럼 대했다. 고석동은 자신의 의자를 문주민에게 양보했다. 자신의 자리가 최상석이라고 생각하는 듯했다. 최창수는 "선배 얼굴이 더 좋아지셨다"라고 덕담을 건넸다. 분위기가 훈훈했다.

"우리 기자님들 얼른 목 좀 축여드려."

문주민이 함께 온 홍보실 부장에게 말했다. 홍보실 부장은 들고 있던 빨간색 박스를 열었다. 홍삼 진액을 꺼내 두 반장에게 나눠줬다.

두 반장과 달리 윤장미는 심기가 불편했다. 대기업으로 옮겼으면 이제 다른 회사 사람이지 선배는 무슨 선배란 말인가. 바로 '버럭' 해버릴까 하다가 일단 참기로 했다. 대충 인사 정도 하고 떠날 테니 그냥 한 귀로 흘리자 싶었다. 그런데 문주민은 그럴 생각이 없었다.

"그래서, 서수경은 부서 운영은 잘하고? 아차, 이제 서수경 부장이라고 해야 하나? 대 고도일보 정치부장님이신데. 허허."

"선배 계실 때만 하겠습니까. 너무 그립습니다."

고석동이 따라 웃었다. 문주민은 고석동의 반응이 마음에

든 모양이었다.

"나보다 네 기수 아래를 후임으로 앉힐 줄은 몰랐는데 말이야. 언론사엔 계통, 체계라는 게 있는데, 그런 파격 인사는 좋지 않아. 어이쿠. 이제 보니 내가 감히 대 고도일보 정치부장에 대해 이러쿵저러쿵하고 있네."

'이러쿵저러쿵' 할 때 문주민은 익살스러운 표정을 지었다.

"선배처럼 회식하면서 회포를 풀어야 하는데 일절 그런 게 없어요."

"회식을 극혐하질 않나……. 일 끝나면 무조건 집인데, 주소는 또 비밀이라 하데요."

고석동과 최창수가 번갈아 문주민의 흥을 돋웠다.

"주소를 왜 물어봤어?"

고석동은 의외라는 듯 최창수에게 물었다.

"어? 같이 야근했을 때 집에 가는 길에 내려드릴까 해서……."

최창수가 잠시 당황하더니 얼버무렸다. 문주민은 할 말이 많았다.

"부장이 어떻게 회식 한 번을 안 하냐. 그리고, 기자한테 사생활이 어딨어? 내가 결혼했냐고 물어봤다가 서수경한테 된통 당했던 거 생각하면 기가 차서……."

고석동은 슬슬 용건이 궁금했다.

"근데 부스에는 무슨 일로 오셨어요?"

"그게 말이지. 하. 골치 아프게 됐어. 산업재해 처벌을 강화한다 어쩐다 하는데, 우리 계열사 중에 강주중공업뿐만 아니라 강주건설까지 대상에 올랐거든. 부담이 너무 커지게 된단 말이야."

"이번에 강주중공업 사고, 허남인 대표가 단단히 벼르고 있던데요?"

고석동의 말에 문주민은 화를 내다시피 했다.

"그거! 노동자가 독단으로 벌인 상황을 우리가 어떻게 다 컨트롤 하나? 2인 1조 지침이 지켜지지 않았다고 하는데 어떻게 다 세세하게 관리 감독을 하겠냐고!"

이어 아주 중요한 말을 뱉는다는 듯 느릿하게 말했다.

"기업에 와보니까, 현장은 아주 달라. 우리가 기사는 참 쉽게 쓰잖아? 근데 경영하고 관리하는 게 그렇게 단순한 게 아니더라고. 기업인들의 노고가 대단해."

이제는 본론 차례였다.

"그래서 말인데, 고도일보에선 이번 건 기사를 어떤 톤으로 쓰려나? 너무 노동자에 치우치지 말라고, 내가 교정시켜 주러 온 거야."

문주민은 가랑이를 쫙 벌려 앉은 채 말했다. '교정'이라는 단어를 뱉을 때는 한쪽 눈을 감으며 피식 웃었다. 옆에 있던

122

홍보실 부장은 연신 고개를 끄덕였다.

그때 최창수 옆에서 다른 목소리가 들려왔다. 윤장미였다.

"가만히 들어주니 헛소리가 한도 끝도 없네. 기업인들 노고? 그거 지침만 철저히 지키면 죽을 사람 살릴 수 있는데 뭐요? 어떻게 세세~히 다 하냐고요? 그런 곳에서 어떻게 이렇게 세세~히 언론사 부스를 찾아다니면서, 기사 톤 다운시키려고 세세~히 로비를 하고 있을까?"

순간 문주민은 얼어붙었다. 고석동, 최창수 그리고 홍보실 부장도 마찬가지였다. 문주민은 윤장미의 워딩보다 말투가 더 거슬렸다.

"우리 윤 기자, 여전하네? 근데 말이 왜 그렇게 짧아? 내가 전 부장인 거 잊었어?"

"기억해서 그러는 건데?"

"뭐, 뭐야? 너 미쳤어?"

"옛날 선배지 지금은 아니잖아요. 그냥 기업인, 아니 홍보실 업자에 불과하다고요."

"뭐? 업, 업자?"

문주민의 얼굴이 붉게 타오르기 시작했다. 윤장미는 개의치 않았다.

"근데 반말을 먼저 시전하시니까. 나도 똑같이 반말한 거지. 그래야 공평하지 않겠어?"

문주민이 이성을 잃으며 윤장미에게 다가가려 하자 홍보실 부장이 그의 팔을 꽉 붙잡았다.

"상무님, 여기서 이러시면 안 됩니다. 여기 방음도 잘 안 되는데, 주위에 다른 기자들 잔뜩 있어요."

그 말에 문주민이 주위를 살폈다. 실제 옆 부스 타사 기자들은 귀를 쫑긋한 채 소음의 내용을 파악하느라 분주했다. 깨끼발을 들고 쳐다보려는 기자도 있었다. 문주민은 숨을 한번 고른 뒤 말했다.

"윤 기자. 부친 생각 좀 해. 언제까지 망나니처럼 살면서 부친 얼굴에 똥칠할 거야?"

"우리 아버지 생각은 내가 더 많이 하거든요. 방호원 부르기 전에 그만 나가주시죠. 문주민 상.무.님."

윤장미는 옆에 놓인 홍삼 박스를 집어 홍보실 부장에게 건넸다. 눈을 흘기며 부스를 빠져나가는 문주민을 향해 윤장미는 말했다.

"그리고 어디 가서 우리 부장 뒷담화하지 마십쇼. 일 끝나고 피곤해 죽겠는데 새벽 두세 시까지 질척거리며 회식하던 거, 정말 싫었거든요?"

문주민이 떠난 뒤 최창수는 고개를 가로저었다. 고석동은 "너 꼭 이렇게까지 해야겠냐?"고 한 소리를 했다. 윤장미는 아랑곳하지 않았다. 경쾌하게 손뼉을 치며 외쳤다.

"우리 선배님들! 이제 일합시다! 마감 시간이 다가와요!"

*

브리핑룸이 북적이기 시작했다. 건설협회에서 기자회견을 열어 "기업 옥죄는 법 개정에 결사 반대한다"고 목소리를 높였다. 중공업협회와 한국기업인협회도 줄줄이 브리핑룸 연단에 섰다. 모두 같은 주장이었다. 브리핑룸은 의원이 예약해야 사용할 수 있다. 보국당 의원들은 부지런히 자리를 선점해 협회에 기회를 줬다. 일사불란했다. 건설업체 대표 출신의 보국당 의원은 기자회견을 자처했다. "법이 통과되면 기업들 다 망한다"며 눈물을 글썽였다. 쉼 없이 여론전이 이어졌다.

다민당은 애초 법안 통과를 자신했다. 그런데 기업 쪽의 물량 공세에 흔들리기 시작했다. 경제지들은 건설사 대표들 인터뷰 기사를 쉬지 않고 쏟아냈다. 현재 분위기에 힘입어 보국당 의원들은 똘똘 뭉쳐 반대표를 던질 가능성이 농후했다.

다민당과 극진보당 의원이 합심하면 이에 맞설 수 있었다. 다민당 140표에 극진보당 20표면, 전체 300석의 절반인 150표를 10표가량 넘긴다. 보국당의 140표도 너끈히 넘어선다. 하지만 장담할 수 없었다. 다민당 의원 중에도 건설사 대표 출신들이 있었고, 가족이나 친척이 회사를 운영하는 경우도 많았다. 환노위는 여차여차 통과하더라도 본회의는 쉬운 싸움이 아니었다. 지금 필요한 건 다민당에 호의적인 여론이었다.

허남인 대표는 긴급회의를 주재했다. 노동 소위 의원들을 불렀다. 의원들은 소위 회의를 중단한 채 다민당 당 대표실을 찾았다. 긴급회의는 비공개로 진행한다고 했다. 문이 쾅하고 닫혔다. 문 앞에는 어김없이 기자들이 붙었다. 문밖이 소란스러워지자 허남인은 당직자에게 나지막이 말했다.

"매미 새끼들, 치워."

허남인의 한마디에 문에 붙어 있던 기자들은 우수수 떨어져 나가야 했다. 송가을도 그중 하나였다. 옆에 있던 연훈석이 송가을에게 투덜거렸다.

"이러면 회의 끝나고 노동위 위원들 쫓아가야 하고 전화도 돌려야 하고, 엄청 피곤해지는데……."

"네 전화는 받기라도 하지, 내 전화는 받지도 않는다."

"송가을 기자님. 의원들은 밥 한 번은 같이 먹어야 전화를 받아요. 다민당이 140명이니 최소 140번의 점심이 필요하단 소리지."

140끼면 주말 빼고 거의 반년이 필요했다. 송가을은 갑자기 체기가 올라오는 것 같았다.

'매미 제거'가 확인된 뒤, 허남인의 표정은 싹 바뀌었다. 무표정에서 잔뜩 인상을 쓴 얼굴로 순식간에 전환됐다. 목소리도 확 달라졌다. 신경질이 가득했다. 평소 화면에서 보던 모습과 전혀 달랐다.

"야 이 새끼들아! 지금 이 법, 내 이름으로 대표 발의한 거 잊었어?"

소위 의원들은 고개를 들지 못했다.

"보국당이 저 난리 치고 있는 동안 네놈들은 뭐하고 앉아 있었어? 어?"

다들 입을 열지 못했다. 허남인은 이어 은밀한 미소를 지으며 말했다.

"다음 공천 심사 때 말이야. 소위 활동을 아주 꼼꼼하게 볼 거야. 물론 중요한 건 결과고. 알겠어?"

사실 허남인의 근엄함은 카메라 앞에서로 국한됐다. 기자들이 빠지고 의원들만 있는 자리에서 그는 본색을 드러냈다. 목소리를 높였고 가끔 이른바 '조인트를 까기'도 했다.

그는 철저하게 다음 총선 공천권을 자기 손 위에 올려놓는 방향으로 리더십을 구축했다. 어느 의원도 그에게 반기를 들기 어려웠다. "대표가 소리를 질렀다"는 말조차 외부에 새어나가지 않았다. '차라리 대놓고 버럭하는 김춘익이 낫다'고 속으로 되뇔 뿐이었다. 허남인에게 밉보였다간 다음 배지는 날아가기 십상이었다. 그는 그렇게 다민당 최대 계파 '허파'에 십수 년째 숨을 불어넣고 있었다.

긴급회의가 끝난 뒤 다민당 소위 의원들은 고민에 빠졌다. 자기들끼리 모여 머리를 맞댔다. 한 의원이 "단식이라도 해야 하는 거 아니냐"는 말을 뱉었을 때 소위 위원장을 맡은 서함호 의원에게 시선이 쏠렸다. 4명의 소위 위원 중 그는 몸무게가 가장 덜 나갔다.

"존경하는 서 의원, 노동계에 있을 때 단식깨나 해보지 않았소."

"우리 중에 제일 안 먹잖아요. 아까 회의장에서 간식에 손도 안 대더만. 내가 봤잖아?"

서함호는 결국 본회의장 앞에서 단식에 돌입하기로 했다. 나머지 세 의원은 법안의 필요성을 홍보하기 위해 본회의장에서 번갈아 가며 '대국민 끝장 연설'을 하기로 했다. 극적 효과를 위해 준비가 끝날 때까지 계획은 비밀에 부치기로 했다.

소위가 중단되자 송가을은 할 일이 없어졌다. 회의장 앞엔 김미정 씨의 오빠가 여전히 서 있었다. 다리가 아플 것 같았다. 송가을은 근처 빈 회의장에서 의자를 하나 들고 나왔다. 김 씨의 오빠에게 조심스레 다가갔다.

"여기 앉으세요."

김 씨의 오빠는 거절했다.

"저 여기 편히 있으려고 온 거 아니에요. 동생이 눈도 제대로 못 감고 죽었는데 이 정도는 아무것도 아니죠."

송가을은 조용히 의자를 제자리에 갖다 놨다. 그동안 김 씨의 죽음이 기사에 자세히 묘사된 바는 없었다. 송가을이 노동 분야를 담당하는 선배에게 물어보니, 홀로 기계를 고치러 갔다가 몸이 끼어 절단됐다고 했다. 너무 처참해 기사엔 묘사를 최소화하고 있다고 했다.

동생이 그렇게 숨지면 마음이 대체 어떨까. 상상하기 어려웠다. 가까이서 보니 김 씨 오빠도 꽤 앳되어 보였다. 20대 후반쯤 되려나. 송가을과 비슷한 또래 같았다. 평범한 청년에서 하루아침에 투사가 된 그를 보며 송가을은 착잡했다. 정치적 계산을 떠나, 이런 법은 통과되는 게 맞는 것 같았다.

할 일이 없어진 건 기민호도 마찬가지였다. 여당 소위 위원들이 허남인의 호출로 떠나고 회의실 안에는 야당 의원들만 남은 상태였다. 안에서 다들 뭐 하고 있는지 궁금했다. 주머니 안에 있던 명함이 떠올랐다. 아침에 구내식당을 나설 때 금문성 의원은 기민호에게 자신의 핸드폰 번호가 찍힌 명함을 주며 "궁금한 게 있으면 연락하라"고 했다. 기민호는 명함을 만지작거리다 카톡을 보냈다. 답이 올 것 같지 않지만, 밑져야 본전이라 생각했다.

똑똑, 의원님. 저 기민호예요. 안에 상황은 어떤가요?

보내자마자 읽음 표시가 떴다. 뜻밖이었다.

금문성 다민당 의원들 나가자 극진보당 의원도 나가고. 그냥 우리 끼리 있음.

기민호 엇! 답 주셔서 감사해요. 소위는 왜 그렇게 길어져요? 이 건은 보국당도 통과시키겠다는 입장 아니에요?

금문성 뭔 소리? never.

기민호 아까 나태욱 의원이 꼭 통과시키겠다고 했잖아요. 나 의원 이 보국당 소위 간사인데, 계획에도 없는 말을 했겠어요?

금문성 아, 그거? :)

기민호 지금 기업들이 방방 뛰니까 주춤한 상황 같은데, 세 당이 같은 입장이면 문제될 게 뭐 있어요. 밀어붙이면 되죠!

금문성 기 기자. 카메라 밖을 봐요.

기민호 네?

금문성 나태욱이 진심이었다고 생각해요?

기민호 그럼요! 울기까지 했는데요?

금문성 안에 들어와선 지금 작심하고 반대하고 있어요. 이 법안 반드시 막아내겠다면서. 기업 죽이는 법안 통과시키면 그 후폭풍을 어떻게 감당하겠느냐고.

기민호   네?;;;;;;;;;;;

금문성   자기도 나름 노동계 출신이니 앞에서 이미지 관리를 해야
          겠죠. 뭐, 카메라 플래시도 제대로 받았고.

기민호   완전 쇼한 거네요? 와. 사기꾼. -_-

금문성   다들 왜 그렇게 열심히 사는지.

기민호   소오름……. 이거 기사 써도 돼요?

금문성   출처를 모 의원으로 하신다면야. 난 말한 적 없습니다.

　나태욱의 이중 행보는 곧바로 고도일보 편집회의에 안건
으로 올라갔다.

　"지금 법이 통과되느냐 마느냐 실시간으로 중요한 국면이
니, 종이신문 인쇄 일정 생각하지 말고 일단 디지털에 쏘자."

　편집국장의 지시에 기민호의 바이라인으로 단독 기사가
올라갔다. 나태욱의 이중성을 잘근잘근 씹는 내용이었다.

　"귀대기 막으라니까!"

　회의장 안에 있던 나태욱이 문을 확 열고 나오며 외쳤다.
하지만 귀대기를 하고 있는 기자는 아무도 없었다. 다들 멀
찌감치 떨어져 있었다. 머쓱해진 나태욱은 괜히 문 앞을 지
키고 있는 당직자를 흘겨보고는 "잘 막아!"라고 말한 뒤 안으
로 들어갔다.

　나태욱이 다시 들어오자 금문성은 황급히 채팅 앱을 닫고

동영상을 화면에 띄웠다.

"주토피아, 이 영화 참 재밌네요."

실실 웃는 금문성을 나태욱이 한심하다는 듯 내려보며 지나쳤다.

송가을은 회의실 앞 복도를 어슬렁거렸다. 타사 기자들은 구석구석 홀로 서서 누군가와 소곤소곤 통화하고 있었다. 송가을은 누구에게 전화를 걸어야 할지 몰랐다. 부러운 눈으로 기자들을 바라만 봤다. 그때 저쪽 복도 끝에서 한 보좌관이 커다란 봉지에 무언가 잔뜩 쑤셔 넣은 채 걸어가는 게 보였다. 보좌관은 문을 열더니 계단 통로로 사라졌다.

그가 사라지기 직전 송가을은 보았다. 봉지 속 무언가에 적힌 글씨. 그것은 '하기스'였다. 얼핏 본 것이었지만 하기스라는 빨간 글씨는 분명했다. 송가을에게 그 빨간 서체는 익숙했다. 조카가 신생아였을 때부터 자주 보던 거였다.

이상했다. 국회에 웬 아기 기저귀? 촉이 왔다. 뭔가가 있다! 송가을은 서둘러 계단 통로에 진입했다. 보좌관을 황급히 붙잡았다.

"저 송가을 기자인데요. 고도일보 소속이에요."

"무슨 일이시죠? 지금 바쁜데."

"죄송한데 하나만 여쭐게요. 그 기저귀요. 하기스 매직 팬

티. 그거 왜 구해오셨어요?"

"아, 이게…… 저희 사장이 찰 거예요."

사장은 보좌진이 자신의 의원을 부르는 은어였다. 고용주라서 그런 식으로 부른다고 했다.

"의원님이 기저귀를요?"

"이따 대국민 끝장 연설 시작할 거거든요."

"끝장 연설?"

"지금 법 통과가 여론전으로 접어들었잖아요. 다민당 화력이 밀리고 있어서……. 서함호 의원님은 단식하고, 나머지 의원들은 끝장 연설로 법안의 필요성을 설파하려는 거예요."

"그런 계획이 있었군요. 몰랐어요. 그런데 기저귀는 왜……."

"기왕 하는 거 오래 버티기로 1등 해야죠. 중간에 화장실 가면 차례가 끊기잖아요. 그럼 다음 의원한테 시간이 넘어가고. 그래서 사장이 자기 차게 기저귀 좀 사 오라고……."

송가을은 입이 쩍 벌어졌다. 끝장 연설이 아무리 중요하다 해도 어떻게 이렇게까지 하려고 할까. 여의도 사람들의 상상력은 일반인의 것과 범주가 다른 듯했다. 송가을은 아직 일반인에 가까웠다.

의원이 누군지 알아야 했다.

"이응섭 의원이요. 곰 웅 자 아니고요. 예스, 응! 응섭이요. 근데 기사 지금 쓰시게요?"

"지금 쓰면 안 돼요?"

보좌관은 잠시 고민하더니 말했다.

"그럼 한 시간만 있다가요. 다들 준비 중이라 어수선한데 그쯤엔 준비가 끝날 거라 터뜨려도 될 거예요."

"감사합니다! 잘 써볼게요."

인사를 한 뒤 송가을은 문득 궁금해졌다.

"근데 왜 하기스예요? 그건 아기들 건데, 성인용 기저귀도 있잖아요. 요실금용."

"이게 더 주목을 끌지 않겠어요? 3, 40대 육아 유권층에도 어필하고."

"아, 네……. 이게 사이즈가 맞아요? 아기용이?"

"속옷 안에 잘 거치시키면 되겠죠. 저희 사장이 좀 왜소해요. 그럼, 저 갑니다!"

송가을은 보좌관과 명함을 주고받은 뒤 복도로 나왔다. 이 내용을 얼른 고석동에게 전했다. "당장 기사부터 쓰라"는 지시가 내려왔다.

복도 중간에 콘센트가 보였다. 노트북을 켜고 충전기를 꽂았다. 쭈그려 앉아 기사 초안을 쓰기 시작했다.

"다민당, 단식＋끝장 연설로 맞선다… 산재법 통과 위해 총궐기."

소리는 내지 않고 입 모양으로만 읊조리며 기사를 써내려 갔다. 타사 기자가 복도를 지나갈 땐 화면이 보일까 신경이 쓰여 몸을 움츠렸다. 연훈석처럼 화면 보호 필름을 사서 붙여야겠다고 생각했다.

기사 초고를 보내자 고석동이 카톡으로 물었다.

"사진은?"

이런 기사엔 사진이 생명인데 기저귀 사진 한 장 안 찍었냐는 것이었다. 아까 받은 명함을 꺼냈다. 계단 통로로 가서 보좌관에게 전화를 걸었다. 주위에 아무도 없는지 살핀 뒤였다.

"딱 한 시간 될 때 기사를 띄울 예정인데요. 죄송한데, 사진이…… 사진을 좀……. 아, 아닙니다. 사진을 부탁드릴까 했는데 그건 아무래도 실례일 것 같아요. 기저귀를 차시려는 게 생리 활동 때문인데, 연상이 될 것 같고…… 그냥 텍스트만 내보내겠습니다."

"방금 톡으로 보냈어요."

송가을의 말이 끝나자마자 보좌관은 사진을 보내왔다. 송가을이 놀라자 그는 "기왕 기사 내보내는 거 제대로 해야지 않겠냐"며 "여러 장 보냈다"고 덧붙였다.

"기저귀 어쩌고인데, 정말 사진 나가도 괜찮겠어요?"

송가을이 묻자 그는 말했다.

"기자님. 정치인한테는요. 자기 부고 기사를 제외하곤 모든 기사가 이득이에요."

핸드폰을 열어보니 이응섭 의원이 보였다. 의원실에 서서 한 손에 하기스 매직 팬티 한 팩을 움켜쥐고 있었다. 비장한 표정이었다.

"본인 부고 기사만 빼고 모든 기사가 득이다……."

송가을은 혼자 중얼거렸다. 여의도 사람들은 정말 대단한 족속이란 생각이 들었다. 상상력의 범주가 다를 뿐 아니라 그냥 종족이 다른 듯했다.

사진을 붙여달라며 디지털부에 전송했다. 오늘 밥값은 다 한 기분이었다. 사진을 보자마자 이용식 부장은 외쳤다.

"오늘 한 달 치 페이지뷰 한 큐에 나오겠다! 디지털부, 마감하고 소고기 먹으러 갑시다!"

'기저귀 의원.'

'하기스 투혼.'

'응가 응? 이응섭.'

송가을의 기사가 뜨자마자 이응섭은 포털 사이트 실시간 검색어를 장악했다. 소위의 다른 의원은 자신의 보좌관에게 "너흰 저런 거 준비 안 하고 뭐 했냐"고 질타했다. 관심이 집중된 가운데 본회의장에서 끝장 연설이 시작됐다. 언론사들은 이를 생중계하며 분위기를 띄웠다. 특히 이웅섭이 단상에 오르자 실시간 시청자 수가 올라갔다. 중계 창의 채팅방이 소란스러워졌다.

"지금 기저귀 찬 것임?"

"올라갈 때 엉덩이 부분이 도톰한 게 진짜 찬 모양."

"근데 성인용 차지 왜 하기스를?"

"하기스, 이번에 광고 효과 대박!"

이웅섭은 "예스, 응! 웅섭, 이웅섭 의원입니다"라고 입을 뗀 뒤 힘차게 연설을 시작했다.

*

본회의장 앞에서는 단식이 시작됐다. 소위 위원장이자 다민당 위원인 서함호 의원은 양반 자세로 앉아 허리를 곧추세우고 정면을 응시했다. 기자들은 그 앞을 지켜야 했다. 그가 쓰러지기라도 하면 속보를 써야 하기 때문이다. 이런 현장은 응당 말진의 몫이었다. 송가을도 자리를 잡았다. 깔개를 산다는 걸 매번 까먹었다. 집에 가면 손끝에 쇼핑 앱을 열 힘조차 남아 있지 않았다.

맨바닥에 앉아 있으려니 엉덩이가 시렸다. 그래도 어쩔 수 없었다. 옆에 대한신문이 굴러다니는 게 보였지만 신문지를

137

깔고 앉을 순 없었다. 같은 업계끼리 예의가 아닌 듯했다.

한 시간, 두 시간, 세 시간…….

시간이 지나면서 기자들이 하나둘 뻗기 시작했다. 해는 이미 저문 지 오래였다. 다들 부스 한쪽에 보관하고 있던 침낭을 가져왔다. 여기저기 자리를 잡고 눕거나 엎드렸다. 앞에 서함호는 여전히 반듯했다. 흐트러짐이 없었다. 옆에서 다른 기자들끼리 구시렁거리는 소리가 들렸다.

"서함호, 왕년에 단식 4박 5일 한 적도 있더라."

"평소에 소식하기로 유명하대. 라면 하나를 다 못 먹는다고."

송가을은 허리가 너무 아팠다. 엉덩이는 시리다 못해 이제 얼얼했다. 옆에서 한 기자가 초코파이를 먹겠다며 부스럭거렸다. 일제히 시선이 쏠렸다.

"거, 단식하시는 분 앞에서 예의 좀 지켜주시죠!"

서 의원의 보좌관이 자제를 부탁했다.

잠시라도 허리를 펴고 싶었지만 송가을에게는 침낭이 없었다. 맨바닥에 드러누웠다. 이제 좀 살 것 같았다. 민트색 돔의 안쪽이 저 위로 보였다. 본회의장 앞에 넓은 공간은 돔의 안쪽 면을 가장 확실히 마주할 수 있는 곳이었다. 종종 고개를 올려 쳐다보곤 했는데 이렇게 누워서 한참을 보게 될 줄은 몰랐다.

송가을은 국회에 출입한 첫날을 떠올렸다. 돔이 하늘색인 줄 알았는데 막상 가까이서 보니 민트색이었다. 민트초코봉봉 아이스크림에서 초콜릿만 빼면 됐다. 하늘색과 민트색은 확실히 달랐다. 하늘색이 그냥 편안한 느낌을 준다면, 민트색에는 설렘이 한 방울 추가된 것 같았다. 당시 국회는 낯설고 두려운 공간이었다. 지금은 그 안에 이렇게 평온하게 드러누워 있다.

심지어 돔은 원래 민트색이 아니라 붉은색이었다는 것도 알게 됐다. 붉은색이 어떻게 민트색이 될 수 있는 거지? 송가을은 돔 안쪽을 올려다보며 계속 생각했다. 오랜 시간이 지나면 나의 색도 변해서 여의도에 어울리는 기자가 될 수 있을까. 이 안에서 나는 좋은 기자가 될 수 있을까.

대법관 후보자가 청문회를 통과하고 약자를 보호하는 대법관이 되겠다며 눈을 반짝였을 때 송가을은 잠시나마 좋은 기자가 된 기분을 느꼈다. 그러나 오래가지 못했다. 아직 멀었다는 생각이 들었다. 갑자기 허기가 몰려왔다. 천장을 보며 천천히 말했다.

"민트초코봉봉 아이스크림 먹고 싶다……."

그때 누군가 머리 위에서 시야를 가렸다. 배가 고파서인지 눈앞이 뿌옜다. 기민호인가? 정신을 차리고 보니 아니었다. 박동현이었다. 박동현은 송가을 옆으로 묵직한 무언가를 내려놨다. 고개를 돌려 보니 침낭이었다.

"이게 뭐냐?"

"우리 부스에 굴러다니는 건데 남아서 가져왔어. 너 쓰든지 말든지 알아서 해."

침낭엔 'NBS' 로고가 선명하게 박혀 있었다.

"남의 회사 걸 어떻게…… 아니다. 쓸게. 고마워."

박동현이 떠난 뒤 송가을은 침낭을 폈다. 서함호 의원은 여전히 꼿꼿했다. 그가 마음에 걸렸지만 어쩔 수 없었다. 침낭 속은 포근하고 아늑했다. 누운 채로 핸드폰을 봤다.

본회의장 안에서는 여섯 시간째 연설이 진행 중이었다. 그 가운데 세 시간을 이응섭 의원이 채웠다. 단상에서 내려온 이응섭은 잠시 휴식을 취한 뒤 갈아 찰 기저귀를 챙겼다. 실시간 검색어를 보며 미소 짓더니 보좌관에게 말했다.

"내 이름이 실검에 오른 건 국회 들어오고 처음이네. 우리 방 식구들 고생 많았어. 아, 이러다가 하기스에서 기저귀 광고 들어오는 거 아니야? 다음 턴에 마이크 잡으면 후기를 밝혀야 하나? 흡수력 아주 좋다고."

*

여당이 법안 통과를 위해 몇 가지 이벤트를 내놓자, 보국

140

당은 의원총회를 열겠다고 했다. 보국당은 무슨 일만 있으면 의총을 열었다. 송가을은 미세하게 미소를 지었다. 타사 기자들이 눈치채지 못할 정도의 미세함이었다. 보국당 의총 취재라면 자신 있었다. 우리에겐 비밀의 문이 있었다.

보국당 의원들은 본회의장 맞은편에 있는 의총장에 들어가며 단식 중인 서함호 의원을 보았다. 저마다 눈을 흘기며 지나갔다. 한 보국당 의원은 "이 법이 뭐라고 저렇게까지 하냐"며 혀를 찼다. 다른 의원은 "허남인 눈에 들기 참 어렵네"라고 말하며 실실 웃었다. 다른 의원들의 눈을 피해 한 손으로 파이팅 제스처를 취한 의원도 있었다.

그때였다. 어디선가 멀리서 피자 냄새가 났다. 송가을은 분명 피자 냄새를 맡았다. 슈퍼슈프림 같기도 하고, 페페로니 냄새도 섞여 있었다. 송가을뿐만이 아니었다. 침낭에 누워 있던 말진들이 하나둘 일어서기 시작했다. 냄새를 쫓아 시선을 옮기니 진짜 피자가 보였다. 심지어 여러 판이었다. 20판은 족히 돼 보였다.

피자 냄새의 주인공은 보국당 유천희 의원이었다. 그는 대형 피자 프랜차이즈 업체 사장 출신으로 고향에서 배지를 단 초선이다. 그는 피자 10판씩을 끈으로 묶은 뒤 양손에 들고 의총장을 향했다. 어찌나 강력한지 누구도 그 냄새를 피할 수 없었다. 서함호도 마찬가지였다.

유천희는 갑자기 가던 길을 멈추고 말진들을 향해 말했다.

"아유. 단식하시는 의원님 한 분 때문에 이 많은 젊은 청춘들이 차디찬 바닥에서 밤을 지새우게 생겼군요. 이게 무슨 짓입니까, 이게!"

서함호는 자리를 지킨 채 눈을 부라렸다. 유찬희는 의총장 안으로 쉽게 발을 옮기지 않았다.

"내가 우리 고생하시는 보국당 동료들을 위해 피자를 구워왔는데요. 어디, 우리 존경하는 다민당 서함호 의원님. 어떻게 한 판, 드시렵니까?"

도발이었다. 서함호보다 먼저 반응한 건 옆에 있던 보좌관들이었다.

"거 의원님은 상도의도 없어요?"

"어디 피자 팔던 인간이 국회에 들어와선!"

보좌관들은 팔을 걷어붙였다. 이에 유 의원의 보좌관들도 씩씩대며 맞섰다.

"피자 팔던 인간? 지금 말 다 했어?"

"미친 새끼가, 우리 의원님한테 감히 말버릇이 그게 뭐야?"

양쪽은 삽시간에 한 덩이가 돼 몸싸움을 벌였다. 여기저기에서 주먹이 날아왔고 머리채가 잡혔다. 일부 당직자들이 옆에서 "국회 선진화법 때문에 몸싸움하면 처벌받는다"라며 말려도 소용없었다.

　연훈석, 배정민 등 말진들은 벌떡 일어나 그 옆에 붙었다. 송가을도 마찬가지였다. 이 광경을 제대로 스케치해야 한다는 생각이 앞섰다. 옆에 바짝 붙으니 몸이 저절로 움직였다. 이리 치이고 저리 치였다. 연훈석과 배정민은 날아오는 주먹을 요령껏 잘 피했다. 한두 번 겪어본 솜씨가 아니었다. 송가을은 그러지 못했다. 초짜의 한계였다.

　퍽.

　송가을은 코를 정통으로 맞았다. 다민당 사람이 때린 것인지 보국당에서 날아온 주먹인지는 알 수 없었다. 그저 코피가 줄줄 흐를 뿐이었다.

*

　송가을은 본회의장 앞 구석에 쭈그려 앉았다. 휴지를 돌돌 말아 코를 막았다. 기민호도 옆에 앉았다. 한바탕 난리가 치러지고 여야 의원들이 뿔뿔이 흩어진 뒤였다. 폭력 사태의 여파로 보국당 의총은 취소됐다. 서함호 의원은 다민당 내부 회의를 진행하겠다며 다른 소위 의원들과 함께 사라졌다. 요란하던 공간이 한순간에 고요해졌다. 송가을은 멍하니 앞을 바라봤다. 그러다 기민호에게 물었다.

"그분 봤어? 김미정 씨 오빠. 가까이에서 보니까 참 어리더라. 우리 또래나 되려나."

"봤지. 감당하기 힘든 상황일 텐데 의연하게 잘 대처하더라고. 울지도 않고."

"그러게. 법이 통과된다고 동생이 살아오는 것도 아닐 텐데. 다른 사람들을 위해 저러는 거잖아. 대단하지."

"동생의 죽음을 헛되게 하지 않겠다는 거겠지."

그때 멀리서 무슨 소리가 들렸다. 어렴풋하게 시위 구호라는 걸 알 수 있었다. 기민호가 한참 귀를 기울이더니 말했다.

"가만. 산재법 통과시키라, 대충 그런 내용인데? 노동단체들 시위네. 밖에서 지금 하고 있나 봐."

의원들 들으라고 국회 앞에서 하는 것일 텐데, 정작 안에서는 잘 들리지 않았다. 너무 멀었다. 국회 정문을 나와 잔디밭을 가로질러도 5분은 걸어야 외부와 닿은 담장이 나왔다. 그 소리를 한참 듣더니, 기민호가 어이없다는 듯 말했다.

"아니. 자기들끼리 밖에서 저렇게 떠들면 뭐해. 어차피 여기 안에서 투표로 결정되는 건데. 저렇게 들리지도 않게 소리 낸들 어디다 쓰냐고."

"야, 기민호! 왜 저분들한테 뭐라 그래?"

"국회 안에서 다 해결될 문제인데 담 밖에서 저러는 게 무슨 의미가 있는지 모르겠어서 그러지."

송가을은 기민호의 눈을 바라봤다. 그리고 이렇게 말했다.

"저 사람들은 목소리 낼 방법이 저거밖에 없는 거 아닐까?"

기민호는 순간 말을 잇지 못했다. 얼어버린 채 송가을 얼굴을 가만히 바라봤다. 그때, 송가을의 코에 쑤셔졌던 휴지가 툭 튀어나왔다.

"야, 너는, 네 몸이나 살펴. 이게 이렇게 다쳐가면서 할 일이야? 대충 좀 해."

"스케치 한번 제대로 해보려다 그랬지. 그리고 너, 대충한다고 하지만 누구보다 열심인 거 내가 몰라?"

"내가 언제? 그리고 누가 그러더라. 너무 열심히 살지 말라고."

"누가?"

"구내식당에서 사귄 친구가."

"너 국회에 친구 있어?"

"독고다이는 친구 없냐? 너 꾸미 생겼다고 지금……."

그때 송가을 눈에 기민호 옆에 놓인 침낭이 들어왔다.

"넌 침낭을 왜 갖고 있냐. 야당은 뻗치기 안 했잖아."

순간 기민호는 당황했다.

"그냥 누구 필요한 말진 없나 해서……."

"오지랖은…… 어쨌든 다시 돌아다녀 보자. 서함호랑 뭐

하고 있는지 알아봐야지."

송가을이 자리를 뜬 뒤 기민호는 침낭과 송가을의 뒷모습을 번갈아 바라봤다. 그리고 나직이 혼잣말을 내뱉었다.

"정신 차려라. 기민호……."

기민호는 아까 침낭을 들고 송가을을 찾아갔다. 준비성이라곤 찾아볼 수 없는 송가을을 본인이라도 챙겨줘야지 싶었다. 본회의장에 도착했을 때 송가을 앞에는 박동현이 서 있었다. 그 옆에 침낭이 보였다. 기민호는 그대로 자리를 떴다. 기분이 좋지 않았다. 세게 물을 먹은 느낌이었다.

기민호는 엉덩이를 털며 일어났다. 송가을처럼 일어나 하러 가자 싶었다. 그때였다. 스피커 스위치를 올렸는지, 멀리서 노동단체 구호가 갑자기 크고 선명하게 들려왔다.

"노동자를! 보호하라!"

"우리는! 살고 싶다!"

기민호는 발을 떼려다 멈칫했다. 아버지의 부당 해고를 알리기 위해 기자들에게 숱하게 보냈던 메일들이 떠올랐다. 그 안에 담겼던 아버지의 목소리. 노동자를 보호하라……. 기본권을 보장하라…….

단 한 명도 답을 보내지 않았다. 피드백이 없었지만 기민호는 할 수 있는 게 그거밖에 없었다. 아는 기자가 없었고 기자에게 제보를 제대로 전달할 만한 지인도 전무했다. 보통 사람들처럼, 기민호에게 기자는 먼 존재였다. 하지만 가만히 있을 수 없었기에 메일을 보내고 또 보냈다.

그랬던 내가 과거는 깡그리 잊고 어렵게 목소리 내고 있는 이들을 무시한 건가. 이제 기자가 됐다고 미워했던 기자들과 똑같은 짓을 하고 있단 말인가. 한 대 얻어맞은 듯 뒤통수가 얼얼했다.

'저 사람들은 목소리 낼 방법이 저거밖에 없는 거 아닐까?'

송가을의 말이 귓가를 맴돌았다.

정작 기자가 된 뒤 기민호는 아무것도 하지 않았다. "몸이 아파 지금은 어떤 것도 하고 싶지 않고 할 수도 없으니 회사에서 괜히 '우리 아빠가 어째요' 쓸데없는 소리 하지 말고 네 일만 열심히 하라"는 아빠의 말을 받아들인 결과였다. 하지만 그 말이 없었어도 입 다물고 그저 현생에 집중했을 거란 걸 기민호는 부인하기 어려웠다.

'신입사원 때부터 어두운 과거사를 애기하는 건 좋지 않아.' '그렇게 많은 기자가 무시한 데는 다 이유가 있을 거야.' 이런 생각이 마음속에서 자꾸 자라났다. 눈치가 보이고 자신이 없었다. 아직 때가 아닌 듯했다. 기자가 됐다지만 여전히 막내, 말진에 불과했다.

그러고 보니 아버지도 전보다 괜찮아지신 것 같기도 했

다. 그렇게 보고 싶어서인지 진짜로 그런 건지는 모르겠지만, 어쨌든 조금은 그렇게 보였다. 아버지는 그 뒤로 기민호 앞에서 신문사 얘기를 일절 꺼내지 않았다. 아들이 무슨 기사를 썼는지는커녕, 언제 출근하고 퇴근하는지도 전혀 관심이 없었다. 그렇게 점점 옅어져 갔다. 모든 게.

노동단체의 구호가 이어지는 동안 기민호는 걸음을 한 발자국도 뗄 수 없었다.

*

다민당 의원들이 본회의장에 들어선 건 밤 9시를 막 넘겨서였다. 소위 위원장인 서함호는 기습적으로 회의를 열어 법안을 상정했고 곧바로 통과됐다. 기민호의 단독 보도 뒤 노동단체 사람들로부터 문자 항의를 받던 보국당 나태욱 의원이 표결을 기권한 영향이 결정적이었다. 환노위 문턱은 그렇게 넘을 수 있었다.

문제는 본회의였다. 다민당이 대국민 연설과 단식으로 여론의 이목을 끄는 사이 보국당 김춘익은 소속 의원들을 향해 "무슨 일이 있어도 본회의에 참석해 반대표를 던지라"라고 지시하며 내부 단속에 나섰다. 보국당에서 반대표가 140개 나온다고 가정할 때 찬성표가 141개는 나와야 한다.

다민당 의석은 140개다. 다민당 내부 표 단속이 철저히 이뤄진다고 전제해도, 1표가 부족한 상황이었다.

다행히 극진보당이 있었다. 극진보당은 이 법안 통과에 다민당보다 적극적인 곳이다. 소수 정당이지만 의석을 20개나 가지고 있다. 극진보당에서 손을 보태준다면 충분히 승산이 있었다.

국회의장은 15분 뒤인 밤 9시 30분에 본회의를 열겠다고 했다. 다민당 의원들은 이미 전원 회의장 안을 지키고 있었다. 허남인은 자당 의원들이 입장할 때 입구에 서서 일일이 손을 잡았다. 장인어른이 건설사 사주인 의원의 손을 잡을 땐 아귀에 힘을 꽉 주었다. 허남인은 손을 잡은 채로 그 의원의 귀에 대고 속삭였다.

"죽고 싶지 않으면, 당론을 따르시게."

의원은 다른 한 손을 바르르 떨며 고개를 끄덕였다.

9시 20분이 되자 보국당 의원들이 하나둘 들어오기 시작했다. 소위 회의장 앞을 지키던 김 씨의 오빠는 이제 본회의장 앞에 섰다. 의원들을 향해 "법을 꼭 통과시켜달라"고 했다. 이번에도 울지 않았다. 간결하게 목소리를 냈다. 보국당 의원들은 그를 보는 둥 마는 둥 했다.

그런데 극진보당 자리가 모두 비어 있었다. 9시 27분이 되어도 마찬가지였다. 보국당 의원들은 절반 이상 들어왔는데 극진보당 자리는 텅텅 비었다. 극진보당 마크만 3년째인 윤장미는 뭔가 이상하다는 걸 알아챘다.

윤장미는 서둘러 극진보당 당 대표실을 찾았다. 의원들은 모두 그곳에 앉아 있었다.

윤장미는 정민순에게 물었다.

"왜 본회의장으로 안 가세요? 빨리 표결해야죠."

뜻밖의 대답이 돌아왔다.

"지금 허남인 대표의 답을 기다리고 있어."

"네? 다민당으로부터 무슨 답을 기다린다는 거예요?"

"우리 열혈 출입 기자에게만 말해줘야겠네. 조만간 예산 결산특별위원회가 시작되잖아. 우리가 예결위 소위 한자리를 확보하는 걸 조건으로 걸어놨거든. 한자리 보장해주면 바로 본회의장으로 갈 거야."

윤장미는 귀를 의심했다. 애써 잘못 들었다고 생각하려 했으나 '조건'이라는 단어가 너무나 선명했다.

"조, 조건이라고요?"

정민순은 찬찬히 답했다.

"윤 기자, 알잖아. 여기 여의도에선 모든 게 기브 앤 테이크인 거."

더는 들을 수 없었다. 윤장미의 목소리가 커졌다.

"지금 노동자 살리는 법안을 통과시키는 데 극진보당이

딜을 하고 있다, 이 말씀이세요? 극.진.보.당이요?"

"예결위 소위가 얼마나 중요한지도 알잖아. 근데 한 자리도 없어. 거기서 우리는 목소리를 아예 못 내고 있다고."

"대표님! 지금 밖에서 노동단체들 떨면서 시위하고 있는 거 모르세요?"

"우리 의원들이 지역구 예산을 확보하고 재선도 돼야, 노동자 살리는 목소리를 계속 낼 수 있는 거 아니겠어?"

"그렇다고 법을 두고 딜을 해요? 기브 앤 테이크라고요?"

"힘없는 소수 정당한테는, 딜할 수 있는 기회조차 절실한 거야. 윤 기자가 우리 당을 오래 출입했고 이해할 만하니까 내가 털어놓는 거고. 알지?"

허남인은 9시 30분이 지난 뒤에도 극진보당에 어떠한 사인을 보내지 않았다. 법안 통과가 당장 중요한 이슈지만, 예산은 더 중요했다. 돈줄은 곧 목숨 줄이다. 허남인이 5선 의원이 된 것도, 공천권을 장악하며 '허파' 계파를 유지한 것도 다 이 돈줄을 제대로 컨트롤했기 때문에 가능했다. 15석으로 구성되는 예산결산특별위 속 예산안조정 소위는 돈줄의 중심이었다. 극진보당에 한자리를 내주려면 다민당 몫을 하나 줄여야 한다. 한 석이 아쉬운데, 다른 당에 양보하는 건 내키지 않았다. 돈줄은 그 무엇보다 중요했다.

허남인은 다민당 140표에 대해선 확신했다. 이탈이 없을 게 분명했다. 입장하면서 의원들 손을 일일이 잡으며 파악했다. 그는 평소 지역구 주민과 악수할 때 상대방이 손을 잡는 강도에 따라 자신을 찍었던 사람인지 아닌지, 앞으로 찍을 사람인지 아닌지를 파악할 수 있었다. 숱한 선거 경험은 악력만으로 표심을 읽을 수 있는 능력을 그에게 주었다.

이제 딱 한 표만 더 있으면 되는데……. 기권표는 안 된다. 찬성표가 필요하다. 그런데 극진보당이 본회의 개회 직전에 갑자기 예결위 카드를 내밀 줄은 천하의 허남인도 몰랐다. 고민이 깊었다. 이대로 법안 통과는 물 건너가는 건가. 단한 표 때문에?

윤장미는 극진보당 당 대표실 앞에 쪼그려 앉아 머리를 감싸 쥐었다. 그간 윤장미는 극진보당에 호의적인 기사를 많이 썼다. 두 거대 정당의 틈바구니에서 소수 정당이 살아남는 걸 응원한다는 명분이 있었다. 다양성은 지켜져야 하는 거라 생각했다. 자신의 정치적 신념도 극진보당과 어느 정도 일치한다고 여겨왔다. 그런데 더는 믿어선 안 될 것 같았다. 아니, 애초 출입처와 정치적 성향을 동기화하는 게 위험한 일이었다는 생각이 들었다.

"내가 여길 너무 오래 출입했어. 정신 차리게 해야지, 이번에."

윤장미는 극진보당을 조지기로 결심했다. 복도에 앉은 채 기사를 쓰기 시작했다. 이내 머릿속이 복잡해졌다. 지금 이 당에 생채기를 내는 게 맞는가. 오죽하면 저럴까. 예산이 중요하다는 말에도 일리가 있었다. 아니다. 법안 통과만 생각하자. 모르겠다. 뭐가 최선인가. 기자는 뭐가 됐든 일단 써야 하는 거 아닌가. 판단은 독자 몫이다. 아니다. 그렇다고 앞뒤 가리지 않고 다 조지면 소수 정당은 너무 큰 타격을 입는다. 노동단체들이 돌아서면 걷잡을 수가 없다. 어떡하지. 기자로서 난 어떻게 해야 하지. 손가락이 잘 움직여지지 않았다. 괴로웠다.

*

보국당 의원 중 누구도 그와 눈을 맞추지 않았지만 김 씨의 오빠는 실망한 기색을 드러내지 않았다. 꼿꼿하게 선 채로 의연함을 잃지 않았다. 그런 그 앞에 한 의원이 마주 섰다. 보국당 금문성 의원이었다. 웬 보국당 의원이 김 씨의 오빠와 마주하자 카메라 기자들이 몰려왔다. 싸움이라도 나려나 싶었다. 금문성은 무표정한 얼굴로 김 씨의 오빠를 바라봤다. 그러더니 갑자기 손을 들었다. 김 씨 오빠의 손을 잡고 입을 열었다.

"저는 보국당 금문성 의원입니다."

그는 살짝 미소를 머금은 채 말을 이었다.

"저는 오늘 찬성표를 던질 겁니다."

카메라 플래시가 일제히 터졌다. 기자들 입에서 '와' 하는 탄성이 새어 나왔다. "저 의원 미쳤나 봐" "역대급 또라이다" 등의 말이 뒤따랐다.

이어 질문이 쏟아졌다. "보국당 소속인데 당론과 달리 찬성을 하느냐"는 것이 제일 먼저였다.

"국회의원은 한 명 한 명이 헌법 기관입니다. 당론이라는 건 언론에서나 사용하는 개념이죠. 저는 노동법 전문가입니다. 하버드대에서 박사 논문을 썼습니다. 연구 결과, 노동자들의 인권을 존중하지 않는 기업들의 장기적인 생산성은 반대인 기업들을 결코 따라잡지 못했습니다. 저는 제 연구 결과대로 한 표를 행사할 예정입니다."

본회의장 안에 있던 보국당 의원들이 술렁이기 시작했다. 핸드폰으로 속보를 본 모양이었다. 다들 화들짝 놀랐다.

"대체 저딴 또라이를 누가 비례대표 앞자리에 넣은 거야?"

"하버드대 박사 출신이라고 김 대표가 직접 영입하지 않았소?"

"논문 검증 안 했어? 저게 뭔 개떡 같은 얘기야?"

154

"논문이 가짜인지 아닌지, 표절은 없는지만 봤지 내용을 누가 읽어나 봤겠어? 게다가 영어잖아!"

김춘익의 얼굴이 점점 굳어졌다.

금문성은 진짜 찬성표를 던졌다. 결국 그의 한 표로 법안은 본회의를 통과했다. 다민당 140표에 금문성의 1표가 더해져 보국당을 넘어선 것이다. 극진보당 의원들은 아무것도 얻지 못한 채 당 대표실에서 TV로 이 소식을 접해야 했다.

기자들은 본회의장을 나서는 김춘익에게 붙었다. "어떻게된 일이냐" "소감을 말해달라"며 얼굴에 핸드폰을 들이밀었다. 김춘익은 평소와 달리 모든 질문에 입을 꾹 다물었다. 그러다 어느 기자의 한마디에 극렬하게 반응했다.

"한 말씀만 해주세요, 선배."

김춘익은 갑자기 멈춰서더니 그 기자를 노려보며 말했다.

"뭐? 지금 뭐라고 했어, 선배? 서언배?"

"아, 젊은 의원들에게 하던 말인데 습관이 돼서…… 죄송합니다."

당황한 기자가 고개를 숙였다. 그러나 김춘익은 화가 풀리지 않았다.

"이봐요, 기자 양반! 당신이 의원이야? 내가 왜 선배야? 그리고 내가 기자 양반 아버지보다 열 살은 더 많을 것 같은데, 뭐? 감히 나한테 선배? 서언배?"

그 기자는 죄송하다며 연신 허리를 굽혔다. 김춘익이 당 대표실로 들어간 뒤 기자들은 불똥이 괜히 너한테 튀었다며 그를 위로했다.

김춘익은 바로 금문성을 소환했다. 불호령이었다. 금문성은 웃으며 당 대표실로 향했다. 기민호는 그런 금문성 옆에 붙었다.

"두렵지 않으세요?"

"두려움이요? 두려웠죠. 그래서 그런 선택을 한 거고요. 제가 두려운 건 김 대표의 호통이 아니라 소신과 다른 선택으로 평생 후회하며 지내게 될 그 시간들이에요. 그건 너무, 뭐랄까, terrible."

기민호는 금문성을 따라가지 않았다. 더는 물어볼 게 없었다. 뒷모습을 보며 미소를 지었다.

금문성은 당 대표실에 들어서자마자 김춘익을 향해 말했다.

"It's an american style! You like it, huh?"

김춘익의 표정이 차근차근 일그러졌다. 눈부터 입까지 꼼꼼하게 다 일그러진 뒤 씩씩대며 외쳤다.

"누가 저 망할 자식 배지 좀 떼버려!"

윤장미는 여전히 복도에 앉아 생각했다. 기사를 서둘러 썼어야 했던가. 결과적으로 쓰지 않은 게 잘한 건가. 기자는 당파성을 가져도 되는가. 나는 무엇을 하고 있나.

그때 보국당의 한 의원이 윤장미 앞에 섰다. 3선 윤용정 의원이었다. 보국당 의원 중에서도 보수적이기로 유명한 인물이었다. 그는 '한심하게 여기 앉아 뭐 하고 있냐'는 눈빛으로 윤장미를 내려보았다. 윤장미는 고개를 들어 무표정한 얼굴로 윤용정 의원을 올려다보았다. 두 사람 사이에 서늘한 냉기가 가득 찼다. 그는 바로, 윤장미의 아버지였다.

김미정 씨의 오빠는 다시 카메라 앞에 섰다. 법을 통과시켜주셔서 감사하다며, 앞으론 아무도 자신의 동생처럼 허망하게 죽지 않길 원한다고 했다. 끝까지 단단한 태도였다. 그는 밤 11시가 돼서야 국회를 빠져나갈 수 있었다.

국회 건물에서 외부 담까지는 한참을 걸어야 했다. 잔디밭을 가로질러 가도 5분은 족히 걸렸다. 그는 잔디밭을 밟았다. 열심히 걸었다. 그저 터벅터벅 걸어갔다. 잔디밭 한가운데에 서게 됐을 때 그는 바닥에 털썩 주저앉고 말았다. 땅에 무릎을 대고 앉아선 갑자기 엉엉 울기 시작했다.

"미정아…… 미정아……"

그는 어린아이처럼 울며 동생 이름을 목놓아 불렀다. 그

가 김미정 씨를 부르는 소리가 깜깜한 국회 앞 넓은 공간을
가득 메웠다.

에필로그

늦은 밤 퇴근한 기민호는 습관처럼 안방 문을 열었다. 아
빠의 등이 보였다. 이불은 무릎까지밖에 올라오지 않았다. 들
어가 이불을 올리려다 주춤했다. 그냥 문을 닫고 나왔다. 자신
의 방에 들어와 자려고 누웠다.

잠이 안 왔다. 국회 밖에서 의원들을 향해 목소리를 내던
노동단체들이 떠올랐다. 울지 않았지만 두 눈은 슬픔으로 가
득 차 있었던 김 씨의 오빠도 생각났다. 당론과 달리 소신 투
표를 하겠다고 밝히던 금문성도 떠올랐다. 그리고 자신의 아
빠가 떠올랐다. 눈물이 났다.

기민호는 결국 잠들지 못했다. 벌떡 일어났다. 퇴근하며
던져둔 백팩을 다시 멨다. 편의점에 들러 핫팩 열 개를 사서
택시를 탔다. 국회 앞에서 내렸다.

국회 앞에서는 늘 몇 가지 천막농성과 1인 시위가 이십사
시간 진행되곤 했다. 하루도 빠짐이 없었다. 국회에 매일 출퇴
근하는 이들에게 그들은 박제된 풍경처럼 보였다. 국회 정문

158

과 일체된 하나의 조형물 같았다. 기민호에게도 그랬다. 그들에게 사연을 묻지 않았다. 익숙한 듯 지나쳤다. 두 시간 전 퇴근할 때도 그랬다.

기민호는 그들 앞에 섰다. 정중하게 인사한 뒤 핫팩을 건넸다. 눈을 맞추고 자세한 사연을 물었다. 수첩을 열었다. 꾹꾹 눌러 적었다.

4.
국정감사

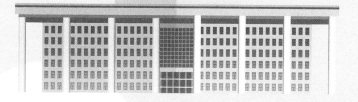

"목소리는 모두에게 있지만,
마이크는 아무나 잡을 수 없어."

국정감사 시즌이 되면 국회는 평소보다 열 배가량 시끄러워진다. 서류 꾸러미를 들고 온 공무원들은 의원들 질의에 대비하기 위해 저마다 부스를 차린다. 국회 안에 별도의 사무실을 확보하는 부처도 있지만 아닌 곳이 더 많았다. 이들은 휴게실과 복도 구석 등 책상을 놓을 수 있는 곳이라면 어디든 차지해 좌판을 깔고 자료를 만든다. 까일 만한 질의서가 들어오면 의원실에 찾아가 입장을 설명하고 때론 사정한다.

가장 중요한 건 생중계되는 국감장에서 자기네 장관이 망신당하는 일을 피하는 것이다. 어느 의원실은 사전에 질의서를 보내며 물어볼 내용을 알려주지만, 극적 효과를 위해 보안을 유지하는 의원실도 있었다. 이 때문에 부처 공무원들은 삼삼오오 몰려다니며 의원실 마와리를 돌아야 했는데, 그 행색이 기자들과 비슷했다.

공무원만 도는 건 아니었다. 대기업에서 대관 업무를 맡은 직원들도 의원실을 찾아가 혹시라도 까이는 내용의 질의가 준비되고 있는 건 아닌지 체크했다. 가장 피해야 할 상황은 총수의 소환이다. 총수가 국감장에 증인이나 참고인으로 서서 의원들에게 깨지지 않게 하려고 발이 닳도록 의원실을 돌았다. 주로 산업통상자원위나 환경노동위가 그 대상이었다.

이때 불러야 할 경우 부르겠다며 줏대 있게 버티는 의원도 있었지만, 자신의 지역구에 공장을 설립하라는 등 다른 카드를 내밀며 딜을 시도하려는 의원도 있었다.

이번 국감에선 어느 기업보다 강주그룹이 바빴다. 총수에 대한 검찰 수사가 계속됐다. 주가 조작 및 횡령 혐의와 관련해 증거가 상당히 수집된 듯했다. 강주의 대관 담당 임원들은 부지런히 의원실을 돌며 "회장님이 국감장에 나오는 것만 피해달라"고 읍소했다. 언론 담당인 문주민 상무는 언론사 부스를 돌며 "기사 좀 작게 써달라"고 호소했다.

문주민은 윤장미를 의식해서인지 고도일보 부스 안에는 들어오지 않았다. 대신 고석동과 최창수에게 따로 연락해 회유했다. 옛 선배로서의 부탁과 대형 광고주로서의 협박이 뒤섞여 있었다. 효과가 있었다. 기민호는 강주그룹 주가 조작 피해자들이 국회 앞에서 1인 시위를 하자 현장을 취재해 보고했다. 그러나 이는 단칼에 킬됐다. 고석동은 기민호에게 말했다.

"인간은 모두 목소리를 지니고 있어. 그렇지만 마이크는 아무나 잡을 수 없지. 넌 책임감을 가지고 마이크를 휘둘러라. 아무거나 쓰겠다고 덤비지 말고."

납득하기 어려웠으나 기민호는 일단 선배의 판단을 받아들이기로 했다. 딱히 안 받아들일 방법도 없었다. 송가을은 옆에서 그 모습을 안타깝게 바라봤다.

한편 의원들에게는 국정감사야말로 스타로 발돋움할 기회였다. 중진인 양의철에게도 마찬가지였다. 그는 법조계 의원의 지지를 한 몸에 받고 있지만, 국민 사이에선 인지도가 떨어졌다. 전국구 스타로 자리 잡기 위해 '한 방'이 필요했다. 송가을 꾸미와 일식집에서 점심을 먹는 동안 양의철은 이런 고민을 털어놓으며 "뭐 신박한 거 없겠냐"고 물었다.

"보좌관들이 하도 한 방 타령을 하니 나도 고민이 되네. 물론, 품위는 지키면서 말이야."

"선배가 법사위 12년 하시고 더 하셔도 되는데 농해수위로 옮겨가며 자리 양보하신 거, 품위 그 자체였잖아요."

'품위'라는 말에 연훈석이 그를 추켜세웠다. 농림축산식품해양수산위원회가 지역구에 갖다 줄 게 많은 상임위라서 의원들이 좋아한다는 얘기를 송가을은 들은 바 있었지만 입을 다물었다.

이어 박동현이 물었다.

"이번에 다루시려는 주요 아이템은 뭔가요?"

"개식용 금지를 화두에 올릴 예정이야."

"아……. 근데 그건 농민들 반대가 크지 않을까요?"

박동현의 질문에 양의철은 여유로운 미소를 지으며 답했다.

"우리 보좌관이 분석해봤는데, 반려동물 키우는 가구가 600만이 넘어. 인구로 치면 1500만 명이야. 반면 농가 인구는 200만 명 좀 넘는데, 해마다 줄고 있어. 어디에 더 방점을 둬야 할 것 같아?"

"역시, 다 따져보신 거군요."

옆에서 연훈석이 고개를 격하게 끄덕였다.

양의철은 "무엇보다 우리 해피니스를 보면 마음이 아파서 그런다"고 했다. 배정민은 "선배 말티즈 키우신다더니 이름이 해피니스냐"며 반가워했다. 양의철은 핸드폰을 꺼내더니 해피니스 사진을 보여줬다. 배정민은 "이런 미견은 난생처음 본다"며 눈을 동그랗게 떴다. 연훈석도 "강아지가 이렇게 예쁠 수 있냐"며 손뼉을 쳤다.

송가을은 이 대화에 제대로 참여하지 못하고 있었다. 이런 훈훈한 분위기는 송가을에게 여전히 낯설었다. 괜히 젓가락만 움직거리는데 문뜩 어떤 장면이 송가을의 머리를 스쳐

갔다. 국회에 온 첫날, 브리핑룸에 개가 난입하면서 난리가 났던 순간. 기민호가 개민호가 됐던 바로 그 순간 말이다. 송가을은 미소를 지으며 입을 열었다.

"의원님, 제가 좋은 아이디어 하나 알려드릴게요!"

*

극진보당 김미현 의원은 윤장미와 동갑내기다. 둘은 취재원과 기자로 만났다가 어느새 고민을 털어놓는 친구 사이가 됐다. 김미현이 모성 보호 제도를 강화하라고 촉구하기 위해 돌이 막 지난 아기를 여성가족위 국감장에 데리고 오겠다는 계획을 밝혔을 때, 윤장미는 말렸다. 그러나 이내 그 뜻을 지지해주기로 했다. "일과 가정이 양립하는 사회를 만들기 위해 여성가족부 지원 확대가 절실한데, 여론의 힘을 받지 못하니 기획재정부가 외면만 하고 있다"라는 얘길 들은 뒤였다. 그래서 기사를 썼다.

35세 김미현 의원, 국감장에 돌 아기 데려온다… "워킹맘 대책 시급"

윤장미의 기사는 큰 반향을 일으켰다. 타사들은 기사를

열심히 받아썼다. 실제 국감 날이 되자 김미현은 아기를 안고 들어오며 말했다.

"출생아 100명당 육아휴직자는 여성의 경우 20명대인 데 반해 남성은 1명대에 불과합니다. 더는 안 됩니다. 보육은 모두가 함께해야 합니다."

카메라 플래시가 김미현에게 집중됐다. 국감장에서 극진보당 의원이 이런 주목을 받는 건 실로 오랜만이었다.

김미현이 여가위 국감장 안에 들어간 뒤 한 중년 남성의 목소리가 들려왔다.

"허허. 말세다, 말세야!"

보국당 윤용정 의원, 윤장미의 부친이었다. 그는 안경을 추켜올리며 말했다.

"국회가 애들 놀이터야? 장난치는 것도 아니고. 이래서 여자는 안 돼."

그 옆에 기자들은 이 말을 대수롭지 않게 넘겼다. 윤장미는 아니었다. 씩씩대며 부친을 노려봤다. 그러나 앞에서 바로 버럭 하지는 않았다. 그림을 만들고 싶지 않아서다. 두 사람 사이가 알려지고 화제가 될 경우 딸과 아빠의 말싸움으로 비화해, 막말 자체가 가려질 게 뻔했다. 윤장미의 가족관계는 언론업계에선 어느 정도 알려졌지만 독자에게는 아니었다.

윤장미는 글로 차근차근 보여줘야겠다고 생각했다. 최창수에게 기자수첩 칼럼 한 자리를 빼놔달라고 부탁했다. 최창수는 서수경에게 이를 전했다.

"한 자리 말고 두 자리도 가능해."

서수경의 대답이었다.

윤장미는 윤용정의 발언을 한 줄 한 줄 칼질하며 칼럼을 채웠다. 최대한 감정이 드러나지 않게, 건조하게 적었다. 그러다 마지막 줄에 이렇게 썼다.

"이처럼 시대적으로 뒤처진 발상이 우리 사회 발전을 얼마나 저해시키고 있는지, 윤 의원 본인이 깨닫길 바란다."

그러나 네티즌의 조사력은 대단했다. 그들은 두 사람이 모녀 사이인 걸 바로 밝혀냈다. "윤 의원 선거 운동에 딸이 등장하지 않는 가운데 딸은 언론사에 종사하는 것으로 알려졌다"는 지역 신문의 기사 한 줄과, 언젠가 윤 의원 의원실에서 '#의원이자_아빠 #졸업식참석 #좋은아빠 #부녀사이_이상無' 따위의 해시태그를 달아 윤장미의 대학 졸업식 사진을 SNS에 올린 것을 용케도 결합시켰다. 기자 칼럼 속 사진의 얼굴과 학사모를 쓴 딸의 얼굴이 똑같았다.

칼럼은 단번에 화제가 됐다. SNS 공유 수가 5000건을 넘어섰다. 신이 난 이용식이 '아빠 저격수'라고 칼럼의 제목을 고치겠다는 걸 서수경이 나서서 막았다.

윤장미는 언젠가 한번 겪어야 했던 일이라며 이 소란을 덤덤하게 받아들였다. 당황한 건 송가을이었다. 윤 선배 아빠가 국회의원이었냐며 놀라워하다, 자신에게 제대로 풀해 주지 않은 기민호를 노려봤다.

기민호는 "너는 그러니까 사내 취재도 좀 열심히 하라"며 이죽거렸다.

*

농해수위 국감장에 기자들이 이렇게 많이 모인 건 이번이 처음이라고 했다. 다들 양의철을 취재하러 온 것이었다. 양의철은 뒤를 돌아 보좌관들 사이에 앉아 있던 송가을을 향해 윙크를 하고는 입 모양으로 "땡큐"라고 말했다.

양의철의 품에는 반려견 해피니스가 안겨 있었다. 송가을의 아이디어였다. 일식집에서 송가을은 '국감 스타'용 아이디어로 "개고기 금지를 얘기하실 때 키우는 개를 데리고 가라"고 조언했다. 그러면서 '개민호'의 사례를 얘기해줬다.

"게다가 키우는 개를 데려가면 사람들이 훨씬 더 진정성 있게 볼 거예요."

송가을의 말을 듣더니 옆에서 박동현이 의견을 보탰다.

"법조인 이미지가 강한 선배가 귀여운 말티즈를 안고 있으면 반전 매력으로 보일 것 같은데요? 의원이면 개 반입도 쉬우실 테니 이번에 이미지 변신을 한번 시도해보시죠."

양의철은 고개를 끄덕였다. 실제로 효과가 있었다. 양의철이 개를 안고 있는 모습은 아기를 데려온 김미현과 함께 포털 사이트 메인 화면을 장식했다. 다른 중진 의원들은 양의철을 보고 초선도 아닌데 왜 이렇게 열심히 하느냐고 물었다. 양의철은 "초선은 아니지만 초심이 여전하다"고 응수했다.

그런데 송가을 눈에 거슬리는 게 있었다. 개의 표정이 이상했다. 어딘가 불편해 보였다. 꼬리를 흔들기커녕 온몸이 뻣뻣하게 굳어 있었다. 양의철도 불편해 보이긴 마찬가지였다. 개를 안고 있는 품새가 영 어색했다. 익숙해 보이지 않았다.

농림부 장관이 들어오자 양의철은 해피니스를 쓰다듬으며 질의에 대비했다. 그가 마이크의 버튼을 누른 순간, 일이 벌어졌다. 그의 어깨에 기대 의원석 뒤쪽을 바라보던 해피니스가 그대로 폴짝 뛰어 의원의 품을 이탈해버렸다. 그러더니 양의철 뒤편에 앉은 20대 여성의 품에 쏙 안겼다. 예상 밖의 상황에 다들 놀란 채 개만 바라봤다.

송가을은 여성을 유심히 보았다. 얼굴이 낯설지 않았다.

"아……! 그때 밖에서 김밥 먹던……."

그는 양의철과 처음 식사할 때 차 옆에 서서 김밥을 먹던 비서였다.

양의철은 당황한 듯했으나 이내 차분하게 개를 불렀다.

"해피니~스, 해피니~스!"

하지만 개는 비서의 품을 벗어나지 않으려 했다. 꼬리를 흔들며 경쾌하게 짖기 시작했다.

"앙! 앙!"

주어진 질의 시간은 5분이었다. 국감장에 놓인 타이머는 04:30을 지나 03:50으로 금세 바뀌었다. 그사이 "앙! 앙!" 소리만 국감장을 메우고 있었다.

"개가 질의하러 온 건가요?"

농해수위원장의 말은 농담인 듯했지만 진담이었다. 17명의 의원이 장관을 대상으로 질의를 끝내야 하는데 시간이 빠듯했다. 양의철은 비서에게 눈짓을 했다. 나가라는 신호였다. 비서가 개를 안고 국감장 밖으로 나가고서야 질의가 시작됐다.

송가을은 재빨리 비서를 따라 나갔다. 멀리 가지 않았다. 복도에 서서 개와 놀고 있었다. 개는 한층 편안한 표정으로 비서에게 두 앞발을 들어 보였고, 비서는 앞발을 잡아주었다. 개는 뒷발로 콩콩 뛰며 비서를 향해 짖었다. 귀여운 광경이었다. 송가을은 다가가 말을 걸었다.

"해피니스 너무 귀엽네요."

"어? 안녕하세요. 송 기자님."

"저를 아세요?"

비서는 자신이 의원의 식사 예약을 담당하고 있으며, 가기 전에 참석 기자들 사진과 약력을 한 장으로 정리해드리는 게 일이라 식사 자리가 여러 번 잡혔던 기자들 얼굴은 얼추 안다고 설명했다.

"의원님께서 송 기자님 꾸미를 제일 좋아하세요."

송가을은 해피니스를 바라보았다. 이름처럼 행복이 가득한 표정이었다.

"해피니스가 비서님을 정말 잘 따르네요."

비서는 웃으며 이렇게 말했다.

"벌써 3년째 보니까요. 그것도 매일."

기자의 촉은 참 신기한 것이었다. 그것이 뭐라고 구체적으로 형언할 수 없는데, 대부분 정확할 때가 많았다. 사회부 생활 3년 동안 송가을의 촉은 잘 다듬어져왔다. 정치부에 와서도 그 끝은 날카로움을 잃지 않았다. 송가을의 촉은 말해주었다. "3년째, 매일"이란 말이 앞으로 엄청난 파장을 불러오리라는 것을. 송가을은 서둘러 비서에게 제안했다.

"이따 저랑 저녁 안 드실래요? 김밥 말고, 따뜻한 국물로다가."

*

국회 앞에 라볶이 집이 있을 거라고는 상상을 못 했다. 매일 한정식, 일식, 고급 파스타 집에만 갔던 터라 다른 식당은 눈에 들어오지 않았다. 비서는 이 집이 보좌진들 사이에서 가장 인기 있는 식당이라고 소개했다. 원래 엄청 북적대는데 오늘은 국감 날이라 한적하다고 했다. 보좌진들이 바빠서 배달 음식으로 식사를 때우느라 오지 않아서 그렇다고 했다.

자리에 앉자마자 그는 숙련된 솜씨로 테이블을 세팅했다. 휴지를 뽑아 깐 뒤 수저를 놓고 은색 스테인리스 컵에 물을 따랐다. 세팅이 끝난 뒤에야 그는 자신의 이름을 얘기했다.

"박새롬이에요, 저는."

"저랑 또래신 것 같아요. 저는 스물여덟 살인데요."

"저도요! 동갑이네요? 저 기자랑 밥 처음 먹어봐요. 기자님, 의원 말고 이렇게 비서랑 드셔도 돼요?"

"그럼요! 와, 완전 친구네요, 우리."

시작부터 대화가 술술 풀렸다. 송가을은 문득 박새롬이 지금 이렇게 여유를 부려도 되는지 궁금했다.

"국회 안 가보셔도 돼요?"

"오늘 백만 년 만에 칼퇴예요. 의원님이 국감 기간에 시시덕거리며 술 먹는 모습 보이면 안 된다고 일찍 가셨거든요."

174

"다른 보좌진들은 저녁도 못 먹고, 국감 자료 준비로 엄청 바쁘잖아요."

"저는 그걸 안 해서요. 저도 그런 걸 할 줄 알고 왔는데."

"네? 그럼 뭘 하시는데요?"

송가을의 질문에 백새롬은 답을 하지 못했다. 그냥 웃을 뿐이었다. 잠깐의 침묵 뒤 그가 말했다.

"기자님. 여기 맥주도 파는데, 한잔하실래요?"

라볶이와 맥주는 환상의 조합이었다. 취재원과 술을 마시는데 이처럼 편안한 느낌이 드는 건 오랜만이었다. 술에서는 귤 향이 났다. 쭉쭉 들어갔다. 두 잔을 비우게 되자 알딸딸함이 올라왔다. 박새롬도 마찬가지였다. 취기가 가슴 정도까지 차올랐을 때 박새롬은 자신이 의원실에서 뭘 하고 있는지를 이야기했다. 정확히는 털어놨다.

박새롬은 3년 전 공채로 의원실에 들어갔다. 그는 행정학과를 졸업하고 로스쿨을 준비하다 의원실로 눈을 돌렸다. 법 입안 과정을 바로 옆에서 보고 직접 참여할 수 있다는 게 큰 메리트였다. 비서로 시작해 비서관을 거쳐 보좌관이 되면 국내 최고의 정책 전문가가 되는 것이었다. 보좌관 선배들이 굉장히 멋져 보였다. 배우 이정재가 나오는 드라마 〈보좌관〉은 열 번도 넘게 돌려봤다.

하지만 현실은 달랐다. 박새롬의 첫 일과는 의원 집에 가서 개를 산책시키는 거였다. 의원이 출근 준비를 마칠 때까지 집 근처 공원을 개와 함께 돌았다. 의원이 상임위 회의에 들어가 서너 시간씩 수행 업무가 비게 되면 그의 집을 다시 찾아야 했다. 개를 씻기고 마사지도 했다. 그러다 중학생인 의원 아들이 하교하면 국어와 수학을 가르쳤다. 개를 돌보는 업무는 주말에도 이어졌다.

의원의 부인은 그를 식모로 생각하는 듯했다. 항상 "박 비서!"라고 부르며 반말로 일을 시켰다. 어떨 땐 재활용 쓰레기 분리수거를 부탁했다. 부탁이라기보단 명령에 가까웠다. 그 집은 족발과 피순대를 자주 시켜 먹었다. 플라스틱 쓰레기양이 어마어마했다.

박새롬은 선배 보좌관들에게 부당함을 토로했다. 애초 입사할 땐 '정책 입안 보조'를 맡기로 돼 있었는데 의원의 사적 용무를 전가하는 건 아니지 않냐고 했다.

선배들은 입을 모았다.

"얀마, 원래 다 그렇게 크는 거야."

"의원이 편안해야 정책을 잘 만들 수 있고, 너도 국회 일 배울 수 있는 길이 앞으로 더 열리는 거 아니겠어?"

"몇 년만 참으면 진짜 국회 일도 시켜줄게."

그렇게 3년이 지났다. 몇 년을 참았지만 달라지는 건 없었다. 해피니스는 두 살에서 다섯 살이 되었다. 박새롬만 보면 반가워 꼬리를 흔드는 개가 됐다.

송가을은 바로 입을 떼지 못했다. 이야기를 들을수록 분통이 터졌다. 남은 맥주를 벌컥벌컥 마신 뒤에야 입을 열 수 있었다.

"관두지 그랬어요. 차라리 로스쿨을 가지. 그렇게 집안일에 나라에서 월급 나오는 보좌진을 이용하는 거, 명백히 불법이잖아요."

"지난 시간이 아까워서, 참아온 날들이 아쉬워서. 나도 국감할 수 있겠지. 멋지게 질의서 쓸 수 있겠지. 그렇게 희망 고문으로 하루하루를 버티다 보니 여기까지 와버렸어요……."

"아니, 그래도! 하, 죄송해요. 제가 너무 흥분했죠."

"아버지가 은퇴하시고 집에 돈 버는 사람이 저밖에 없거든요. 월 300만 원 따박따박 들어오는 거, 무시 못 해요. 아버지는 용돈 안 줘도 된다 하시는데 내가 맏딸이니까, 장녀 역할을 해야 하는 게 당연하고……."

"비서님…… 저는 막내딸이지만, 뭔지 좀 알 것 같아요. 언니가 스무 살에 조카를 낳고 대학을 포기하면서 저한테 기대가 쏠렸거든요. 너는 잘해야 한다, 그런 거 있잖아요. 공부도 전교 30등 정도? 그럭저럭하니까 더 그랬는데, 그랬는데……."

177

송가을은 말을 잇지 못했다. 뭔가 묵직한 게 걸린 듯 목이 메었다. 박새롬이 말했다.

"기자님, 괜찮아요. 편히 말씀해보세요. 어디 가서 말하지 않을게요."

"그거 보통 기자 대사인데!"

송가을은 웃었다. 왠지 박새롬 앞에서는 얘기해도 될 것 같았다. 박새롬이 자신의 힘든 상황을 고백한 순간, 송가을 마음의 문도 툭 하고 열려버렸다.

"저요. 고딩 때…… 왕따였어요. 학교폭력 오지게 당했죠. 문제 제기할 엄두는 못 냈고 그냥 버텼어요."

"기자님……."

"맨날 우유 셔틀하고 문제집 뺏기고 머리 맞고 수학여행 가서는 애들 술 셔틀을 했어요. 돈도 뺏기고요. 그래서 그 흔한 효자손 하나 못 사 왔죠. 그래도 버텼어요. 부모님을 실망시켜드리고 싶지 않아서요. 참아내서 졸업만 하자. 자퇴한 애 부모, 이것도 혹시나 낙인이 될까 봐."

"뭐 그런 나쁜 인간들이 다 있데요. 하."

"근데 결국 놔버렸어요. 계속은 안 되겠더라고요."

"자퇴하신 건가요."

"네. 자퇴하고 히키코모리처럼 있다가 검정고시 봐서 겨우 대학에 들어갔는데, 전처럼 안 되더라고요. 스스로를 왕

따시키더라고요. 아싸라고 하죠? 아웃 사이더."

"기자님이요? 이렇게 멋지고 기사를 잘 쓰시는 분이 아싸라뇨. 왕따도 말이 안 되고요."

"그랬어요. 그러다 누군가의 도움으로 용기를 얻었고, 꿈 같지만 기자가 됐죠. 제가 좀 내향적인 편이고 기자에 안 어울리는 성격일 수 있는데, 이런 기자도 하나쯤 있어야 하지 않을까? 그런 생각으로 열심히 하다 보니 벌써 4년 차네요."

"기자님, 너무 잘 어울리세요. 기자 그 자체입니다."

박새롬은 엄지 두 개를 내밀며 말했다. 취재원에게 개인사를 털어놓은 건 이번이 처음이었다. 회사 사람들조차 모르는 얘기였다.

"비서님, 감사해요. 그래도 제가 끈기 하나는 자신 있어요. 호기심도 엄청 많고요. 그때 자퇴는 정말 큰 변화였는데, 지금 와서 보면 잘한 것 같아요."

"이렇게 이겨내셔서 다행이에요."

"지금도 트라우마가 살짝 남아 있긴 해요. 딸기우유를 못 마셔요."

"딸기우유요?"

"네……. 암튼! 버티는 것만이 능사는 아닐 때가 있더라고요. 뭔가 다른 선택을 하는 게 쉽지 않지만, 어쩌면 새로운 문이 될 수 있다는 거. 그 얘기 하려다 제 흑역사까지 다 털었

네요. 아…… 취했나?"

송가을은 두 손바닥으로 볼을 비볐다. 박새롬은 송가을을 가만히 바라보았다. 박새롬의 얼굴에 살며시 미소가 번졌다.

술자리는 밤 10시까지 이어졌다. 송가을과 박새롬은 볼과 눈이 벌게진 채로 라볶이집을 나섰다. 택시를 잡기 전 송가을이 말했다.

"그거요. 불법이고 갑질이에요. 혹시 도움이 필요하시다면 언제든 연락주세요. 저한테는 팬이라는 힘이 있으니까요. 충분히 고민해보시고요."

*

극진보당 출입인 윤장미에게 허남인이 직접 전화를 걸어올 줄은 윤장미는 물론 다민당 당 대표실 사람들도 전혀 몰랐다. 윤장미에게는 허남인의 번호가 저장되어 있지도 않았다.

"누구세요?"

"나 다민당 대표요. 윤 기자에게 긴히 할 말이 있는데 저녁에 볼 수 있겠소?"

허남인이 나를? 무척 의아했지만 만나지 않을 이유가 없었다. 윤장미는 약속 장소인 고급 이자카야로 향했다.

허남인은 미리 와 있었다. 윤장미에게 양해를 구한 뒤 양복 재킷을 벗었다. 다시 한번 양해를 구한 뒤엔 넥타이와 손목시계를 풀었다. 이어 준비한 말을 했다.

"나는 굉장히 이해타산에 밝은 사람입니다. 매스컴에는 원칙주의자, 근엄한 여당 대표로 각인돼 있는데 사실 나는 장사꾼에 가까운 사람이거든. 공천도 마찬가지죠. 누구를 앉혀야 저 지역구를 보국당에 뺏기지 않을 수 있을까. 그리고 나에 대한 저 의원의 충성을 유지할 수 있을까. 선거가 끝나고, 그 바로 다음 날부터 고민하죠. 다음번에는 누가 강인하고 소중한 말이 될까."

윤장미는 최창수 못지않은 베테랑 기자였지만 허남인의 말뜻을 바로 캐치하지 못했다. 윤장미의 아리송한 표정을 읽자마자 허남인은 본론으로 들어갔다.

"숙대 나왔죠? 서울 용산을 지역구로 둔 유능한 30대 여성 의원! 다민당의 새 대변인 윤장미는 60대 꼰대로 대변되는 보국당 의원들에 맞서 싸우는 신선한! 이미지로, 여당에 새 바람을 불러일으키고 있다!"

허남인은 마치 앵커처럼 멘트를 내뱉었다. 허남인에게 이런 면이 있다는 게 낯설었다. 그는 본인의 발성이 마음에 들었는지 약간의 미소를 머금은 채 말을 이었다.

"윤 기자, 어때요. 이 기사, 실제 인쇄되게 하지 않겠소?"

용산 지역구의 차민섭 의원이 "우리 다민당도 이제 포스트

181

허남인 시대를 만들어야 한다"고 말했다는 걸 그 자리에 있던 10명의 의원 중 4명이 허남인에게 전해주었다. 허남인은 차민섭의 싹을 잘라야겠다고 생각했다. 때마침 윤장미의 칼럼이 떴고, '아버지 저격수'로 화제가 되고 있었다. 60대 윤용정 대 30대 윤장미. 그림이 나왔다. 장사가 될 게 분명했다.

허남인에게는 윤장미도 마냥 부정적이지만은 않을 거란 계산이 있었다. "윤 기자, 정치부 3년째지만 소수 정당만 맡고 있어 정치부 내부 입지가 탄탄하지 않을 것"이라고 어느 의원이 첨언했다. 이에 더해 대표가 직접 제안하면 무게가 남다를 터였다. 거절할 이유가 없어 보였다.

윤장미는 바로 답을 하지 못했다. 잠시 고민하더니 이렇게 말했다.

"생각할 시간을 주십시오."

*

송가을은 침대 위에 누워 천장을 바라봤다. 아까 고석동의 말이 자꾸 생각났다.

'인간은 모두 목소리를 지니고 있어. 그렇지만 마이크는 아무나 잡을 수 없지. 넌 책임감을 가지고 마이크를 휘둘러라. 아무거나 쓰겠다고 덤비지 말고.'

기자는 마이크를 갖고 있다. 이를 누구 손에 쥐여주느냐는 전적으로 기자의 선택이다. 어떠한 기준으로 골라야 할까. 사실 강자는 이미 자체적으로 마이크를 쥐고 있었다. 어찌 보면 기자의 것보다 더 큰 마이크다. 그들에게 마이크를 더 줄 필요가 있을까. 아니다. 그럴 필요는 없다.

그런데 기자질의 대부분은 강자의 목소리를 전하는 것이다. 정치인이 대표적이다. 법조인도 마찬가지다. 1인 시위에 나선 이들은 외면하기 일쑤였다. 그들은 고석동의 말처럼 아무나인가. 설령 아무나가 맞다 한들 이것이 그들의 목소리를 전하지 않을 이유가 될까.

결론은 간단했다. 고석동의 말은 개소리다. 그는 기민호의 발제를 왜 그렇게까지 강하게 거부했을까. 분명 평소와 달랐다. 다른 이유가 있는 건 아닐까. 강주그룹, 강주그룹…… 혹시 광고?

그때 핸드폰이 울렸다. 박새롬의 메시지였다.

결심했어요. 해피니스 산책 그만 시킬래요. 써주세요. 기사

송가을은 침대에서 벌떡 일어났다. 심장이 쿵쾅쿵쾅 뛰었다. 마이크의 주인을 제대로 찾은 것 같았다.

고도일보

"양의철, 보좌진에 개 산책·아들 과외 시키며 갑질"

공적 인력 '사적 유용' 폭로로 밝혀져
비서 "부당 지시, 불합리 관행 사라져야"

검찰 출신의 4선 양의철 의원(다민당)이 보좌진에게 개 산책과 자신의 아들 과외 등 사적 업무를 수시로 하달하고 쓰레기 분리수거 등을 시키며 상시적 갑질을 일삼았다는 폭로가 나왔다.…

며칠 뒤 고도일보엔 양의철의 갑질을 폭로한 기사가 실렸다. 3면 머리기사였다. 내용이 워낙 디테일했다. 양의철이 반박할 여지는 없었다. 대한신문과 NBS, TTS 등 대다수 언론사는 송가을의 기사를 받았다.

꾸미원들의 입이 잔뜩 나와 있었다. 자꾸 특종을 한다는 건 에이스 꾸미에 어울리는 기자가 됐다는 걸 의미했지만 또 그만큼 경계의 대상이 된다는 소리기도 했다.

양의철의 기사엔 붙일 사진이 많았다. 그가 국감장에서 개를 안고 있는 사진은 각 사 DB에 고스란히 저장돼 있었다.

네티즌들은 "바로 저 개를 비서가 키운 거냐"며 그를 질타했다. SNS에는 '#Free_Happiness' 해시태그가 등장했다. 개가 양의철의 곁을 벗어날 수 있게 해야 한다는 것이다.

박새롬의 폭로 뒤 보좌진들의 익명 게시판은 뜨겁게 달궈졌다.

"월급 일부를 의원실 공용 비용으로 뜯기고 있다."

"임신하면 해고라는 말을 밥 먹듯 들었다."

"개인 SNS를 금지당하고 문자메시지 검열을 받아야 했다."

다들 할 말이 많았다. 국회 사무처는 국회 내 괴롭힘, 갑질에 대해 전수 조사를 벌이겠다고 했다. 여론은 악화일로로 치달았다. 결국 양의철은 공식 사과문을 발표했다. '해당 비서에게 사과하며 향후 비슷한 일이 재발하지 않도록 최선을 다하겠다'는 내용이었다. 카메라 앞에 서지는 않았다. 그저 입장문을 언론에 뿌렸다.

박새롬은 사과문을 캡처해 송가을에게 보내며 이렇게 적었다.

"구렁텅이에서 꺼내주셔서 고마워요. 덕분에 행복해졌습니다. 기자님도 과거 아픔을 완전히 잊으시고 행복만 느끼시길 바라요. 딸기우유, 왜 못 드시는지 모르겠지만…… 함께

하면 가능할 수도 있어요. 저랑 다음에 딸기 뷔페 가요. 호텔에서 하는 건데, 제가 쏠게요."

부스에서 카톡을 본 송가을은 마음이 한껏 부풀어 오르는 걸 느꼈다. 뿌듯했고 짜릿했다. 옆을 보았다. 고석동이 의자에 기대앉아 비타민 음료를 홀짝거리고 있었다. 그 소리가 오늘따라 유난히 거슬렸다. 음료 양이 얼마나 된다고 참 오래도 홀짝댔다. 참을 수 없었다.

송가을은 뒤쪽의 기민호를 향해 말했다.

"민호야. 난 마이크, 앞으로도 아무나한테 주려고. 아, 물론 내 기준으로는 아무나가 아니지만."

기민호는 바로 상황을 이해했다. 그는 입 모양으로 송가을에게 "하지 마"라고 했다.

하지만 송가을은 목소리를 더 높였다. 내 방식이 옳았다는 걸 반장에게 어떻게든 표현하고 싶었다.

"그래야 조금이라도 균열이 생기고 세상이 달라지는 것 같아. 더 좋게 말이야. 부스에 편하게 앉아 음료나 홀짝거리면서 강자 워딩만 줍는 것보다 이게 훨씬 재밌지 않겠어? 어랏. 벌써 회의 시간이네. 올라가자."

고석동이 "너 인마 뭔 소리야? 야마부터"라고 말하기 직전에 송가을은 노트북을 들고 부스를 떠났다. 고석동은 갸우뚱하며 남은 음료수를 마저 마셨다.

회의를 챙기러 올라가면서 기민호는 송가을을 바라봤다. 송가을은 환하게 미소를 짓고 있었다. 그는 빛나 보였고 멋졌다. 그러고 보니 송가을은 어느 순간도 멋지지 않은 때가 없었다. '나도 송가을에게 멋진 동기가 되고 싶은데…….' 기민호는 다민당 당 대표실로 향하는 송가을을 보며 생각했다. 그의 뒷모습을 한참 동안 바라봤다.

송가을의 미소는 오래가지 못했다. 배정민의 단독 기사 때문이었다. 그렇다. 또 그놈의 배정민이었다. 배정민은 대한신문 1면 기사로 송가을을 비롯한 꾸미원들에게 세게 물을 먹였다. 양의철에 관한 것이었다. 박새롬에 대한 기사이기도 했다.

기사의 첫 문장은 이랬다.

"양 의원의 비서가 3년간 후원금 회계 부정을 독단적으로 저지른 것을 의원이 잡아냈다."

마지막은 이랬다.

"양 의원은 비서를 즉각 해고하는 한편, 비서의 개인 착복을 낱낱이 밝혀내기 위해 의원실 자체 조사에 나서기로 했다."

박새롬은 매우 억울해했다. 결과적으로 회계 부정을 한 것은 맞지만, 모두 의원이 시킨 것을 그대로 따랐을 뿐이라고 했다. 선배들에게 물어보니 다른 의원실도 다 이렇게 한다며 시키는 대로 처리만 하라고 했다는 것이다. 결코 단독 행동이 아니라며 펄쩍펄쩍 뛰었다. 의원실 막내가 의원의 지시를 어기긴 쉽지 않다고 했다. 빼돌려진 돈의 사용처는 전혀 모른다고도 했다.

하지만 이제 와서 찾아보니 지시를 입증할 증거가 하나도 없었다. 자기 빼고 다들 미리 짜기라도 했던 듯, 지시는 모두 구두로만 이뤄졌다고 했다. 보도 뒤 선배들은 다 모른 척한다고 했다. 박새롬과의 대화를 아예 피하는 이들도 있었다.

박새롬은 억울해 죽을 것 같다고 하소연했다. 의원의 지시를 숨긴 채 자신에게 죄다 뒤집어씌우려는 것 같아 가슴이 타들어간다고, 숨을 쉬기가 어렵다고 했다.

"저는 새롬 씨 말, 전적으로 믿어요."

송가을은 그에게 이렇게 얘기해줬다. 그러나 바로 할 수 있는 게 없었다. 박새롬이 그나마 평소 자신에게 우호적이었다며 짚어준 비서관을 찾아갔지만, 그 역시 입을 열지 않았다. 송가을의 읍소에도 소용없었다.

이번 기사는 양의철이 흘렸을 거라고 추측됐다. 하지만 배정민이 그 출처를 확인해줄 리 만무했다. 언론사들은 이번에도 타사 특종을 줄줄이 받았다. '자신의 회계 부정을 감추려 의원의 갑질을 폭로한 보좌진'으로 박새롬을 지칭했다.

순식간에 전세가 역전됐다. 설사 그렇다 한들 양의철의 갑질이 용서되는 게 아닌데도 분위기는 완전히 바뀌어버렸다. 사람들은 박새롬을 향해 악플을 끝없이 쏟아냈다. 속수무책이었다. 박새롬이 의원회관 복도를 걸으면 주위에서 수군거리는 소리가 들렸다. "낯짝도 두껍다"라는 말이 박새롬 귀에 정확히 꽂혔지만 차마 뒤돌아볼 수 없었다. 그 넓은 여의도에서 박새롬 편을 들어주는 이는 아무도 없었다. 박새롬은 계속해서 벼랑 끝으로 몰렸다.

그러던 중 박새롬 앞으로 소포가 도착했다. 이름 모를 당원이 보낸 것이었다. 열어 보니 쪽지 한 장과 커터칼이 들어 있었다. 칼심이 쭉 뽑힌 채였다. 쪽지에는 이렇게 휘갈겨 적혀 있었다.

"다민당 망신시키지 말고 알아서 뒤져라. 미친년아."

양의철은 이번에는 카메라 앞에 섰다. 소속 보좌진을 제대로 관리하지 못한 점에 대해 사과한다고 전제한 뒤 "철저한 자체 조사 뒤 보좌진에게 끝까지 책임을 묻겠다"라고 밝혔다.

그로부터 5일 뒤 송가을은 눈물을 펑펑 쏟아야 했다. 아무리 울어도 슬픔이 가시지 않았다. 죄책감이 없어지지 않았다. 후회가 사라지지 않았다. 괴로움이 사그라지지 않았다.

박새롬은 자신의 아파트 옥상에서 뛰어내렸다. 스스로 목숨을 끊었다. 박새롬은 그렇게 세상을 등졌다. 스물여덟 살의 나이였다.

*

일주일은 조용히 기다렸다. 2주가 넘어가자 더는 기다릴 수 없었다. 서수경은 송가을의 집을 찾았다. 송가을은 부장은 물론 동기들의 전화를 받지 않은 채 두문불출했다. 부장의 방문에도 변함이 없었다. 문을 연 송가을의 엄마는 "가을이가 방에서 나오지 않는다"며 "죄송하지만, 그냥 돌아가 주시라"고 했다.

기민호도 집 앞을 찾았다. 벨을 누를 용기가 안 났다. 취재 수첩을 북 찢어 편지를 써서 문틈에 끼워뒀다. 편지는 송가을에게 전해졌다.

'니가 없으니까 텅 빈 것 같다. 국회가. 그리고…… 나도.'

송가을 얼굴에 잠시 미소가 번졌다. 이내 기민호로부터 전화가 왔다. 망설이다 받지 않았다. 편지를 바닥에 내려놨다. 침대 위에 누워 그저 천장만 바라봤다. 한 가지 생각이 계속 떠올랐다. 내가 너무 신이 났던 거야. 어두운 과거를 극복하고 빛나는 직업을 갖게 됐다며 너무 신이 나서 날뛰었던 거야. 거기서부터 잘못됐던 거야.

고등학생 때 송가을은 적당히 공부 잘하는 평범한 아이였다. 그러던 어느 날 단 하나의 선택이 송가을의 인생을 뒤흔들었다. 학교에 엄마가 필리핀인, 아빠가 한국인인 다문화가정 아이가 있었다. 한국과 필리핀 국적을 모두 가지고 있는 친구였다. 공부도 잘하고, 학교생활을 열심히 하려는 아이였다. 그런데 주위 애들은 그 친구를 "초코우유"라고 부르며 괴롭혔다. 단지 피부색이 다르다는 이유였다.

애들은 그 아이에게 빵셔틀을 시키고 발을 걸어 넘어뜨렸다. "초코우유 사 오라"는 주문이 가장 많았다. 그 아이는 자주 울고 있었다. 다른 친구들은 물론 선생님들도 이 상황을 외면했다.

송가을은 용기를 내기로 했다. 외면하지 않는 것을 선택했다. 가해자들을 향해 말했다.

"그만해."

할 수 있는 최대한, 단호하게 얘기했다. 그런데, 가해자들도 단호했다.

"그럼 송가을 너를 대신 괴롭혀줄까?"

그리고 얼마 뒤 그 아이는 엄마를 따라 필리핀으로 돌아갔다. 가해자들은 얼굴이 빨개진 송가을을 "딸기우유"라고 부르기 시작했다. 빵셔틀을 시키고 발을 걸어 넘어뜨렸다. "딸기우유 사 오라"는 주문이 가장 많았다. 송가을은 점점 혼자가 됐다. 도와줄 사람은 없었다. 송가을은 버티질 못하고 고등학교를 자퇴했다.

그 이후 송가을은 딸기우유를 입에 대지 못했다. 보기만 해도 속에서 울렁거림이 올라왔다. 검정고시에 합격한 뒤 대학생이 되고, 누군가의 도움으로 다시 용기를 내게 됐을 때 송가을은 딸기우유를 극복하고 싶었다. 하지만 쉽지 않았다. 그래서 일단 딸기우유맛 사탕부터 시도하기 시작했다. 언젠가 진짜 딸기우유를 벌컥벌컥 마실 수 있기를 고대하며 열심히 딸기우유맛 츄파춥스를 빨았다. 그렇게 조금씩 과거를 극복하기 위해 노력했다.

그리고 기자가 됐다. 스스로 빛이 나게 됐다고 생각했다. 사회부에서 특종을 많이 터뜨리면서 의기양양했다. 다들 그렇게 가고 싶어 하는 정치부에 왔다. 여당 반장한테 돌려서 한 소리 할 수 있는 여유까지 가져버렸다.

그런데, 그러지 말걸 그랬다. 약자에게 마이크를 준다며 그렇게 신나서 돌아다니지 말걸. 에이스들만 가는 정치부에 가겠다고 나대지 말걸. 기자가 돼서 행복하다며, 이제 다른 사람들에게 힘을 주겠다며 두 주먹 불끈 쥐지 말걸. 기자가 되겠다고 함부로 용기 내지 말걸. 과거처럼 그냥 그렇게 구석에 쭈그려 앉아 있을걸. 그때처럼 딸기우유나 사다 나르면서 계속 루저로 살걸……. 나는 왜 신이 났을까. 나 따위가 뭐라고. 대체 왜.

송가을은 침대에서 일어났다. 서랍에서 종이와 봉투를 꺼냈다. 봉투에 글씨를 썼다. 꾹꾹 눌러 적었다.

사직서였다.

송가을이 문밖으로 나간 건 박새롬이 숨진 지 20일 만이었다. 백팩은 방에 그대로 뒀다. 사직서가 담긴 봉투만 손에 들었다. 발걸음은 의외로 가벼웠다. 몸무게가 그사이 5킬로그램 빠져서만은 아니었다. 사직서에서는 무게가 전혀 느껴지지 않았다.

현관문을 밀어 여는데 뭔가 툭 하고 바닥에 떨어졌다. 정체불명의 하얀 봉투였다. 들고 있던 사직서를 주머니에 찔러넣고 그 하얀 봉투를 대신 집어 들었다. 봉투 안에는 종이가 한 장 들어 있었다.

잠시 뒤 송가을은 다시 방에 들어갔다. 백팩에 노트북과 보조 배터리를 넣었다. 새로 사 놓은 엉덩이 깔개도 넣었다. 사직서는 책상 서랍 안에 넣었다. 그러곤 엉엉 울며 백팩을 메고 밖으로 나왔다. 하얀 봉투 안 종이에는 이렇게 적혀 있었다.

죽음으로 억울함을 밝힐 수 있으면 좋겠다. 시키는 대로

만 한 게 잘못이라면 그건 내 잘못이다. 하지만 나는 독단적으로 회계 부정을 저지르지 않았고 개인 착복은 당연히 없었으며, 그걸 덮으려 의원의 갑질을 터뜨린 게 아니다. 그저 사람답게 살고 싶어 용기를 냈을 뿐이다.

아빠. 정말 미안해. 언젠가 내 손 잡고 결혼식장에 설 날을 꿈꾼다고 했는데 그 꿈을 이뤄드리지 못하게 됐네. 나 살아남았어도 어차피 결혼은 안 했을 거야. 너무 고단하고 지쳤어. 그러니까 나, 편히 보내줘. 제발 슬퍼하지 말아줘. 울지 말아줘. 마지막 부탁이야.

그리고 송가을 기자님께 전해줘. 기사 내보낸 거 후회하지 않는다고. 슬퍼하지 말고, 앞으로도 나처럼 목소리를 내고 싶은데 방법을 몰라 웅크리고 있는 이들을 위해 애써달라고. 기자로서 절대 포기하지 말아 달라고. 지금처럼 좋은 기자로 자리를 지켜달라고. 새로운 문을 열어줘서 감사하다고.

에필로그

토요일 아침인데도 박새롬은 일찍 일어나야 했다. 해피니스 산책 때문이었다. 박새롬의 부친은 딸을 차로 데려다줬다. 의원의 집 앞에서 내려주며 전날 준비해놓은 도시락을 건넸다. 도시락에는 유부초밥 여덟 덩이와 방울토마토 여섯 알, 딸기 네 알이 담겨 있었다.

딸은 어떨 때 집에서 밥을 먹다가도 의원의 전화를 받으면 뛰쳐나가야 했다. 개밥을 깜빡하고 못 줬으니 어서 달려가라는 전화였다. 마음이 아팠지만 계속 딸을 다독였다. 초반 수습 기간은 다 그렇게 혹독한 거겠지 싶었다. 자신이 사회생활을 시작할 때도 비슷했다. 30년이 지났으나 세상은 별반 달라지지 않았구나 싶었다. 하지만 참으면 좋은 날이 올 거라고 생각했다. 그렇게 굳게 믿었다.

어느 날 딸은 새벽 1시에 들어왔다. 두 눈이 퀭했다. 의원 아들 과외 해주느라 이 시간에 들어온다고 했다. 종일 한 끼도 먹지 못했다고 했다. 의원이 없을 때 차에서 김밥을 먹다가 냄새를 남겼다는 이유로 된통 깨진 뒤 김밥도 잘 안 넘어간다고 했다. 피골이 상접한 모습을 보니 이건 정말 아닌 것 같다는 생각이 들었다. 참으면 좋은 날이 올 거라 여겼는데 그 전에 딸이 먼저 죽을 것 같았다.

부친은 딸에게 야채 죽을 끓여준 뒤 마주 앉았다. 대안을 마련해보자고 얘기하려던 찰나, 딸이 이런 얘길 했다. 동갑내기 기자를 알게 됐는데 너무 믿을 만하다고. 자기 사정을 얘기하니 도와주겠다고 했다고. 의원실에서 정책 전문가가 돼서 지금까지 버틴 시간을 제대로 보상받고 싶다고. 근데 용기를

195

내도 될지 확신이 안 선다고. 겁이 난다고.

부친은 딸의 손을 잡으며 말했다.

"해보자. 기사, 내보자."

딸이 죽은 뒤 부친은 송가을을 찾아가 멱살을 잡으려 했다. 왜 가만히 있는 딸을 꼬드겼냐고 항의하고 싶었다. 내 딸 대신 죽으라고 소리치고 싶었다. 신문사에 갔으나 만날 수 없었다. 어느 아파트에 산다는 건 겨우 알아냈는데 동호수를 몰랐다. 신문사를 다시 찾아갔다. 정치부장부터 당장 나오라고 했다. 서수경은 애도의 뜻과 함께 아무래도 송가을을 다시 기자로 만나긴 어려울 것 같다는 말을 전했다. 기자를 관둘 것 같다고 했다.

사실 부친은 알고 있었다. 멱살을 잡아야 할 건 송가을이 아니었다. 양의철이었다. 왜 내 딸을 괴롭혔냐고, 대신 죽으라고 소리쳐야 할 상대는 양의철, 그 새끼였다. 국회를 찾아가야 했다. 지하철 노선도를 꺼내려 외투 안주머니를 만지작거렸다. 거기에 웬 봉투가 하나 들어 있었다. 딸의 유서였다.

유서를 다 읽은 뒤 그는 서수경을 다시 찾아갔다. 유서를 송가을에게 전달해달라고 했다. 서수경은 당장 가져다주겠다고 했다. 서수경에게 유서를 전한 뒤 박새롬의 부친은 송가을이 사는 아파트의 정문을 찾았다. 그 앞에서 마냥 기다렸다.

시간이 꽤 흘렀다. 멀리서 송가을이 보였다. 백팩을 메고 있었다. 손에는 취재 수첩 같은 게 들려 있었다. 그리고 엉엉 울고 있었다. 송가을은 그렇게 울면서 다시 출근을 했다. 그 모습을 멀리서 보며 박새롬의 부친도 꺼억꺼억 울었다.

5.
예산 심사

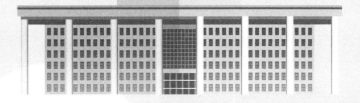

"여의도는요. 욕망의 용광로예요."

브리핑룸에 의원 18명이 나란히 섰다. 그런데 조합이 이상했다. 다민당 의원이 있었고, 보국당 의원도 있었다. 보통 특정 당 의원들만 삼삼오오 모여 기자회견을 열고 상대 당 놈들을 비판하는 게 일반적인데, 오늘은 달랐다. 여러 당이 함께 모여 있었다. 분위기는 화기애애했다. 기민호는 이 희한한 풍경을 일단 지켜보기로 했다. 기자회견이 시작됐다.

"저는 보국당 부산 지킴이, 김정태 의원입니다. 여기 다민당 대변인이신 황진섭 의원을 비롯해 여야 부산 의원들이 한자리에 모였습니다. 저희가 이렇게 초당적으로 모인 이유는, 부산의 숙원 사업인 다리 건설을 강력하게! 촉구하기 위해서입니다."

예산 심사 국면이 되자 국회는 더욱 북적이기 시작했다.

예산 심사는 법안 심사에 비해 국민의 관심을 덜 받지만, 의원들에겐 가장 중요한 연례행사였다. 자신의 지역구에 예산을 얼마나 당기냐에 따라 다음 총선의 승패가 달라질 수 있기 때문이다. 예산을 한 푼이라도 더 따기 위해서라면 물불을 가리지 않았다. 한 해 예산은 650조 원이다. 이 거대한 파이 하나를 두고 의원 300명은 피 터지는 싸움을 했다. 때론 지역 숙원 사업을 해결하기 위해 여야를 가리지 않고 하나가 됐다. 평소 서로 고성에 삿대질을 퍼붓던 이들이 언제 그랬냐는 듯 세상 다정하게 어깨동무를 하며 카메라 앞에 섰다. 부산 의원들을 선두로 그런 기자회견이 줄줄이 열렸다. '초당적'이라는 말이 비로소 실현되는 순간이었다.

예산안은 먼저 15명으로 구성되는 예산결산특별위원회 속 예산안 조정 소위원회를 거쳐, 50명 규모의 예산결산특별위 전체 회의 문턱을 넘은 뒤, 300명이 모두 모이는 본회의를 통과하면 심사가 완료된다. 이듬해 정부는 이를 집행한다.

여야가 섞여 구성되는 소위원회는 엑기스 중에 엑기스였다. 그 15명 안에 들어가면 자기 지역구 예산 확보가 훨씬 수월해짐은 물론, 다른 의원과 정부 부처를 향해 큰소리를 칠 수 있는 힘이 주어졌다. 당연히 서로 들어가려고 난리였다. 대개 당내 합의로 결정되지만 당 대표 의중이 가장 큰 영향을 미쳤다.

이맘때쯤 기자들은 로비 전화를 받느라 분주했다. 의원들은 각자 친한 기자들에게 자신이 예산 전문가임을 어필하며 '기사 한 줄'을 구걸해댔다.

"박 후배. 이번에 예결위 소위에 내 하마평 나온다고 써줘. 다음에 모찌 제대로 된 거로 하나 줄게. 응?"

"최 기자. 나 기재부 출신이잖아. 내가 전문가 아니면 누가 전문가야? 우리 세종시에 같이 있을 때부터 봐온 인연, 잘 생각해줘."

이에 한 기자는 "모찌 준다는 약속 잊지 말라"고 당부한 뒤 기사에 의원 이름을 추가했다. 다른 기자는 "우리 고향 선배신데 당연히 써드려야죠"라며 의원 이름을 예상 기사에 넣었다. 기사에 하마평이 나온 의원만 벌써 57명이 넘었다.

며칠 뒤 15명의 명단이 발표되자 해당 의원실 앞에는 긴 줄이 생겼다. 의원들과 정부 고위 관계자들이 소위 위원에게 눈도장을 찍기 위해 면담을 요청했다. 면담하며 의원들은 저마다의 사탕을 꺼냈다. 청포도맛 사탕부터 알사탕까지 내놓을 건 많았다.

"다음에 자네 원내대표 선거에 나오면 무조건 밀어줄게."

"의원님이 발의한 법 저번에 법사위에서 까였죠? 제가 법사위에서 밭 미리 다져놓고 있겠습니다."

부처 사람들도 바짝 엎드리긴 마찬가지였다. 산업통상자원부의 한 실장은 자신이 대전 출신임을 앞세워 대전을 지역구로 둔 소위 위원을 찾아갔다. 보자마자 "형님" 소리가 튀어나왔다. 대전 얘기를 한참 하다가 본론으로 들어갔다. 산자부 예산을 꼭 통과해달라고 사정했다. 이 실장은 의원실 밖으로 나와 혼자 읊조렸다.

"행시 못 붙어서 빌빌대다 배지 단 인간한테 이렇게까지 해야 하나. 내가 이러려고 신림동에서부터 그 고생해서 여기까지 온 게 아닌데……."

기민호는 이 기이한 풍경을 기사로 묶어내고 싶었다. 무엇을 앞세워야 할까 고민하며 국회 여기저기를 걸어 다녔다. 그러다 보국당 당 대표실을 지날 때 뜻밖의 소리를 들었다. 안에서 싸움이 난 듯했다. 주위에 다른 기자는 없었다. 뭔가 재미난 상황이 문밖으로까지 이어질 것 같았다. 기민호는 기민하게 핸드폰을 켜 하단 스피커 부분을 손바닥으로 막은 뒤 동영상 촬영 버튼을 눌렀다.

그때였다. 당 대표실 문이 활짝 열리더니 한 의원이 쫓겨나듯 튕겨 나왔다. 곧바로 문이 닫혔다. 경북 영주를 지역구로 둔 김영주 의원이었다. 60대 남성인 그는 원래 이름이 김영식이었다. 당내 공천에서 세 번 떨어지고 네 번째 도전할 때 그는 이름을 지역구와 같은 영주로 바꾸었다. 심지어 그에게는 김영주라는 이름의 여동생이 있었다. 다행히 동생 김영주는 오빠 김영주와 다른 한자를 썼다.

김영식, 아니 김영주 의원은 당 대표실 문을 쾅 하고 찼다. 안에 김춘익 대표가 있는 모양이었다. 그는 씩씩대며 외쳤다.

"15명 안에 나 넣어준다고 약속했었잖아! 형님 대표 될 때 내가 빤스 벗고 달랑거리며 뛰었는데 나한테 이럴 수 있소?"

'빤스 벗고'를 말할 때 그는 실제 바지를 내리는 듯한 제스처를 취했다. 자세가 어찌나 리얼한지 진짜 바지를 내리고 빤스를 벗어버리는 건 아닐까 걱정될 정도였다. 그는 분이 삭이지 않는지 말을 이어갔다. 이번엔 의미심장한 표정을 지으면서였다.

"그때 일, 다 까발려볼까? 내가 못 할 것 같아? 어?"

이 광경은 기민호의 핸드폰에 고스란히 담겼다. 서수경은 최창수를 통해 동영상을 건네받곤 미소를 지었다. 곧바로 최창수에게 전화를 걸었다.

"말진한테 이런 재주가 다 있네. 이렇게 생생한 동영상이라니."

"요즘 애들은 확실히 다르네예. 기민호 인마도 MZ세대 맞긴 맞나 봅니다."

"근데 디지털팀에 문의하니까 당장 영상 편집할 사람이

없다고 하는데."

"걱정마이소, 부장. 기민호가 다 할 수 있다고 합니더. 자막 달고 마, 썸네일도 만들고예."

"펜기자가 직접?"

그 정도는 기민호에게 '껌'이었다. '기민호의 기민한 하루' 유튜브 채널을 운영하며 한두 번 해본 게 아니었다. 대중에게 어떤 게 먹히는지도 기민호는 잘 알고 있었다.

영상에는 "빤스 벗고 뛰었는데 이럴 수 있냐… 의원님의 절규?"라는 제목이 달렸다. 폰트가 요란했다. 영상 중간중간, 적재적소에 클로즈업이 사용됐다. 마지막엔 '촬영 기민호, 편집 기민호'라고 바이라인이 달렸다. '빤스' 동영상은 고도일보 유튜브 계정과 인스타그램, 페이스북, 트위터에 동시에 업로드됐다.

순식간에 조회 수가 올라갔다. 고도일보 유튜브 채널에서만 100만 회를 넘어섰다. 역대 콘텐츠 중 TOP3였다. 덕분에 10만에 불과했던 구독자 수가 21만 명으로 훅 늘어났다. 편집국에서는 기민호의 활약이 단연 화제였다. 편집국 기자 527명 중 영상 편집에 능한 기자는 기민호가 유일했다. 이를 계기로 영상 관련 사내 투자를 확대해야 한다는 목소리가 나왔다.

네티즌들은 재미있어했다.

"대체 뭘 달랑거렸다는 거냐."

"그때 일이 뭐냐."

순식간에 밈(meme)이 만들어지고 패러디 영상이 넘쳐났다.

*

송가을이 국회에 다시 발을 디딘 건 사건 발생 한 달이 지난 뒤였다. 서수경은 백팩을 메고 회사를 찾은 송가을에게 말했다.

"국회 가기 전에 일주일 정도 쉬다 와. 대신 이제는 밥 챙겨 먹으면서 진짜로 쉬는 거야."

송가을은 알겠다고 답했다. 송가을은 박새롬이 있는 봉안당을 찾았다. 박새롬은 사진 속에서 환하게 웃고 있었다. 대학 다닐 때 사진 같았다. 송가을은 그 앞에 네 시간가량 서 있었다. 그러다 해가 질 무렵, 큰 목소리로 말했다. 울음을 꾹 참으며 또박또박 말했다.

"양의철에게 꼭 복수하겠습니다. 그리고, 진짜 좋은 기자가 되겠습니다."

국회에 돌아오자 입구에서부터 기민호가 기다리고 있었다. 기민호는 아무 말 없이 출입문을 열어줬다. 송가을도 아무 말도 하지 않았다. 고마워, 민호야. 문을 열어줘서, 기다려 줘서, 응원해줘서. 이런 말이 입가에 맴돌았지만 꺼내지 않았다. 말하지 않아도 다 알 것 같았다. 정치부에 와서 기민호와 더 가까워진 느낌이 들었다.

부스에 들어가니 고석동과 최창수, 윤장미 중 누구도 송가을을 특별히 쳐다보지 않았다. 어제 퇴근하고 오늘 출근한 듯, 평소처럼 아무렇지 않게 대했다. 송가을은 이들의 배려가 참 감사했다.

송가을은 복도에 서서 여기저기 전화를 돌렸다. 곧바로 예결위를 취재할 참이었다. 열심히 취재하고 노력하는 것만이 감사한 모두에게 보답하는 길이라고 생각했다. 그때 누군가가 두꺼운 파일 하나를 눈앞에 쑥 내밀었다. 고개를 들어보니 박동현이었다. 파일 표지엔 이렇게 쓰여 있었다.

정치권 이슈 & 예결위 쟁점

지난 한 달간 송가을이 놓친 내용을 꼼꼼히 정리한 것이었다. 기사 스크랩이 주였고, 예산 심사 관련 각종 보고서 같은 게 첨부돼 있었다. 중간중간 필기도 되어 있었다. 박동현의 글씨였다. 삐뚤빼뚤한데 묘한 규칙이 느껴지는 서체였다. 송가을은 전화를 끊고 물었다.

"이게 뭐야?"

"아씨. 우리 반장이 지난 한 달 치 이슈 좀 정리해 내놓으라잖아. 나 똥개 훈련을 시키려고 그러나? 귀찮아서 정말."

박동현은 쑥스러운지 계속 바닥만 보며 말했다. 송가을은 파일을 받으며 대꾸했다.

"너희 반장 진짜 별걸 다 지시한다. 본인이 찾아보면 될걸."

박동현은 그제야 고개를 들었다.

"그러니까 말이야. 이거 우리 부스에 쌓여 있는데, 한 부 남아서 가져온 거야. 너, 지난 기사 일일이 찾아보려면 귀찮을 거 아냐. 나 간다!"

물론 박동현에게는 어떤 지시도 없었다. 박동현은 송가을이 곧 복귀할 거라는 소식을 듣고 파일을 작성했다. 이번에도 밤을 꼴딱 새웠다. 수줍게 걸음을 옮기던 박동현은 뒤돌아보며 외쳤다.

"잘 돌아왔다! 송가을!"

그러고는 혼자 중얼거렸다.

"짜식, 생각보다 괜찮아 보이네……. 다행이다."

송가을은 박동현의 파일을 열심히 읽었다. 핵심만 모여 있어 꽤 도움이 됐다. 그동안 예결위 소위가 많이 진척돼 있었다. 휴일도 없이 매일 열렸는데, 모두 비공개로 진행됐다고 했다. 아직 다음 단계인 예결위 전체 회의로는 넘어가지 않았다.

송가을은 뒤늦게 취재에 뛰어든 만큼 더 꼼꼼히 보고 싶었다. 윤장미에게 소위 결과를 실시간으로 반영한 예산안 수정표를 구해달라고 했다. 박동현이 첨부한 보고서를 보니 매일 소위가 끝나면 수정 사항이 바로 업데이트되는 표가 있었다. 윤장미는 "이것까지 일일이 보는 기자는 없는데 귀찮게 한다"며 투덜대면서도 아는 기재부 공무원을 통해 금세 가져다줬다.

송가을은 뭔가 특이점이 없는지 한 줄 한 줄 살펴봤다. 자료가 두꺼웠다. 시간이 절대적으로 부족했다. 송가을은 부스에서 밤을 새우기로 결심했다.

밤에 혼자 부스에 있자니 스산했다. 무엇보다 쥐가 신경 쓰였다. 송가을은 본 적 없지만, 부스 어딘가에 쥐가 산다는 얘길 들은 적이 있었다. 국회 건물이 워낙 낡은 터라 쥐가 살 수도 있겠다 싶었다. 낮에는 아무렇지 않았는데 밤이 되니 쥐의 존재가 너무 무서웠다. 갑자기 발밑으로 튀어나올 것 같았다. 송가을은 의자 위에 양반다리로 앉아 자료를 봤다. 다리가 저려도 참았다. 공포감 때문인지 전혀 졸리지 않았다. 덕분에 상당량의 자료를 소화했다. 다행히 밤사이 쥐는 나타나지 않았다.

해가 떴는지 주위가 점차 환해지더니 순식간에 부산해졌다. 고석동이 술 냄새를 풍기며 출근했다. 송가을은 퀭하지만 밝은 얼굴로 말했다.

"선배, 저 뭐 찾아낸 것 같아요."

고석동은 속이 쓰리다는 듯 배를 문지르며 말했다.

"야마……부터……."

애초 정부가 제출한 예산안과 예결위 소위 뒤 수정된 예산안을 대조해보니, 결식아동 지원 예산이 큰 폭으로 깎인 게 눈에 들어왔다. 날짜를 보니 일주일 전 소위에서 복지부 예산을 심사할 때 깎인 거였다.

반면 같은 날 열린 국토부 예산 심사 때 확연하게 늘어난 예산이 있었다. 어느 지역에 대형 생활체육센터를 짓기 위한 예산이었다. 애초 정부 제출안엔 없던 게 소위를 거친 뒤 새로 생겼다. 지역을 확인하고 두 눈이 번쩍 떠졌다. 바로 허남인의 지역구였다. 송가을이 찾은 자료를 본 뒤 고석동은 미소를 지으며 말했다.

"술 확 깬다, 야. 기사 바로 작성해봐."

고도일보

소위에서 대폭 깎여버린 '결식아동 지원' 예산

예결위 소위 '깜깜이' 심사 속 삭감
허남인 지역구 예산은 신설돼 '눈길'

국회 예산결산특별위 소위에서 결식아동을 위한 복지부 예산이 4분의 1 수준으로 깎인 것으로 드러났다. 비공개로 진행된 소위에서 어떻게 이 예산이 큰 폭으로 삭감됐는지 그 배경이 주목된다. …

한편 같은 날 국토부 심사에서 눈에 띄게 증액된 예산이 있어 관심을 모은다. 허남인 다민당 대표 지역구에 생활체육센터를 짓는 예산이다. 지역구엔 이미 유사 센터가 세 곳 있지만, 더 늘리게 됐다. …

기사가 나간 뒤 파장은 어마어마했다. 특히 3, 40대 부모들의 분노가 컸다. 어떻게 결식아동을 위한 예산을 그렇게 쉽게 깎아버리냐는 것이었다. 3040은 다민당이 특히 놓쳐서는 안 되는 유권자층이었다.

꾸미 방에서는 송가을을 반기는 인사와 입을 삐죽거리는 소리가 동시에 나왔다. 연훈석은 "화려한 복귀, 축하한다"라면서도 눈을 흘기는 모습의 이모티콘을 띄웠다. 송가을은 피식 웃었다. 배정민은 "니 기사 받게 생겼다"라며 우는 이모티콘을 날렸다. 송가을은 채팅창에 "이게 다 박동현 덕분"이라고 썼다.

박동현은 송가을에게 참고자료를 정리해주었다는 걸 다른 꾸미원에게 들키고 싶지 않았다. "지금 이러고 있을 때가 아니"라며 얼른 화제를 돌렸다. 맘 카페를 캡처한 사진들을 잔뜩 띄웠다.

맘 카페에는 '국회에 문자 테러를 하자'는 글들이 올라오고 있었다. 특히 허남인을 향한 분노가 거셌다. 같은 날 지역구 예산이 크게 늘어난 점이 역시나 주목을 받았다. 허남인의 핸드폰 번호를 알아내는 건 네티즌들에게 그리 어렵지 않았다. 정치인의 번호는 공공재에 가까웠다.

딩동, 딩동, 딩동.

허남인 핸드폰으로 문자가 쉬지 않고 수신됐다. '애들 먹는 거로 그러지 말고 예산을 원상 복구하라'는 내용이었다. 핸드폰으로 뭐라도 보려고 하면 문자가 계속해서 화면을 가렸다. 1초에 두 개씩은 오는 것 같았다. 포털 창 한번 제대로 열기 어려웠다.

귀한 애들 굶기고 발 뻗고 잘 수 있을 줄 아냐.

너는 맨날 비싼 한정식 처먹을 거면서 애들 밥값은 뺏냐.

국민 세금으로 일하면 제대로 해라!

배터리가 우수수 닳았다. 의원들에게 전화를 걸 수가 없었다. 허남인은 보좌관에게 쏘아붙이듯 말했다.

"나가서 핸드폰 하나 더 개통해 와. 최신 걸로!"

여론이 악화되자 예결위 소위가 움직이기 시작했다. 해당 안건을 재논의하기 위해 회의를 연다고 했다. 이번 소위 회의는 특별히 외부에 공개하겠다고도 했다. 기자들이 잔뜩 몰렸다. 송가을은 안쪽에 자리 잡고 앉았다.

회의가 시작되기 5분 전, 갑자기 입구 쪽에서 카메라 플래시가 터지기 시작했다. 고개를 내밀어 보니 허남인이 들어오고 있었다.

"아이고. 우리 소위 위원님들이 너무 고생하시니까, 여당 대표인 제가 응원하러 왔습니다."

허남인은 회의 테이블을 한 바퀴 돌며 의원들과 일일이 악수했다. 여야 가리지 않았다. 이어 테이블 뒷자리에 앉으며 말했다.

"중요한 회의인 만큼 저도 지켜보겠습니다."

당 대표가 이렇게 소위 회의까지 지켜보는 건 전례 없는 일이었다. 허남인이 앉은 곳은 보좌진과 기자들의 자리였다. 사진 기자들은 허남인 주위로 우르르 옮겨갔다.

소위는 차관이나 국장이 자기 부처 예산에 관해 설명하면 의원들이 질의하고 수정한 뒤 통과시키는 방식으로 진행된다. 복지부 국장이 테이블 끝에 앉았다. 50대 여성이었다. 차분히 예산안을 설명하던 그가 갑자기 흐느끼기 시작했다. 이내 눈물을 펑펑 쏟았다.

"부디 결식하는 아이들 예산은 단 한 푼도 깎지 마시고…… 살려주시기를 간곡하게 요청드립니다."

눈에서 눈물이 계속 나왔다. 그 모습을 보자니 송가을도 울컥했다. 전에 비공개로 진행됐을 때도 국장은 저렇게 절절하게 호소했던 걸까. 그런데도 의원들은 결식아동 예산을 매몰차게 깎아버린 건가. 오죽하면 국장이 저렇게까지 할까. 저분은 정말 자기 일에 진심이구나. 감동적이었다.

국장의 눈물은 빠르게 기사화됐다. 네티즌들은 '오랜만에 일 제대로 하는 공무원을 본다'라며 그를 추켜세웠다. 국장만 스포트라이트를 받은 건 아니었다. 허남인도 실시간 검색어에 올랐다. 그가 회의장에서 문자를 보내고 있는 게 사진 기자들에게 포착됐다. 앞쪽에 앉은 다민당 소위 위원에게 다급하게 보내는 문자였다.

김 의원. 결식아동 예산, 반드시 지켜주시오. 내가 마음이 아파 밤새

잠을 못 이뤘ㅅ……

사진 기자의 카메라는 성능이 좋았다. 특히 줌 기능이 뛰어났다. 멀리서 찍어도 작은 글씨가 다 보였다. 문자의 내용이 고스란히 포털 대문에 걸렸다. "평소 문자를 잘 사용하지 않는 것으로 알려진 허 대표의 '문자 호소'는 그만큼 이번 사안을 절실하게 바라보고 있음을 보여준다"라는 다민당 관계자의 코멘트가 사진 밑에 실렸다. '허남인 최고' '일 잘 한다' '고맙다' 등의 댓글이 달렸다.

결식아동 예산은 결국 원상 복구됐다. 반면 허남인 지역구 예산은 원래대로 줄었다. 모두 여론의 바람대로 조정됐다. 가장 결정적인 순간 예산을 좌지우지하는 건 예결위 소위 위원도, 당 대표도 아니었다. 바로 여론이었다. 여론은 죽은 예산을 살아나게 할 수 있었다.

소위를 통과한 뒤 예산안은 본회의까지 일사천리로 처리됐다.

*

예산감시시민연대는 매년 최고의 보도를 선정해 상패와 200만 원의 상금을 수여한다. 올해 대상은 송가을이 수상했다. 상금 100만 원의 우수상도 있었는데, 이건 NBS가 받았다. 박동현이었다.

박동현은 예결위 전체 회의 때 50명의 의원이 낮에는 장관을 깨는 데 열중하는 반면 밤에는 "우리 지역구 예산 좀 늘려달라"며 장관들에게 읍소하는 이중 행태를 포착해 보도했다. 낮에는 언론의 관심이 쏠리니 일을 똑바로 하라며 정부에 큰소리를 치다가 밤이 되면 사정하고 아양을 떠는 모습을 놓치지 않은 것이다.

송가을과 박동현은 나란히 시상식에 참석해 상패와 꽃다발을 받았다. 오랜만에 여의도를 벗어나 광화문에 오니 기분이 새로웠다. 시상식이 끝나자 저녁 6시였다. 박동현이 송가을에게 물었다.

"혹시 저녁 약속 없으면 먹고 들어갈래?"

송가을은 바로 답을 하지 않았다. 박동현은 말이 많아졌다.

"아니, 집에 갔는데 혹시 먹을 게 없으면 배달을 시켜야 하는데, 지금 시간이 딱 배달 밀릴 타이밍이라 먹고 들어갈까 해서."

박동현이 속으로 '지금 무슨 소릴 하고 있는 거냐'며 스스로를 다그칠 때쯤 송가을이 말했다.

"좋아! 나 네 덕분에 이번에 상 탄 거나 다름없거든. 네가 준 자료가 큰 도움이 됐어. 오늘 내가 쏠게."

부대찌개가 보글보글 끓었다. 스팸 햄이 냄비 안에서 작게 들썩였다. 마카로니도 들썩거렸다. 두 사람이 오롯하게 밥을 먹는 건 이번이 처음이었다. 항상 꾸미원, 그리고 의원과 함께였다.

"둘이 밥 먹는 거 처음이네. 내가 꾸미 합류한 뒤로 한 8개월 만인가?"

송가을의 말에 박동현은 속으로 생각했다.

'5년 만이야. 내가 너를 처음 본 뒤로……'

소주를 시켰다. 소주 안주로 부대찌개만 한 게 없었다. 다섯 잔을 마신 뒤 송가을은 살짝 취한 것 같았다. 박동현은 멀쩡했다. 찌개 육수를 리필했다. 사골을 쓰는지 색깔이 뽀얬다. 술이 잘 들어갔다. 일곱 잔을 마시자 송가을의 혀가 약간 꼬이기 시작했다.

"근데 박동현! 너 왜 안 물어봐?"

"뭘?"

"나 그 일 겪고 어땠냐, 어떻게 돌아오게 됐냐 등등."

"궁금하지. 근데 안 물어볼래. 네가 말하고 싶으면 말하겠지. 먼저 말하지 않는 한 안 물어볼 거야."

"너는 기자가! 궁금하면 물어봐야지!"

박동현은 잠시 생각에 잠기더니 말했다.

"아, 그건 물어보고 싶다. 편지. 잘 봤냐고."

"편지? 무슨 편지?"

"어? 편지 못 받았어?"

송가을의 어리둥절한 반응에 박동현은 당황했다. 송가을이 칩거할 당시 박동현은 손편지를 썼다. 문자는 잘 보지 않는 듯했고 이게 진심을 더 잘 전해줄 것 같아서였다. 너의 잘못이 아니며, 돌아오길 바란다는 내용이었다.

그러나 송가을의 집이 어딘지 알 수 없었다. 같은 회사 동기인 기민호가 떠올랐다. 기자실 앞 복도로 기민호를 불러내 편지를 건넸다. 송가을에게 전해줄 수 있냐고 물었다. 기민호는 "가능할지 모르겠지만, 가능하다면 전하겠다"라고 했다.

송가을이 걱정돼 집 앞을 찾았을 때 기민호 손에는 두 개의 편지가 들려 있었다. 하나는 취재 수첩을 찢어 자신이 쓴 것, 다른 하나는 박동현의 것이었다. 고민하던 기민호는 둘 중 하나만 전하기로 했다. 바로 자신의 편지였다.

뒤늦게 상황을 알게 된 박동현은 순간 머릿속이 하얘졌다. 기민호, 바빠서 송가을 집에 못 갔나? 송가을을 찾아가는 게 귀찮았을 리는 없는데…… 설마 일부러 전하지 않은 건 아니겠지? 기민호, 너 혹시……. 불길한 예감이 들었다.

그때 송가을이 물었다.

"야! 무슨 편지?"

"어? 아냐. 아, 보고서. 예결위 쟁점 보고서 남는 거 준 거 말이야. 편지라고 말이 헛나왔다."

"아……. 말했잖아. 그 덕분에 상 탄 거라고. 그래서 지금 쏘는 거 아니야."

"아, 맞네."

같은 시각, 기민호는 회사에 들어가 있었다. 이용식 부장의 호출이었다. 이용식은 기민호에게 짐벌 등 고가의 촬영 장비를 나눠줬다. 짐벌은 영상을 찍을 때 흔들리지 않게 하는 장비였다. 셀카봉처럼 생겼는데, 더 안정적이었다. 장비를 준다는 건 동영상을 더 많이 찍으라는 소리였다. 최근 한 케이블 보도 채널이 비리 문제로 방송통신위원회로부터 승인 취소 통보를 받았는데, 고도일보가 후임 사업자에 도전한다는 얘기가 말미에 나왔다.

"기민호 니 책임이 막중한 거야. 고도일보도 영상 보도 가능하다! 신문 한정 매체가 아니다! 이런 걸 팍팍 보여줄 수 있게 많이 찍어 와. 알겠지?"

기민호 머릿속엔 아이디어가 많았다. 특히 김춘익의 캐릭터가 너무 좋았다. 호통치는 70대 야당 대표. 살짝 비꼬아 보여주면, 아니 그 행태를 있는 그대로 보여주기만 해도 유튜브에서 제대로 먹힐 게 뻔했다. 기민호는 유튜브 감성과 생태를 잘 알고 있었다. 자신이 잘할 수 있는 것과 회사에서 요구하는 바가 일치하니 흥분됐다. 게다가 다른 기자들은 잘

할 수 없는 일 아닌가. 이 영역에서 기민호는 독보적이었다.

"제가 꿈꾸던 거예요. 방송과 신문의 콜라보레이션. 열심히 해보겠습니다."

신이 난 기민호를 향해 이용식은 이렇게 덧붙였다. 이 말을 들은 뒤 기민호는 한동안 발걸음을 떼지 못했다.

"만약에 우리가 채널을 따내면 기민호 니가 앵커를 맡을 수 있어. 그러니까 여의도 가서, 잘해보라고."

송가을과 박동현의 술자리는 계속됐다. 어느덧 소주병이 4병을 넘어섰다. 취할 때 예전 기억을 떠올리는 건 송가을의 오래된 버릇이었다. 자꾸 박새롬이 떠올랐다. 눈물이 날 것 같았다. 다른 생각을 해보려 했다. 고등학교 때 딸기우유 셔틀이 떠올랐다. 아, 이것도 별로다. 다른 생각 없나……. 그때 다행히 박동현의 질문이 날아왔다.

"너는 언제 확신했어? 기자가 되고 싶다고, 될 수 있겠다고."

"기자? 진짜 꿈같은 얘기였지. 고딩 때까지만 해도 그랬어. 그러다 대딩 때 열심히 준비했고. 처음부터 그랬던 건 아니고, 아주 작은 응원을 계기로 제대로 시작하게 됐어. 그게 나비효과가 돼서 여기까지 온 거야."

"작은 응원?"

송가을은 수능 점수에 맞춰 경제학과에 진학했지만 신문 방송학과 수업을 더 듣고 싶었다. 기자가 되고 싶었다. 타인의 억울함을 대신 풀어주다 보면 자신도 치유될 수 있지 않을까 싶었다. 또 글로 세상을 전하면 짜릿할 것 같았다. 신방과 수업을 몇 개 들었는데 학점이 형편없었다. 특히 글쓰기가 약했다. C 학점과 D 학점이 이어졌다. 나는 기자랑 안 맞나? 내 글을 좋아해줄 사람은 없는 건가? 의기소침한 상태가 지속됐다. 언론사 시험을 통과하려면 글쓰기는 기본이었다. 자신감은 바닥을 친 지 오래였다.

수업을 딱 하나만 더 들어보자 싶었다. 수강생들이 글을 쓰면 서로 돌려본 뒤 익명으로 한 줄씩 코멘트를 하는 수업이었다. 첫 강의에 들어갔는데 교수가 바뀐다고 했다. 새 교수는 학점이 짜기로 유명한 사람이었다. 수강신청을 취소할까 망설이다 그냥 듣기로 했다. 수강생들의 익명 평가를 바로바로 받을 수 있으니 내 실력을 제대로 살펴볼 수 있을 듯했다. 이제는 결단해야 했다. 더 갈지, 여기서 멈출지.

글을 써서 제출하자 총 7명의 코멘트가 돌아왔다. 대체로 단답형이었다.

"주제의식이 강화됐으면 함."

"저널리즘식 글 냄새가 안 남."

"글이 밋밋한 것 같은데요."

멈춰야 하는 지점이 저 앞에 보일락 말락 했다. 그렇게 여섯 줄이 내려오고, 마지막 줄에 빨간 글씨로 작게 코멘트가 적혀 있었다.

"뒤를 보세요.^^"

빨간펜이 시키는 대로 뒷면을 봤다. 송가을의 눈동자가 커졌다. 뒷면에 피드백이 빼곡하게 적혀 있었다. 위부터 아래까지 가득 차 있었다. 심지어 송가을이 쓴 글보다 많은 양이었다.

"약간 저널리즘적 문제의식이 뾰족하지 않은 점은 아쉬워요. 하지만 다섯 가지 이유로 저는 이 글이 너무 좋아요. 첫째, 글쓴이의 따뜻한 시선이 느껴져요. 더위를 피해 은행에서 쉬는 할머님들의 일상에 관심을 가진 점, 정말 좋았어요. 여름에 가면 하릴없이들 앉아 계시잖아요. 여기서 궁금증을 가질 수 있구나. 그분들의 주거 환경과 생계, 여가생활에 대해. 아, 이거 너무 좋잖아요. 별 다섯 개! 그리고 두 번째로는, 단문인 거요. 문장이 짧아요. 담백하고 단단해요."

박동현에게 이 얘기를 하는 내내 송가을은 웃고 있었다. 눈이 반짝반짝 빛났다.

"그리고 다섯 번째 '글씨가 예뻐요~' 이러더라고. 마지막은 일부러 짜낸 거 같았지만, 너무 감동이었어. 기자 되는 거 관둘까 싶었는데, 아니다, 누군가 내 글을 좋아할 수도 있구

나. 더 노력하면 글로 세상을 전하고 누군가에게 도움을 주는 직업인이 될 수 있겠구나. 처음으로 희망을 얻었달까?"

애기를 듣는 내내 박동현은 얼어 있었다. 너무 놀라 말을 할 수 없었다. 눈물이 다 나려고 했다. 심장 박동이 걷잡을 수 없이 빨라졌다. 박동현은 심호흡을 한 번 한 뒤 천천히 입을 열었다. 지금, 그 이야기를 해야만 했다.

"송가을. 있잖아. 실은 그 빨간펜……."

그때였다. 갑자기 둘을 부르는 소리가 들렸다. 배정민과 연훈석이었다. 박동현은 말을 삼킬 수밖에 없었다.

"우리 꾸미 네 명 중 두 명이 상을 받았는데 가만히 있을 수 없지. 근데 시상식은 벌써 끝났더라고. 그래도 뒤풀이는 참석했으니 온 거로 인정해줄 거지?"

배정민이 송가을과 박동현을 번갈아 가볍게 톡 치며 말했다.

"여기 있는지는 어떻게 알았냐?"

박동현의 질문에 송가을이 웃으며 핸드폰을 들어 보였다.

"내가 알려줬는데? 아까 꾸미 방에서 묻길래."

송가을은 이어 주섬주섬 외투를 입었다.

"미안한데 나 취해서 먼저 갈게. 이제 너희 셋이 마셔라. 둘, 축하하러 와줘서 고맙고. 박동현, 계산은 내가 하고 간다? 다들 여의도에서 보자."

송가을이 떠난 뒤 박동현은 연신 소주잔을 비웠다. 배정민과 연훈석이 이런저런 얘기를 해도 귀에 들어오지 않았다.

그때 배정민이 말했다.

"꾸미 내 연애 금지. 우리 꾸미 처음 만들 때 규칙 기억하지?"

박동현이 눈을 동그랗게 떴다. 그런 게 있었던가. 아, 그랬었지. 꾸미 안에서 숱한 연애가 이뤄지는데, 헤어지면 그 꾸미는 와해되고 다들 힘들어지니까 그런 규칙을 만들었지. 근데 저 자식, 지금 그 얘기를 왜 하는 거지. 박동현의 눈빛을 읽은 듯 배정민이 말을 이어갔다.

"나는 너 잃고 싶지 않다. 네가 정 마음 못 잡으면 송가을 내보내고 우리끼리 3인 체제로 갈 수도 있어. 셋이서 할 때 괜찮았잖아?"

박동현의 눈이 더 커졌다. 이번에는 연훈석이 입을 열었다.

"걱정 마. 연애를 시작한다면 그렇다는 거야. 그러니까 잘 생각해보고 행동하라고."

다시 배정민이 말을 받았다.

"대선 얼마 안 남은 거 알지? 우리 기자 인생에서 언제 또 대선 취재를 할 수 있을지 알 수 없다는 것도 알 테고. 대선, 기자 커리어에 정말 좋은 기회고 중요한 시간이야. 잘 생각해."

박동현은 아무 말도 할 수 없었다.

*

　기민호의 〈호통치는 야당 대표〉 시리즈는 단연 화제가 됐
다. 물론 김춘익은 탐탁지 않아 했다. 멀리서 기민호가 다가
오는 게 보이면 평소 즐기던 백브리핑을 생략한 채 차를 타
고 떠나버렸다. 타사 기자들은 기민호를 원망했다. 너 때문
에 백블 기회만 날리고 있지 않냐고 푸념했다.

　〈금문성의 오늘의 혼밥〉 시리즈 또한 인기를 끌었다. 구
내식당에서 금문성이 혼자 밥을 먹을 때 기민호가 그 앞에
앉아 정치 현안과 세상살이에 대해 이것저것 물어보는 코너
였다. "국회의원 월급은 얼마냐" "김춘익 대표는 의원들하고
있을 때도 맨날 버럭하냐" "하버드대는 어떻게 들어가냐" "부
동산 가격은 언제 떨어지는 거냐" 기민호의 질문에 금문성은
성역 없이 답을 해줬다. 모르는 건 솔직하게 모른다고 했다.
사람들은 '이렇게 소탈하고 솔직한 의원이 다 있냐'며 뜨거운
반응을 보였다. 기민호는 점점 더 신이 났다.

　기민호가 짐벌을 들고 다니며 '기자 브이로그'를 찍고 있
을 때였다. 배정민이 인상을 쓴 채 다가와 작심한 듯 말했다.

　"잠깐 카메라 꺼봐. 너 국회에서 계속 이러고 다닐 거야?"

　기민호가 무슨 말인지 모르겠다는 표정을 짓자 다시 입을
열었다.

"기자로서 품위가 떨어진다는 생각 안 들어?"

배정민은 고개를 한껏 치켜들더니 양복 재킷의 앞 단추를 채운 뒤 말을 이어갔다.

"저널리스트인지 유튜버인지, 하나만 하라고."

기민호는 어이가 없었다. 한바탕 하려고 팔을 걷어붙이려는데, 옆으로 송가을이 지나갔다. 멍한 표정에 고민이 있어 보였다. 또 무슨 일이지…….

"너, 내가 급한 일 생겨서 한번 봐준다."

기민호는 배정민을 뒤로 한 채 얼른 송가을을 따라갔다.

송가을은 의원회관에 가고 있었다. 고석동의 호출을 받은 뒤였다. 고석동은 이번에 보도 채널에 고도일보가 선정될 수 있게 과학기술방송통신위, 그러니까 방송을 담당하는 여당 의원들에게 찾아가 '잘 부탁드린다'라고 말하고 오라는 지시를 내렸다. 자기는 식사 자리에 모시며 고공 플레이를 할 테니, 말진인 너는 의원실을 돌며 밑바닥에서 성의를 보이라는 말도 따라왔다.

"대놓고 로비하라는 거잖아. 왜 기업들이, 무슨 법 통과시키지 말라, 이런 법은 만들어달라 입법 로비하듯 말이야. 자사 이익을 위해 로비하라는 건데, 기자가 그런 거 하는 게 말이 돼?"

내키지 않을 일이었다. 기민호였어도 마찬가지다. 그런데 이상하게 말이 밖으로 나오지 않았다. 갑자기 생각이 많아졌다. 순간 짐벌을 들고 있는 손에 힘이 들어갔다. 망설이다 입을 열었다.

"그렇긴 한데…… 고도일보가 잘돼야 우리가 신념을 지키며 기사 쓸 수 있다는 점을 생각하면……. 방송에 진출하는 게 결국 잘되는 길이니까……."

말을 끝맺지 못한 건 자신이 없어서였다. 의원들은 감시와 비판의 대상인데 그 앞에서 '잘 부탁드린다'라고 머리를 조아린다? 오늘은 굽신굽신, 내일은 조지기를 시전하라고? 나중에 비판하는 기사를 쓰게 됐을 때 의원이 '그때 부탁한 거 있지 않냐'며 딜을 걸어온다면? 안 된다. 고석동은 부당한 지시를 했다. 송가을이 옳았다.

그때 송가을이 목소리를 높였다.

"이건 심사 점수로 결정되는 거지 누구의 부탁이나 압력으로 결정될 일이 아니야. 그래서도 안 되고. 기자가 취재는 안 하고 의원 압박이나 하면 되겠냐? 이러면 진짜로 기레기 되는 거야."

송가을은 발걸음을 멈췄다.

"반장에게 못 하겠다고 말할 거야."

기민호는 더는 따라가지 못했다. 가만히 서서 다시 생각했다. 송가을에게 왜 동조해주지 않은 걸까. 회사가 방송 채널을 획득하길 바라서인가. 영상 찍고 다니면서 주목받으니까 욕심이 생겨 그랬나. 그리고 어쩌면, 앵커……. 채널을 따내면 앵커가 될 수 있다는 생각에…….

이용식으로부터 그 말을 들은 뒤 기민호는 구름 위를 걷는 듯했다. 타사 기자들의 조리돌림도 신경 쓰이지 않았다. 신이 났다. 앵커가 되면 회사의 간판이 된다. 그만큼 운신의 폭이 넓어질 것이다. 쓰고 싶은 기사를 마음껏 쓰고 하고 싶은 말도 다 할 수 있겠지. 그러다 기회가 된다면 아빠의 이야기도……. 내가 잊고 있었던, 나의 궁극적 목표를 어쩌면 다시 꺼낼 수 있을지 몰라.

앵커 욕심에 송가을의 편을 들지 못한 걸 기민호는 부인할 수 없었다.

같은 시각 서수경은 허남인의 비서실장으로부터 전화를 받았다.

"결식아동 건을 계기로 대표님 이미지가 업그레이드된 만큼, 대표님께서 결식아동 대상 도시락 나눠주기 봉사활동을 할 계획이신데, 이 현장을 고도일보가 보도해주면 좋겠어요. 손 빠른 말진 한 마리 보내줄 수 있죠?"

비서실장은 통화 말미에 이렇게 덧붙였다.

"고도일보가 보도 채널 신청했다던데. 그거, 좋은 결과 있어야 하지 않겠습니까? 이번 기사 좀 1면에 예쁘게! 대문짝만하게 무조건 톱으로! 잘 처리해주면······. 더 말 안 해도 서부장, 원체 영민하시니까, 무슨 말인지 이해했죠?"

반장에게 깨진 뒤 송가을은 기분이 좋지 않았다. 답답했다. 기민호와는 더 대화하고 싶지 않았다. 누구에게 말해야 할까. 박동현? 타사 기자들한테는 절대 말할 수 없었다. 누워서 침 뱉기였다. 이놈들은 또 막 찌라시를 만들어 여기저기 돌릴지 몰라. 세상에서 제일 입이 싼 직업군은 단언컨대 기자였다. 송가을은 국회 복도를 터덜터덜 걸어 다녔다.

그때 저쪽에 낯익은 얼굴이 보였다. 아, 그때 그······. 국장이었다. 예결위에서 아이들을 위해 달라며 눈물을 쏟아 화제가 됐던 바로 그 국장.

반가운 마음이 들었다. 그때 그렇게 목소리를 내주고 사람들이 반응한 덕에 예산 건이 잘 마무리될 수 있었다고 감사 인사를 드리고 싶었다. 덕분에 상을 탔다고 은연중에 자랑도 하고 싶었다. 국장을 부르려는 찰나, 그는 어느 방으로 쏙 들어가 버렸다. 고개를 들어 간판을 보니 다민당 당 대표실이었다. 일단 기다리기로 했다. 문 앞에 서서 핸드폰을 보며 시간을 때우려 했다.

일부러 귀대기를 하려던 건 아니었다. 그저 문이 꽉 닫히지 않았을 뿐이었다. 본의 아니게 안에 대화 소리를 밖에서 듣게 됐다. 국장과 허남인은 반갑게 인사를 나누는 듯했다. 이어 국장의 목소리가 본격적으로 들려왔다.

"이번에 예산 딸 때 저 진짜 힘들었어요. 눈물 콧물 다 짜내면서…… 아시죠?"

뭔 얘기를 하는 거지? 그때 예산 확보를 위해 울었던 얘기인 건 분명했다. 그 얘기를 왜 지금 와서 하는 거야? 송가을은 이후 전개가 궁금해 미칠 것 같았다.

"제가 어릴 때부터 줄곧 강원도에서 1등을 하고, 연대에 갔고, 행시도 빨리 붙고요. 복지부 국장 3년 차에 아, 이제는 내 고향을 위해서 일하고 싶다……. 이런 생각이 드는 것이죠, 대표님."

무슨 소리지? 관두고 고향에 가겠다는 말인가?

"다음에 공천, 약속해주시지요, 대표님."

공천. 분명 그 단어가 들렸다. 그렇다. 아이들을 위해 카메라 앞에서 눈물을 흘리던 국장은 뒤에서 여당 대표에게 대놓고 의원 자리를 구걸하고 있었다. 국장이 말한 지역구는 다민당 간판으로 나오기만 하면 당선이 보장되는 곳이다. 결국, 그때 눈물은 대가를 바라고 흘렸단 소린가?

허남인은 "잘 고민해보겠다"라며 국장을 다독였다. 국장이 문밖으로 나오자마자 송가을은 그를 불렀다. 서둘러 명함을 내민 뒤 단도직입적으로 물었다.

"아이들을 위해 눈물 흘리셨던 게, 공천 때문에 한 행동이었어요?"

답이 없자 다시 물었다. 외침에 가까웠다.

"진심이 아니셨던 거예요?"

국장은 작게 소리 내어 웃기 시작했다. 비웃는 것인지, 정말 웃겨서 웃는 건지 분간하기 힘들었다. 이어 웃음기가 가시더니 입이 열렸다.

"이봐요, 송 기자. 올해 몇 년 차죠?"

"4년 차인데요."

"4년 차……. 내가 복지부에서만 25년이에요. 특히 아이들 복지를 위해서 얼마나 노력하며 그 긴 시간을 보냈는지, 우리 4년 차 송 기자가 알까요, 모를까요?"

국장의 목소리는 회의장에서 듣던 것과 달랐다. 힘이 들어가 있었고 묵직했다. 눈빛도 달랐다. 같은 사람이라는 게 믿기지 않았다. 송가을도 할 말이 많았다.

"그런데 그 일을 운운하며 공천을 거론하시는 건, 대가를 바라고 하셨다는 거잖아요."

"결국 잘됐잖아. 해결돼서 예산을 확보했잖아. 그럼 된 거 아니야? 어?"

어찌나 당당한지 송가을은 그가 어느새 반말을 한다는 걸 인지하지 못했다.

"송 기자. 여기 여의도는, 결과로 말하는 곳이야. 그리고 여기 지나가는 의원이고 당직자고 보좌관이고 붙잡고 물어봐. 한자리 하고 싶지 않은지. 다음에 공천받고 싶지 않은지."

국장은 이어 송가을의 어깨를 털며 말했다.

"여의도는요. 욕망의 용광로예요. 단 하나의 목표를 가지고 모두가 최선을 다해 전력 질주하고 있다고요. 그 욕망을 불순하게 보면 안 되겠죠?"

"하지만 그래도……."

국장이 말을 잘랐다.

"내가 인생 선배로 하는 얘기인데, 세상을 넓게 보세요. 기자의 시각이 그렇게 편협해서 어디 쓰나."

송가을과 국장이 대화를 나누는 사이, 당 대표실에선 비서실장이 보고 중이었다. 서수경이 "자사의 방송 채널 신청을 운운하며 기사를 쓰라는 건 매우 부적절하며, 그런 의미 없는 취재에 우리 기자를 보낼 수 없다"라고 말한 걸 허남인에게 그대로 전했다.

"대변인실에서 고도일보를 콕 찍어줬거든요. 이 건을 처음 터뜨린 곳이니, 거기서 후속 기사가 나가면 좋을 거라고……. 기억하실지 모르겠지만 그 뽀로로 스티커 붙이고 다니던 기자가 쓴 거 아닙니까. 뽀통령 얘기하며 대표님 치켜세웠던……."

순간 허남인이 비서실장을 노려봤다. '치켜세웠던'이 문제였다. 비서실장은 아차 싶었다.

"치켜세운 게 아니라 제대로 평가했던 기자죠. 하하."

허남인은 그제야 눈을 거뒀다.

"그런데 정치부장 태도가 강경하네요. 취재 오라 마라 1면에 쓰라 마라 압박하지 말라고. 아니, 대표님이 나서는 일인데 감히 의미 없는 취재라니! 어이가 없어서."

허남인은 가만히 눈을 감았다. 한동안 입을 열지 않았다. 침묵이 길어질수록 표정은 어두워졌다. 한참 뒤 그는 낮은 목소리로 비서실장에게 말했다.

"방통위원장, 전화 연결해."

*

해가 진 뒤 국회의 정문은 고요했다. 앞에는 여전히 레드카펫이 깔려 있었다. 송가을은 그 밑의 계단에 웅크리고 앉아 첫날을 떠올렸다. 레드카펫을 밟으며 참 설렜다. 이곳에서 어떤 기사를 쓸 수 있을까 기대가 됐다. 기사는 그래도 꽤 쓴 것 같은데 왜 결론은 항상 슬프고 씁쓸하기만 한 걸까.

"넌 아마추어"라며 쏘아대던 고석동이 생각났다. '인생 선배'라며 복지부 국장이 들려준 기분 나쁜 충고도 떠올랐다. 여의도는 욕망의 용광로라고? 불순하게 보면 안 된다고? 욕망이라는 말로 모든 게 다 용인될 수 있나. 말도 안 돼…….

송가을은 레드카펫을 째려봤다. 빨겠다. 마치 용광로에서 흘러나온 시뻘건 쇳물처럼 보였다. 자세히 보니 표면에 먼지와 검은 불순물이 덕지덕지 붙어 있었다. 지저분했다.

그렇게 한숨을 쉬고 있자니 박새롬이 떠올랐다. 양의철에게 복수는커녕 나는 지금 뭘 하고 있는 걸까…….

"송가을? 여기서 혼자 뭐 해?"

누군가의 목소리가 들려왔다. 저쪽에 평소와 달리 캐주얼 차림인 윤장미가 보였다. 그는 송가을 옆에 앉았다.

"선배 오늘 연차잖아요? 여긴 어쩐 일로 오셨어요?"

"나? 아빠랑 싸우고 답답해서 나왔어. 생각나는 데가 국회밖에 없더라. 젠장. 근데 여기, 서울 한복판인데 진짜 조용하지 않냐? 후문은 엄청 붐비지만."

"그 보국당 의원이랑요? 아, 죄송해요, 의원님."

"의원한테 '님' 자를 왜 붙여, 기자가. 선배의 아버지여도 취재원인 건 마찬가지지."

"왜 싸우셨어요."

"저번에 칼럼 쓴 거 있잖아. 한 번만 더 그런 짓거리 하면

호적에서 파겠다고 하더라고. 그러면서 고도일보 그만두라
고. 나는 이래라저래라 하지 말라 반박하고."

"아……. 속상하셨겠어요. 선배는 어릴 때부터 아버지랑
안 좋으셨던 거예요?"

"어릴 때야 잘 지냈지. 딸 하나인데, 안 예뻐했겠어? 그런
데 우리 엄마 보면서 점점 틀어진 거지."

"선배 어머님요? 왜……."

"그게……."

윤장미의 모친은 대한신문 기자였다. 그런데 남편이 의원
에 당선된 뒤 바로 직장을 관둬야 했다. 이후 오로지 내조만
했다. 지역구 당원들과 김장을 1000포기씩 해서 어려운 이웃
에 돌리고, 틈틈이 선배 의원 부인들을 찾아 선물을 드리고
식사를 대접했다. 그렇게 오직 '의원 사모'로만 살며 자신의
정체성을 완전히 바꿔버렸다. 하지만 부친은 만족하지 못했
다. 돌아오는 건 핀잔과 질타뿐이었다.

"누구 부인은 골프를 그렇게 맛깔나게 쳐서 라운딩 나가
서 대표님 웃음꽃이 피게 했다더라. 누구 부인은 음식 솜씨
가 그리 좋아서 원내대표님 부인이 파김치에 감동했다고 하
더라. 너는 근데 뭐 하는 여자냐. 맨날 그 소리. 진짜, 엄마를
뭐로 보는 건지. 내가 성질이 안 나겠냐고."

"하. 너무하시네요."

"엄마 커리어가 아깝잖아. 그런 걸 보면서 나도 기자를 꿈꿨지. 우리 엄마 꿈을 이어줘야겠다, 이뤄줘야겠다, 그런 생각으로."

윤장미는 이어 속으로 생각했다.

'그래서 고민이 더 깊다. 허남인의 제안을 받아들여도 될지. 아직 기자로서 할 일이 많은데……. 그리고 나도 아빠처럼 되는 건 아닌지 걱정되고…….'

사실 윤장미 부친이 중진 의원이라는 얘기를 듣고 송가을은 살짝 부러웠다. 그만큼 발이 넓고 취재가 잘될 것 같았다. 당장 고석동은 서울 말과 전라도 사투리를 섞어 써가며 이 의원 저 의원에게 비벼대느라 애를 쓰고 있는데, 윤 선배는 그럴 필요가 없어 보였다. '누구 의원 딸'이라는 것 자체가 명함이 될 것 같았다. 고석동과 최창수가 유독 윤장미 앞에서 약한 모습을 보이는 것도 집안 배경 때문일 거라 생각했다. 송가을 부친은 중소기업을 다녔다. 그렇게 못 살지 않았지만, 그렇다고 잘 살지도 못했다. 대부분의 사람들에게 그렇듯 송가을에게 의원 딸은 '넘사벽'이었다.

그런데 선배에게도 힘든 시간이 있었구나. 윤장미의 말을 듣다 보니 숨통이 약간 트이는 듯했다. 나만 힘든 게 아니다. 다들 이렇게 힘들다. 자신의 고민을 털어놓지 않았는데도 송가을은 어쩐지 위로를 받은 것 같았다.

그때 윤장미가 뭔가 생각났다는 듯 말했다.

"그 얘기 들었어? 양의철 그 새끼! 거기 나간다며?"

"양의철이 왜요? 어디요?"

"두 달 뒤 다민당 당 대표 선거 있잖아. 거기 출마한대. 같은 법조인 출신 의원들 중심으로 뒤에서 작업하면서 지금 열심히 뭉치고 있다더라고."

"네? 당 대표요? 비서를 그렇게 괴롭히고 죽게 만든 사람이요?"

"박새롬이 다 안고 떠났으니까. 안타깝지만, 회계 부정을 지시했는지 여부는 묻혀버렸잖아. 사람들 관심사에서도 사라졌고. 그런 친구가 국회에 있었나 싶을걸? 양의철은 다 털어냈다고 보는 거지. 법조 출신 의원들이 좀 많아? 전체 의원의 21퍼센트야. 이참에 자기네 파로 갈아버리자, 허파를 눌러보자, 그러고 있다는 거야."

"그런 갑질 새끼가. 정말 말도 안 돼요."

"어이없지. 하, 진짜. 양의철 약점을 파봐야 하는데."

"찾아볼게요, 제가."

"어, 네가?"

"제가 지금 신세 한탄하며 앉아 있을 때가 아니었어요."

송가을은 엉덩이를 탈탈 털고 일어났다. 고개를 들고 국회 건물을 바라보며 말했다.

"양의철, 제가 제대로 파볼게요. 그 자식이 당 대표 되는 거, 반드시 막아내겠습니다."

에필로그

허남인 지역구에 생활체육센터를 하나 더 짓는 건 애초에 무리였다. 기재부는 물론 국토부도 고개를 가로저었다. 이미 충분하다고 했다. 예산이 확보되지 못할 위기에 처하자 허남인은 다민당 예결위 소위 위원들을 소환했다.

"니들, 애써 거기 앉혀놨더니 일 똑바로 안 해?"

면전에 서류를 던졌다. 가장 가까이에 앉아 있던 의원은 정강이를 얻어맞았다. '악' 소리가 절로 났다. 허남인이 이날 신고 온 구두는 페레가모였는데, 앞이 뾰족하진 않았지만 매우 단단했다. 10년 아니 20년을 신어도 변치 않을 듯한 단단함이었다.

"내 눈앞에 예산 갖다 놓지 못하면 다음 총선 때 배지 뗄 각오해!"

소위 위원들은 밤새 머리를 맞댔다. 방법을 찾아야 했다. 예산 총액은 정해져 있다. 어디를 늘리려면 어딘가는 깎여야 한다. 이건 어떻게 해도 변하지 않는 룰이다. 소위 위원들은 비슷한 금액대의 예산 몇 개를 뽑아봤다. 행정안전부나 산업통상자원부 예산을 깎기엔 부처들 저항이 만만찮을 것 같았다. 이들 부처는 힘이 셌다.

그렇다고 법무부 걸 깎자니 언론의 관심이 부담이었다. 언론은 이상하게 법무부 예산은 자세히 들여다보는 경향이 있었다. 특수활동비니 뭐니 꼼꼼하게도 봤다. 그렇다면……. 복지부가 눈에 들어왔다. 결식아동 예산이 있었다. 위원들은 일제히 고개를 끄덕였다.

송가을의 기사로 논란이 되자 허남인의 입장이 난처해졌다. 비서실장은 은밀한 제안을 했다.

"대표님. 문자 노출 전략이라고 들어보셨습니까."

'문자 노출'은 본회의장 같은 곳에서 핸드폰으로 문자 쓰는 모습을 일부러 언론에 노출해 말하고자 하는 바를 널리 알리는 방식이다. 속내를 자연스럽게 만천하에 떠벌리고 싶을 때 사용한다. 몇 년 전 어느 의원이 회의장에서 부인 말고 애인에게 문자를 보내다 사진 기자에게 걸려 혼쭐이 난 뒤로 의원들은 '핸드폰 화면 조심'을 일생일대의 교훈으로 삼았는데, 약삭빠르게 반대로 이를 전략화한 의원들이 있었다.

"대표님, 일단 핸드폰에 글씨를 키우시고요."

"어, 그래. 어떻게? 이렇게?"

허남인과 비서실장은 핸드폰을 한참 만지작거렸다. 글씨 설정을 '가장 크게'로 바꿨다. 둘이 이렇게 죽이 잘 맞는 건 처음이었다. 비서실장은 이어 예결위원장에게 전화했다. 내일 대표님이 예결위 소위 회의장을 깜짝 방문할 테니 미리 자리를 비워두라고 통보했다.

"뒷자리에 사진 기자들한테 쉽게 노출될 수 있는 곳으로, 자연스럽게, 오케이?"

6.
당 대표 선거

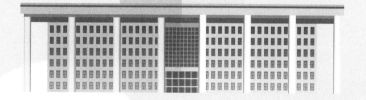

"늦었지만, 늦지 않았습니다."

"허남인, 67세, 5선, 강진, 고려대. 딸만 셋! 부인 전업! 재산 97억."

부스에서 독도는 우리땅 노래가 흘러나왔다. 가사는 바뀌었다. 의원의 주요 정보로 채워졌다. 부르는 이는 송가을. 미간을 잔뜩 찌푸리고 두 눈은 감은 상태였다. 옆에는 고석동이 서 있었다. 마치 시험 감독관 같았다. 한 구절 한 구절 귀를 쫑긋 세우며 들었다.

다민당 당 대표 선거를 한 달 앞두고 언론사 부스는 계파 암기 열기로 뜨거웠다. 누가 허남인파고 양의철파인지, 무당파는 누구인지 정밀하게 분류했다. 140명을 두고 지도를 그렸다. 이른바 '여당계파도'였다. 여의도에선 대동여지도 못지않게 중요한 지도라고 했다. 그리고 기자들은 그것을 툭 치면 나올 정도로 줄줄 외워야 했다. 의원별 주요 정보도 자판기처럼 바로바로 뱉어내야 했다.

반장들은 그게 됐다. 기자 짬밥을 그냥 먹은 게 아니었다. 반면 말진은 아니었다. 외우고 또 외워도 끝이 없었다. 특히 송가을은 암기에 약했다. 고석동은 "정 안 되면 고등학생 때 조선 왕 이름 외우듯 노래로 만들어 해보라"고 했다. '고등학생'이라는 말에 송가을은 움찔했지만 이내 평정심을 찾고 노래를 불렀다. 고석동은 시도 때도 없이 갑자기 의원의 이름을 외쳤다.

"차영천!"

"차영천! 허파입니다! 58세. 3선에 원내대표 탈락 경험. 이천 출신 이천 지역구. 어…… 재산 57억. 학교는…… 서울대 철학과 84학번!"

"이야, 제법이네? 석태인!"

"석태인! 완전 허파! 60세, 제주에서 재선입니다. 재산은 12억! 아들 하나인데 군필 완료! 삼성전자 다님."

"학교는? 왜 중요한 걸 빼먹어?"

"아, 그게요……. 어디더라……."

"제주대, 제주대! 제주대 83학번이잖아. 이 쉬운 걸 못 맞히냐?"

"죄송합니다. 근데 선배, 육십이면 82학번 아닙니까?"

"재수했어."

"아…… 네."

"30분 뒤에 다시 한다. 프랙티스!"

당 대표 선거는 전당대회라고 불린다. 다민당 전당대회 한 달 뒤엔 지방선거가 있다. 그로부터 한 달 뒤에 대선 후보가 결정되고, 곧이어 대선이 치러진다. 이번 당 대표 선거는 대선의 향방을 가늠할 수 있는 핵심 이벤트였다. 당 대표는 당원 투표 80퍼센트와 일반 여론조사 20퍼센트로 결정되는데, 의원들 표를 먼저 규합하는 게 급선무였다. 의원을 잡아야 해당 지역구 당원들 표를 끌어오기가 용이하기 때문이다.

이번 선거에는 총 세 명의 후보가 등록됐다.

1번, 4선 서맹희(63).

허남인의 오른팔이자 허파의 2인자다. 정책위 의장과 원내대표를 거쳤다. 허남인은 일찍이 다음 대선에 출마하기로 결심했다. 이에 자신의 오른팔을 당 대표에 앉혀놓고 수렴청정을 할 요량이었다. 언론에서는 다민당 의원 140명 중 60명가량을 허파로 분류했다. 허남인이 인재로 영입해 총선에서 당선되거나 그의 지원 속에 원내대표 등 주요 직책을 맡은 의원들을 망라했다. 고석동은 자신이 정확히 알고 있다며

"허파는 총 61명"이라고 했다.

2번, 4선 양의철(62).

검찰 출신으로 법조계 의원들의 지지를 받고 있다. 300명의 의원 중 법조인 출신은 여야 통틀어 65명에 이르며 이중 다민당은 30명이다. 양의철파, 즉 양파의 규모는 허파의 절반 수준으로 분석됐다.

3번은 의외의 인물이었다. 재선 김동(53).

스물아홉 살에 구의원부터 시작해 시의원, 도의원을 두세 번씩 연임하다 국회의원 공천을 받은 이였다. 풀뿌리 민주주의가 돌아가는 원리를 밑바닥부터 꿰고 있는 인물이었다. 그는 세대교체를 주장하며 도전장을 내밀었다. 60대인 서맹희, 양의철에 비해 나이가 한참 어렸고 선수는 부족했다. 3선은 돼야 원내대표 선거에 나갈 수 있는 국회에서 재선은 주니어 중에 선임 정도로 여겨졌다. 딱히 '김동파'라고 분리할 만한 의원도 많지 않았다. 쉰셋이면 사회에서 중년으로 불리지만 국회에서는 청년급으로 분류됐다. 이 동네 나이 셈법은 바깥 세상과 많이 달랐다.

김동은 낯선 정책을 들고 나왔다. 4선 이상 중진은 향후 총선 출마를 금지시키고, 국회 회의 출석률이 낮은 의원은 세비를 반납하게 하겠다고 했다. 수소차와 전기차 확대 방안을 획기적으로 마련하고 게임 산업의 규제를 완화하겠다고 밝혔다. 국회를 세종시로 이전하겠다고도 했다. 4선 재출마 금지와 국회 이전은 다른 후보에게서 볼 수 없는 파격 공약이었다.

여의도 안팎에선 "김동이 준비를 많이 한 것 같다"는 평가가 나왔다. 하지만 이름값이 워낙 뒤처져 당선 가능성은 거의 없다는 게 중론이었다. 대부분 서맹희의 압승을 예상했다.

본격적인 선거철이 돌아오자 여의도는 컨설팅 사업으로 들썩였다. 크고 작은 컨설팅 업체들이 전당대회와 대선에서 각 캠프와 계약을 맺기 위해 고군분투하는데, 대선을 1년여 앞두고는 그 수가 배로 늘어났다.

최근 가장 화제를 모은 건 '주 컴퍼니'였다. '주'는 대표 이름 가운데 글자에서 따왔다. 풀네임은 문주민. 바로 그 문주민이다. 고도일보 정치부장을 하다 강주그룹 상무로 옮긴 문주민은 전무 승진이 여의치 않자 사표를 내고 국회 앞에 법인을 차렸다. 변신의 귀재다운 순발력이었다.

강주그룹에서 그는 국정감사 때 회장 이슈를 제대로 방어하지 못했다는 평가를 받았다. 임원 재계약은 어려워 보였다. 이번 기회에 신문 말고 방송 기자 출신을 영입하자는 얘기가 흘러나올 때쯤 그는 사표를 냈다.

문주민은 '유력 일간지 정치부장 출신의 직방 컨설팅'이라는 구호를 내걸고 마케팅을 본격화했다. 그는 양의철 캠프 관계자를 만났을 때 이렇게 말했다.

"고도일보 서수경, 깐깐하기로 유명하죠? 근데 그 친구, 제 한마디에 꼼짝 못 합니다. 코흘리개 수습 기자 때부터 제가 업어 키웠거든요."

양의철 캠프는 고도일보와 사이가 껄끄러운 점을 우려하고 있었다. 양의철의 갑질을 단독 보도한 만큼, 박새롬이 숨진 뒤에도 고도일보가 여전히 칼을 갈고 있을 거라고 짐작했다. 결국 주 컴퍼니는 양의철 캠프의 계약을 따냈다.

기자들은 더 바빠졌다. 꾸미 약속을 보다 공격적으로 잡아야 했다. 의원별로 누구를 지지하는지, 최근 표심은 어떻게 움직이고 있는지 알아내야 했다. 허파의 서맹희가 무난히 승리할 걸로 점쳐지는 가운데 양의철의 추격세가 만만치 않았다. 게다가 김동은 또 누구란 말인가. 이런 얘기는 밥이라도 먹으면서 나누어야 '썰'이 좀 풀렸다.

송가을 꾸미는 한 달 치 약속을 금세 채웠다. 점심 먹고 묻고 보고하고, 저녁 먹고 묻고 보고하고⋯⋯. 하루가 어떻게 흘러가는지 몰랐다. 여의도에는 룸으로 된 식당이 많았다. 보리굴비 한정식집, 일식집, 이탈리안 레스토랑을 점심 저녁으로 바쁘게 오갔다. 가끔은 서강대교를 건너 광흥창과 마포에서도 밥을 먹었다.

특히 서맹희 캠프 전략위원장을 맡은 의원과 점심을 먹게 됐을 때 꾸미원들은 취재 결의를 다졌다. 전략위원장은 캠프 돌아가는 사정을 누구보다 잘 아는 인물이었다. 이 약속을 잡아 온 배정민은 "나나 되니까 전략위원장의 점심을 따온 거"라며 뻐겨댔다.

위원장은 집에 못 들어간 지 3일째라고 했다. 연훈석이 의아하다는 표정으로 물었다.

"서맹희 후보님 당선되는 거야 정해진 수순인데 너무 열심히 하는 거 아니세요?"

"물론 그렇지. 근데 그냥 이기면 되겠나? 압승을 해야지."

"당연히 압승하시겠죠. 50퍼센트 이상은 나오실 거 아니에요."

배정민이 말꼬리를 물었다. 그러자 위원장은 정색했다.

"배 기자. 50퍼센트라니? 지금 의원들만 해도 우리 미는 사람이 100명이 넘는데? 80퍼센트는 나와야지."

100명이라……. 송가을이 "허파는 60명 아니냐"고 하자 위원장은 다시 정색하며 덧붙였다.

"그거 언론이 뭘 모르고 하는 소리야. 우리가 140명 다 만나봤잖아. 허파, 119명이야. 게다가 우리 허파 의원들 지역구

장악력 출중한 거 알고 있지? 80퍼센트, 가볍게 넘을 거야."

자신감이 대단했다.

"대체 의원들 표심은 어떻게 규합하는 거예요?"

박동현이 묻자 그는 목소리를 낮추며 말했다.

"살짝만 알려주자면, 당근을 줘야 해. 무조건 당근. 다음 공천이 불확실한 의원한테는 공천 보장을, 당내 주요 직책이 꿈인 의원한테는 자리 보장을. 정책위 의장, 예결위원장, 법사위 간사 등 자리는 많잖아. 그리고 지역구 민원에 허덕이는 의원한테는 빵빵한 지역 예산 책정을 약속해드리지. 이제 아무 걱정 말고 지역구로 가서, 당원들 표 좀 잘 매만져달라고."

전략위원장은 아무나 하는 게 아니었다. 연훈석은 "위원장님께서 전략을 다 짜셨으니 서 대표님 당선 뒤 중책을 맡아주셔야 하는 거 아니냐"고 했고, 옆에서 배정민은 "벌써 원내대표설이 돈다"고 덧붙였다. 위원장은 이런 말들이 마음에 드는 모양이었다. "다들 왜 그렇게 나를 부려먹지 못해 안달인지 모르겠다"며 웃었다.

저녁은 양의철 캠프 관계자와 함께했다. 그는 의원들 면담 일정으로 빡빡하게 채워진 스케줄러를 들어 보였다. 그리고 의원들 명단과 그 뒤에 적힌 표시도 함께 보여줬다.

독고민 ○

위준현 ○

민상희 ○

최해태 ×, 서캠 합류, 후보가 자택 방문 필요

박성주 ○

소철엽 △, 재방문해야

김지섭 ○

…

어떤 의원 이름 옆에는 ○, 다른 의원 옆에는 ×가 표시돼 있었다. 한 의원 옆에는 △가 있었다. 주로 ○가 많았다.

"우리가 직접 140명을 만나 보니 허파에 신물이 난 의원들이 많아. 물론 아직 허남인이 대표니까 겉으로 말은 못 하는데, 결국 우리를 밀겠다는 입장이야. 봐봐. 동그라미는 우리 표, 엑스는 허파 표, 세모는 아리까리인데…… 동그라미가…… 보자, 109개야. 다들 조직적으로 표를 몰아주겠다고 난리라고."

서맹희 캠프는 119명이 자기편이랬는데, 양의철 캠프는 109명이라고 했다. 김동 캠프는 그나마 적었다. 50명이 자기네 파라고 했다. 합하면 벌써 278명이다. 다민당 의원 수는 140명인데, 캠프별 계산을 합하면 두 배로 불어났다. 송가을은 한 재선 의원과 저녁을 먹으며 그 이유를 알아낼 수 있었다.

"후보가 도와달라고 하면 어떻게 거기다 대고 '싫소' 하겠어? 그럼 찍히는데? 특정 캠프에서 대놓고 직책을 맡고 있지 않은 한, 세 후보한테 다 밀어준다고 하는 거지. 심지어 캠프 직책 맡아 놓고 뒤에서는 상대 후보한테 '형님, 나는 형님 편입니다' 이바구 터는 인간들도 있어. 솔직히 셋 중에 누가 돼도 나한테 약속한 거 지키기만 하면 손해볼 거 없는 거 아니야?"

그는 허파가 최대 계파이지만 일반 당원들이 누구를 밀어줄지는 확답하기 어렵다고 했다.

"허파니 무슨 파니 해서 의원들이 암만 밀어도 당원들 표심은 다를 수 있거든."

송가을은 들은 내용을 열심히 복기해 보고했다. 고석동은 내용을 훑더니 겨우 한숨 돌리고 있는 송가을에게 던지듯 말했다.

"당내 표심 취재는 이 정도면 됐고, 이제 현장 취잿거리 좀 찾아와."

"현장 취재요? 다음 주에 후보 연설 행사가 있잖아요."

"그건 다 쓰는 거고, 우리만 쓸 수 있는 현장 말이야."

우리만 쓸 수 있는 현장 기사라⋯⋯. 문득 아까 본 의원들의 명단이 떠올랐다. × 표시 뒤로 '후보가 자택 방문 필요'라고 적힌 게 생각났다. 캠프 관계자들에게 물어보니 의원 자택 방문은 비일비재하다고 했다. 특히 서맹희 캠프 관계자는 "오늘 저녁 후보님이 양파로 분류되는 독고민 의원을 찾아갈 예정"이라고 귀띔하며 주소를 알려줬다.

"독고민은 양파 핵심 인사잖아. 그를 설득해 선대위 부위원장을 맡길 거야. 우리 후보님의 열정 듬뿍 행보를 한번 취재해보라고."

*

독고민 의원은 강남의 한 주택에 살고 있었다. 서둘러 가보니 서맹희의 차량이 이제 막 주차를 마친 뒤였다. 곧 서맹희가 차에서 내렸다. 그는 와이셔츠만 입은 상태였다. 저녁이라 날씨가 꽤 쌀쌀했다. 운전석에서 보좌진이 내려 뒷좌석을 열더니 양복 재킷을 꺼내 후보에게 건넸다.

"뭐 하는 짓이야?"

서맹희는 보좌진을 나무랐다. 재킷에는 손도 대지 않은 채 "당장 갖다 놓으라"고만 했다. 이어 문 앞에서 한참을 서 있었다. 몸이 달달 떨리는 게 보였다. 코끝이 꽤 빨개졌을 때 서맹희는 보좌진에게 손짓해 무언가 가져오라고 했다. 보좌진은 트렁크에서 상자를 꺼냈다. '총각김치'라고 크게 쓰여 있었다. 서맹희 지역구의 특산물이었다. 그는 백미러로 자신의 얼굴을 살피더니 빨개진 코가 마음에 드는지 미소를 지었다. 이어 그제야 현관 입구로 가서 벨을 눌렀다. 동정표를 얻기 위한 작전이었다.

그가 다시 나오기까지 30분이 채 걸리지 않았다. 그런데, 서맹희의 눈이 벌겋게 부어 있었다. 안에서 무슨 일이 있었던 걸까. 서맹희가 떠난 뒤 송가을은 독고민의 집 앞에 섰다. 조심스레 벨을 눌렀다. 독고민은 무슨 이유에서인지 흔쾌히 문을 열어줬다.

"글쎄, 서 후보가 나를 직접 찾아왔지 뭡니까. 내가 양 의원 미는 거 뻔히 알면서. 알면서도 너무 간절해서 오게 됐다고 하더라고요."

그는 신이 나 있었다. 입에 모터를 단 듯 쉼 없이 말을 이어갔다. 서맹희의 방문을 통해 자신이 굉장히 중요한 인물임을 양캠은 물론 온 국민이 알게 되기를 기대하는 눈치였다.

"눈물을 글썽이시더라고요. 사람 마음 약해지게. 내가 꼭 필요하다고 하면서. 아, 이거 어떻게 해야 하나, 진짜……."

그는 취재를 마치고 떠나는 송가을에게 한마디를 더했다.

"기사에 내 이름 실명으로 써줄 거죠?"

송가을은 부스로 돌아와 취재 내용을 보고했다. 고석동은 매우 흡족해했다. 재밌는 현장을 잘 포착했다며 송가을을 칭찬했다. 선거 기사가 자칫 지루하게 흘러갈 수 있는데 이런 내용이 들어가면 양념이 될 거라고 했다. 그는 '양념'이라는 단어를 뱉으며 입맛을 다시듯 혀로 입술을 훑었는데, 그 모습이 영 볼썽사나웠다. 송가을은 양념이라는 말 자체도 마음에 들지 않았다. 그러나 고석동은 말진의 표정 따위는 신경쓰지 않았다. 어서 기사를 써서 납품하라고 채근하기에 바빴다.

'벌써 8시인데······.'

저녁 8시가 넘었지만 부스에 퇴근한 사람은 한 명도 없었다. 옆 부스도 마찬가지인 듯했다. 와글와글 북적였다. 어느 부스에서 치킨을 시켰는지 냄새가 확 풍겼다. 기민호도 냄새를 맡은 모양이었다. 야식을 시키자는 그의 말에 고석동은 흔쾌히 좋다고 했다. 송가을도 치킨이나 한 입 먹고 본격적으로 기사를 쓰자 싶었다. 그런데 갑자기 옆 부스에서 웅성거리는 소리가 들렸다. "물 먹었다"는 워딩이 귀에 꽂혔다.

고석동이 다급하게 외쳤다.

"8시 뉴스 틀어봐!"

TTS는 저녁 뉴스 톱으로 단독 보도를 내놓았다. 서맹희에 관한 보도였다. 앵커는 뉴스를 소개하며 마지막에 이렇게 말했다.

"연훈석 기자의 단독 보도입니다."

연훈석은 또 언제 단독을 한 거야. 치킨 생각이 뚝 떨어졌다. 대체 기자들은 왜 이렇게 부지런한 걸까.

보도 내용은 이랬다. 서맹희는 3주택 보유자였다. 부동산 가격이 급상승한 뒤 여론이 좋지 않자 그를 비롯한 여당 의원들은 주로 지역구의 주택 하나만 남기고 나머지는 팔겠다고 약속했다. 국민감정을 감안해 다주택자에서 벗어나겠다는 것이다. 이는 몇 달 전에 이슈가 됐던 내용이었다.

그런데 연훈석 보도에 따르면 서맹희는 집을 팔지 않았다. 지역구인 성남 외에도 강남에 여전히 자가 두 채를 더 보유하고 있었다. 실거주는 주로 강남에서 했다. 50평대 고급 아파트였다. 내용도 내용이지만, 이어지는 서맹희의 멘트는 더 가관이었다.

"후보님이 약속과 달리 강남 집을 포기하지 않으면 국민이 허탈하지 않겠습니까. 이러니까 다들 강남에 살려고 하는 거 아니겠어요? 집값은 더 올라가고요."

연훈석의 질문에 서맹희는 이렇게 답했다. 아주 천천히, 또박또박 말했다.

"온 국민이 다 강남에 살아야 될까요? 그럴 이유는 없습니다. 제가 강남에 살고 있기에 말씀드리는 거예요."

리포트가 끝난 뒤 부스에 적막이 흘렀다. 다들 어안이 벙벙했다. 후보가 어떻게 저런 말을 할 수 있을까. 자기는 살고 있지만, 다른 사람들이 이를 꿈꿀 이유는 없다는 소리 아닌가? 4선 중진이 저렇게 눈치가, 센스가, 감이 없나? 의원의 동정심을 사려고 추위에 바들바들 떨고 눈물을 흘릴 경륜은 있어도, 국민 눈높이에 맞는 감수성은 탑재돼 있지 않다는 것인가?

연훈석의 기사는 무조건 받아야 했다. 당장에 네티즌들의 반발이 거셌다. 후보직에서 사퇴하라는 소리도 나왔다. 후두두두둑. 표 떨어지는 소리가 사방에서 들렸다. 양의철과 김동 후보의 웃음소리도 멀지 않은 곳에서 들려오는 듯했다.

*

며칠 뒤 연설회가 열렸다. 실내 체육관에 의원과 당원들이 모였다. 양의철 캠프는 신난 분위기였다. 서맹희의 '강남' 실언으로 허파의 압승은 힘을 잃어가고 있었다. 실제 국민 여론조사에서 양의철이 조금씩 치고 올라오기 시작했다. '강남' 발언은 그만큼 파급력이 컸다. 양의철이 연설만 잘해준다면 판세를 뒤집을 수도 있다는 분석이 나왔다.

연설 첫 주자는 서맹희였다. 그는 최근 논란을 의식한 듯

무난한 전략을 택했다. 튀지 않는 음성으로 차분하게 자신의 정책을 소개했다. 목소리에 힘을 주지 않았다. 연설도 짧게 끝냈다. 지금은 얼굴을 최대한 덜 내미는 게 살길이라고 여기는 듯했다.

이어 양 후보의 차례였다.

"와. 저게 양의철이야?"

"대박이다."

기자석은 물론 당원들 사이에서 탄성이 흘러나왔다.

양의철은 180도 달라진 모습으로 등장했다. 평소 그는 금테 안경에 반듯한 양복을 즐겨 입었다. 머리는 7대3 가르마로 나눈 뒤 포마드 기름을 깔끔하게 발랐다. 이마에 '나 법조인 출신이요'라고 써 붙인 듯 딱딱하고 전형적이었다. 거기에 갑질 논란까지 불거지며, 그의 이미지는 다가가기 어려운 느낌으로 굳어진 상태였다.

오늘은 달랐다. 먼저 가르마를 풀어헤치고 파마를 했다. 컬이 꽤 셌다. 양복 대신 회색 목폴라 티를 입고 검정 구두 말고 갈색 세무 재질의 로퍼를 신었다. 왼쪽 손목엔 스마트워치를 찼다. 안경을 벗고 렌즈를 꼈다. 요즘 젊은 친구들 사이에서 유행하는 서클 렌즈를 꼈는지 눈이 초롱초롱했다.

연설이 시작되자 놀라움은 더 커졌다. 그는 헤드폰을 착용한 뒤 손에 쥔 버튼을 눌러가며 정책을 소개했다. 버튼을 누를 때마다 조명이 바뀌고 내용에 맞춰 음악이 나왔다. 마치 스티브 잡스가 새 제품을 소개하듯 부드럽고 유연하게 자신을 내세웠다.

"우리 당은! 지금껏 잘해왔습니다. 하지만! 부족한 것이 있었습니다. 혁신! 저는 파를 모릅니다. 양파? 그것조차, 제 것이 아닙니다. 굳이 범주하자면 혁신파입니다. 혁신! 그리고 정권 재창출. 앞에 서지 않겠습니다. 뒤에서, 밀겠습니다."

전당대회 연설이라 하면 양복을 입고 어깨띠를 두르고 '이 연사 외칩니다' 느낌으로 고래고래 소리치는 게 일반적인데 양의철은 구식을 완전히 탈피했다. 한 번도 본 적 없는 연설이었다.

송가을은 단상 아래를 보았다. 그곳엔 문주민이 서 있었다. 그는 팔짱을 낀 채 만족스러운 표정으로 단상 위 후보를 바라봤다. 모든 건 그가 컨설팅한 결과였다.

"언론사 정치부장 짬밥, 어디 안 가는구먼."

어느 당직자가 문주민을 바라보며 말했다. 양의철의 예상 밖 선전에 송가을은 마음이 더 급해졌다. 그의 변신을 고도일보 출신의 문주민이 주도했다는 사실에 뒤숭숭하기까지 했다.

연설이 끝나자 양의철은 단상 아래로 내려갔다. 자신도 만족한 표정이었다. 문주민은 양의철의 등을 두드렸다. 두 사람 사이가 꽤 가까워진 듯했다. 송가을은 그 모습을 멍하니 바라보고 있었다. 그때, 어디선가 따가운 시선이 느껴졌다. 고개를 살짝 돌리니 양의철 옆에 한 남성이 송가을을 뚫어지게 쳐다보고 있었다. 그러다 송가을과 눈이 마주치자 황급히 고개를 돌려 시선을 피했다.

'누구지…….'

송가을이 다가가려 했으나 그는 이내 후보와 함께 어둠 속으로 사라졌다.

"이어서 김동 후보의 연설이 있겠습니다."

송가을은 다시 단상 위로 고개를 돌렸다.

김동 후보를 보고 '악' 소리가 절로 나왔다. 두 눈을 감고 싶었으나 취재를 위해서 그럴 수 없었다.

유일한 50대로 세대교체를 주창하던 김동은 BTS 의상을 입고 무대에 올랐다. 정확히는 무대 의상을 흉내 낸 옷이었다. 머리에는 생뚱맞게 '힙합'이라 적힌 캡 모자가 얹혀 있었다. 신발은 발 사이즈보다 다소 커보이는 운동화였는데 레고 블록처럼 알록달록했다. 그는 심지어 연설 대신 랩으로 정책을 설명하겠다고 했다.

"요! 나는야 다민당 대표 후보! 당원들의 마음을 잘 알지! 요! 지금 필요한 건 세대교체! 아이 세이 김! 유 세이 동! 김! 동! 김! 도오옹!"

과유불급이었다. 엉망진창이었다. 구려도 이렇게 구릴 수가 없었다.

연설이 끝나자마자 팬들의 항의가 쏟아졌다. "우리 아티스트를 정쟁에 끌어들이지 말라"는 취지였다. 당연한 소리였다. 김동은 여의도에서나 청년이지, 여의도 밖에서는 50대 '아재'인데 그걸 인식하지 못하는 것 같았다. 컨설팅 그룹이나 캠프의 구성에 대대적 수술이 필요해 보였다. 김동은 사람들의 반응을 확인한 뒤 참모진에게 말했다.

"우리도 언론인 출신으로 구해봅시다."

*

연설회가 종료된 뒤 문주민은 양의철에게 긴히 할 말이 있다고 했다. 두 사람은 후보 이동 차량 뒷좌석에 나란히 앉았다. 문주민은 '야마부터'가 잘 훈련된 사람이었다.

"당선되면 저를 원외 대변인으로 영입해주시지요. 컨설팅 비용 30퍼센트를 깎아드리겠습니다."

후보는 바로 대답하지 못했다. 그가 우물쭈물하자 문주민은 서둘러 말을 이었다.

"고도일보가 혹시 다른 걸 찾아내서 조질까 봐 걱정하실 텐데, 서 부장뿐만 아니라 여야 반장 놈들까지 죄다 제가 꽉

263

쥐고 있습니다. 특히 여당 고석동, 금마는 우리 편입니다. 그냥 우리 캠프 사람으로 보시면 됩니다."

양의철은 "긍정적으로 생각해보겠다"고 했다.

실제 문주민은 고석동에게 미리 작업을 해놨다.

"양의철이 당선되면 나는 자동으로 대변인이 될 텐데 그럼 너까지 정치권으로 땡겨줄 테니까 기사 잘 컨트롤 하고 있어."

이 말은 불리한 기사는 최대한 빼고 유리한 기사 위주로 위에 올리라는 소리였다.

말진들의 현장 보고는 반드시 여야 반장을 통한 뒤에야 편집국에 도달할 수 있었다. 반장의 목을 잡으면 편집국을 잡는 셈이었다. 문주민은 정치부장 출신으로 이 생리를 누구보다 잘 알았다.

누군가의 압력에 의해 또는 자신의 이익을 위해 기자가 기사 가치를 마음대로 재단하는 건 언론사 전체의 신뢰성을 해치는 일이다. 문주민은 후배에게 그런 위험하고 부당한 제안을 했다. 기자라면 오히려 화를 내며 이를 단칼에 거절하는 게 맞았다. 기사는 딜의 대상이 되어선 안 됐다.

그러나 고석동은 "고민해보겠다"고 답했다. 고석동은 차기 정치부장 자리를 최창수에게 뺏길 경우에 대비해 플랜B를 마련해놓고 싶었다. 그런데 때마침 문주민이 정치권으로 당겨

주겠다며 다가왔다. 물론 문주민 역시 고석동의 이런 속내를 잘 알고 있었다.

후보와 긴밀한 대화를 나눈 뒤, 문주민은 자신의 사무실을 찾았다. 챙길 서류가 있었다. 그런데 건물 앞에 익숙한 실루엣이 보였다. 서수경이었다.

"서수경? 자네가 여기 웬일이야? 나 개업 축하해주러 온건 아닐 테고……. 어, 일단 사무실로 올라갈까?"

서수경은 굳은 표정으로 말했다.

"여기서 말하죠. '내가 서수경을 꽉 쥐고 있다. 고도일보는 내 발밑에 있으니 아무 걱정하지 말라' 이러면서 명함 돌리고 다닌 거, 모를 줄 아셨습니까?"

"서, 서 부장, 그게……."

"서 부장님! 외부 컨설팅 업체 사람으로 부르는 거면, 빼먹지 마셔야죠, 님 자. 네?"

"서 부장님. 어, 그래."

"언론사가 독기 품으면 컨설턴트 나부랭이 잡는 거야 일도 아닌 거 잘 아실 테고. 경험 많으시잖아요?"

"거, 서 부장님, 내 얘기 좀 들어……."

"밥줄 유지하시려면 선 넘지 마세요. 후배들 이름 팔면서 얼굴에 똥칠하지 마시고. 특히 부스에 있는 우리 애들, 건들지 마십쇼. 아시겠죠?"

집에 돌아온 송가을은 노트북을 켰다. 포털 창을 열어보니 연설회 기사가 넘쳐났다. 양의철에 관한 호평 기사가 많았다. 이러다 허파를 이기는 건 아니겠지? 아무리 그래도 대(大) 허파인데, 양의철이 설마…… 아니야. 그럴 리 없어. 그런데 만약 그렇다면, 양의철이 진짜 대표가 된다면? 그러다 대선까지 노리게 되면?

머릿속이 복잡한 와중에 계속 눈에 밟히는 게 하나 있었다. 아까 양의철 옆에 있던 남성은 분명 송가을을 뚫어지게 보고 있었다. 뭔가 할 말이 있는 듯했다. 입술은 움직이지 않았지만, 눈빛이 꼭 그랬다. 누구일까. 궁금증이 사라지지 않았다.

양의철에 대한 기사는 계속 올라왔다. "역전 가능성이 조심스레 관측된다"는 문장은 배정민이 쓴 것이었다. 1등 신문까지 이런 내용을 넣었단 말인가. 불안감이 더 커졌다.

송가을은 한숨을 쉬다 고개를 들어 책장을 보았다. 오늘처럼 기분이 꿀꿀할 때 가끔 꺼내보는 게 있었다. 주섬주섬 책과 책 사이를 뒤졌다. 툭 하고 종이 한 장이 떨어졌다. 송가을이 신문방송학과 수업을 들을 때 제출했던 답안지였다.

"뒤를 보세요.^^"

송가을 얼굴에 미소가 번졌다. 종이를 뒤집자 빨간펜으로 빼곡하게 적힌 평가서가 보였다. 우울할 때 이 손글씨를 보면 기분이 풀렸다. 초심을 생각나게도 했다. 글씨체가 독특했다. 삐뚤빼뚤하면서도 나름의 규칙이 느껴졌다. 잔뜩 무심한 척하면서 실은 정성을 쏟아 꾹꾹 눌러 쓴 것 같았다. 한참 글씨를 들여다보고 있는데 문득 무언가 생각이 났다.

이 글씨……! 송가을은 서둘러 백팩을 뒤졌다.

정치권 이슈 & 예결위 쟁점

송가을이 한 달 만에 국회에 나타났을 때 박동현이 준 자료였다. 송가을은 서둘러 종이를 넘겼다.

'이 부분 추가 취재는 예결위 이희선 전문위원한테 전화해보면 됨.'

중간에 박동현의 글씨가 적혀 있었다. 대충 툭툭 치고 나가지만 자세히 보면 정성스레 쓴 것 같은 글씨였다. 빨간펜 답안지를 옆에 놓고 서체를 비교했다.

똑같았다.

*

윤장미가 다민당 당 대표실을 찾았을 때 서맹희가 막 문밖으로 나오고 있었다. 늦은 밤인데 허남인과 서맹희가 만나

긴히 할 얘기가 있었나 싶어 가만히 보고 있는데, 서맹희는 참지 못하겠다는 듯 허리를 숙여 자신의 왼쪽 정강이를 문지르기 시작했다. 눈가에 살짝 물기가 맺힌 듯했다.

"서 후보님. 괜찮으세요?"

윤장미가 다가가자 서맹희는 손사래를 쳤다.

"모기 물렸나."

그는 황급히 그곳을 떠났다.

"이 날씨에 무슨 모기야."

윤장미는 고개를 갸우뚱하며 대표실 문을 두드렸다.

"똑똑. 저 윤 기잡니다, 대표님."

허남인은 윤장미의 방문을 반겼다. 그런데 평소와 모습이 좀 달랐다. 일전에 이자카야에서 그랬던 것처럼 넥타이와 손목시계를 모두 푼 상태였다. 여긴 외부도 아니고 엄연히 당 대표실인데 왜 저렇게 풀어져 있지. 서맹희와 무슨 일이 있었던 걸까……. 묻기도 전에 허남인의 질문이 쏟아졌다.

"결심한 건가요? 당연히 합류하시는 걸 거고? 회사에는 아직 말 안 했죠? 참, 부친한테는 얘기했고요?"

윤장미는 천천히 입을 열었다.

"제안은 감사하지만 거절하겠습니다. 대표님."

허남인의 얼굴이 굳어졌다. 전혀 예상하지 못한 대답이었다. 윤장미는 아랑곳하지 않고 말을 이어갔다.

"저는 저널리스트로 성공하고 싶습니다. 누군가에게 기자라는 직업이 배지를 달기 위한 수단, 유명해지기 위한 도구로 여겨질 수 있지만, 저는 아닙니다. 펜의 힘을 믿습니다. 어제보다는 나은 오늘, 펜으로 만들어보고 싶습니다."

윤장미가 거절 의사를 밝히고 나간 뒤 허남인은 혼자 읊조렸다.

"고도일보 이것들, 하나같이 마음에 안 들어."

이어 누군가에게 전화를 걸었다.

"어, 그거 내일 바로 발표하지."

케이블 보도 채널 심사에서 고도일보는 탈락하고 말았다. 다음 날 아침 소식이 알려지자마자 사내 분위기는 요동쳤다. 구독자 수 3위 신문을 넘어 한 단계 발돋움할 기회인데 잡지 못해 분하다는 목소리가 컸다.

화살은 서수경을 향했다. 정치부장이 로비 하나 제대로 못 하고 뭐 했냐는 소리였다. 허남인의 봉사활동 취재를 거절했다는 얘기가 돌자 불만은 더 커졌다. 다들 화풀이할 대상이 필요했다.

"홍보 기사 쌔끈하게 1면에 써주는 게 뭐 대수라고. 그걸 받았어야 했어."

"전에 문주민이 그런 거 하나는 잘했는데 말이야."

"난놈은 난놈이었어. 이번에 양의철도 그렇게 키워낸 거 봐."

서수경이 들으라는 듯 뒤에서 수군댔다. 일각에선 '정치부장 사퇴론'까지 거론됐다. 서수경은 참지 않았다.

"그렇게 반협박하며 오라는 데에 우리 애들 못 보냅니다, 저는."

옆에 있던 이용식 부장이 끼어들었다.

"서 부장. 맨날 그렇게 명분 있는 일만 하려고 그래? 실리가 바로 명분이야."

"실리만 좇으려면 일반 사기업 가셔야죠. 독자들 생각은 안 해요?"

국회 부스 분위기도 좋지 않았다. 고석동은 두 손으로 머리를 싸매고 노트북 화면에 고개를 묻었다. 이번 건이 잘 성사됐으면 고석동에게 상당한 공이 돌아올 터였다. 그렇다면 최창수를 누르고 차기 정치부장 입지를 공고히 할 수 있었다. 딱 좋은 타이밍에, 다시없는 기회였는데…….

최창수는 이 순간을 놓치지 않았다.

"이번 건은 정부에서 하는 거라 여당팀 능력을 믿었는데……. 억수록 아섭게 됐데이. 이럴 줄 알았으면 나라도 손을 보탤 걸 그랬어."

위하는 척하면서 먹이는 말에, 고석동은 머리를 싸맨 채 씩씩대기만 했다.

기민호도 우울하긴 마찬가지였다. 앵커의 꿈은 날아갔다. 보란 듯이 성과를 내보고 싶었는데 말짱 꽝이 됐다. 이제 영상에 대한 회사의 관심이 확연히 줄어들 게 뻔했다. 당장 장비부터 회수해 갈 것이다. 회사엔 영상 말고도 지원을 기다리는 분야가 줄을 섰다. 어느 부서는 유기농 식료품 배달 사업을 본격적으로 추진하겠다고 했고, 비트코인 전문 매체를 만들겠다는 사내 벤처도 있었다. 결국 일장춘몽에 취해 송가을에게 쓸데없는 압박만 준 셈이 됐다. 송가을에게 너무 미안했다.

송가을은 기자실 앞 복도에 서서 핸드폰으로 기사를 보고 있었다.

날개 단 양의철, 주류 허파 잡고 이변 일으키나

양파가 뜬다… 이참에 대선까지 직행? "노코멘트"

서맹희가 밀리는 분위기였다. 김동은 영 힘을 못 썼다. 선거는 이제 사흘밖에 남지 않았다. 이 추세라면 양의철의 당선 가능성이 컸다. 양의철 당 대표, 어쩌면 양의철 대통령까지……. 뭘 어떻게 해야 하지. 새롬 씨에게 부끄럽지 않으려면 뭐라도 해야 하는데…… 뭐라도…….

그때 따가운 시선이 또 한 번 느껴졌다. 서둘러 고개를 들어 주위를 살폈다. 연설회장에서 보았던 바로 그 남성이 있었다. 남성은 이번에도 송가을을 한참 바라보다, 눈이 마주치자 놀란 듯 황급히 시선을 피했다. 송가을은 이번에는 반드시 그를 붙잡고 물어봐야겠다고 생각했다. 그에게 달려갔다.

"저기요! 저랑 말씀 좀 나누시죠!"

남성은 당황했다. 걸음이 빨라졌다. 송가을의 걸음도 빨라졌다. 남성은 급기야 뛰기 시작했다. 송가을도 그를 따라 뛰었다. 하지만 남성이 훨씬 빨랐다. 남성은 국회를 나와 옆 건물인 의원회관을 향해 전력 질주했다. 대체 왜 이렇게까지 달아나는지 그 속을 알 수 없었다. 그는 결국 의원회관 안으로 쏙 들어가 버렸다. 그가 어느 의원실로 간 것인지 알 길이 없었다. 달리기 실력 좀 키워놓을걸. 송가을은 달리기를 못하는 자신이 원망스러웠다.

가만…… . 남성은 다른 곳이 아닌 의원회관으로 갔다. 그렇다면 보좌진일 가능성이 매우 크다. 연설회 때 양의철과 함께 사라졌으니, 양의철 방 소속일 확률이 높다. 송가을의 촉으로는 분명 뭔가가 있었다. 꼭 만나서 얘기를 들어봐야겠는데…… .

일단 양의철 방 사람이면 송가을을 만나는 게 껄끄러울 수 있다. 무작정 방으로 쳐들어간다면 적잖이 당황할 것이다. 설사 무슨 얘기를 하고 싶어도 주위에 보는 눈이 많아 망설여질 것 아닌가. 밖에서 몰래 따로 만나는 게 그 사람에게도 편할 듯했다. 그렇다면 어떻게 해야 하지…….

송가을은 오후 취재를 마치고 다시 의원회관을 찾았다. 의원회관 정문 앞에는 커다란 참나무가 한 그루 있었다. 이 나무는 언제부터 여기에 있었던 걸까. 송가을은 참나무 앞에 서서 고개를 들어 잎을 바라보았다. 햇빛이 살랑거리며 이파리 사이를 분주하게 오갔다.

이윽고 이파리 사이에 빛이 사라지더니 주위가 서늘해졌다. 어느새 저녁이 되었다. 송가을은 고개를 내려 의원회관 정문을 한참 응시했다. 그렇게 보고 또 보았다.

그때였다. 그가 나타났다. 송가을을 연달아 쳐다보던 바로 그 사람이었다.

"저기요! 잠시만요!"

송가을은 그를 쫓았다. 송가을의 갑작스러운 등장에 그는 또 당황한 듯했다. 송가을의 목소리가 들리자마자 그는 빠르게 걷기 시작했다.

"잠깐만요! 1초만요!"

아무리 불러도 소용없었다. 그는 급기야 다시 뛰기 시작했다. 송가을도 뛰었다. 저번보다 더 빠르게 뛰었다. 최선을 다해 열심히 발을 굴렀으나 의미는 없었다. 국회 담 정문을 몇 미터 앞에 두고 그를 놓치고 말았다. 위에서 매콤한 신물이 올라왔다. 송가을은 숨을 거칠게 몰아쉬며 그저 앞을 바라봤다.

"하, 하, 저, 하, 어떻게, 잡지. 하, 하."

이제 딱 이틀 남았다. 양의철 대세론은 모든 언론사의 야마를 지배한 지 오래였다. 고도일보도 마찬가지였다. 다들 양의철이 이미 당 대표가 된 양 기사를 써댔다. 며칠 만에 이렇게 분위기가 급변한다는 게 신기했다. 연훈석의 '서맹희 강남' 단독이 시작이었고 양의철은 연설로 쐐기를 박았다. 서맹희에게 반전의 카드는 없었다. 허파가 이렇게 무력해 보이기는 처음이었다. 허남인은 지금 대체 무얼 하고 있단 말인가.

송가을은 다시 의원회관 앞을 찾았다. 참나무 잎을 바라보며 어두워지기를 기다렸다. 또다시 그가 나타나기를, 오늘은 입을 열어주기를 빌고 또 빌었다. 하고 싶으신 말 있으신 거 아닌가요. 한 번만 용기를 내주세요. 제발……

툭. 툭.

누군가가 어깨를 쳤다. 송가을은 천천히 눈을 떴다. 맙소사. 나무 기둥에 기대앉아 깜빡 잠이 든 모양이었다. 앞이 흐려 눈을 비볐다. 눈앞이 점점 또렷해졌다. 송가을을 깨운 사람은 다름 아닌 그 남성이었다. 달리기를 겁나 잘하는, 양의철 방 사람일 것으로 추정되는 바로 그 남자.

"지금 제가 야근을 해야 하니 이따 밤 10시에 여의도 말고 다른 곳에서 보시겠어요? 여기서 서강대교 건너면 한강 고수 부지가 작게 나와요."

남성이 차분한 목소리로 말했다. 송가을은 고개를 끄덕였다.

그는 한강을 한참 바라봤다. 송가을은 먼저 질문하지 않았다. 여기까지 나온 걸 보면 오늘은 분명 뭔가를 말할 것 같았다. 그가 입을 열기까지 20분이 걸렸다.

"새롬이, 아무 잘못 없습니다. 잘못이 있다면 나 같은 선배에게 있죠. 그리고 양의철. 이제 이틀 뒤에 대표 타이틀을 달 수도 있는, 바로 그 새끼한테 있습니다."

송가을의 예감이 정확히 맞았다. 그는 양의철 방 수석보좌관이었다. 그에겐 할 말이 아주 많았다.

"갑질, 악질 중의 악질이었어요. 해피니스 새끼 똥 치우기부터 시작해서, 저희도 다 겪은 일이에요. 지긋지긋한 개 산책, 후배한테 넘어가니 좋아했죠. 그러면 안 됐는데……. 그런데 기자님. 저희도 다 가장이고 생활인이에요. 목숨 줄은 오로지 의원이 쥐고 있어요. 오늘부터 너 나오지 마, 하면 그냥 끝이에요. 보좌관이고 비서고 다 파리 목숨이에요. 애들이 이제 중학교 올라가고 점점 크다 보니 제가 판단이 흐려졌나 봅니다. 그냥 넘기자, 젊은 친구니까 맷집이 있겠지, 그런 식으로……"

어느새 그의 눈이 촉촉해졌다. 눈두덩이를 건들면 당장이라도 눈물이 후두두 떨어질 것 같았다.

"회계 부정, 다 양의철이 시킨 거예요. 직접요. 새롬이가 약은 애였다면 녹음을 했겠죠. 저는 다 했거든요. 그런데 새롬이는 여의도 판이 이렇게 피도 눈물도 없는 동네라는 거 몰랐을 겁니다. 양의철을 믿지 않았어도 우릴 믿었겠죠. 그런데 배신한 거예요. 우리가, 제가."

송가을의 눈도 촉촉해지기 시작했다. 새롬 씨가 생각나 참을 수 없었다. 분했다. 속에서 열불이 났다. 아, 새롬 씨……
새롬 씨……. 정말 죄송해요, 새롬 씨…….

"그렇게 비리로 모은 돈은 다 양의철한테 갔습니다. 그 새끼는 그 돈 어디다 쓴 줄 아십니까? 해피니스 사료, 유기농으로 사 오라고 시키고요. 아들 유학 준비해야 한다고 외국인 영어 선생님 구해오라 해서 붙이고요. 오로지 개인 착복에 썼습니다. 새롬이는 회계만 관여했지 뒤에 사용처까지는 몰랐어요. 비자금 사용은 다 제가 했거든요. 양의철이 돈 쓰는 건 분산시키지 않았어요."

송가을은 따지고 싶었다. 왜 진작 이 얘기를 하지 않았냐고. 박새롬이 손가락질을 받을 때 목소리를 내줬으면 그런

비극은 일어나지 않았을 거 아니냐고. 그의 멱살을 잡고 따지고 싶었다.

"죽을 줄 몰랐어요. 그냥 관두고 로스쿨을 가든 공무원 시험을 보든, 다른 길을 찾을 거라 생각했습니다. 똑똑한 애니까. 근데 그렇게 된 거예요. 그 뒤로 하루도 제대로 잠을 자본 적이 없어요. 죄책감 때문에."

그의 얼굴이 잔뜩 일그러지기 시작했다.

"그런데 양의철은 어쩐지 아십니까. 박새롬한테 뒤집어씌운 거 절대로 어디 가서 얘기하지 말라고. 그럼 자기뿐만 아니라 다 같이 죽는 거라고. 저희가 새롬이 책상 위에 흰 국화를 놓자, 저거 치우라고. 꽃뿐만 아니라 책상까지 당장 치우라고. 죽은 년 재수 없다고. 국화로 제 얼굴을 치고……."

생각보다 더 나쁜 놈이었다. 품위 어쩌고 잘난 척은 혼자 다 하더니 뒤에서 저랬다는 것인가. 이런 놈이 이틀 뒤에 어떻게 당 대표가 될 수 있다는 말인가.

"안 되죠. 그런 인간이 당 대표가 되고 대통령까지 노리는 건 말도 안 돼요. 양의철 지지율이 올라갈수록 죄책감은 더 커졌습니다. 그래서 기자님을 찾아간 거예요. 다섯 번 찾아갔어요. 하지만 용기가 나지 않았죠. 그런데 기자님이 자꾸 쫓아오시니까, 쫓아오는 모습이 꿈에도 나오고……. 당 대표 선거 일은 다가오고, 이제 진짜 때가 됐다고 생각했어요."

그는 한강에서 송가을로 시선을 옮긴 뒤 말했다.

"너무, 늦었죠?"

송가을은 그의 눈을 똑바로 바라보며 대답했다.

"늦었지만, 늦지 않았습니다."

송가을은 그로부터 회계 부정 관련 자료 일체와 양의철의 지시가 녹음된 파일을 넘겨받았다. 여의도 밥 17년 차라는 그는 철저하게 자료를 수집해왔다. 의원실 책상 아래 곳곳에 그의 녹음기가 붙어 있었다. 양의철이 자신에게 지시할 때뿐만 아니라 박새롬을 세워놓고 명령하던 순간도 하나하나 담겨 있었다. 지시에는 때로 쌍욕이 동반됐다. 스티브 잡스를 흉내 내며 연설할 때와 전혀 다른 목소리였다.

마지막 파일은 양의철이 그에게 입막음을 종용하는 내용이었는데, 목소리가 어찌나 야비한지 마치 성우가 악당을 연기하는 톤과 흡사했다.

"박새롬 그 년한테 다 뒤집어씌우는 거야. 너 인마, 이거 입 뻥긋하기만 해봐. 그날로 너, 쥐도 새도 모르게 죽는 거야."

함께 한강을 떠나며 송가을은 말했다.

"용기 내주셔서 감사합니다. 이제 양의철은 죗값을 치르게 될 겁니다."

고도일보

"양의철이 지시··· 죽은 비서에게 뒤집어씌워"

"의원이 회계 부정 지시 뒤 전액 착복"
의원실 수석보좌관, 본지와 단독 인터뷰
'입 뻥긋하면 죽는다' 협박도 일삼아

다민당 당 대표 후보인 양의철 의원이 의원실 내부 회계 부정을 일일이 지시해놓고 비서에게 모두 뒤집어씌웠다는 증언과 함께 이를 뒷받침할 녹음파일이 확보됐다. 3일 본지가 입수한 자료와 의원실 관계자와의 단독 인터뷰에 따르면…

고도일보의 기사가 나간 것은 당 대표 선거 당일이었다. 이른 새벽 의원실에 앉아 '당선 연설문'을 준비하던 양의철은 배달된 조간신문을 보고 두 손을 부들부들 떨었다.

디지털 기사에는 녹음파일 오디오가 그대로 올라갔다.

"너 인마, 이거 입 뻥긋하기만 해봐. 그날로 너, 쥐도 새도 모르게 죽는 거야."

녹음 속 그의 목소리는 너무나 생생했다.

기사에 대해 양의철은 부인할 여지가 전혀 없었다. 방대한 양의 녹음파일은 거대한 그물이 되어 그를 촘촘하게 에워쌌다. 그의 추악함은 삽시간에 모든 사람에게 자세히 알려졌다.

다민당 당원들은 발 빠르게 움직였다. 그를 향한 표심을 재빨리 거뒀다. 오후가 되자 검찰이 나섰다. 의원실을 전격 압수수색했다. "검찰이 양 의원에 대해 체포영장을 청구할 것으로 보인다"는 기사가 곧이어 법조팀발로 떴다. 직권남용과 강요 등의 혐의가 적용됐다. "국회는 체포 동의안을 가결할 것으로 보인다"는 국회팀 기사도 뒤따랐다.

그날 저녁, 당 대표 선거 결과가 나왔다. 양의철은 떨어졌다. 새 대표는 서맹희였다.

늦은 밤 송가을은 박새롬이 있는 봉안당을 찾았다. 박새롬은 여전히 웃고 있었다. 송가을은 그 앞에서 하염없이 눈물을 흘렸다. 한없이 죄송했다. 왜 더 빨리 취재해내지 못했을까. 진작에 그 보좌관을 찾아내지 못했을까. 어째서 당신의 죽음을 막지 못했을까. 송가을은 그렇게 한참을 서서 눈물을 쏟아냈다.

날이 바뀔 무렵 송가을은 비닐봉지에서 무언가를 꺼냈다. 200밀리리터짜리 딸기우유 한 팩이었다. 조심스레 입구를 벌렸다. 그리고 목젖 밑으로 한 모금씩 딸기우유를 넘겼다. 눈물이 쏟아지며 입술 안쪽으로까지 흘렀다. 단맛과 짠맛이 뒤엉켰다.

송가을은 그렇게 딸기우유 하나를 다 마셔냈다.

에필로그

고도일보를 제치고 보도 채널을 따낸 곳은 바로 대한신문
이었다. 대한신문 영상팀은 배정민 등 자사 말진들을 회사로
불러 짐벌을 나눠줬다. 펜기자들에게 영상 감을 익히게 하기
위해서였다.

"기자 브이로그부터 재밌는 영상들, 하루에 하나 이상 만
들어주세요. 아직 영상 기자가 부족하니까 당분간 현장 펜기
자에게 이것저것 요구하게 될 겁니다. 유튜브에서 영상 좀 많
이 보시고요."

배정민의 얼굴이 살짝 일그러졌다. 그걸 보았는지 영상팀
선배는 한마디를 보탰다.

"나중에 사명도 대한미디어로 바뀔 겁니다. 여러분은 이
제 펜기자를 탈피해야 해요. 멀티미디어 기자가 되십시오. 아
시겠죠?"

유튜브 앱도 깔지 않은 배정민이었다. 방송기자와 달리 펜
기자로서 자존심이 있었다. '가오'라는 단어 말고는 이를 적절

하게 설명할 표현이 없었다. 너희들은 1분 남짓 리포트 영상으로 뉴스를 대충 때우지만 우린 달라. 우린 글을 써. 너희 같은 리포터가 아니야. 정통 저널리스트야. 이게 진짜 기자의 위엄이지. 그런데 이제 멀티미디어를 해야 한다고? 그동안 뱉은 말은 어떻게 하고? 특히 기민호에게 했던 말이 걸렸다.

"기자로서 품위가 떨어진다는 생각 안 들어?"

"저널리스트인지 유튜버인지, 하나만 하라고."

국회로 돌아와 배정민은 양복 재킷 안주머니에 짐벌을 넣었다. 국회 복도를 거닐다, 주위에 사람이 없는 것을 확인한 뒤 꺼냈다. 핸드폰을 연결했다. 쭈뼛거리며 촬영 버튼을 눌렀다.

"안, 안녕하십니까! 대한신문, 아, 이제 방송까지 영역을 확장한 대한미디어의 배정민입니다. 아, 다시. 으흠! 안녕하세요! 저는 대한신문 4년 차 정치부 기자 배정민입니다……."

찍은 걸 확인하려 핸드폰을 살폈다. 웬걸. 녹화된 게 하나도 없었다. 장비가 낯설었다. 대체 어떻게 하는 거지. 생각보다 어려웠다. 그렇게 한참 짐벌과 실랑이를 벌이고 있는데 앞에 누군가 나타났다.

기민호였다.

"뭐야, 기민호. 구경이라도 났냐? 가던 길이나 가라."

당황한 배정민이 퉁명스럽게 말하자마자 기민호는 그의 손에서 짐벌을 낚아챘다.

"이리 내. 사용법 풀해줄게. 여기 보이는 이거 먼저 끼우고 그다음에 여기를 눌러."

배정민은 뻘쭘해 하면서도 귀를 기울였다. 생각보다 기민호는 아는 게 많았다. 헤어질 때 고맙다는 인사를 해야 할 것 같았는데 도무지 입이 떨어지지 않았다.

그때 기민호가 말했다.

"뭐야, 너 입 모양, 오…… 오 맞지? 아, 고맙다고? 됐고. 열심히 한번 해봐. 너라면 잘할 거야."

배정민은 말을 잇지 못했다. 기민호가 살짝 멋있어 보였다. 아주 살짝. 기민호는 말을 이어갔다.

"하기 싫어도 해야 하고, 하고 싶은 건 또 못 하는 게 정치부 말진 아니냐. 우린 말진 중에 상말진, 같은 신세고. 학창시절로 보자면 친구, 뭐 그런 거 아니겠어? 막 경쟁하고 싸우기도 하면서 하루하루를 같이 쌓아가는."

같은 신세. 부인할 수 없는 말이었다. 매일 아침 국회 부스로 출근해 각자 자리에 앉아 와글와글 기사 쓰다 퇴근하는 일상이 고등학교 등하교할 때랑 크게 다르지 않았다. 배정민이 무슨 말부터 해야 할지 망설이는 사이 기민호가 씽긋 웃으며 말했다.

"언제든 물어봐. 내가 도와줄게, 친구."

7.
지방선거

"정치 현장은 늘 일반인의 상상을 넘어선답니다."

국회 정문 계단 아래 대형버스 두 대가 섰다.

'다민당 지방선거 취재단' '보국당 지선 취재 기자'.

버스 앞 전광판에 각각 빨간 글씨가 깜빡였다. 도지사와 시장, 군수, 구청장 등을 뽑는 지방선거 레이스가 시작됐다. 말진들에게 전국 투어가 시작됐다는 소리다. 기자들은 각 당 대표 지원 유세 일정에 따라 전 지역을 돈다. 지방선거 뒤에 는 대선이 기다리고 있다. 지선 결과에 따라 대선 판도가 달 라질 수도 있다. 각 당이 이번 선거에 사활을 거는 건 당연한 일이었다.

송가을은 40인승 버스에 올라 망설임 없이 맨 뒤로 향했 다. 고등학교 때부터 몸에 밴 습관이었다. 앞자리는 왠지 내 키지 않았다. 이윽고 기자들이 하나둘 탑승했다. 다들 피곤에 절어 있거나 술에 절어 있었다. 30명은 족히 돼 보였다.

다민당 대변인실 당직자가 탑승하더니 운전석 옆 시가잭에 멀티탭을 꽂았다. 앞줄에 앉은 기자들은 서둘러 백팩에서 노트북 충전기를 꺼내 꽂았다. 앞줄에 앉을 걸 그랬나⋯⋯. 콘센트 줄은 아무리 당겨도 앞에 서너 줄 자리밖에 닿지 않았다.

당직자는 멀티탭 마지막 구멍에 또 다른 멀티탭을 꽂았다. 그런 다음 또 멀티탭을 연결했다. 그렇게 꼬리에 꼬리를 물었다. 4개를 연결했을 때에야 송가을도 전기를 사용할 수 있게 됐다. 노트북에 뜬 '충전 중' 그림을 보니 마음이 그렇게 푸근할 수 없었다.

버스가 출발했다. 당직자는 앞에 서서 공지사항을 전달했다. 꼭 수학여행 때 담임선생님 같았다.

"먼저 2만 원 걷습니다. 김영란법 시행되고 버스 사용료랑 밥값, 각 사 부담으로 바뀐 거 다 아시죠? 현금도 받고, 카카오페이도 좋고요."

당직자는 뒤로 이동하며 돈을 걷었다.

"돈 많으신 기자님들은 저한테 더 주⋯⋯지 마시고! 우리 당 의원님들 정치후원금 내시면 됩니다잉?"

대변인실 당직자라 그런지 기자들을 노련하게 잘 다뤘다. 그는 동시에 검정 비닐봉지를 한 장씩 나눠줬다.

"봉투는 왜 주세요?"

"아, 송가을 기자님 취재 버스 처음이시죠? 금방 알게 될 거예요."

당직자의 말은 사실이었다. 출발한 지 20분이 되지 않아 '우웩' 소리가 들렸다. "아이씨, 냄새!" "창문 열어!" 여기저기에서 아우성이 들려왔다. 전날 술을 건하게 마신 어느 기자가 오바이트를 한 모양이었다. 송가을은 술을 마시지 않았는데도 토가 올라올 것 같았다. 냄새 때문에 속이 울렁거렸다.

앞으로 돌아간 당직자는 이번엔 꾸러미 하나를 건네며 뒤로 넘기라고 했다. 송가을에게 도착하기까지 한참이 걸렸다. 열어 보니 멀미약, 소화제, 두통약이 잔뜩 들어 있었다. 송가을은 얼른 소화제를 꺼냈다. 송가을이 "물"이라고 말하려는데, 앞에서 또다시 당직자의 머리가 왔다 갔다 했다. 당직자는 500밀리리터 생수 묶음을 들더니 한 병씩 나눠주기 시작했다. 여의도에 기자보다 더한 극한 직업이 있다는 걸 이날 처음 깨달았다.

버스 맨 앞에 달린 TV에선 TTS 뉴스가 나오고 있었다. 연훈석은 흐뭇한 표정으로 자사 방송을 보고 있었다. 그때 타 방송사 기자가 당직자에게 "우리 회사 거 틀어달라"며 채널을 24번으로 바꿔달라고 했다. 연훈석은 TTS를 그대로 보자며 맞섰다. 눈물겨운 애사심이었다. 당직자는 한숨을 쉬더니 TV를 꺼버렸다. 극한 직업이 맞았다.

목적지는 부산이었다. 서맹희 신임 대표가 내려가 다민당 부산시장 후보 지지 연설을 한다고 했다. 서 대표 등 배지들은 개인 차량을 타고 간다. 부산에 들른 뒤에는 전통 텃밭인 광주로 이동한다고 했다. 동선이 ㄴ자였다. 서울에서 부산까지 400킬로미터인데, 거기서 광주까지 또 간다고? 머리가 지끈거렸다. 꾸러미에서 두통약도 하나 꺼냈다.

"왜 편한 KTX 놔두고 전세 버스로 다니는 거야……"

누군가 낮은 소리로 불평했다. 당직자는 "목적지가 중간에 실시간으로 바뀔 수 있어 그렇다"라고 답했다.

한편 기민호는 보국당 버스를 탔다. 보국당은 약체 지역인 광주를 선제적으로 들른다고 했다. 뒤이어 부산에 갈 예정이었다. ㄴ자 코스였다. 부스에서 맨날 부대끼던 송가을과 헤어져 다른 버스를 타니 낯설었다.

타타타타타타타타.

다민당 버스가 본격적으로 달리기 시작하자 노트북 타자 소리가 사방에서 울려 퍼졌다. 송가을의 손가락도 이에 일조했다. 잔인한 반장들은 말진이 노는 꼴을 못 봤다. 이동시간에도 살뜰하게 일을 시켰다. 라디오 스크립트를 정리해 따옴표 기사를 쓰거나, 주요 커뮤니티를 뒤지며 온라인 민심을 체크하라고 했다. 달리는 버스 안에서 타자를 치니 속이 진정되지 않았다. 송가을은 당직자를 향해 말했다.

"약 좀 더 주세요."

한참을 갔다고 생각했는데 아직 충청도였다. 휴게소에서 차가 멈췄다. 당직자는 휴게소 주차장에서 누군가로부터 박스 하나를 건네받았다. 이어 버스로 가져오더니 은박지로 싼 것을 안에서 꺼내 하나씩 나눠주기 시작했다. 따끈한 김밥이었다. 이 지역 당원이 휴게소 인근 가게에서 받아 바로 전달한 것이라고 했다.

"5분 드릴게요. 화장실 얼른 다녀오시고요. 김밥은 가면서 먹겠습니다."

기자들은 불만이 많았다. 정말이지 말이 많은 족속이었다.

"밥은 휴게소 식당에서 제대로 먹고 가자."

"일반 고속버스도 20분은 쉬는데 이게 뭐냐."

"담배 한 대만 펴도 5분은 순식간이다."

"인권 침해다."

사방에서 볼멘소리가 이어졌다.

"자자. 우리 기자님들. 선거가 코앞이에요. 지금의 한 시간은 몇천 표를 확보할 수 있는 황금 같은 기회인 거 아시죠? 지체할 시간이 없습니다."

5분 안에 돌아온 기자는 송가을을 포함해 몇 안 됐다. 버스에서 창문 밖을 내다보니 기자들은 흡연 구역에 와글와글 모여 있었다. 결국 20분이 지나서야 버스는 출발했다. 이럴 거면 처음부터 그냥 식당에서 밥 먹어도 됐을 텐데······. 기자라는 인간들은 정말 징그럽게도 말을 안 들었다.

평소 주위를 보면 기자 커플이 참 많았다. 한참 청춘들이 종일 국회에 붙어 있어 '비여의도인'을 볼 일이 없다 보니 그럴 수 있겠다 싶으면서도 이해가 잘 안 갔다. 저렇게 말 안 듣는 사람 둘이 붙어 있으면 평범한 연애는 불가능하지 않을까? 기자들끼리의 연애라······.

순간 송가을의 머릿속에 손글씨가 떠올랐다. 답안지의 빨간펜과 박동현 자료의 손글씨. 분명 같은 필체였다. 기자답게, 박동현에게 바로 물어볼까? 아니야. 과대망상이라고 놀림 받을 거야. 우연의 일치겠지. 그런데 우연치고는 너무 똑같잖아. 대체 팩트가 뭐지······.

송가을은 머리를 빼꼼히 들어 앞에 앉은 뒤통수들을 보았다. 저쪽에 박동현이 보였다. 무슨 이유에서인지 심장이 쿵쾅거렸다. 송가을은 고개를 가로저었다. 서둘러 노트북 화면으로 시선을 옮겼다.

다음 휴게소에서도 김밥이 배급됐다. 덜 익은 우엉이 잔뜩 들어 있었다. 맛이 없었다.

"단무지나 김치 없냐."

"샌드위치로 바꿔주면 안 되냐."

"2만 원이나 냈는데 이건 아니지 않냐. 영수증 까봐라."

역시나 말이 많았다. 송가을은 말없이 우엉을 열심히 씹었다. 잘근잘근 씹고 있는데 웬 중년 남성이 버스에 올랐다. 그러더니 버스에 타 있는 사람들에게 번호표를 나눠주기 시작했다. 번호가 당첨되면 고급 롤렉스 시계를 단돈 5만 원에 주겠다고 했다.

"저기요, 내리세요. 잡상인 금지입니다."

당직자가 그를 막아섰다. 남성은 실실 웃기만 할 뿐 내리지 않았다.

"아니, 여기 지금 어떤 사람들이 타 있는지 알고 이러세요?"

당직자가 좀 더 발끈했을 때 한 기자가 킥킥대며 말했다.

"그냥 놔두세요. 우리 중 누가 걸리나 한번 보게."

다른 기자도 맞장구쳤다.

"그러게. 호구 검증. 재밌겠네."

행운에 의해 당첨된다고 하지만, 사실 처음부터 가장 만만하게 생긴 승객을 골라 정해진 당첨 번호를 준다는 걸 송가을은 알고 있었다. 송가을뿐 아니라 고속버스를 타본 사람이라면 누구나 이 엉터리 수법을 잘 알고 있었다. 추첨인 척하지만 말 그대로 호구를 고르는 과정이었다. 요즘도 저런 잡상인이 있다는 게 신기했다.

사실 저런 사람을 만날 때면 송가을은 늘 행운의 대상으로 뽑히곤 했다. 그때마다 너무 싫었다. 내가 그렇게 잘 속게 생겼나? 바보처럼 보여? 기분이 좋지 않았다. 그 경험은 학창 시절 트라우마를 떠오르게 했다. 딸기우유 셔틀을 할 때마다 송가을은 가해자들 앞에서 바짝 엎드려야 했다. '행운 당첨'은 내가 만만해 보인다는 걸 낯선 사람한테마저 인정받는 거나 다름없었다. 게다가 지금은 타사 기자들과 함께 있다. 걸리면 더 쪽팔릴 것이다. 만만한 기자라니, 너무 별로잖아.

송가을이 초조해하고 있을 때 박동현이 버스에 올랐다. 박동현은 뒷좌석 송가을의 표정을 한참 살피다 자리에 앉았다.

송가을은 두근거리는 마음으로 번호가 적힌 종이를 받았다. 17번이었다. 앞자리로 돌아간 남성은 번호를 불렀다.

"행운의 주인공은 바로…… 17번!"

기자들이 킥킥대기 시작했다.

"와, 정말 좋겠다! 행운의 주인공 누구야?"

"부럽다! 어느 기자, 아니 승객님이세요?"

송가을은 고개를 들 수 없었다. 남성이 내 자리로 찾아오면 어떡하지? 이게 뭐라고 식은땀이 흘렀다. 제발 오지 마. 오지 말란 말이야…….

그때 앞쪽에서 누군가 외쳤다.

"17번, 접니다!"

박동현의 목소리였다.

잡상인은 의아하다는 표정을 짓더니, 어쩔 수 없다는 듯
박동현에게 다가갔다.

"아, 그, 그러십니까? 그럼 이 롤렉스를……."

그가 조악한 상자를 열자 박동현은 자신의 왼팔을 들어
보였다.

"이거 아시죠? IWC 한정판. 이게 그것보다 비쌀 것 같은
데요? 그거 안 사도 되겠어요."

결국 남성은 입을 삐죽거리며 버스에서 내렸다. 키득대던
기자들은 금세 박동현에게 다가가 또 신상을 뽑은 거냐며 조
잘거렸다. 박동현은 고개를 돌려 송가을을 보더니 싱긋 웃었
다. 송가을은 따라 웃을 수 없었다. 가슴이 너무나 뛰었기 때
문이다.

*

버스는 부산 최대 번화가에 도착했다. 트럭을 개조한 유
세차가 한복판에 놓여 있었다. 트럭에는 다민당 로고가 부산
시장 후보 얼굴과 함께 래핑돼 있었다. 서맹희 대표가 카니
발에서 내린 뒤 서둘러 트럭 위에 올랐다. 청중은 150명쯤이
었는데, 당직자가 20명은 돼 보였다. 기자들은 청중 사이에

쪼그려 앉아 노트북을 폈다. 버스에서 내내 꽂아둬서 그런지 배터리는 충분했다.

서맹희는 한 손에 마이크를 들었다. 다른 손으로는 후보의 손을 잡고 연설을 시작했다.

"저 서맹희, 처가가 부산입니다. 여러분! 부산의 사위 서맹희가 첫 지원 유세로 부산에 와야지, 어딜 가겠습니까, 여러분!"

당 대표 선거 때와 딴판이었다. 우렁차게 연설을 이어갔다. 옆에 있던 부산시장 후보 얼굴에 함박웃음이 번져갔다. 얼마나 크게 웃는지, 양 입꼬리가 두 눈꼬리에 각각 닿을 것 같았다. 송가을은 연훈석에게 진짜 처가가 부산이냐고 물었다. 연훈석은 "실은 김해인데 대충 부산권이라 보는 것 아니겠냐"고 했다.

"여당의 힘! 여러분 아시죠? 우리 부산, 아시아 최대, 아니 세계 최대 항구 도시로 자리 잡기까지 아직 부족한 게 많습니다. 다리가 더 있어야 하고 공항도 확장돼야 합니다. 우리 후보 공약 보셨습니까, 여러분? 저 서맹희가 팍팍 밀어드리겠습니다!"

송가을과 기자들은 미친 듯이 타자를 쳤다. 바로바로 반장들에게 메시지를 띄웠다. 다들 손가락이 날아다녔다. 송가을은 자신의 타자 솜씨가 일취월장했음을 느낄 수 있었다.

신나는 피아노곡을 연주하듯 손놀림이 경쾌했다. 그리고 보니 정치부에 온 지 벌써 10개월 지났다. 어느새 당 대표도 이렇게 바뀌어 있었다.

연설장의 분위기는 나쁘지 않았다. 서맹희는 연설을 더 이어가려는 듯했다.

그때였다. 청중 사이에 있던 한 남성이 갑자기 트럭 바로 아래로 향했다. 그는 모자를 눌러쓰고 마스크를 끼고 있었다. 나이는 40대쯤 돼 보였다. 오른손에는 소주병이 들려 있었다. 뚜껑은 열려 있었는데 아직 마시지 않았는지 소주가 가득했다.

그가 갑자기 외쳤다.

"여당이 한 게 뭐 있어? 자영업자들이 이렇게 힘들어졌는데!"

분위기가 순식간에 험악해졌다. 남성은 다민당에 불만이 많아 보였다. 당직자들 대여섯 명이 서둘러 스크럼을 짰다. 유세차로 더 다가서지 못하게 남성을 막아섰다. 남성은 더욱 화가 났다.

"막지 마!"

고래고래 소리를 질렀다.

"어허! 우리 유권자이십니다. 막지 마세요!"

마이크를 통해 들려온 목소리는 서맹희의 것이었다. 서맹희는 외려 당직자들을 나무랐다. 이어 인자한 표정으로 남성을 바라보면서 마이크를 내밀었다.

"자, 마이크를 드리겠습니다. 유권자의 목소리를 직접 듣겠습니다!"

촤악.

그때 남성은 소주병을 던지듯 휙 하고 앞으로 팔을 뻗었다. 순간 병 안에 들어 있던 소주가 서맹희의 얼굴을 덮쳤다. 머리카락부터 와이셔츠까지 흥건하게 젖었다. 모두 깜짝 놀라 대표 얼굴에서 소주가 뚝뚝 떨어지고 있는 장면을 넋 놓고 바라보았다. 사진 기자들은 미친 듯이 카메라 셔터를 눌렀다. 순식간에 일어난 일이었다.

당직자들은 황급히 남성을 어디론가 끌고 갔다. 이후 서맹희를 트럭에서 내리게 하려는데 그가 손바닥을 펼치며 당직자들을 막았다. 이어 혀를 내밀어 입술 주위에 묻은 액체의 맛을 보더니, 곧바로 마이크를 입으로 갖다 댔다.

"키야, 역시 소주는 부싼 쏘주 아입니까? 맛이 직이네예!"

그는 물에 젖은 생쥐 꼴을 한 채 환하게 웃으며 손을 흔들었다. 부산시장 후보는 그제야 다시 활짝 웃었다. 청중들 사이에서 하나둘 박수가 터져 나왔다. 이어 함성이 들렸다.

"서맹희! 서맹희!"

소리가 점점 커졌다. 다들 대단하다는 듯 서맹희를 올려 봤다. 언제 도착했는지 황진섭 대변인이 기자들 옆에 서 있었다. 그는 요란하게 손뼉을 치며 말했다.

"브라보! 우리 대표님, 지인짜 감동입니데이."

지역구인 부산에 와서 그런지 황진섭은 평소와 달리 사투리를 썼다. 그는 옆에 있던 송가을에게 "기사 잘 써달라"고 말하며 환하게 웃었다. 이 상황이 꽤 만족스러운 듯했다.

"다민당! 서맹희! 다민당! 서맹희!"

함성은 쉽게 잦아들지 않았다. 서맹희는 얼굴에 묻은 소주를 절대 닦지 않았다.

유세가 끝나자마자 기자들은 바로 옆에 있는 카페로 달려 갔다. 스케치 내용을 보고하고 기사를 빨리 마감해야 했다. 지금 필요한 건 오로지 전기였다. 카페엔 콘센트 구멍이 두 개뿐이었다. 몇몇 기자가 자연스럽게 백팩에서 멀티탭을 꺼내 꽂았다. 멀티탭은 또 한 번 꼬리에 꼬리를 물었다. 이럴 때면 기자들은 한 팀인 양 일사불란하게 움직였다. 곧 누구 하나 전기공급에서 소외되지 않은 채 노트북 앞에 앉을 수 있었다.

"아니, 전기요금 많이 나오겠네."

카페 주인의 입이 나오는 건 당연해 보였다. 그때 연훈석이 웃으며 말했다.

"사장님, 걱정하지 마세요. 오늘 한 달 치 매출 충분히 뽑으실 겁니다."

타타타타타타타.

기자 30여 명의 타자 소리가 카페를 가득 메웠다. 주문을 받는 포스기 앞에는 늘 누군가 서 있었다. 커피와 스무디, 샌드위치와 파니니를 마구마구 시켰다. 종일 김밥 두 줄에 의존해왔던 기자들은 이 순간 자신의 몸에 제대로 보상하겠다는 기세로 열심히 음식을 밀어 넣었다. 카페 주인은 쉴 새 없이 커피를 내리며 싱글벙글 웃었다.

"아, 기사 너무 안 써지네. 맥주 없으니 탄산수라도 마셔야겠다."

"나는 카페인, 카페인이 더 필요해!"

어떤 기자는 에스프레소를 벌써 네 잔이나 마셨다. 송가을은 카페모카와 허니브레드를 시켰다. 허니브레드는 아홉 조각으로 잘려 있었다. 한 번에 두 조각씩 입에 밀어 넣었다. 고석동은 카톡으로 끊임없이 질문을 보내왔다.

"서맹희 소주 세례받을 때 표정, 더 리얼하게 서술해봐. 지금 너무 밋밋하잖아!"

"혹시 손수건 건네려던 사람은 없었어? 근데 서 대표가 사양했다거나?"

서맹희 기사는 다음날 1면을 예약하고 있었다. 무엇보다 사진이 예술이었다. 소주를 촤라락 맞을 때와 입가를 혀로 핥을 때가 압권이었다. 그는 괜히 허남인의 오른팔이 아니었다. 디지털 기사는 실시간으로 나갔다. 네티즌들은 서맹희의 순발력과 연륜에 환호했다.

"서맹희, 이번에 다시 봤다. 부산에서 지지율 살짝 오를 듯?"

"소주 테러를 부드럽~게 넘긴 서맹희."

"상황 대처력 대박. 강남 발언에 비호감이었는데 요번에 새로 봤음."

*

광주에 도착한 기민호는 당혹스러웠다. 보국당 김춘익 대표가 마이크를 잡았는데 유세 트럭 앞이 썰렁했다. 듣는 유권자보다 기자가 더 많았다. 그러나 김춘익은 크게 신경 쓰지 않았다. 예상했다는 듯 여유롭게 연설을 이어갔다.

"여당이 북한에 퍼주기만 하고 정작 내국민은 힘들게 살게 하는 거! 더는 묵과해선 안 됩니다, 여러분!"

박수 소리가 들릴락 말락 했다.

"북한의 안보 위협, 이 정부는 정말 심각하게 생각해야 합니다! 손 놓고 있다가 북한에 크게 당하는 수가 있습니다!"

"아직도 빨갱이 타령이냐!"

한 주민이 지나가며 야유를 보냈다.

더 스케치하고 말고 할 게 없었다. 일정도 빨리 끝났다. 보국당 전세 버스는 광주의 한 모텔 앞에서 멈춰섰다. 기자들 30여 명이 일제히 기지개를 켜며 내렸다. 일찌감치 모텔 방에 짐을 풀기로 했다. 당직자가 공지사항을 전했다.

"이따 6시에 바로 앞에 육전 집에서 모이겠습니다. 백민숙 대변인님도 합류하실 예정이니 빠지는 분 없이 오세요."

당직자는 이어 손으로 입을 가리더니 속삭이듯 말했다.

"육전은 저희가 씁니다. 비공식적으로요. 오프오프!"

약속까지는 한 시간이나 남았다. 기민호는 광주 시내나 구경하자 싶어 모텔 앞을 어슬렁거렸다. 일 말고 놀러 왔으면 좋았을 텐데……. 송가을은 광주에 와봤으려나? 아, 부산 찍고 내일 여기로 오겠구나. 지금쯤 소주 기사 쓰느라 바쁘겠네. 또 얼마나 열심히 쓰고 있을 거야……. 기민호는 자신도 모르게 미소를 지었다.

그때 저쪽에서 어떤 남성이 명함을 돌리고 있는 게 눈에 들어왔다. 자세히 보니 보국당 마크가 새겨진 점퍼를 입고 있었다. 호기심에 다가가 봤다. 그는 한 구청장 후보였다.

종합 일간지 기자들은 구청장 후보들까진 잘 취재하지 않는다. 취재 대상은 도지사, 광역시장 정도다. 시간이 남는 김에 기민호는 구청장 후보에게 설렁설렁 말을 걸었다.

"고생 많으시네요. 저 고도일보 기민호 기자입니다."

"기자님께서 저를 다……. 안녕하십니까."

"후보님, 힘드시죠?"

"안 힘든 후보 있겠습니까."

"특히 여기 보국당 후보님들요. 지지율이 한 자릿수이잖아요."

"그렇죠. 저도 8퍼센트 나옵니다. 하하."

"다민당 후보는요?"

"80퍼센트."

"그렇군요. 지역주의가 생각보다 공고하더라고요. 보국당은 영남에서 인기가 많고, 다민당은 호남을 텃밭으로 삼고 있고……."

서울에서 나고 자란 기민호에게 지역주의는 낯선 단어였지만 정치부에 오니 기사에 밥 먹듯 사용하는 용어가 됐다. 익숙한 단어가 됐는데도, 막상 입 밖으로 내놓으려니 왠지 어색했다. 구청장 후보는 "지역주의가 정말 단단하다"며 이렇게 말했다.

"저는 이번이 네 번째 도전이에요. 보국당 후보가 호남 문턱 넘는 거, 어려울 줄은 알았는데 생각보다 더 쉽지 않네요."

"후보님, 그런데 왜⋯⋯. 차라리 영남에서 출마하시면 지금보다 여건이 낫지 않으실까요?"

기민호의 질문에 후보는 의아하다는 표정을 지었다.

"제가 나고 자라고, 사랑하는 지역이 여기인데 그럴 수 없죠. 그런데 제 소신은 보국당이고요. 주민들이 오해하시거나 부족하게 생각하시는 부분이 많은 만큼 더 노력해야죠. 인물론과 정책으로 승부하고요."

그와 대화하며 기민호는 묘한 감동을 받았다. 생각도 많아졌다. 언젠가부터 언론은 영남 대 호남의 이분법적 프레임에 갇혀 지역주의를 확대 재생산하고 있었다. 지역주의를 당연한 명제로 전제한 채, 지지율이 왜 그렇게 나오는지 실제 주민들의 이야기는 귀 기울여 듣지 않았다. 그걸 깨고자 하는 시도에도 큰 관심을 주지 않아왔다.

기민호는 그에게 "좋은 결과 있길 바란다"고 말한 뒤 육전집으로 발걸음을 옮겼다.

백민숙 대변인은 맥주잔 15개를 두 줄로 세웠다. 잔 안에 소주를 2센티미터 높이로 깔고, 그 위에 맥주를 재빠르게 따랐다. 순식간에 폭탄주 서른 잔이 만들어졌다. 기자들은 술 한 잔에 육전 한 점을 열심히 욱여넣었다. 육전은 입에 넣자마자 사르르 녹았다. 100조각도 먹을 수 있을 것 같았다. 느끼함은 폭탄주가 잡아줬다. 술이 쭉쭉 들어갔다.

"자, 우리 위대한 보국당 기자님들! 오늘 소는 저짝 부산에서, 그 머시기, 다 머시기, 아따, 뭐더라? 아, 다민당? 그 다민당 말진들이 열심히 키우고 있응께! 우린 마음 놓고 한 잔 마셔붑시다! 아따, 이런 날도 있어야지라!"

백민숙의 목소리는 쩡쩡했다. 사투리가 살짝 어색했지만 거슬릴 정도는 아니었다. 기자들은 박수로 화답했다. 대학교 MT 때처럼 분위기는 뜨거웠다.

"대변인인 제가 건배사를 먼저 올리겠습니다. 보국당으로 하겠습니다. 우리 후배님들, 운을 띄워주시죠."

"보!"

"보여줍시다!"

"국!"

"국민을 위한!"

'당'이 나오기 전, 기민호는 "설마 '당당한 정치를!'은 아니겠지"라고 혼자 중얼거렸다. 기자들은 신나서 외쳤다.

"당!"

"당당한! 정치를!"

기민호를 제외한 기자들은 깔깔 웃으며 재미있어했다. 보국당 삼행시라니, 여기가 당원들 술자리도 아닌데 왜 저러는 걸까. 기민호는 여전히 적응이 되지 않았다. 다른 기자들은 개의치 않는 분위기였다. 백민숙에게 "선배, 선배" 하며 잔을 내밀었다.

진정한 출입 기자가 되려면 저렇게 가족의식이 있어야 하는 건가? 적당한 거리 두기는 그렇게 어려운가? 국회를 출입한 지 벌써 열 달이 넘었지만, 기민호는 계속 독고다이의 길을 걷고 있었다. 출장을 와서도 마찬가지였다. 다들 한껏 취기가 올랐을 때 백민숙이 기민호 옆으로 자리를 옮겼다.

"우리 기 기자님은 왜 저를 꼬박꼬박 대변인님이라고 부르는 거예요? 다른 기자들처럼 선배라고 해요."

"각자 스타일이 있는 거죠. 대변인님, 저는 바람 좀 쐬고 오겠습니다."

"에이, 그럼 나도 담배 한 대 피울래요."

두 사람은 음식점 문 앞에 나란히 섰다. 안에는 시끌벅적한 소리가 가득했다. 반면 밖은 조용했다. 나와서 보니 백민숙은 취한 기색이 전혀 없었다. 끔뻑끔뻑 담배 연기를 내뿜으며 기민호를 한참 바라봤다.

"기 기자님. 내가 제보 하나 할까요? 고도일보라면 이거 잘 취재해줄 수 있을 것 같은데."

"갑자기 제보를요? 그것도 저한테요?"

"싫으면 말고."

"에, 무슨 말씀이세요. 말해보세요. 뭔데요?"

"아까 부산에서 서맹희 소주 테러 일어났잖아요?"

"네. 난리 났잖아요. 다민당 말진들은 밥도 못 먹고 기사 썼다던데."

백민숙은 이어 주위를 살피더니 작은 목소리로 말했다.

"그 소주 테러범, 다민당 부산 지역위 간부라는 소리가 있어요."

"뭐라고요?"

기민호는 너무 놀라 큰 소리로 외치고 말았다. 백민숙은 검지를 자신의 입에 갖다 대더니 다시 속삭이며 말했다.

"우리 당이 부산을 꽉 잡고 있잖아요? 광주에서는 맨날 죽 쓰지만, 거기선 날아다니거든. 우리 당원이 그자를 안다면서, 다민당 사람이라고 하잖아요, 글쎄."

"말이 돼요? 다민당 사람이 왜 다민당 대표를 공격해요?"

"에헤, 정치부 초보 티 낸다. 연출이죠. 동정표 제대로 샀잖아요. 서맹희도 호감형으로 이미지 전환하고요. 짜고 친 고스톱이에요."

"그게 연극이라고요? 설마요."

"설마가 사람 잡는 법이죠."

"사실이라면 너무 쇼킹한데요."

"정치 현장은 늘 일반인의 상상을 넘어선답니다, 기 기자님."

기민호의 눈동자가 빠르게 움직이기 시작했다.

"이거, 저희만 알려주시는 거 맞죠?"

"넵! 기 기자한테만요. 또 알아요? 이거 잘 취재해서 기사 쓰면, 다음에 나한테 선배라고 할지? 어여 추가 취재해보세요."

기민호가 받은 제보는 곧바로 최창수를 통해 서수경에게 전달됐다. 서수경은 거꾸로 고석동을 통해 송가을에게 이를 전달했다. 송가을 역시 기자들과 횟집에서 폭탄주를 마시고 있었다. 횟집 앞에서 고석동의 전화를 받은 송가을은 술이 확 깨는 것 같았다. 그런데 어떻게 취재하나. 그 남성은 마스크를 쓰고 모자도 푹 눌러썼는데……. 신원 확인부터 막히잖아. 부산에 아는 취재원도 하나 없고, 취재할 방법이…… 아, 어떡하지…….

송가을이 횟집 앞에서 발을 동동 구르고 있는데, 저쪽 멀리 황진섭이 보였다. 이제 막 기자들의 술자리에 오려는 모양이었다. 그러던 황진섭이 누군가로부터 전화를 받고는 발걸음을 멈췄다. 심각한 표정을 짓더니 재빨리 몸을 틀어 다른 곳으로 향했다. 무슨 급한 일이 생긴 게 분명했다.

"황 대변인님! 아니, 선배!"

부르는 소리를 듣지 못했는지 황진섭은 빠르게 발걸음을

옮겼다. 송가을은 무작정 그를 따라갔다. 뭔가 상황이 생긴 것 같으니 일단 알아봐야겠다 싶었다.

황진섭은 얼마 안 가 근처 다른 횟집 안으로 쏙 들어가 버렸다. 유리문 너머로 보니 안에 사람들이 바글바글했다. 다민당 로고가 새겨진 점퍼가 많이 보였다. 당원들인 듯했다. 황진섭은 잔을 들어 무언가를 외쳤다. 사람들은 환호했다.

"오늘 유세장에서 당원들 고생했다고 격려하나 보네. 난 또 무슨 긴박한 일이 생겼나 싶어 따라왔더니만. 그나저나 제보는 어떻게 확인하지……."

송가을은 혼자 중얼거리며 머리를 쥐어뜯었다. 도무지 방법이 떠오르지 않았다. 그렇게 한참을 서 있는데 식당 옆쪽에서 익숙한 목소리가 들렸다. 황진섭이었다. 언제 또 나갔는지, 식당 옆에 서서 누군가와 진득하게 대화하고 있었다. 송가을은 눈에 띄지 않도록 벽에 몸을 숨긴 채 그쪽을 빼꼼히 쳐다봤다. 순간 소리를 지를 뻔했다.

놀라운 광경이 펼쳐졌다. 황진섭 앞에는 한 남성이 서 있었다. 아까 낮에 서맹희에게 소주를 끼얹은, 송가을이 찾고 있던 바로 그 남성이었다. 그는 그때 모습 그대로였다. 종일 기사를 쓰며 사진을 하도 많이 봐서 잊으려야 잊을 수 없었다. 황진섭은 남자의 어깨를 토닥이며 이렇게 말했다.

"정말 고생하셨어요, 너무 자연스러워서 나도 깜짝 놀랐다니까요?"

남성은 고개를 끄덕이며 웃었다.

"당분간 우리 당 행사장에는 나타나지 마시고요. 저쪽 당에서 눈치 못 채게, 아시죠?"

백민숙의 제보가 맞았다. 다민당은 당 대표 소주 테러를 일부러 연출했다. 이는 곧바로 화제가 됐고 동정표를 적당히 샀다. 정치판이 다이내믹하다는 건 이제 충분히 알지만, 이런 자작극까지 보게 될 줄은 몰랐다.

송가을은 이 장면을 몰래 찍어 고석동에게 전송했다. 고석동은 거기서는 기사 쓰기가 마땅치 않을 테니 부스에서 직접 기사를 잡겠다고 했다. 고석동이 기사를 온라인에 띄우기까지 30분이 채 걸리지 않았다. 말진의 속도와 비교가 되지 않았다.

고도일보 기사가 나가자 실시간 검색어는 '소주 테러 용서' '인자한 서맹희'에서 '소주 테러 조작' '연기왕 서맹희'로 바뀌었다.

송가을이 취재를 마치고 모텔 앞에 도착했을 때 몇몇 기자들은 모여 담배를 피고 있었다. 송가을이 나타나자 다들 한마디씩 했다.

"다 같이 회 먹는데 너 혼자 빠져나가서 단독을 쓰고 오면 어떡해. 너 때문에 술 마시다가 노트북 열고 기사 썼잖아."

"너 취재할 동안 아무것도 모르고 술 처먹던 우리는 회사에서 뭐가 되겠냐?"

송가을은 미안하다며 머리를 조아려야 했다. 그런데 기분이 나쁘지 않았다. 멀리서 배정민이 다가오길래 송가을은 같은 소리를 하려나 싶어 고개를 살짝 쳐들었다. 배정민에게는 왠지 그래도 될 것 같았다. 그런데 배정민은 주머니를 뒤적거리더니 뭔가를 쑥 내밀었다. 손톱깎이였다.

"너 타자 칠 때 소리 너무 많이 나더라. 손톱 좀 깎아."

하여튼 까칠하고 예민한 자식. 손톱깎이는 왜 또 갖고 다니고 난리래. 송가을은 알겠다며 손톱깎이를 받아들어 주머니에 넣었다.

방에 들어와 손톱깎이를 꺼내는데 종이가 하나 툭 떨어졌다. 17이라 적힌 쪽지였다. 아까 버스에서 넣어놓은 게 딸려 나온 모양이었다. 송가을은 번호표를 한참 바라봤다. 피식 웃음이 났다.

"부대찌개 한 번 더 사야겠네."

손톱을 깎으며 송가을은 중얼거렸다. 오늘이 지나기 전에 감사 인사를 해야 할 것 같았다. 핸드폰을 꺼냈다. '17번, 고마워'까지 적었을 때 갑자기 전화가 울렸다. 기민호였다. 송가을은 문자를 뒤로하고 전화부터 받았다.

기민호는 신이 나 있었다. 어떻게 제보를 듣게 됐는지 얘기해주고 싶다고 했다. 미주알고주알 떠들었다. 마치 절친과 통화하듯 송가을도 신이 났다. 취재 비하인드를 다 주고받은 뒤 기민호가 말했다.

"우리 이제 제법 죽이 잘 맞는 것 같지? 비밀의 문 찾아냈을 때부터였나? 손발이 척척이야."

"그러게."

"근데 송가을. 너랑 이렇게 멀리 떨어진 적이 있었나? 왜 이렇게 낯설지?"

"부산이랑 광주가 멀긴 하지."

"너 왜 이렇게 멀리 있는 것 같냐…… 이씨, 보고 싶게."

"뭐?"

송가을은 깜짝 놀랐다. 기민호는 더 놀랐다. 자신도 모르게 튀어나온 말이었다. 수습해야 했다.

"어? 뭐?"

"아니, 기민호 네가 방금……."

"아니, 뭐냐, 바다, 어, 바다! 바다 보고 싶다고."

"바다?"

"넌 바닷가에 갔잖아. 여긴 무등산 밑 내륙이고. 기왕 멀리 취재 가는 거 바다라도 보고 오면 좋을 텐데. 회도 먹고 싶고."

"회?"

"어. 회가 너무 먹고 싶은데 여긴 한정식, 육전, 떡갈비가 유명하잖아."

"무슨 회 좋아하는데? 광어?"

"아니, 방어."

"방어?"

"기름진 방어회. 아…… 침 나와. 자야겠다. 잘 자."

"그래. 잘 자라. 기민호."

송가을은 복기 능력이 뛰어났다. 아무리 복기해봐도 그건 바다가 보고 싶다는 얘기가 아니었다. 송가을은 전화를 끊고 한동안 잠을 자지 못했다. 새벽까지 잠을 못 이룬 건 기민호도 마찬가지였다.

*

이튿날 다민당은 광주에 가기로 한 계획을 취소하고 격전지인 대전으로 가겠다고 했다. 고도일보 보도로 여론이 나빠진 만큼 텃밭인 광주에서 편안한 유세를 펼치는 것보다 대전에서 격정적인 유세를 진행하는 것이 낫겠다는 게 당 전략팀의 결론이었다. 광주에 가서 쓴소리를 듣는 장면이라도 포착되면 '집토끼 지지율마저 떨어질 것 같다'는 기사가 난무할 테고, 이는 악순환이 될 것이란 판단도 영향을 끼쳤다.

다민당 말진들은 경로 변경을 즉시 반장들에게 보고했고

이는 보국당 말진들에게로 전해졌다. 보국당 말진들은 이를 곧바로 보국당 당직자들에게 전했다. 소식을 입수하자마자 보국당도 목적지를 바꿨다. 부산에 가지 않겠다고 했다. 새 목적지는 대전이었다. 김춘익 대표가 서맹회 대표에 맞서 유세를 진행하면서 '소주 테러 조작' 건을 더욱 띄우겠다는 목적이었다. 김춘익의 화력이면 가능할 듯했다. 광주에서 부산으로 향하던 기자단 버스는 급히 가장 가까운 톨게이트로 빠져나가 차를 돌려 대전으로 향했다.

유세 장소는 대전역 앞이었다. 송가을이 대전역에 도착해 보니 양측 신경전이 이미 시작돼 있었다. 유세 트럭이 바로 옆에 나란히 놓여 있었다.

"이쪽으로 넘어오지 마라."

"스피커 소리 줄여라."

양쪽 당원들은 으르렁거리며 기 싸움을 벌였다. 곧이어 보국당 기자단 버스도 도착했다. 기자들이 우르르 내렸다. 기민호는 내리자마자 송가을에게 달려갔다.

"야, 송가을! 이게 대체 얼마 만이냐?"

환히 웃는 기민호를 보며 송가을도 함께 웃었다. 둘은 서로를 한참 바라봤다. 부스에서 볼 때와 다른 느낌이었다.

"기민호! 웬 오바야. 무슨 이산가족 상봉이냐?"

박동현이 기민호의 어깨를 툭 치며 지나갔다. 꽤 세게 쳤는지 기민호의 몸이 휘청거렸다.

"아그야, 그짝은 신경 끄라잉?"

기민호는 광주에서 왔다는 걸 티 내려는 듯 어색한 사투리로 말했다.

그러는 사이 두 대표가 유세 트럭 위에 올랐다. 각 트럭 앞에는 청중 100여 명이 각각 공간을 메우고 있었다. 마이크를 먼저 켠 건 김춘익 대표였다. 그의 손에는 소주병이 들려 있었다.

"이게 뭔지 아십니까, 여러분! 소주 테러를 당했다고 조작을 한 당이 있습니다. 바로 옆에 서 있는 서맹희 대표의 애깁니다! 집권 여당이 한심하게 조작 쇼나 벌여서 되겠습니까?"

김춘익의 목소리에는 전보다 힘이 들어가 있었다. 오랜만에 건수를 제대로 잡아서인지 신명 나 보였다.

"아직도 북한이랑 평화 타령이나 하는 한심한 정부! 이제는 바꿔야 합니다. 북한은 우리의 주적입니다, 여러분! 보국당이 지켜드리겠습니다!"

서맹희도 지지 않았다. 두 손으로 마이크를 움켜쥔 채 연설을 시작했다. 얼마나 세게 쥐었는지 마이크 몸통이 부서질 것 같았다.

"아직도 남북 이념 갈등을 부추기고 상대방 헐뜯기에만 몰두하는 정당이 있습니다. 바로 옆에, 보국당 애기인 거, 우리 대전 시민들께서 다 아시죠?"

두 대표는 배틀하듯 연설을 주고받았다. 특히 김춘익의 기세가 거셌다. 그가 73세라는 게 믿기지 않았다. 물 만난 물고기 같았다. 마이크를 잡으니 더욱 팔딱거렸다. 기민호는 동영상을 열심히 찍었다. 한참 찍다가 이렇게 말했다.

"할배 버전 쇼 미 더 머니 보는 것 같아."

송가을은 기사를 하나 전송하곤 주위를 찬찬히 둘러보았다. 시선을 유세 트럭 위에서 청중으로 옮겼다. 보국당 트럭 앞 청중들의 구성이 눈에 띄었다. 뭔가 색달랐다. 특히 바로 옆의 다민당과 비교하니 확연했다.

주로 50대에서 70대인 청중들 사이에 대학교 점퍼, 이른바 '과잠'을 입은 20대 초반 학생들이 30명 정도 모여 있었다. 이들은 김춘익의 말이 끝날 때마다 열렬히 환호했다. 부산 유세 때 더 많은 사람이 모였지만 20대 비율이 이 정도는 아니었다. 게다가 과잠 등판에 다 같은 학교, 같은 과가 써 있었다. 왜 단체로 이런 곳에 온 거지? 아무리 봐도 이상한데?

송가을은 학생들에게 슬쩍 다가가 웃으며 물었다.

"친구들, 혹시 다 같이 온 거예요?"

학생들은 답을 하지 않았다.

"뭐래."

"야, 무시해. 가자."

아무래도 수상했다. 송가을은 이들 주위를 한동안 맴돌았다. 딴청을 피우는 척하면서 귀는 과잠 무리를 향해 열었다. 한참을 그러고 있는데, 과잠 둘이 "딴 데 가서 좀 쉬다 오자"라며 자리를 뜨는 게 보였다. 송가을은 핸드폰을 귀에 대고 전화를 받는 척하며 이들을 따라갔다. 그러다 이 한마디를 듣고야 말았다.

"이거 하면 학점 잘 준다는 거, 맞지?"

이들은 대전의 한 대학교수가 동원한 학생들이었다. 교수는 다음 국회의원 선거에서 보국당 공천을 노리고 있었다. 서울에서 김춘익 대표가 온다니 잘 보이고 싶었다. 유세장을 가득 채우고 얼굴도장을 제대로 찍자 싶었다. 황급히 버스를 대절하고 학생들을 불렀다. 봉사활동이라고 했다. 유세장을 끝까지 지키면 학점을 잘 주겠다고도 했다.

송가을은 재빨리 기민호를 불렀다. 기민호의 귀에 대고 들은 내용을 속삭였다. 기민호의 눈이 동그래졌다. 기민호는 주위를 샅샅이 뒤져 학생들이 타고 온 버스를 찾아냈다. 버스에 앉아 쉬고 있는 학생들의 멘트를 땄다. 버스 기사의 멘트도 놓치지 않았다.

고도일보

유세장에 학생 동원한 보국당…
'소주 테러 조작' 공격하려다 '자충수'

A교수, 김춘익 연설장에 수강생 동원
학생들 "학점 잘 준다 했다" 증언해

고도일보 기사가 인터넷에 뿌려진 건 두 시간이 지난 뒤였다. 사람들 반응은 이번에도 뜨거웠다.

'조작 여당' 대 '동원 야당'.

네티즌들은 어느 쪽이 낫냐를 두고 설전을 벌이다 결국 결론을 내지 못했다.

다민당과 보국당은 상대 당의 허물을 물어뜯기에 바빴다. 논평을 내고 브리핑을 진행했다. '조작'과 '동원'을 두고 서로를 비판했다. 물론 제 허물은 애써 무시했다. 이들의 먹잇감은 모두 고도일보가 찾아냈다. 송가을과 기민호는 첫 지역 출장에서 최고의 성과를 거뒀다.

지방선거는 이제 하루밖에 남지 않았다. 송가을과 기민호는 회사로 출근했다. 각 당 우세 지역과 격전 지역을 정리해 그래픽을 만들어야 했다. 엑셀로 수치를 정리하고 지도 위에 내용을 표시하면 신문사 그래픽 팀의 디자이너들이 독자가 보기 좋게 그래프를 그려냈다. 그들과 협업하려면 회사에 머물러야 했다. 부스가 아니라 회사에 있으려니 어색했다.

이용식 부장은 자꾸만 정치부 자리로 와서 두 말진에게 말을 걸었다.

"찌라시 없냐? 밖에 뭐 재밌는 거 없어?"

송가을과 기민호는 그저 피곤했다. 어제 서울에 도착하니 밤 11시였다. 대충 없다고 둘러댔다.

"없어? 진짜지? 니들은 정보의 최전선에 있는 거야. 뭐 있으면 바로 보고해라, 알았지?"

고석동과 최창수도 회사를 찾았다. 두 말진, 그리고 서수경과 함께 회의를 했다. 지방선거날 지면을 어떻게 펼칠지를 두고 머리를 맞댔다.

"서울시장 기사는 고석동 반장이 잡고, 대구시장은 보국당 유력으로 최창수 반장이 초안을 잡아봐."

서수경이 반장들에게 지시했다. 고석동은 고개를 끄덕인

뒤 기민호에게 말했다.

"대전시장은 기민호가 초안을 써놓도록."

"예? 선거는 내일인데, 초안을 어떻게 써요?"

"특정 후보가 우세하면 일단 그의 당선 전제로 쓰는 거지. 우선 가라 기사를 쓰는 거야."

"아니, 무슨 기사를 가라로 써놓습니까……."

기민호가 되묻자 고석동은 귀찮다는 듯 말했다.

"안 그러면 내일 지면 못 막아. 결과가 밤에나 하나둘 나오는데, 일단 써놓고 내일은 숫자만 갈아 끼워도 시간이 빠듯하다고."

여론 조사 표를 보던 송가을이 물었다.

"대전은 여론조사 결과가 팽팽한데요? 누가 당선될지는 까봐야 알겠어요."

이번엔 최창수가 답했다.

"그럼 기사를 둘 다 써놔야제. 보국당 승리 버전 하나, 다민당 버전 하나."

이어 고석동이 기지개를 켜며 말했다.

"니들 오늘 제때 집에 들어가긴 글렀다. 그래도 내일 쓸 체력은 남겨둬야 하니까. 새벽 3시를 목표로 하자. 아, 내일 출근은 부스로 하고."

송가을이 놀라며 물었다.

"새벽 3시에 취침을요?"

고석동이 답했다.

"아니. 새벽 3시 퇴근."

숨이 턱턱 막혔다. 송가을의 표정을 보더니 서수경이 말했다.

"저녁 시켜줄게. 먹고 싶은 거 있으면 뭐든 말해."

송가을은 고민 끝에 임실치즈피자랑 엽기떡볶이를 불렀다. 서수경이 막 주문을 하려고 할 때 송가을은 서둘러 덧붙였다.

"죄송하지만 하나 더 시켜도 되나요?"

"얼마든지. 뭔데?"

"방어회요. 기름진 방어회 시켜주세요."

저녁을 다 먹은 뒤 서수경은 송가을과 기민호에게 "입이 좀 비리지 않냐"고 물었다. 방어회의 비린 맛이 혀에 살짝 남아 있었다. 서수경은 말진들에게 커피를 사주겠다고 했다. 커피를 들고 신문사 옥상에 올라가니 서울 시내가 한눈에 내려다보였다. 정치부에 온 뒤로 부장과 따로 티타임을 갖는 게 처음이라 송가을은 약간 긴장되었다. 반면 기민호는 신나 보였다. 커피를 한 모금 마시더니 조잘댔다.

"선배. 옛날에 경찰서 출입하실 때 별명이 '3초 서수경'이었다면서요?"

"그게 무슨 뜻인데?"

"송가을, 넌 또 몰라? 선배가 나타나면 3초 안에 무언가 알아내고야 말아서 타사 기자들이랑 경찰이 붙여준 별명이래."

멋있었다. 송가을이 초롱초롱한 눈으로 바라보자 서수경은 쑥스러운 듯 말했다.

"넌 무슨 쌍팔년도 얘기를 해. 옛날얘기 말고 너희 얘기나 해봐. 뭐 개선 사항이나, 궁금한 점 없어?"

궁금한 점이라……. 송가을은 잠시 생각에 잠겼다.

"아, 죄송하지만 하나 있어요."

"기자가 궁금한 게 왜 죄송해. 당당하게 물어야지."

"그럼 좀 오글거리는 질문인데요. 선배, 좋은 기자란 뭘까요?"

기민호는 옆에서 주먹을 쥐더니 "도저히 못 참겠다"라며 요란을 떨었다. 서수경은 "중요한 걸 물었는데 왜 그러냐"며 찬찬히 입을 열었다.

"사실 내가 20년 동안 품었던 질문인데 최근에 답을 알 것 같았거든. 어떻게 이렇게 딱 물어보지?"

"정말요?"

송가을은 눈을 동그랗게 떴다. 서수경이 말을 이었다.

"사람들이 외면하는 이들, 약자들에게 먼저 손 내밀고 목소리를 낼 수 있게 하는 기자. 난 그게 좋은 기자라고 생각해."

송가을은 깜짝 놀랐다. 서수경은 부연했다.

"우리는 주로 고위층을 만나잖아. 권력자들, 힘 있는 강자들 목소리만 기사화하기 쉽거든. 여기에 머물지 않고 보이지 않는 곳에 시선을 두는 기자. 그게 좋은 기자라고 본다. 아우, 오글거리긴 하네! 그만 내려가자! 말진만 쉬게 해주냐고 반장들 삐지겠다."

송가을은 가슴이 뛰었다. 몇 가지 경험을 통해 어렴풋하게나마 생각했던 좋은 기자의 기준을 서수경이 똑같이 꼽으리라고는 예상하지 못했다. 박새롬 기사를 터뜨린 뒤 송가을은 드디어 온전히 좋은 기자가 됐다고 생각했으나 이는 오래가지 못했다. 취재원을 지켜내지 못한 기자는 어떻게 해서도 좋은 기자가 될 수 없었다. 앞으로는 될 수 있을까. 혹시 애초에 기준이 잘못됐다면 어떡하지. 내가 너무 치기 어렸던 건 아닐까. 이런 고민을 하던 중에 서수경으로부터 같은 생각을 듣게 됐다. 이제 확실해졌다. 그에 맞춰 펜 끝을 더 뾰족하게 다듬으면 될 것 같았다.

그리고 서수경을 평생 롤모델로 삼아야겠다고 생각했다. 그는 카리스마가 넘치고 단단했다. 따뜻하고 멋있었다. 좋은 선배를 발견해 기분이 좋았다. 믿고 기댈 수 있는 큰 나무가 바로 옆에 있는 건 든든하고 행복한 일이었다.

옥상에서 내려오는 길에 서수경은 11층에 들르자고 했다. 편집국은 9층에 있다. 정치, 경제, 사회부가 한데 모여 있다. 그런데 11층에도 부서가 있다고 했다. 바로 국제부였다. 왜 국제부만 따로 있냐 물으니 밤에 CNN, BBC를 크게 틀어 놓고 듣는 대로 바로 번역해서 한글 기사를 쓰곤 하는데, 타 부서 기자들이 자꾸 TV 소리를 줄여대서 독립했다고 했다. 국제부 기자들은 그럼 영어로 듣고 기사는 한글로 쓴다는 소리인가. 감탄하고 있을 때 서수경이 말을 이어갔다.

"여의도에만 있으면 그 안에 갇히기 쉽거든. 근데 국제부에서 보면 국내 정치는 국제 정세의 여러 요소 중 하나로 해석돼. 국회 출입한다고 김춘익 왈, 허남인 왈 기사만 보지 말고 국제 기사도 자주 봐. 객관화가 되고 세상이 넓다는 걸 알게 될 거야."

국제부에는 대형 TV가 네 대 놓여 있었다. CNN과 CCTV, BBC 그리고 NHK가 화면을 하나씩 차지하고 있었다. 국제부 기자는 전원 내근인데 일부는 시차 때문에 저녁에 더 바쁘다고 했다. 출입처는 북미, 유럽, 중국 등으로 나뉘었다.

마침 저녁 시간이라 기자들이 분주하게 기사를 쓰고 있었다. 그중 한 명은 정말로 영어 뉴스를 들으면서 동시에 한글로 기사를 썼다. 동시통역사가 따로 없었다. 실제 동시통역사 자격증이 있는 기자도 있다고 했다.

"저는 영어를 못 해서 국제부에는 발도 못 딛겠어요."

송가을의 말에 한 국제부 선배가 웃으며 물었다.

"정치부 간 지 얼마나 됐지?"

"1년 좀 덜 됐어요."

"여의도 문법, 이제 익숙해지지 않았어?"

"아…… 그런 것 같은데요?"

"여기도 마찬가지야. 기자는 닥치면 다 해. 그게 다른 분야든 다른 언어든. 그리고 요즘 번역 프로그램이 워낙 잘돼 있어서 걱정 안 해도 돼."

송가을은 대선이 끝난 뒤 국제부에 가도 좋겠다고 생각했다. 오직 여의도 이야기만 읽고 쓰다 보니 세상을 보는 시선이 좁아진 것 같았다. 국제부를 방문한 것만으로도 관점이 트인 느낌이었다. 다 서수경 덕분이었다.

타 부서 탐방을 마치고 이제 내려가려는데 국제부 기자들의 대화가 들려왔다.

"필리핀 대사관에 인맥 있는 사람 없어?"

"태국은 있는데, 필리핀은 놉. 왜?"

"현지 기사 보니까, 이번 주한 필리핀 대사에 파격 임명이 예상된다는데, 대체 누구지?"

"파격 임명? 주한 대사를 파격적으로 할 게 뭐 있지?"

"글쎄. 물 먹기 싫은데. 내일 전화 마와리 좀 돌아야겠다."

필리핀이라는 단어에 송가을은 왠지 모를 반가움과 함께 울렁거림 같은 걸 느꼈다. 그 친구는 엄마의 나라로 돌아가 잘 지내고 있을까. 언젠가 필리핀에 가게 되면 만날 수 있을까. 만나지 않는 게 좋을까. 만나면 걔가 떠나고 힘들었던 시간이 떠오르려나. 아니야, 이젠 딸기우유를 잘 마실 수 있잖아. 꿀 꺽꿀꺽 넘길 수 있잖아. 한번 보고 싶다, 친구……

필리핀을 생각하며 걸으니 어느새 9층에 도착해 있었다. 고석동이 머리를 부여잡은 채 말했다.

"왜 이렇게 늦게 와! 이러다 4시에 퇴근하겠어!"

*

눈을 뜨자 오전 7시였다. 대망의 지방선거 당일이니 부스에 6시 30분까지 오라고 했는데, 늦어도 너무 늦었다. 송가을은 서둘러 택시를 탔다. 정신없이 출근해 보니 고석동과 최창수, 윤장미가 자리에 앉아 있었다. 송가을은 죄송하다며 고개를 숙인 뒤 자리에 살포시 앉았다. 예전 같으면 호통이 날아올 텐데 조용했다. 정신 똑바로 안 차리냐며 혼내지 않았다.

기민호는 아직 자는지 오지도 않았다. 그렇다고 최창수가 전화를 걸거나 찾지 않았다. 선거 당일의 분주함이 부스에서 전혀 느껴지지 않았다. 심지어 고석동은 노트북을 덮어두고 있었다.

고석동은 허탈한 표정으로 말했다.

"송가을. 구내식당 가서 조식이나 먹고 와라."

"네?"

"투표함 열어보나 마나야. 노트북 덮어라."

"대체 무슨 말씀이세요?"

"오늘 투표, 다 끝났다고. 아오."

윤장미도 김빠진 얼굴로 말했다.

"기사 써놓은 거 다 엎어야겠네요. 각 당 선거 전략 분석하고 변수들 따져서 지역별로 일일이 결과 예측하고 그 난리를 피웠는데……."

"말진들만 하겠냐. 전세 버스 타고 전국을 돌면서 생고생했는데, 이렇게 한 방에 선거가 끝나버릴 줄 누가 알았겠냐고."

송가을은 어리둥절했다.

"한 방에 끝나다니요?"

고석동은 씁쓸한 표정으로 말했다.

"이번 선거, 호남 빼고 보국당 싹쓸이다."

송가을은 그제야 서둘러 핸드폰을 꺼냈다. 포털은 북한 기사로 도배돼 있었다.

북한, 개성공단 남측 시설 폭파 "쑥대밭된 평화의 상징"

"서울 불바다 불사" 선전포고… 한반도 역대급 위기감

에필로그

부산에는 국회의원 지역구가 18개 있다. 이중 다민당이 차지한 건 4개에 불과했다. 황진섭의 지역구가 그중 하나였다. 다민당은 이를 기특하게 여겨 그에게 대변인 자리를 주었다. 그러나 황진섭은 늘 불안했다. 그 지역구는 수십 년간 보국당 텃밭이었다가 지난 재보궐 선거에서 다민당으로 처음 넘어온 것이다. 보국당 의원이 자녀 취업 청탁으로 배지를 날린 뒤 표심이 확 기운 덕이었다.

하지만 다음 선거는 확신할 수 없었다. 주민들의 마음은 보국당으로 되돌아가는 듯했다. 특히 보국당 차기 주자의 추격이 거셌다. 황진섭이 당 대변인을 맡아 서울에 발이 묶여 있는 동안 보국당 지역위원장은 다음 총선 출마를 벼르며 열심히 터를 닦고 있었다. 그러던 중 지역에서 이런 소리가 들려왔다.

"황진섭, 요즘 지역구에 얼굴을 코빼기도 안 비춰."

이것은 위험 신호였다. 주위에 친한 의원들은 그 소리가 나오면 낙선이 이미 시작되고 있는 것이라고 말해줬다. 황진섭은 초조해졌다.

예산 확보를 위해 당을 가리지 않고 부산 의원들이 뭉쳤을 때, 황진섭은 보국당 4선 중진과 가까워졌다. 그는 김춘익의 브레인으로 꼽히는 이였다. 황진섭은 그에게 면담을 요청했다. 이어 속내를 드러냈다.

"다음에 꼭 재선하고 싶습니다. 보국당 타이틀로 출마할수 있게 해주십시오."

당을 갈아타겠다는 말이었다. 그런데 보국당 중진은 "이미 열심히 뛰고 있는 이가 있다"며 난색을 표했다. 보국당 지역위원장 얘기였다. 그를 두고 반대 당에서 사람을 영입하는 건 정치 도의상 맞지 않는다고 했다. 그러면서 이렇게 덧붙였다.

"이번 지방선거에서 자네가 뭔가 성과를 보이면 또 모르지. 현역 의원 우선주의로다가, 자네에게 기회가 갈지."

황진섭은 부산에 내려가 다민당 당원을 섭외해 그에게 '소주 테러'를 지시했다. '강남 발언' 뒤 서맹희 대표의 이미지가 좋지 않은데 테러가 일어나면 동정표가 많이 생길 거라며 당을 위해 희생해달라고 부탁했다.

"우리 당원인 게 절대 드러나지 않게 얼굴, 잘 가려야 합니다. 현장은 제가 잘 수습할 테니 이후 일은 걱정하지 말고요."

소주 테러는 전적으로 황진섭의 작품이었다.

본 게임은 그다음부터였다. 소주 테러가 일어난 뒤 황진섭은 더 바빠졌다. 보국당 중진에게 재빨리 전화를 걸었다. "테러 용의자는 다민당 사람으로 모두 연출한 것이며 이게 밝혀지면 역풍이 일 것"이라고 말해줬다. 미끼를 직접 만들어 상대방에게 던져준 것이다. 중진은 서둘러 백민숙 대변인에게 이 소식을 전했다. 백민숙은 "이 건을 잘 완성시킬 만한 기자가 있다"고 했다.

지방선거가 끝나고 허남인과 서맹희는 황진섭을 호출했다. 그들은 황진섭이 보국당과 내통했다는 걸 전혀 알지 못했다. 허남인은 황진섭의 어깨를 토닥이며 말했다.

"자네가 당을 위해 그런 준비까지 했을 줄은 몰랐네. 내가 역시 사람 보는 눈이 있어. 대변인을 그냥 시킨 게 아니지."

허남인은 고개를 끄덕이며 말을 이었다.

"애썼지만 그런 건 너무나 위험한 일이야. 드러났을 때 후폭풍이 컸지 않았나. 앞으로는 몸을 사리시게. 자네는 다민당의 얼굴 아닌가."

황진섭은 만족스러워하며 자리를 떠났다. 뒤이어 보국당 중진으로부터 문자가 왔다. 김춘익과의 면담이 잡혔으니 며칠 어느 호텔 스위트룸으로 오라는 메시지였다. 황진섭의 얼굴에 미소가 번졌다.

8.
대선 1

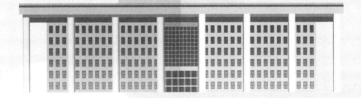

"정치는 생물이야. 펄떡거리는 생물."

결전의 시간이 시작됐다. 대통령을 뽑는 선거, 대선이다. 송가을이 정치부에 온 지도 벌써 1년이 넘어간다. 송가을은 핸드폰에 붙은 뽀로로 스티커를 쳐다보았다. 너덜너덜해져 테두리가 덜렁거렸다. 뽀로로의 안경은 지워진 지 오래였다. 송가을은 스티커에 펜으로 직접 안경을 그려 넣으며 기민호에게 물었다.

"대선이 끝나면 어떤 기분일까? 크리스마스 다음 날 느낌?"

"글쎄. 그냥 빨리 여의도를 뜨고 싶을 것 같은데? 여기서 좋은 사람도 많이 만났지만, 이제 신물이 나는 게 솔직한 심정이거든. 처음에는 좋은 정치는 무엇일까 고민을 많이 했는데 지금은 뭐가 뭔지 더 모르겠어."

좋은 정치가 무엇일까는 좋은 기자는 무엇일까 못지않게 어려운 질문이었다. 뭐가 뭔지 모르겠는 건 송가을도 마찬가지였다. 기민호는 아득한 표정을 짓더니 말을 이었다.

"나중에, 나중에 한번 다시 오고는 싶어. 금문성 의원 같은 사람이 중진이 되고 힘이 생겼을 때. 근데 그런 날이 과연 올지 모르겠다. 그 사람 당에서 너무 찍혀서 당장 재선도 힘들 것 같아."

보국당은 일찌감치 대선 후보를 확정 지었다. 73세 김춘익이었다. 지방선거 압승 뒤 그의 힘은 더 세졌고 입은 더욱 거칠어졌다. 대통령을 향해 막말을 서슴지 않았고 시도 때도 없이 북한을 언급하며 안보 위기감을 키웠다. 만약 대통령에 당선돼 임기를 마친다면 그의 나이는 78세였다. 그는 자꾸 "나보다 나이 많은 미국 대통령을 보라"며 나이는 숫자에 불과하다고 강조했다.

김춘익의 막말은 늘 헤드라인으로 뽑혔다. 발언이 자극적이다 보니 기사만 쓰면 클릭 수가 치솟았다. 댓글 5000개는 기본이었다. 진정한 정치 셀럽이었다. 기민호는 언제까지 이런 기사만 써야 할지 모르겠다고 하소연하며 "손가락이 썩는 것 같다"고 말했다. 옆에서 윤장미는 배부른 소리 하지 말라며 기민호를 달랬다.

극진보당 대선 후보는 당 대표 정민순이었다. 정민순의
지지율은 10퍼센트에 머물러 있었다. 기사를 써도 별 반응이
없었다. 윤장미는 그래도 열심히 기사를 썼다. 공약을 알리
는 건 언론의 할 일이고, 작은 정당일수록 여기서 소외되면
안 된다고 강조했다. 물론 최창수는 귀 기울여 듣지 않았다.

다민당은 아직 후보를 정하지 못했다. 송가을과 꾸미 동
료들은 당내 대선 후보 결정전이 어떻게 흘러갈지 취재하느
라 바빴다.

그사이 김춘익 캠프는 컨설팅 회사 두 곳과 발 빠르게 계
약했다. 그중 하나는 주 컴퍼니, 바로 문주민의 회사였다. 양
의철의 체포동의안이 국회에서 통과되자마자 문주민은 빠르
게 그를 손절매했다. 이후 김춘익 캠프를 잡았다. 양의철 비리
가 폭로되기 전, 그의 이미지 변신을 주도한 회사라는 점이 먹
혔다. 문주민은 그렇게 재빠르게 유력 대선 주자 곁으로 자리
를 옮겼다.

김춘익의 가장 큰 약점은 역시 나이였다. 머지않아 80세
를 내다보는 대통령이라……. 본인이 아무리 건재함을 과시
해도 많은 건 많은 거였다. 문주민은 이 약점을 보완하는 게
급선무라고 했다.

김춘익의 첫 번째 선거 포스터가 공개됐을 때 사람들은
어이가 없어 웃으면서도 한편으로 고개를 끄덕였다. 포스

터 속에서 김춘익은 라이방 선글라스를 끼고 황토색 군복을 입고 있었다. 베레모와 군화도 빠뜨리지 않았다. 그 뒤로 중진 의원들이 같은 차림으로 그를 따랐다. 마치 외지로 파견된 젊은 군인과 의사들의 이야기를 담은 드라마 〈태양의 후예〉 포스터 속 송중기 같았다. 포즈와 표정까지 비슷하게 흉내 냈다. 포스터 속의 김춘익은 결코 73세로 보이지 않았다. 유튜브 채널에 첫 콘텐츠가 올라왔을 땐 종일 실시간 검색어를 차지하고야 말았다. 그는 어느 계곡을 찾아 망치로 얼음을 깨더니 웃통을 깐 채 냉수마찰을 했다.

"허엇, 허엇! 아, 시원하다!"

입김이 폴폴 나왔지만 추워하는 기색은 없었다. 네티즌들은 그런 모습을 재미있어했다. "70대로 안 보인다" "평소 운동을 많이 하나 보다" 등의 댓글이 우수수 달렸다. 이번 이미지 메이킹은 평소 그의 모습과 잘 어울렸고 어느 정도 소구점도 있었다. 이 정도면 작전 성공이었다.

김춘익의 차에는 미니 온탕기와 냉장고가 실려 있었다. 한약은 물론 사슴피부터 홍삼원액, 가시오가피즙, 꾸지뽕즙, 개복숭아즙, 흑염소즙까지 건강식품이라면 없는 게 없었다. 수행원은 시간대별로 그의 보약을 챙겨야 했다. 김춘익은 또 비타민C를 열심히 먹었는데, 꼭 하루 권장량의 3배를 섭취했다. 그는 화장실에 갈 때마다 노란 소변을 눈으로 봐야만 만족을 했다. 그는 비타민C 과복용이 자신의 건강 비결이라고 믿는 듯했다.

다민당도 어서 후보를 정해야 했다. 허남인의 출마는 일찌감치 예상돼왔다. 지방선거에서 다민당이 압승했다면, 아니 무난한 성적을 거두기만 했어도 허남인이 최종 후보로 결정되는 건 시간문제였을 것이다.

하지만 다민당은 완패했다. 지방선거에서 이렇게까지 진 적은 없었다. 허파는 힘을 잃었다. 대선 전에 쇄신이 필요하다는 목소리가 커졌다. 이러다 정권 재창출에 실패하는 것 아니냐는 위기감도 내부에 감돌았다. 허남인에게는 돌파구가 잘 보이지 않는 듯했다. 물론 그럼에도, 그는 가장 유력한 대선 후보였다.

다음 후보로 재선 김동 의원이 다시 나왔다. 당 대표 선거에서 서맹희에 맞서겠다며 출사표를 던졌던 그는 이번엔 허남인을 잡겠다고 했다. 53세라는 나이가 역시 주 무기였다. 김춘익이 73세니, 무려 스무 살 차이였다. 허남인 쪽에선 "젊은 게 벼슬이냐"며 비아냥댔다. 50대 초반의 나이는 그의 마케팅 포인트이면서 동시에 약점이기도 했다. 60대 이상 유권자의 표심을 잡기에는 한계가 있었다. 김동 쪽은 그사이 참모진을 대대적으로 보강했다고 했다. 언론사 출신 인사가 영입될 거라는 얘기가 돌았지만 누구인지는 알 수 없었다.

이에 더해 3선의 우시경 의원, 4선 소철엽 의원이 출마를 선언했다. 우시경은 운동권 출신이고, 소철엽은 도지사를 두 번 역임한 중진이었다. 두 사람은 60대 초반이었다. 허남인(67), 소철엽(63), 우시경(62), 김동(53). 이렇게 네 사람이 다민당 대통령 후보 경선을 치르게 됐다.

후보군이 정해진 뒤 고석동은 "이번 경선은 기사 쓰기 쉽겠다"라고 했다. 보나 마나 허남인이 될 거란 예상이었다.

"야마 딱 나오잖아. 어후허. 어차피 후보는 허남인."

*

허남인은 국회 브리핑룸에서 출마 선언을 했다. 다들 예상하던 수순이라 큰 긴장감이 없었다. 물론 가장 주요한 후보인 만큼 대부분의 언론사가 그 현장을 취재했다. 그는 특유의 카리스마로 카메라 렌즈를 꽉꽉 채웠다. 무게감이 있었다. 메시지는 정갈했다. "자랑스러운 대한민국을 이어가겠다"고 했다. 그런데 대변인인 황진섭이 어떤 이유에서인지 기자회견장에 모습을 드러내지 않았다.

허남인의 기자회견이 끝나고 기자들이 기사를 작성하고 있을 때 공지 문자가 수신되었다. 황진섭의 번호였다.

부산 사나이 황진섭 탈당 및 입당 기자회견. 11시. 국회 브리핑룸

 기자들이 술렁이기 시작했다. 이게 무슨 소리지? 탈당도 모자라 입당을 한다고? 어디로? 보국당으로? 11시면 고작 30분 남았는데?

 충격적이었다. 다들 우르르 브리핑룸으로 달려갔다. 기자들은 허남인의 출마 소식보다 자신들과 매일 부대끼던 황진섭의 탈당 소식에 더 극렬히 반응했다.

 출마 선언을 마친 허남인은 기자실 부스를 돌며 기자들과 악수를 했다. 그런데 자리를 비운 기자들이 많았다. 허남인은 기자들이 자신을 기다리지 않고 있다는 데에 자존심이 크게 상했지만 이미지를 유지하기 위해 애써 표정을 관리했다.

 11시가 되자 황진섭이 브리핑룸에 모습을 드러냈다. 사진 기자들은 열심히 카메라 플래시를 터뜨렸다. 대변인 출신인지라 그는 이런 자리가 익숙했다. 플래시를 온몸으로 흡수하듯 어깨를 쫙 펴고 미소를 지었다. 마이크를 켜고 준비해 온 멘트를 뱉기 시작했다.

 "재보궐 선거에서 저는 오로지 지역구 발전을 위해 제 몸을 던졌습니다. 그렇게 다민당 부산 의원이 됐습니다. 그런데 제가 겪은 다민당은! 기대와 달랐습니다. 낡았습니다. 혁신은커녕 쇄신의 노력도 찾아볼 수 없었습니다. 당을 안에서 바꾸려 했으나, 한계에 부딪혔습니다. 포기를 선언합니다."

평소와 달리 황진섭은 비장해 보였다. 대변인실에서 시시 껄렁한 농담을 하던 모습은 찾아볼 수 없었다.

"그런데 최근 저는 빛을 찾았습니다. 우리 부산 주민들의 미래를 발전시킬 수 있는! 아주 밝은 빛이었습니다. 그것은 보국당이었습니다. 보국당이야말로 부산을, 한국을 강인하 게 만들 정당이요, 터전이요, 미래라는 것을 늦었지만 이제 라도 깨달았습니다. 오늘 이 시간부로 저 황진섭, 다민당을 탈당하여 보국당에 입당합니다. 오로지 부산의 발전을, 대한 민국의 번영을 바라보겠습니다. 감사합니다."

말진들의 입이 쩍 벌어졌다. 송가을도 마찬가지였다. '철 새 정치'라는 말을 들어는 봤지만 직접 목격한 건 이번이 처 음이었다. 기자들과 매일 함께하던 그가 부지런하게도 뒤로 는 이런 작업을 해왔다는 말인가. 다른 기자에게 물 먹지 않 고 동시에 알게 된 게 다행이라면 다행이었다. 송가을이 주 위를 둘러보니 배정민, 연훈석도 전혀 몰랐던 모양이었다. 다들 벙 찐 표정이었다.

황진섭이 말을 마치자 브리핑룸에 누군가가 들어왔다. 김 춘익이었다. 손에는 대형 꽃목걸이가 들려 있었다. 김춘익은 꽃목걸이를 황진섭의 목에 걸어줬다. 두 사람은 뜨거운 포옹 을 했다. 허남인의 출마 선언보다 이 장면이 더 먼저 포털 사이트 대문을 차지했다.

황진섭은 기자회견을 마친 뒤 복도로 걸어나갔다. 송가을은 그에게 다가가 물었다.

"이게 어떻게 된 거예요? 어제도 보국당을 그렇게 잡아먹을 듯이 비판하는 논평 읽으셨던 분이, 오늘은 입당이라뇨?"

예상 질문인 듯했다. 황진섭은 웃으며 말했다.

"송 기자, 내가 말했잖아."

대체 뭘 말했다는 것인지 떠오르지 않았다. 송가을이 멍하니 바라보자 그가 말을 이었다.

"정치는 생물이라고."

그때 복도 한쪽이 소란스러워졌다. 부스에서 인사를 마친 허남인이 복도로 걸어 나왔다. 두 사람은 복도 한가운데에서 딱 마주쳤다. 예상치 못한 상황이었다. 황진섭은 당황한 듯했다. 기자들이 주위를 뱅 둘러쌌다. 팽팽한 긴장감이 감돌았다.

"허남인이 황진섭 한 대 치는 거 아니겠지?"

연훈석의 말에 배정민이 답했다.

"그러고도 남지. 재보궐로 중간에 들어와서 초선도 아니고 0.5선인데 대변인까지 맡기고 키워놨더니 등에 칼 꽂은 거 아니야."

그때 허남인이 오른손을 들었다. 순간 황진섭이 움찔했

다. 기자들은 침을 꼴깍 삼켰다. 카메라 기자들은 셔터 위에 올려놓은 검지에 살짝 힘을 주었다. 그런데 허남인은 황진섭의 어깨에 천천히 손을 얹었다. 침착하면서도 우아한 동작이었다. 이어 입을 열었다.

"우리 황 후배 앞에 꽃길만 가득하길 바라네."

송가을은 황진섭의 표정을 살폈다. 저렇게 당혹스러운 표정은 국회에 와서 처음 보는 것이었다.

허남인은 자신의 방으로 돌아가 문을 굳게 닫았다. 이어 비서실장에게 말했다. 정확히는, 외쳤다.

"검찰에! 저 새끼 관련해서 들여다볼 만한 거 없냐고 물어봐. 그리고 부산 출신으로 저 새끼 무조건 누를 만한 후보감 찾아와. 스토리 나오고 비리 없는 인간으로, 알겠어?"

*

당내 여론조사 결과 모두의 예상대로 허남인이 1위였다. 하지만 지지율이 생각만큼 높지 않았다. 50퍼센트였다. 2위는 20퍼센트를 얻은 김동이었다. 소철엽과 우시경은 각각 15퍼센트가량을 차지했다. 허파가 50퍼센트고, 비허파가 50퍼센트인 셈이었다.

경선에서 늘 변수가 되는 이벤트가 있다. 바로 후보 단일

342

화다. 만약 비허파 3인 중 어느 한 명으로 단일화가 성사된다면 허남인에게 위협이 될 수 있었다. 물론 가능성은 매우 낮았다. 세 후보 다 완주 의지를 강력하게 밝혔다. 15퍼센트에서 20퍼센트 사이로 지지율이 셋 다 비슷비슷하다는 점도 단일화 가능성을 낮추는 요인이었다. 이대로만 간다면 허남인이 다민당 대선 후보로 선출될 게 분명해 보였다. 그럼 이제 본싸움은 허남인 대 김춘익의 대결이 된다.

김동 캠프에 언론인 출신 대변인이 영입됐다는 설이 본격적으로 돈 건 후보 연설회를 일주일 남겨둔 때였다. 김동 캠프에서 조만간 새 대변인을 정식 발표할 것이란 얘기가 나왔다. 대체 누구란 말인가. 기자들 사이에서 설왕설래가 이어졌다. 배정민은 어딘가에서 들었다면서 이렇게 말했다.

"문주민 알지? 고도일보 출신으로 여기저기 잘 옮겨 다니는 선배. 이번에 김춘익이랑 틀어졌다던데? 김춘익이 자기 말 안 듣는다고 문 박차고 나왔다고. 혹시 이번에는 김동에게 붙은 거 아닐까?"

고도일보에서 강주그룹을 거쳐 양의철을 돕다가 김춘익, 그 다음에 김동까지? 아무리 그가 변신의 귀재라지만 1년 몇 개월 만에 동선이 이렇게 달라질 수 있는지 의문이었다.

연훈석은 고석동 설을 밀었다.

"송가을네 반장이 여기저기 줄을 대고 다닌다는 소문이 있던데. 송가을, 뭐 들은 거 없어?"

"야! 확실하지 않으면 함부로 말하지 마."

송가을은 연훈석에게 경고했다. 그러면서 속으론 걱정이 됐다. 만약에 진짜면 어떡하지. 앞에서는 객관적인 척 기사를 쓰고 뒤에서는 콩깍지를 까고 있었다면……. 은연중에 김동에게 호의적으로 기사를 고치고 있었다면…….

박동현은 신문 기자가 아니라 방송 기자일 거라고 했다.

"대변인을 하려면 카메라 앞에 자주 서야 하고 즉석 질문에 순발력 있게 답해야 하는데 신문 기자는 그러기 어렵지 않아?"

지금 NBS 기자라고, 방송 기자가 더 낫다고 자랑하는 건가. 송가을은 박동현이 왠지 얄미웠다.

이틀 뒤 김동이 직접 국회 브리핑룸에 섰다. 새 대변인을 발표하겠다고 했다. 송가을은 침을 꿀꺽 삼켰다. 고석동일 바에야 차라리 문주민인 게 낫겠다는 생각이 들었다. 어찌 됐든 현직은 아니니까. 고개를 돌려 옆자리를 봤다. 아까부터 고석동이 보이지 않았다. 화장실에 간 걸까? 의원실 마와리? 아침에 분명 있었는데, 어딜 간 거지…….

송가을은 초조해하며 기자회견장을 찾았다. 많은 기자가 이미 자리를 차지하고 있었다. 새 대변인 발표보다 언론인의 이직 소식이 기자들의 관심을 끈 듯했다. 다양한 영역의 찌라시가 난무하는 여의도지만, 동종 업계 얘기만큼 재미난 건 없었다. 김동은 전보다 얼굴이 좋아 보였다. 망설임 없이 마이크를 켰다. ′

"오늘 이 자리에서 저는 캠프의 신임 대변인을 소개하고자 합니다. 그동안 이분을 영입하려고 많이 애썼습니다. 삼고초려, 아니 십고초려는 기본이었습니다. 세대교체, 혁신의 뜻에 결국 공감해주셨고, 저희 캠프에 전격! 합류하기로 결단해주셨습니다. 이쪽으로 들어오시죠."

문 쪽으로 눈을 돌린 송가을은 아무 말도 할 수 없었다. 온몸이 얼어붙어버렸다. 김동의 소개를 받고 들어온 이는 너무 잘 아는 사람이었다.

서수경이었다.

*

윤장미는 곧바로 부스에서 뛰쳐나왔다. 기자회견을 마친 서수경이 복도 끝에 서 있었다. 옆에 송가을과 기민호도 보였다. 둘은 어리둥절한 표정이었다. 윤장미가 씩씩대며 다가오자 서수경은 이럴 줄 알고 준비했다는 듯 쪽지를 내밀었

345

다. 쪽지엔 주소가 하나 적혀 있었다. 서수경의 집 주소였다. 서수경은 "일 마치고 이따 여기로 오라"고 얘기한 뒤 자리를 떴다. 윤장미는 송가을과 기민호에게 같이 갈 거냐고 물었다. 둘은 고개를 끄덕였다.

딩동.

윤장미는 비장한 얼굴로 벨을 눌렀다. 양옆에는 송가을과 기민호가 서 있었다. 벌써 밤 10시가 넘었다. 오는 길에 송가을은 눈물이 날 것 같았다. 고석동이 간다고 생각할 때와는 감정의 차원이 달랐다. 서수경은 언론계에서 롤모델로 삼을 만한 선배였다. 최연소 정치부장에 여성 기자 중 드물게 유력한 편집국장 후보로 꼽혀왔다. 그런 그가 갑자기 정치권에 뛰어든다고? '3초 서수경'은 어떡하고! 그럼 여태껏 그가 컨트롤해온 기사는 어디까지 신뢰할 수 있는 걸까. 김동을 조지는 기사도 있었지만 정책을 두고 칭찬하는 기사도 있었다. 그런 기사가 혹시 이직을 위한 발판이었다면……

기민호는 이 상황도 상황이지만, 서수경의 집을 방문한다는 게 더 놀라웠다. 서수경의 사생활은 베일에 싸여 있고 회사에서 누구도 그가 어디 사는지 알지 못한다는 얘기를 들었기 때문이다. 특종 현장을 찾는 듯한 기분이 들었다. 그리고 옆에 윤장미가 있어서 든든했다. 취재는 그가 다 해줄 것 같왔다. 윤장미의 얼굴을 물끄러미 봤다. 질문을 235개는 할 기세였다.

서수경의 집은 서울 서대문구의 한 아파트였다. 집에 들어가자마자 송가을은 갸우뚱했다. 거실에 어린이 도서가 잔뜩 쌓여 있고 레고 블록과 인형이 있었다. 조카를 키우는 언니네 집과 흡사했다. 대체 뭐지⋯⋯. 송가을과 달리 윤장미는 이 낯선 광경이 눈에 들어오지 않는 듯했다. 사실 윤장미는 지금 눈에 뵈는 게 없었다.

윤장미는 '야마부터'를 실천했다. 서수경을 향해 다짜고짜 외쳤다.

"가지 마세요! 이거 남은 후배들 얼굴에 침 뱉는 거예요!"

서수경은 미소를 지었다. 진정하고 소파에 앉기를 권했다. 그리고 되도록 목소리를 높이지 말아달라고 했다. 애가 깨면 대화하기 힘들다는 이유였다.

"애요?"

윤장미와 송가을, 기민호가 동시에 물었다. 그제야 윤장미의 눈에 주위가 들어왔다.

사실 서수경에게는 다섯 살짜리 딸이 있었다. 서수경은 비혼주의자였지만, 아이에 대한 꿈이 확고했다. 그래서 입양을 했다고 설명했다. 세 사람 모두 처음 듣는 얘기였다.

"좋은 세상을 만들고 싶어서 기자가 됐어. 열심히 했고.

애가 생기니까 더 간절해지더라. 이 아이가 살아갈 미래는 지금보다 나아야 한다는 생각. 그렇다면 김춘익에게 나라를 맡길 순 없지. 그런데 허남인도 대통령이 되면 안 되는 인물이야. 매우 폭력적이거든. 오프로 들어서 기사를 쓰진 못했지만 물리적으로 그에게 맞은 의원이 수두룩해. 얼마 전에 서맹희 대표도 맞았다더라."

"선배, 그렇지만!"

서수경은 윤장미의 말을 잘랐다.

"미안하지만 일단 들어줘. 답답해서 잠이 안 오더라. 그러다 김동 후보를 만났는데, 달랐어. 그동안 주목을 받지 못해서 그렇지 굉장히 앞선 생각을 가지고 있었고 가치관이 훌륭했어."

이번에는 윤장미가 서수경의 말을 잘랐다.

"기자로서 노력하면 되지 꼭 현실 정치에 뛰어들어야 해요?"

윤장미는 눈을 한 번 꾹 감았다 뜬 뒤 말을 이어갔다.

"솔직히 말씀드리면, 저도 비슷한 제안 받았어요. 하지만 거절했죠. 저널리스트로서 객관성을 지키면서 밖에서 할 수 있는 일이 더 많으니까요. 안에 들어가면 더 잘할 수 있을 것 같으세요? 천만에요. 원 오브 뎀이 되면요. 제대로 못 봐요. 심지어 꼴통이 돼버린 저희 아빠도 처음엔 선의만 가지고 정치에 입문한 사람이에요. 지금 어때요? 딸하고도 대화가 안 통해요. 저는 진짜, 인연을 끊어버리고 싶다고요!"

송가을은 윤장미의 손을 살포시 잡았다. 서수경은 말을 곧바로 잇지 못했다. 한참을 망설이다 입을 열었다.

"한계……를 느꼈어. 너희에게 미안하지만 언론인에게는 분명한 한계가 있었어. 지금 남은 시간이 너무 없고, 김동 후보에게는 내가 꼭 필요해. 진짜 고민 많이 하다가 엊그제서야 결정한 거야."

두 선배의 대화 속에서 송가을과 기민호는 무슨 말을 해야 할지 막막했다. 다만 기민호는 한계를 느꼈다는 서수경의 말이 안타까우면서도 솔직하게 와닿아 좋았다. 또 직업에는 선택의 자유가 있는데 이렇게까지 할 필요가 있는지 고민되기 시작했다. 부친과 원수가 돼버린 윤장미 선배가 안타깝다는 생각도 했다. 윤장미가 다시 입을 열었다.

"결국 문주민 씨랑 똑같은 거네요? 선배도 권력에 다가가기 위해 기자직을 수단화한 거잖아요, 안 그래요?"

"그렇게 생각할 수 있지. 인정해. 하지만 이것만은 약속할게. 문주민처럼 후배들에게 부당한 압력을 가하고 기사에 영향을 미치는 짓, 절대 하지 않을 거야. 그것만큼은 분명하게 약속할 수 있어."

이야기를 마친 서수경이 과일이라도 먹고 가길 권했지만

셋은 그냥 가보겠다고 했다. 그곳에서 여유를 부릴 수 없었다. 다만 송가을은 아이가 보고 싶었다. 이름을 물어볼까 망설이다 참았다.

현관문을 열기 직전 송가을은 서수경에게 질문 하나를 던졌다. 이것만큼은 끝까지 참을 수 없었다. 지금 묻지 않으면 영영 못 할 것 같았다.

"권력자 말고 약자에게 목소리를 낼 수 있게 하는 좋은 기자, 앞으로 이거 못 하시는 건데 괜찮아요?"

서수경은 바로 답을 하지 못했다. 한참 머뭇거린 뒤 입을 열었다.

"네가 해줘. 송가을."

아쉬움이 남는지 서수경은 서둘러 덧붙였다.

"그리고 정치권 안에서도 권력자를 감시할게. 기자 정신 잊지 않을 거야, 난."

윤장미는 서수경에게 한 발 다가가 말했다.

"대선 경선 후보의 대변인, 선배가 이미 권력자예요."

문밖으로 나온 뒤에도 윤장미는 씩씩댔다.

"앞으로 서수경을 절대 선배라고 부르지 않을 거야."

윤장미는 신문사 노동조합과 상의해 서수경의 행보를 조지는 논평을 발표하겠다고 했다. 기자가 언론사를 관둔 뒤 출입처와 관련한 곳에 곧바로 재취업할 수 없게 내부 규정을 만들자고 회사에 제안하겠다고도 했다. 앞으로 어떻게 대처할 것인지 속사포처럼 늘어놨다.

송가을은 그냥 슬펐다. 서수경을 더는 선배라고 부를 수 없는 게 무엇보다 슬펐다.

윤장미는 집으로 돌아가 현관문을 열었다. 아버지가 그를 기다리고 있었다.

"12시가 다 돼가는데 밖에서 뭐 하고 싸돌아다니다 이제 오는 거냐."

짜증스러운 목소리가 귓가에 꽂혔다.

"니가 고도일보에서 아등바등한들 잘해야 밖에서는 누군지도 모를 데스크나 하지 뭘 하겠냐. 애비 얼굴에 똥칠을 해가면서 계속 그런 쓸데없는 기사나 쓸 거면 당장 관둬!"

윤장미가 자신의 방에 들어가기까지, 불과 40여 초 사이에 쏟아진 말이었다. 방문을 닫기 전 윤장미는 일그러진 얼굴로 외쳤다.

"엄마 인생 하나 망친 거로는 만족이 안 되세요? 한 번만 더 이래라저래라 하면, 저 진짜 연 끊습니다!"

*

　다민당 후보 연설회가 한 시간 남았다. 장소는 이번에도 실내 체육관이었다. 김동 후보는 전날 유튜브 영상을 띄우며 일찌감치 변화를 예고했다. 어색하게 랩을 하던 어수룩한 모습은 사라진 지 오래였다. 그는 반듯하게 양복을 입고 티타늄 재질의 안경을 썼다. 그 나이 또래로 보여 자연스러웠다. 넥타이의 가로 너비는 보통 정치인의 것보다 좁았다. 허남인, 김춘익 등 6, 70대 정치인에 비해 그는 확실히 젊어 보였다. 특히 이들과 한 컷에 잡히기라도 할 때면 차이가 확연했다.

　김동 후보는 '환경, 혁신, 미래'를 캐치프레이즈로 삼고 앞으로 종이 보도자료를 일절 사용하지 않겠다며 '페이퍼리스 캠프'를 표방했다. 공약은 앞서 당 대표 선거 때 공개했던 것에서 더 발전시켜 내놓았다. 국회는 물론 이제는 청와대까지 세종시로 이전시키겠다고 했다. 또 기본소득을 도입하고 생애주기별 복지 정책을 강화하겠다고 했다. '아이는 나라가 키운다'며 세밀한 보육 정책도 대대적으로 내놓았다.

　송가을은 기자석 맨 뒷줄에 앉았다. 저기 앞에 무대 바로 밑으로 서수경이 보였다. 김동 캠프 사람들 사이에 섞여서 마지막 리허설을 준비하고 있었다. 며칠 전까지 내 기사를 데스킹하던 선배가 그곳에 서 있는 걸 보니 기분이 이상했다. 고도일보 사람들보다 이제는 김동 캠프 사람들과 더 친해 보이는 모습에 서운함이 밀려왔다. 송가을은 그렇게 한참 서수경의 뒤통수를 바라보았다.

연설을 30분 남겨뒀는데 소철엽, 우시경 후보가 보이지 않았다. 보통 한 시간 전쯤 미리 도착해 리허설을 하는데 두 후보는 코빼기도 안 비치더니 급기야 리허설을 생략했다. 연설회 시작 5분 전에 우시경 후보가 겨우 도착했고, 소철엽 후보는 무려 5분이 지난 뒤에야 헐레벌떡 들어와 자리에 앉았다. 둘 다 낯빛이 좋지 않았다. 땀을 삐질삐질 흘렸다. 하루 사이에 홀쭉해진 것 같았다.

뭔가 이상했다. 송가을은 두 캠프 관계자들에게 다가가 늦은 이유를 물었다. 같은 답이 돌아왔다. 둘 다 대수롭지 않은 이유라며, 배탈이 났다고 했다. 뭘 먹고 그랬냐고 다시 각각 물었다. 놀랍게도 이번에도 답이 같았다.

"키조개 관자 회."

연설회가 끝난 뒤 송가을은 여의도 한정식집과 일식집의 메뉴를 모조리 뒤져 조개 회가 나오는 곳을 몇 군데 추렸다. 이어 전화를 돌렸다. "어제 키조개 관자 회 팔지 않았나요?" "먹고 배 아픈 사람 없었나요?" 다들 "아니다" "없었다"고 했다.

다섯 번째 집에 전화를 걸었을 때였다. "키조개……"까지

만 말했는데 전화기 너머로 바로 죄송하다라는 말이 툭 튀어
나왔다.

"어젯밤 재료에 문제가 있었던 모양이에요. 다 보상해드
리겠습니다. 다른 분들께도 그렇게 안내하고 있어요."

여기다. 남도사랑방! 송가을은 서둘러 식당 남도사랑방
으로 향했다. 우시경과 소철엽이 전날 여기서 함께 저녁을
먹었는지 확인하기 위해서였다.

어제 두 사람은 국회에서 열린 당 정책 토론회에 다른 후
보들과 함께 참석했다. 토론회가 길어져 저녁 8시 40분에야
끝났다. 시간이 많이 늦었으니 저녁 식사를 하러 멀리는 못
갔을 것이다. 당장 국회 코앞에는 은밀하게 식사할 만한 룸
식당들이 즐비했다.

이 가운데 조개 회를 파는 곳은 한정적이다. 키조개 관자
회는 더 드물다. 그런데 둘 다 키조개 관자 회를 먹고 배탈이
났다? 한날한시에? 둘은 분명히 어제 함께 밥을 먹었다. 다
음 날 연설회 준비로 눈코 뜰 새 없이 바쁠 텐데 후보자인 두
사람이 왜 만났을까. 급히 상의할 게 있었나? 궁금증이 꼬리
에 꼬리를 물었다. 지금 두 사람에게 시급한 사안이라면 딱
하나…… 단일화다.

눈으로 직접 확인해야 했다. 송가을은 식당 앞에 서서 심
호흡을 했다. 자신이 어제 여기서 저녁을 얻어먹었는데 배

탈이 나서 회사에 병가를 내야 한다. 방문을 입증하기 위해 CCTV를 확인해 내가 나온 부분만 핸드폰으로 찍어가겠다고 둘러댈 요량이었다. 거짓말을 하는 게 내키지 않았지만 달리 방법이 떠오르지 않았다. 시간이 없었다. 우물쭈물하다가 배정민이나 연훈석이 나타나기라도 하면 큰일이었다.

막 식당에 들어가려는데 뒤에서 누군가의 목소리가 들렸다.

"송⋯⋯가을?"

돌아보니 잘 아는 이가 서 있었다. 서수경이었다.

송가을의 놀란 표정을 본 뒤 서수경은 활짝 미소를 지었다. 송가을이 지금 여기에 왜 서 있는지 다 알겠다는 표정이었다. 뿌듯함도 읽혔다.

"송 기자님, 지금 단일화 확인하러 오신 거예요? 저처럼 지각, 배탈, 키조개, 그렇게 쭉 확인하시고?"

서수경도 비슷한 루트로 여기에 도착한 모양이었다. 서수경은 송가을을 바라보며 기특하다는 듯 말했다.

"와. 이제 진짜 베테랑 정치부 기자 다 되셨는데요?"

최고의 베테랑 기자로 평가받던 서수경과 같은 시각, 같은 공간에 같은 과정을 거쳐 같은 목적으로 서 있으려니 기분이 이상했다. 그렇지만 소속이 달랐다. 약간 기쁘고 많이 슬펐다.

소철엽과 우시경은 식당에 각자 들어갔다가 나올 땐 어깨동무를 하고 있었다. CCTV 화질이 썩 좋지 않았지만 둘 사이에 웃음꽃이 가득한 건 분명해 보였다. 우시경은 심지어 소철엽의 뺨에 진하게 뽀뽀를 했다. 멀찌감치 식당 직원이 보이자 두 후보는 서둘러 어깨동무를 풀었다. 우시경이 먼저 문밖으로 나가고, 소철엽은 조금 기다린 뒤 나가는 모습이 찍혀 있었다.

CCTV를 확인하자마자 송가을은 서수경에게 어색하게 인사를 건네고 식당을 빠져나왔다. 당장 두 캠프에 확인 전화를 걸 참이었다. 그런데 식당 출입문 앞쪽으로 어딘지 익숙한 실루엣이 보였다. 젊은 남성의 뒷모습이었다. 어라, 박……동현?

송가을은 "박동현!" 하고 불렀다. 실루엣이 뒤를 돌아봤다. 진짜 박동현이었다. 아까 서수경에 이어 이제는 박동현까지……. 쟤는 이 식당에 왜 온 거지? 이 시간에 여기 올 이유는 하나밖에 없었다. '키조개 관자 회'를 쫓아 온 게 분명했다. 박동현도 나름 에이스로 불리는 말진이었다. 그런데 왜 들어오지 않고 그냥 가지?

그때 송가을 머릿속에 한 가지 이미지가 스쳐 갔다. 빨간 펜 글씨였다. 박동현이 지금 특종거리를 코앞에 두고도 꼭지를 따지 않고 그냥 갈 이유는 하나밖에 없었다. 바로 송가을이다. 송가을이 현장에 먼저 도착한 걸 확인한 뒤 취재를 포기한 것이다.

왜 그랬을까. 혹시……. 어쩌면 답안지 글씨의 주인이 박동현일지도 모른다는 생각이 점점 설득력을 얻고 있었다. 대체 왜 그때고 지금이고 나를 위해 그렇게도 마음을 써주는 걸까. 설마……. 확인을 해야 했다. 더는 미룰 수 없었다.

송가을은 이제 '야마부터'가 익숙했다. 단도직입적으로 물었다.

"박동현! 너 혹시, 나 좋아하냐?"

박동현은 지뢰를 밟은 이등병처럼 얼어버렸다. 반쯤 뒤돌아본 자세에서 더는 발을 움직이지 못했다. 송가을은 역시 뛰어난 기자였다. 이 모든 상황 그리고 그 원인까지 파악해 단 하나의 질문에 함축해 던져냈다. 폐부를 찌르는 질문이었다.

짧은 시간 동안 박동현은 많은 생각을 했다. 지금이 고백하기에 적기일지 모른다. 좀 허무하지만 들킨 김에 다 털어놓는 게 좋을 수 있다. 그런데 대선이 코앞이다. 배정민과 연훈석은 귀신같은 놈들이다. 연애라도 하게 되면 금방 들통이 날 것이다. 내 표정만 봐도 눈치챌 게 뻔하다. 꾸미에서 방출되면 취재에 너무 큰 타격이 온다. 그리고 송가을은 어떤가. 나에게 호감이 있더라도 당장 취재가 바쁘기 때문에 거절할 수 있다. 여러모로 지금은 때가 아닌 것 같았다. 대선 취재를 잘 마치고, 제대로 고백하는 게 답이다.

박동현은 입을 열었다.

"아니? 너 뭔 소리냐? 여기 화장실 좀 쓰려고 들어왔는데…… 나 간다."

박동현이 서둘러 떠나고 송가을은 머리를 쥐어뜯었다. 아, 왜 그 질문이 튀어나온 거야. 과대망상에 김칫국도 유분수지. 역시 그 빨간펜은 박동현이 아니었구나. 그런 운명적 인연이 있을 리가 없지. 그리고 만약 맞는다면, 난 뭘 어쩌려고 했던 거지?

얼른 취재나 하자 싶었다. 지금은 특종이 눈앞에 있었다. 양쪽 캠프에 전화를 돌렸다.

"남도사랑방에서 두 분 단일화 합의하셨잖아요. 어찌나 진하게 우정을 나누셨는지 배탈도 함께 나시고……."

디테일의 힘은 강했다. 그 자리에서 목격이라도 한 듯 자세히 얘기하니 취재원들은 거짓말을 하거나 얼버무리기 어려웠다. 송가을은 한술 더 떴다.

"어떻게 알았냐고요? 제가 그 옆방에서 우연히 밥을 먹었나 봐요. 하하. 다행히 키조개 관자 회는 안 먹었어요."

양쪽 캠프는 결국 단일화 합의 사실을 인정했다. 송가을의 단독 기사가 나간 뒤 다민당 선거 분위기는 요동치기 시작했다. 두 후보의 지지율을 합하면 30퍼센트였다. 여기에

만약 김동까지 단일화가 성사되면 50퍼센트에 육박했다. 이는 1위 허남인을 위협하는 수치였다.

서수경은 기사가 나가기 전부터 발 빠르게 움직였다. 김동에게 먼저 소철엽 후보를 재빨리 만나라고 제안했다. 소철엽은 실향민 출신으로 막냇동생이 현재 북한에 살고 있으며 그의 꿈은 통일부 장관, 그리고 제1대 평양 대사라는 내용의 보고서를 손에 쥐어줬다. 소철엽이 몇 차례 중국 단둥 지역을 찾아 동생을 만날 방법을 물색하고 돌아왔다는 내용도 보고서에 들어 있었다.

김동은 소철엽을 만나 통일부 장관 자리를 약속했다. 소철엽의 입장에서 김동의 제안은 꽤 설득력 있었다. '비허파' 3인이 단일화해야 허남인과 대적할 수 있는데, 셋 중 김동의 지지율이 가장 높았다. 허남인의 내각 구성은 이미 대부분 짜인 뒤라 거기에 붙는 건 소용이 없었다.

우시경에 대해서는 비리 자료가 들렸다. 그가 사전 정보를 입수해 주식에서 불법 시세 차익을 얻었다는 제보가 캠프로 들어왔는데, 서수경이 크로스 체크를 해보니 신빙성이 매우 높았다. 서수경은 취재하듯 사실관계를 샅샅이 확인했다. 20년의 기자 경력은 여러모로 써먹을 구석이 많았다.

김동은 우시경에게 "이걸 까지 않을 테니 나로 후보를 단일화해 함께 허남인에게 맞서달라"고 제안했다. 우시경은 김동의 제안을 거부할 여력이 없었다. 서수경은 이렇게 한쪽에 당근, 다른 쪽에 채찍을 내밀어 단일화의 발판을 마련했다.

소철엽과 우시경은 공동 기자회견을 열어 후보직에서 전격 사퇴한다고 했다. 그리고 단일 후보로 김동을 지지한다고 밝혔다. 허남인을 저지하기 위해 힘을 모으겠다고 했다. 곧이어 김동은 두 사람을 캠프 공동선대위원장으로 모신다고 발표하며 이에 화답했다.

그렇게 '반허남인' 전선이 하나로 형성됐다. 정치는, 생물이었다.

이틀 뒤 다민당 예결위 소위 위원이었던 한 의원이 기자회견을 열었다. 손에는 사진 한 장이 들려 있었다. 자신의 정강이였다. 시퍼렇게 멍이 들어 있었다. 그는 "허남인이 자기 지역구에 생활체육센터 예산을 당기라고 무리하게 요구했고, 확보가 어려워 보이자 예결위 소위에 있던 저를 이렇게 폭행하며 거세게 압박했다"고 폭로했다.

사람들은 놀라움을 감추지 못했다. 허남인이 화내는 걸 본 적이 없었기 때문이다. 게다가 당시 허남인은 지역구 예산을 포기하겠다면서 결식아동부터 챙겨달라고 읍소하지 않았던가. 소위 위원의 말이 사실이라면 그 모든 게 쇼였다는 얘기였다.

이에 허남인은 "기억이 나지 않는다"고 맞섰다. 소위 위원은 추가 기자회견을 통해 "그날 허 대표는 검정색 페레가모 구두를 신고 왔는데 앞이 뾰족하지 않았지만 매우 단단한 재질이었다"라며 당시 현장을 자세하게 설명했다.

네티즌들은 그날 찍힌 허남인의 사진을 추적해 그가 실제 앞이 마름모꼴인 페레가모를 신고 있었다는 걸 찾아냈다. 당 대표였던 허남인은 하루도 사진이 찍히지 않은 날이 없었다.

'페레가모 폭력.'
'두 얼굴의 허남인.'
'페레가모 야누스.'

폭로 건은 한동안 실시간 검색어를 장악했다. 허남인의 견고했던 이미지가 뜨거운 태양 아래 민트초코봉봉 아이스크림처럼 삽시간에 녹아내리고 있었다. 얼마 뒤 김동은 폭로에 나섰던 소위 위원을 캠프 전략위원장으로 위촉했다.

이 소위 위원은 사실 서수경과 매우 가까운 사이였다. 오프 더 레코드를 전제로 이런저런 굴러가는 얘기를 해주면 서수경은 전략적 판단을 통해 대처 방안을 조언해주곤 했다. 소위 위원은 허남인에게 정강이를 맞자마자 서수경에게 일러바쳤다. 이 나이에 맞는 게 너무 화가 난다면서 폭로해버리겠다고 했다. 서수경은 "목표가 화풀이냐, 아니면 더 나은 무언가를 얻는 것이냐"고 물었다. 소위 위원이 "기왕이면 후자"라고 하자 서수경은 "그럼 타이밍을 보자"고 했다. 서수경이 허남인의 폭력적 실체를 남보다 일찍 알아차린 것은, 김동 캠프를 선택하는 데 주된 이유가 되었다.

서수경은 지금이 타이밍이라고 봤다. 소위 위원에게 폭로의 판을 깔아주고 김동과의 면담 자리에 안내했다. 김동은 그에게 후에 예결위 위원장 자리를 보장하겠다고 약속했다. 소위 위원은 이 제안을 마다할 이유가 없었다.

단일화에 폭로까지……. 허남인의 입지가 조금씩 좁혀지고 있었다. 그런 가운데 결정적 사건이 벌어졌다.

허남인은 사립유치원 원장들의 궐기대회에 참석했다. 일부 원장들이 회계 기준을 강화하려는 정부 움직임에 대항해 연 집회였다. 반면 학부모들은 회계 기준을 강화해 경영에 투명성을 높여야 한다고 맞서고 있었다. 원장들은 "경영권 침해"라며 이번 집회를 대대적으로 준비했다.

이 자리에서 허남인은 사립유치원에 지원을 확대하겠다는 등 각종 지지 발언을 했다. 사실 대선 후보들은 어느 집단이 모인 자리에 가든 이와 비슷한 발언을 내놓곤 했다. 이날 자리는 캠프 모 의원의 제안에 의례적으로 참석한 것이었다.

그런데 생각이 짧았다. 어디든 반대쪽이 명확한 진영을

찾아갈 땐 표의 득실을 철저히 계산해야 했다. 여기서 반대쪽은 학부모들이다. 어느 쪽이 수가 많고 전체 민심에 더 큰 영향을 미칠지는 정치 입문자라도 알 수 있는 거였다. 게다가 바로 전날 저녁 TTS 시사프로그램은 한 사립유치원의 비리를 고발했다. 이곳 원장은 아이들의 식자재를 몰래 빼돌려 돈을 챙기고 허접한 야채죽으로 아이들 점심을 때우게 했다. 죽에는 당근 몇 조각밖에 들어 있지 않았다. 부모들의 민심이 즉각 들끓었다.

이럴 때 관련 단체를 찾아가 지지 발언을 하는 건 위험한 선택이었다. 김동 측도 같은 제안을 받았지만 일정상 참석이 어렵게 됐다고 당일 아침 완곡하게 거절한 터였다. 캠프에서 맘 카페를 모니터링하며 하룻밤 새 분위기가 더욱 심상치 않아졌음을 포착했기 때문이었다. 당장 서수경이 대형 맘 카페 운영진이었다. 카페에는 새벽 수유로 잠 못 이루는 엄마들이 많았고, 해가 뜨기 전 글이 여러 개 올라와 있었다. 맘 카페에서 새벽은 어느 곳에서보다 북적이는 시간대였다.

반면 허남인 캠프는 조사도, 판단도 늦었다. 허남인 캠프는 중진 의원을 중심으로 구성됐다. 그중에 유치원생 자녀를 둔 학부모는 없었다. 실무진 중에 3, 40대가 있었지만, 그들은 중진 의원들에게 의견을 개진하는 걸 꺼렸다. 그만큼 내부 분위기가 경직돼 있었다.

허남인이 사립유치원 걷기대회에 참가한 것을 두고 30대 전후 유권자들은 거세게 반발했다. "회계 기준 강화에 반대하는 것이냐"며 캠프로 항의 전화가 빗발쳤다. 허남인의 핸드폰 번호로 '문자 테러'도 이어졌다. 허남인은 또다시 핸드폰을 새로 장만해야 했다.

민심은 이처럼 즉각적으로 반응했다. 표의 이동은 순식간이었다. 지지율이 뚝뚝 떨어지는 소리가 사방에서 들렸다. 당원들 표심도 움직이기 시작했다.

결국 다민당 대선 후보 경선에서 허남인은 1위 자리를 한참 후배인 정치인에게 내줘야 했다. 김동 후보가 최종 1위를 차지했다. 51퍼센트 대 49퍼센트, 아슬아슬한 승리였다. 이는 경선이 시작될 때만 해도 상상하기 어려운 결과였다. 대이변이었다.

정치는 역시, 생물이었다. 펄떡거리는 생물.

에필로그

서수경은 아기를 좋아했다. 하지만 결혼은 하고 싶지 않았다. 특히 마지막 연애를 끝낸 뒤 결심했다. 다시 사랑을 시작하지 않겠다고. 그런데 아기가 너무 좋았다. 아기들의 눈동자엔 우주가 담겨 있었다. 엄마에게 고민을 털어놨다. 입양을 먼저 제안한 건 엄마였다.

"아이를 키우는 기쁨은 그 무엇으로도 대체할 수 없어. 내가 너를 키워서 알잖니. 얼마나 행복한 일인가를……"

엄마의 표정은 정말 행복으로 가득 차 있었다. 서수경은 그 표정을 본 뒤 결심했다. 진짜 입양을 하기로.

아주 작고 어린 아기를 입양했다. 키우는 건 만만치 않았다. 출근했을 때는 감사하게도 엄마가 봐줬다. 퇴근하면 서수경이 바통 터치했다. 아기가 통잠을 자기까지 많은 시간과 인내가 필요했다. 꾸벅꾸벅 졸면서 아기를 달래고 분유를 먹였다. 다음 날 출근하면 졸음을 쫓아가며 바삐 일했다. 커피를 하루에 일곱 잔씩 마셨다. 소변을 참는 게 버릇이 됐다. 변비는 달고 살았다.

기자 일에는 야근이 잦았다. 엄마한테 너무 미안했다. 엄마는 모든 상황을 다 받아주었다. 회식은 상상하기 어려웠다. 사실 원래 소신도 그랬다. '회식을 해야 서로 돈독해지고 일이 잘된다'는 말은 개나 줘버려라 싶었다. 그 시간에 잠을 자고 자기 계발하는 게 훨씬 나았다. 물론 서수경은 애를 봐야 하기도 했다. 부장이 된 뒤론 아예 '회식 금지'를 선언했다. 옆 부서 사회부 부장도 회식을 하지 않는다는 얘길 듣고 더 용기를 얻었다. 그렇게 경직된 사내 문화가 조금씩 바뀌길 희망했다.

아기는 정치권에 뛰어들고 싶어진 이유였다. 동시에 망설인 결정적 이유기도 했다. 아직은 미혼모, 미혼부를 향해 잘못된 선입견이 남아 있었다. 모든 사람의 마음이 자기와 같지 않았다. 서수경은 그런 기사를 많이 보았고, 많이 썼다. 기사를 쓰며 직접 지켜본 그들의 아픔이 절절히 와닿았다. 무엇보다 아이가 걱정됐다. 아이들 마음속 생채기는 어른들보다 더 깊이 파이는 것 같았다.

그런데 정치인은 공인이다. 기자와는 다르다. 개인 신상을 언제까지 감출 수 없다. 특히 배우자와 자녀는 늘 관심과 검증의 대상이 된다. 공개는 시간문제였다. 그렇다면 아이 앞에서 당당함을 택하자 싶었다. 언젠가 기회를 노리기로 했다. 스스로 밝힐 기회를.

아이의 이름은 희주였다. 서희주. 서수경은 행복한 표정으로 이렇게 말할 수 있을 날을 꿈꿨다.

"제가 우리 희주의 엄마 서수경입니다."

9.
대선 2

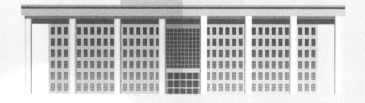

"1호 기자."

D-100일.

아침에 눈을 뜨자마자 핸드폰에서 이 숫자를 확인했다. 검정고시, 수능시험 날짜를 체크할 때 이후로 디데이를 매일 확인하며 산 것은 참 오랜만이었다. 이제 대선이 100일 남았다. 1년 3개월 전 정치부에 처음 왔을 때가 까마득하게 느껴졌다. 허남인이 여의도를, 그리고 세상을 호령하던 게 불과 얼마 전인데 지금은 TV에 얼굴을 비치는 일이 잘 없었다.

고석동은 며칠 전 허남인과 차를 한잔하고 와서 이렇게 말했다.

"카메라발 빠지니까 확실히 사람이 빛이 안 나더라. 그새 노인네가 다 됐어."

허남인은 한층 노쇠한 모습으로 의원회관 자기 방에 앉아 햇볕을 쬐고 있었다고 했다. 국화차를 마시며 고석동에게 이렇게 말했다고 한다.

"정치와 골프에 공통점이 있어. 바로 머리를 처드는 순간 진다는 거지. 내가 너무 오만했어. 이제는 젊은 친구들을 밀어줘야 할 때인 것 같네."

그러다 고석동이 기사 마감할 때가 됐다며 자리를 뜨려 하자 허남인은 이렇게 덧붙였다고 한다.

"근데 우리 김동 후보가 대통령에 당선되면 총리로는 누가 적합하다고 생각하나? 대통령이 젊으니까, 아무래도 총리는 연륜이 있는 인물이 맡아야 하지 않겠나? 당 대표 경험도 있어야겠고."

다민당은 김동의 시대로 전환됐다. 골리앗을 무너뜨린 50대 다윗, 김동. 거물 정치인 허남인을 꺾은 것만으로도 김동은 엄청난 후광을 얻었다. 그가 김춘익과 어깨를 나란히 하는 모습이 이제 전혀 어색하지 않았다.

송가을은 김동의 마크맨이 됐다. 종일 대선 후보를 쫓아다니며 일거수일투족을 취재하는 말진을 마크맨이라고 불렀다. 기민호는 김춘익의 마크맨이었다. 후보가 오늘은 누구를 만나는지 어디서 유세를 하는지 점심은 누구와 무엇을 먹는

지를 모조리 알고 있어야 마크맨이라 불릴 수 있었다. 후보의 모든 것은 기사가 됐다. 정치 혐오도가 어느 때보다 높은 시절이지만 정치 기사만큼 잘 팔리는 콘텐츠가 또 없었다. 다들 욕하면서 봤다.

지금 기자 업계의 최대 현안은 누가 '인터뷰 1빠'를 따내느냐였다. 후보는 언론사별로 돌아가며 심층 인터뷰를 하는데, 어느 언론사가 첫 번째로 선택되느냐에 따라 매체별 성적표가 갈렸다.

1빠가 되면 그만큼 언론사의 위상과 후보와의 친밀도가 높다는 걸 방증하게 된다. 독자들은 전혀 관심 없는 주제지만 기자들끼리는 이를 두고 치열한 경쟁을 벌였다. 회사의 간판이 걸린 문제로 여겼다. 이 이슈에서 제일 부담이 큰 건 역시나 말진이었다. 말진 때문에 인터뷰 순서가 달라지는 게 아닐 텐데 반장들은 늘 말진을 쪼아댔다. 말진은 담당 캠프 관계자들을 붙잡고 매일 말해야 했다.

"우리랑 제일 먼저 인터뷰해주세요."

송가을 역시 출근하자마자 김동 캠프 관계자들을 찾아가 말했다.

"저희가 발행 부수는 3위여도 인터넷 영향력은 대한신문보다 큰 거 아시죠? SNS 팔로워가 70만 명이에요!"

하지만 쉽지 않았다. 무엇보다 커다란 걸림돌이 있었다.

서수경이었다.

"우리 대변인이 서수경인데 고도일보에 1빠를 주면 다른 회사들이 뭐라고 하겠어? 서수경 입김에 고도일보를 배려해 준 거냐, 이럴 줄 알았다, 앞으로도 이럴 거 아니냐……. 다른 언론사랑 하면 아무 말 안 나올 텐데, 우리가 괜히 수많은 회사에 미운털 박힐 필요 없잖아."

일리가 있었다. 뭣도 모르는 연훈석은 "넌 잘 아는 선배가 대변인이라 좋겠다, 풀도 잘해줄 거 아니냐"고 부러워했지만 실상은 정반대였다. 외려 조심스러웠다. 궁금한 게 있어도 서수경에게 물어보기가 불편했다. 차라리 생판 모르던 사람이 대변인인 게 나았다.

결국 대한신문에 1빠가 돌아갔다. 1등 신문에 1빠라……자연스러워 보였다. 어느 회사든 태클 걸 여지가 별로 없었다.

대한신문은 여의도의 한 카페에서 인터뷰를 진행한다고 했다. 사방이 꽉 막힌 언론사 인터뷰실 말고 카페에서 차 마시듯 하자는 게 김동 캠프의 제안이었다. 신선한 시도였다. 영상팀이 나와 카메라를 설치하고 인터뷰 현황을 실시간으로 중계했다. 대한신문은 케이블 채널을 배정받은 뒤 발 빠르게 영상 분야를 활성화하고 있었다.

대선 후보의 첫 인터뷰인 만큼 송가을은 어떻게 하는지 옆에서 보고 싶었다. 배정민으로부터 카페가 어딘지 풀을 받았다. 도착해 보니 후보는 아직 오지 않았고 배정민 혼자 앉아 있었다. 배정민에게 다가가려다 발걸음을 멈췄다. 반대편에서 배정민네 반장이 걸어오는 게 보였다. 송가을은 옆 테이블에 자리를 잡고 앉았다.

배정민네 반장은 평소 부스 앞 복도에서 볼 때와 달리 깔끔한 모습이었다. 넥타이를 맸고, 오랜만에 이발도 한 것 같았다. 반장이 질문하면 배정민은 옆에서 받아치기로 했다. 이윽고 후보가 들어왔다. 반장은 첫 질문을 던졌다.

"어떤 나라를 만들고 싶습니까?"

송가을은 소름이 돋았다. 인터뷰에서 저 문장을 첫 질문으로 받는 데 대통령 후보만큼 자연스러운 대상은 없을 것이다. 질문이 끝나자마자 김동은 기다렸다는 듯이 입을 열었다. 배정민은 분주하게 타자를 쳤다. 손톱을 바짝 깎았는지 타자 소리가 들리지 않았다. 배정민은 손톱 끝이 손 밖으로 1미리미터라도 나오는 걸 용납하지 않았다.

김동과 마찬가지로 김춘익이 어느 언론사와 첫 인터뷰를 할지도 관심사였다. 문주민은 김춘익 캠프 관계자들에게 고도일보와 첫 인터뷰를 해야 한다고 목소리를 높였다. 캠프 안에서 문주민은 말이 많고 목소리가 크기로 손에 꼽혔다.

"제가 고도일보 출신이어서 하는 소리가 아니고요. 지금은 보수 매체와 인터뷰하는 것보다 중도에 가까운 곳과 하는 게 후보님 이미지에 좋습니다. 어차피 보수표는 우리 거고, 이제 중도층 싸움이거든요."

김춘익을 설득한 뒤 문주민은 최창수를 찾았다. 기세등등한 태도로 입을 열었다.

"내가 너네 1빠 줄게. 대신, 결정적일 때 우리가 써달라는 기사 하나는 꼭 써야 해. 알겠어?"

마다할 이유가 없었다. 여당반과 달리 야당반은 1빠를 따냈다는 것만으로 크나큰 성과였다. 최창수에게는 '한 방'이 필요했다. 서수경의 갑작스러운 퇴사로 정치부장 자리가 공석이 되었고 이는 기회였다. 편집국장은 새 정치부장 인선을 자꾸만 미뤘다. 고석동과 최창수가 번갈아 회사에 들어와 부장 대행을 했다. 두 사람이 당연히 1순위로 꼽혔지만, 사회부장이 보직 이동을 할 수도 있다는 얘기가 돌았다. 최창수에게는 지금이 어느 때보다 중요했다. 고지가 바로 앞이었다.

김춘익 캠프는 고도일보에 사전 질문지를 요구했다. 답을 준비할 시간을 달라는 것이다. 현장 즉석 질문은 절대 안 된다고 했다. 모든 내용을 캠프에서 미리 컨트롤하겠다는 소리였다. 김춘익이 워낙 막말로 유명하니, 이로 인한 리스크를 낮추기 위해서인 듯했다. 고도일보는 요구를 받아들였다.

인터뷰는 최창수가 질문하고 기민호가 받아치는 것으로

진행됐다. 후보 바로 앞에는 영상 촬영을 위해 카메라가 놓였다. 기민호는 유튜브에서 김춘익을 자주 비꼬았기 때문에 그가 혹여 받아치는 기자를 바꿔달라고 하지 않을까 걱정이 되었다. 예전에 자신을 뚫어지게 째려보던 게 생각났다. 그러나 김춘익은 아무 일 없었다는 듯 기민호와 가벼운 악수를 주고받은 뒤 자리에 앉았다.

제1의 정책이 뭐냐, 부동산 문제는 어떻게 해결할 것이냐, 종합부동산세를 폐지하면 부족한 세수는 어떻게 마련할 예정이냐, 국방 정책을 설명해달라, 내각 구성은 어떻게 할 것이냐, 김동 후보는 청와대와 국회를 지방으로 이전시킨다는데 어떻게 보냐……

준비된 질문이 끝났다. 크게 새로운 내용은 없었다. 질문도 답변도 무난했다. 김춘익이 일어나려 할 때 기민호가 갑자기 입을 열었다. 대본에 없던 행동이었다.

"후보님, 저, 질문 좀 더 드려도 될까요?"

김춘익은 당황한 듯했으나 카메라를 의식하며 이내 표정을 바로잡았다.

"얼마든지요."

김춘익이 다시 자세를 고쳐 앉았다. 기민호는 신이 나서 속사포로 말했다.

"동성 결혼을 법적으로 인정하자는 목소리, 어찌 보세요?

375

난민 수용에 관해 어떤 관점입니까? 국회의원 관용차를 없애고 세비를 대폭 삭감하자는 의견은 어떻게 보시나요?"

예민한 질문들이 쏟아졌다. 동성애, 난민……. 어떤 답을 해도 어느 쪽에서든 논란이 될 수 있을 만한 주제들이었다. 김춘익은 잠시 생각에 잠기더니 입을 뻐끔거렸다. 그때 문주민이 황급히 다가왔다.

"약속한 시간 지났습니다. 후보님 다음 일정이 빡빡해서요. 지금 바로 이동하시겠습니다."

"아, 벌써 그렇게 됐나?"

김춘익은 서둘러 일어섰다. 기민호는 아쉬웠지만 어쩔 수 없었다.

김춘익이 일어나자 앞에 있던 카메라도 꺼졌다. 기민호가 받아친 걸 저장하려는데 어디선가 따가운 시선이 느껴졌다. 고개를 들어보니 김춘익이었다. 김춘익은 자리를 뜨면서 기민호를 매섭게 노려봤다. 전에 느꼈던 그 눈빛 그대로였다.

*

송가을과 기민호는 오랜만에 구내식당 구석 자리에 앉았다. 각자 후보를 쫓아다니느라 얼굴 볼 틈이 없었는데 오늘은 후보들 일정이 종일 국회여서 모처럼 짬이 났다. 간만에 구내식당에 앉아 있으니 마음이 편했다. 밥 냄새가 정겹게 느껴졌다. 박동현과 배정민도 지나가다 합류했다. 배정민은 기민호를 보더니 반가워하며 찡긋 웃었다. 뭐지? 둘이 언제 이렇게 친해졌는지 송가을은 의아했다.

옆을 보니 다들 꾸미별로 모여 간식을 먹고 있었다. 한쪽에 다민당 말진들이 새우깡 블랙과 조청유과, 양파링을 한데 모아놓고 수다를 떨었다. 이들은 김동 후보를 "우리 후보"라고 지칭했다. 다른 쪽에 김춘익 마크맨들도 박카스를 마시며 "우리 후보한테" "우리 후보가"라며 대화했다. 사방에서 '우리 후보' 소리가 들려왔다. 한참 듣고 있던 기민호가 말했다.

"나는 의원들한테 선배, 선배 하는 것도 적응 안 되지만 저건 더 적응이 안 돼. 우리 후보? 지들이 캠프 관계자야? 객관성이라고는 찾아볼 수가 없잖아."

배정민은 기민호의 말에 공감하지 않았다.

"종일 후보를 따라다니다 보면 저렇게 몰입할 수도 있지. 그리고 너희 선거 때, 당연히 마크하는 후보 뽑을 거 아니야?"

기민호와 송가을은 대번에 고개를 가로저었다. 기민호는 "비밀 투표인데 왜 그런 걸 묻냐"며, 송가을은 "각자 생각과 소신이 있는 건데 그게 왜 당연하냐"며 반발했다. 배정민이 다시 입을 열었다.

"생각? 너 말 잘했다. 그래, 생각을 해봐. 내가 따라다니는 후보가 대통령이 돼야 청와대 출입 기자로 입성할 가능성이 커지지. 보통 대선 때 마크맨이 청와대까지 쭉 따라가잖아."

박동현이 고개를 끄덕이며 말을 보탰다.

"마크맨이 1호 기자로 가야 청와대에 아는 사람도 많고 취재가 잘될 테니까 보통 그리하지. 그러다 5년 내내 청와대에 짱박히고 정권 말에 순장조까지 하는 기자들이 많고."

박동현의 말에 송가을은 눈을 끔뻑거리며 물었다.

"근데 청와대 출입 기자를 왜 1호 기자라고 해? 그렇게 부르는 건 알고 있었는데, 말이 나온 김에 이유 좀 듣자."

"청와대가 가장 중요한 출입처이고 언론사마다 최고 에이스, 간판 기자를 보내니까 그러는 거 아냐?"

박동현이 설명했다. 기민호는 이런 대화가 별로 마음에 들지 않았다.

"그런다고 무조건 마크하는 후보한테 투표하냐? 너는 그런 1차원적인 사고를……."

배정민은 기민호의 말을 자르며 물었다.

"너, 1호 기자 되고 싶지 않아?"

기민호는 답을 하지 못했다. 박동현이 기민호의 표정을 보더니 말했다.

"청와대 출입은 기자 커리어의 정점인데 이를 마다할 기자가 어디 있겠어."

배정민은 집요하게 다시 물었다.

"1호 기자 싫어? 솔직히 말해봐, 기민호 기자님."

"그야……. 아니, 그건 그거고. 일단 우리 후보, 우리 후
보 하는 건 진짜 아니야. 저러다 캠프 들어가고 정치권 기웃
거리는 거 아냐?"

기민호는 이 이야길 꺼내자마자 괜히 말했다고 생각했다.
배정민은 빈틈을 놓치지 않았다.

"너희 서수경, 문주민 전 부장들처럼? 요즘 고도일보가
다 해 먹는다고 난리잖아. 그리고 캠프 가면 뭐 어때? 너 맨
날 동기인 송가을한테 치이더니 야망이 없어진 거야? 꿈을
크게 가져야지."

송가을은 "너는 무슨 말을 그렇게 하냐"며 배정민을 노려
봤다. 그런 송가을을 보고 기민호는 웃으며 말했다.

"배정민 말 중에 그거 하나는 팩트네. 우리 동기 송 기자
가 보통 훌륭하셔야지."

업계에서는 이번 대선의 물밑 싸움이 '서수경 대 문주민'
의 대결로 이뤄지는 거라며 흥미로워했다. 고도일보 전 정치
부장과 전전 정치부장이 맞붙은 상황은 기자들의 관심을 끌
기에 충분했다. 한 미디어 전문 매체는 이를 다루는 기사를
내보내기도 했다.

짧은 휴식 시간이 끝나고 다들 일어나는데 박동현이 송가을의 옷소매를 잡아끌었다. 할 말이 있다고 했다. 기민호는 못 본 척하며 일어났다. 하지만 얼마 안 가 뒤를 돌아보았다. 박동현, 단둘이 무슨 할 말이 있다고…….

박동현은 좀 전과 달리 수줍은 표정이었다. 테이블 위를 한참 보더니 겨우 입을 열었다.

"송가을, 대선 끝나는 날, 퇴근하고 뭐 해?"

"대선도 안 끝났고 퇴근이 언제일지 가늠도 안 되는데, 하긴 뭘 해?"

"계획 없는 거네?"

"야, 우리가 언제 퇴근 후 계획 세운 적 있냐."

"그럼……. 그날 나 만나자. 저기 국회 정문 앞 레드카펫에서."

"뭐?"

"대선 끝나고 나랑 만나자고."

"우리 맨날 만나잖아!"

"아니, 따로. 둘만."

"왜?"

"너한테 할 말이 있어, 송가을. 아주 중요한 얘기야. 나올 거지?"

*

    대선은 제보의 시간이기도 했다. 상대 후보의 비리를 안다는 제보가 캠프에 쏟아졌다. 한두 건이 아니었다. 거꾸로 너희 후보 비리를 아니까 폭로하기 전에 요구를 들어달라는 전화도 많았다. 요구는 대체로 민원 해결 또는 돈이었다. 경쟁이 첨예할수록 제보는 늘어났다.

    현재 김춘익은 45퍼센트, 김동은 35퍼센트의 지지율을 얻고 있었다. 여기에 극진보당의 정민순이 10퍼센트를 유지 중이었다. 나머지 군소 후보 8명이 다 합해 10퍼센트를 확보했다. 김춘익과 김동의 승부는 박빙이라고 볼 수 없지만 차이가 크게 나는 것도 아니었다. 만약 정민순이 중도 하차하고 김동 지지 선언을 한다면……. 단일화는 역시나 중요한 변수였다.

    언론사에도 제보는 쏟아졌다. 고도일보에 김춘익의 비리 제보가 접수된 건 대선을 40일 남긴 때였다. 국회의원 공천을 따내기 위해 김춘익에게 무려 50억 원을 건넸는데, 공천은 주지 않고 돈만 '꿀꺽' 했다는 내용이었다. 제보는 고석동을 통해 송가을에게 전달됐다. 고석동은 제보가 꽤 구체적이니 빨리 접촉해보라고 했다.

    송가을은 바로 제보자에게 연락해 다음 날 아침 신문사

근처 카페에서 만났다. 이른 시각이라 그런지 카페에 다른 손님은 없었다. 제보자는 50대 남성으로 지역에서 큰 갈빗집 세 곳을 운영하고 있으며 연 매출이 100억 원이 넘는다고 했다. 추운 날씨가 아니었는데도 그는 머플러를 차고 있었다. 머플러엔 구찌의 문양이 화려하게 프린트돼 있었다. 그는 무슨 이유에서인지 지갑을 테이블 위에 올려놨는데, 역시 명품이었다.

두 사람은 함께 카운터로 걸어가 주문을 하려 했다. 그는 주머니를 뒤적거리더니 "이런, 지갑을 테이블에 놓고 왔네"라고 호들갑스럽게 말했다. 카운터에서 테이블까지 몇 걸음이 채 되지 않았지만, 송가을은 별말 없이 제 지갑을 꺼냈다.

그는 메뉴를 쭉 보더니 아보카토를 시켰다. 6800원으로 가장 비싼 메뉴였다. 송가을은 카페모카를 시켰다. 그는 아보카토를 받아든 뒤 별도로 담긴 에스프레소를 먼저 원샷한 후 아이스크림을 떠먹었다. 송가을은 "커피를 아이스크림 위에 뿌려 드시는 거"라고 말하려다 참았다. 질문을 시작했다.

"제보자님께서 김춘익에게 50억 원을 주셨다는 거죠? 죄송하지만, 증거가 있으십니까?"

"현금으로 줘서 증거라고 할 건 없어요. 그치만 내가 증인이요! 박스에 담아 줬어요. 갈빗대 넣는 아이스박스, 하얀 거……."

"언제요?"

"8년 전 가을에, 우리 식당에 식사하러 오셨을 때."

"공천을 약속했다고요?"

"그렇다니까요. 몇 번을 말해요."

"뭐라고 했습니까, 김춘익이?"

"거참 일 잘하게 생겼다고. 틀림없이 공천될 거니 걱정 말라고."

제보자는 칭찬이 만족스러운지 씩 미소를 지어 보였다.

송가을은 다시 한번 물었다.

"혹시 사진이랄지, 다른 증거가 정말 없을까요?"

제보자는 갑자기 언성을 높였다.

"사진이 어딨어! 내가 증거라고! 내 식당에서 내가 준비해서 내가 넣었는데!"

제보는 단선적이었다. 증거가 전혀 없다는 게 영 마음에 걸렸다. 송가을이 미심쩍은 표정을 짓자 제보자는 서둘러 말했다.

"기자 양반. 이거 내가 김동 캠프로 가져가려다 고도일보 주는 거요. 1면에 대문짝만하게 실읍시다. 물론 내 이름은 철저하게 가려주고."

"제보해주셔서 감사한데요. 말씀만으로는 바로 기사 쓰기가 어려워서요. 저희가 더 취재해보고 연락드리겠습니다."

"더 알아보고 할 것도 없다니까? 내가 사과박스에 넣었다고 몇 번을 말해? 확실하다니까?"

사과박스⋯⋯. 그는 분명 사과박스라고 말했다.

"제보자님, 아까는 아이스박스라고 하셨는데요?"

제보자는 당황한 기색이 역력했다.

"그, 사과, 그니까 사과를, 사과를 아이스박스에도 넣잖아! 기자가 그것도 몰라?"

"죄송하지만⋯⋯ 혹시 뭐 숨기는 거 있으세요?"

"이 양반이 무슨 큰일 날 소리를! 에이. 대한신문 줄걸. 괜히 코딱지만 한 언론사에 줘 가지고. 재수가 없으려니까."

"저희가 더 취재를⋯⋯."

"에이씨!"

제보자는 명품 지갑을 챙겨 들고 서둘러 나가버렸다.

송가을은 고석동에게 취재 내용을 보고했다. "더 알아봐야겠지만, 신뢰가 안 가는 부분이 많다"고 의견을 덧붙였다. 그럼에도 고석동은 "줬다는 사람 워딩이 구체적으로 있는데 일단 쓸 수 있는 거 아니냐"며 자꾸만 기사를 밀어붙이려고 했다. 하지만 송가을 느낌에는 아무리 봐도 무리였다.

이즘 고석동은 몸이 달아 있었다. 대선 국면에서 여당반이 존재감을 발휘하지 못하고 있다는 평가를 신경 쓰는 듯했다. 특히 야당반이 김춘익 인터뷰를 1빠로 따낸 반면 김동 인터뷰는 무려 일곱 번째로 실리자, 사내에서는 '여당반 무능론'이 사람들 입에 오르내렸다. 이 동네 사람들은 정말이지 쉴 새 없이 입을 움직여댔다.

하지만 기사라는 걸 함부로 쓸 수 없었다. 제보자의 말이 팩트라고 확신할 수 없었다. 선거가 다가올수록 발언 하나, 기사 하나의 영향력이 더 커졌다. 당장 허남인이 사립유치원 지지 발언을 했다가 한 큐에 날아가지 않았나. 중요한 국면일수록 마음을 느긋하게 가져야지 싶었다. 아리송할 땐 고가 아니라 스톱이 맞았다.

그런데 이러다 진짜 대한신문에 주면 어떡하지? 또 배정민이 나서는 거 아냐? 그 자식 취재 잘하는데……. 거기서 이걸 특종으로 만들어낸다면……. 아, 물먹기는 정말 싫은데……. 마음이 편치 않았다. 그렇다고 고석동 반장의 확신이 자신의 것이 될 수는 없었다. 선배의 판단은 여러 참고사항 중 하나에 불과했다. 고석동이 왜 저러는지도 너무나 잘 알았다. 성과를 내서 정치부장이 되고 싶겠지. 그의 조급함을 이해하는 만큼 옆에서 더 견제하자는 생각이 들었다.

정치부에 온 뒤 1년 5개월 동안 가장 뼈저리게 느낀 건 함부로 확신하지 말자는 것이다. 내 기사로 대법관이 된 이가 정의롭기만 할 거라고, 서수경이 평생 옆에서 든든한 멘토가 돼줄 거라고 확신하지 말았어야 했다. 욕망의 용광로

같은 이곳에서 복지부 국장이 선한 마음만 갖고 있을 거라고, 허파 전성시대가 영원할 거라고 쉽게 믿어서도 안 됐다. 의심하고 또 크로스 체크하는 것만이 기자로서 살아남고, 살아가는 길이었다.

송가을은 고석동에게 단호하게 말했다.

"안 됩니다. 이대로 못 질러요. 더 알아볼게요. 저를 믿고 기다려주세요."

*

문주민은 최창수를 여의도의 일식집으로 불렀다. 두 사람은 룸에 앉아 술잔을 기울였다. 광어회가 신선했고 새우튀김은 바삭했다. 둘 다 사케와 잘 어울렸다. 대선이 20일밖에 남지 않았는데 이런 여유라니……. 최창수는 의아해하면서도 약간의 기대를 품었다. 문주민이 자신을 괜히 불렀을 리 없었다. 아니나 다를까 문주민은 노란 서류 봉투를 내밀었다. 꽤 두툼했다. 발신인 자리에 빨간 글씨로 이렇게 쓰여 있었다.

TOP SECRET. 1급 제보

현재 김춘익의 지지율은 40에서 45퍼센트 사이를 횡보

중이다. 김동은 35퍼센트 안팎을 유지하며 틈틈이 추격을 시도했다. 정책은 이미 다 나와 있었다. 김춘익은 안보 강화와 감세, 부동산 규제 완화 등을 내세웠고 김동은 환경 보호와 증세, 기본소득 등을 간판에 내걸었다. 양쪽 다 한 방이 없었다. 선거 운동 분위기는 갈수록 지지부진했다.

문주민은 봉투를 내려다보며 말했다.

"이 서류가 우리 캠프의 가장 강력한 한 방이 될 거야."

이어 아주 심각한 표정을 지으며 "고도일보에서 제대로 다뤄보라"고 했다. 최창수는 서둘러 서류 봉투를 열었다. 첫 장을 보자마자 눈이 휘둥그레졌다. 그 안에 담긴 건 김동 후보의 비리였다.

내용은 이랬다. 김동 후보의 부인은 한 중소 제약회사 연구소에서 일하다 얼마 전 지역 작은 대학의 제약학과 교수로 자리를 옮겼다. 그에게는 국내 박사 학위가 있었다. 해외 유명 대학 학위 소지자들이 수두룩한데 그들을 제치고 김동 후보의 부인이 교수 자리를 꿰찬 게 이상하지 않냐는 거였다. 대학 규모와 상관없이 교수 임용은 하늘의 별 따기였다. 실제 김춘익 캠프에서 자체적으로 조사해 보니 엄청난 사실이 드러났다고 했다. 김동 후보가 부인의 취업을 대학에 청탁했고, 이 압력에 의해 임용이 실현됐다는 것이었다. 이른바 취업 비리였다. 자료에는 이 과정을 잘 안다는 세 사람의 대화

내용이 녹취록으로 첨부돼 있었다.

A: 학교에 소문이 무성했어요. 그때 당 대표 후보였는데 대선까지 노리는 자라고. 부인이 낙하산으로 내려온다고.

B: 김동. 랩해서 개망한 인간이잖아.

C: 어. 김동 부인이 내려온다고. 점수 제일 낮은데 결국 뽑힐 거라고. 무슨 범이야? 내려오게? 푸핫.

A: 국회의원이면 끗발 있잖아요. 사회가 바뀌었다고 해도 여전하거든요. 이렇게 작은 동네에선 더더욱.

B: 근데 진짜로 임용된 거야. 웃겼지?

C: 와서 연구도 잘 안 하고. 곧 남편 대선 도와야 한다고 맨날 나돌아다니고.

B: 자기가 벌써 영부인이야 뭐야?

A: 진짜 비호감. 크크.

이들이 누구인지는 나와 있지 않았다. 문주민은 신원을 결코 밝힐 수 없다고 했다. 이들의 안위가 달려 있기 때문이라고 했다. 다만 음성 변조 버전의 녹음파일을 줄 수 있을지 논의해보겠다고 했다.

최창수는 얼른 추가 취재를 해보겠다고 했다. 서둘러 자리를 뜨려는데 문주민이 미소를 지으며 말했다.

"기억나? 내가 인터뷰 1빠 줄 때 조건이 있다고 했던 거. 결정적일 때 우리가 써달라는 기사 하나는 꼭 써야 한다는 거."

"기억하지예. 곧 연락드리겠습니다."

최창수는 일식집을 빠져나온 뒤 자료를 기민호에게 건넸다. 중요한 자료이니 보안을 철저히 하고, 쓸 만한지 크로스체크를 해보라고 했다.

"이 건 제대로 터뜨리면, 이번 대선판 우리가 흔드는 거래이. 대신 진짜 확실하게 알아봐야 한데이. 니 기자 인생을 걸고 제대로, 알았제?"

기민호는 두근거리는 마음으로 서류 봉투를 열었다. 내용을 보고는 눈이 번쩍 뜨였다. 이런 대박 건이 내 손 안에 들어오다니. 그것도 대선을 코앞에 두고!

기민호는 곧바로 취재를 시작했다. 해당 대학을 방문해 관계자들을 만났다. 교수 자리에 지원했다가 떨어진 사람들도 찾아갔다. 관련 자료를 모으고 교육부도 취재했다. 그렇게 미친 듯이 이 건에 매달렸다.

아닙니다, 모릅니다.

관계자들은 두 가지 태도로 일관했다. 익숙한 반응이었다. 맞는다 한들 그들이 바로 인정할 리가 없었다.

하지만 기자에게는 같은 '아닙니다'를 두고도 맞는데 아니라고 하는지, 진짜로 아니어서 아니라고 하는지 판단할 수 있는 감이 있어야 했다. 말할 때 눈빛과 표정, 목소리의 떨림 정도, 얼굴의 경련 여부, 손동작 등 모든 제반 사항을 총합해 결론을 내려야 했다. 취재 기자의 감은 종합예술에 가까웠다.

그러나 기민호는 몰랐다. 아니라서 아니라고 하는 것 같기도 하고, 맞는데 거짓말하는 것 같기도 했다. 몇 년간 취재를 해오면서 내게는 왜 아직 감이라는 게 생기지 않은 걸까. 고민이 깊어졌다. 이럴 때 송가을이라면 어떤 판단을 했을까.

기민호는 녹취록 속 세 사람을 만나고 싶다고 했으나 문주민은 제보자 보호 차원에서 절대 불가하다고 했다. 취재는 벽에 부딪혔다.

대선이 이제 진짜 얼마 남지 않았다. 최창수와 기민호는 머리를 맞댔다. 최창수는 고심 끝에 아무래도 그냥 접는 게 낫겠다고 했다. 녹취록이 굉장히 디테일하긴 하지만 이대로 지르는 건 너무 위험하다고 판단했다.

반면 기민호는 포기할 수 없었다.

"이 정도면 쓸 수 있지 않아요?"

그러자 최창수는 이렇게 물었다.

"니 직접 관련자들 만나보니까 어떻드나? 감이 확실히 오대?"

감이 온 적은 없었다. 그러나 기민호는 왔었을 수도 있다고 생각했다. 어렴풋하게, 감이 왔다 간 것 같기도 했다. 그러곤 대답해버렸다.

"제 감으로는 관계자들이 거짓말을 하는 것 같습니다."

이 말을 뱉은 뒤부터 기민호는 진짜로 그렇게 믿기 시작
했다. 무엇보다 자세한 녹취록이 있지 않나. 이걸 준 사람은
고도일보에서 무려 정치부장까지 역임했던 자다. 그가 보통
사람인가. 아무 자료나 줄 리가 없지 않은가. 전직 정치부장
의 능력을 과소평가할 필요는 없다. 최근 양의철을 키워내고
지금 김춘익까지 꽉 잡고 있는 사람이다. 그 선배를 믿어보자.

그리고 내가 이 기사를 쓴다면……. 그렇게 된다면, 일생일
대 최대 특종을 하게 되는 것이고 대선판을 뒤흔들 수 있다.
고도일보 간판 기자가 되는 건 물론이고 사회적으로 유명해
질 것이다. 스타 기자로 목소리를 높일 수 있을 것이다.

그렇게만 된다면……. 어쩌면 마음속 깊이 묻어둔, 언젠
가 능력이 생기면 쓰고 싶었던 기사, 아버지의 억울함을 풀
어줄 기사를 내가 직접 써낼 수 있지 않을까. 유명한 기자가
되어 나선다면 아버지처럼 억울한 사례가 다시는 나오지 않
도록 제도를 바꿀 수도 있다. 나는 지금 그런 날이 오냐 마냐
의 갈림길에 서 있다. 나에게 이런 기회가 또 온다는 보장은
없다. 나는 지금 인생의 기로에 서 있다…….

기민호는 결국 이렇게 말했다.

"기사 쓰겠습니다. 저를 믿어보시죠."

*

　기민호의 기사가 나간 뒤 김동의 지지율은 크게 떨어졌다. 가뜩이나 취업난의 시대였다. 취업 비리 의혹은 많은 이들의 공분을 샀다. 한때 김춘익 43퍼센트, 김동 39퍼센트로 바싹 추격하던 지지율이 다시 김춘익 45퍼센트 대 김동 34퍼센트로 벌어져버렸다. 김동은 보도가 사실이 아니라며 펄쩍 뛰었지만 소용없었다. 김동 캠프 법무팀은 해당 보도를 한 고도일보와 기민호 기자를 허위사실 적시에 의한 명예훼손 혐의로 검찰에 고발한다고 발표했다.

　보도가 나가자마자 김춘익 캠프는 기다렸다는 듯 녹음파일을 인터넷에 풀었다. 음성 변조 때문에 누구 목소리인지 알 수 없었는데, 오히려 그게 사람들의 관심을 더 끈 것 같았다. 목소리가 익살스럽게 들렸다. 패러디 영상이 돌았다. 김동 캠프는 김춘익 캠프도 명예훼손으로 고발했다. 이제 김동 캠프에는 단일화 외에 다른 카드가 없어 보였다.

　윤장미는 정민순에게 매일 물었다. 하루도 빠짐없었다.

　"대표님, 아니 후보님. 죄송하지만 혹시라도 단일화하실 겁니까?"

　정민순은 매번 "아니"라고 대답했다. 그런데 정민순의 목소리에서 갈수록 힘이 빠졌다. 첫날에는 "아니!"라고 외쳤다면 중간 즈음에는 "아니……"였다. 극진보당을 오래 출입한 윤장미는 목소리의 차이를 분명히 인지할 수 있었다.

10퍼센트의 지지율은 매우 소중했다. 하지만 15퍼센트를 넘지 못하면 큰 부담이 돌아온다는 걸 정민순은 잘 알고 있었다. 15퍼센트를 넘겨야 국가로부터 선거 비용을 전액 보전받을 수 있었다. 10에서 15퍼센트는 절반을 받고, 10퍼센트를 못 넘기면 한 푼도 못 받는다. 지지율이 지금보다 조금만 빠져도 경제적으로 큰 위기가 올 수 있었다. 현재 10퍼센트에서 5퍼센트가 더 오를 가능성보다 1퍼센트가 빠질 가능성이 더 컸다. 고민이 깊어졌다. 윤장미는 고심하는 정민순을 향해 말했다.

"저는 완주하시기를 지지하지만, 언젠가 결단을 하시게 되면 꼭 저에게 먼저 말씀해주세요."

"알았어. 그동안 우리 정책 열심히 소개해줘서 고마워. 덕분에 유세하면서 유권자들로부터 감사 인사를 많이 받았어. 그렇게 목소리를 내준 것만으로도 너무 고맙다고. 이번에는 실현되지 못하겠지만 힘을 내겠다고."

이 말을 들으며 윤장미는 확신했다. 정민순이 조만간 후보직을 내려놓을 것이라는 걸. 정민순은 말을 이어갔다.

"그리고 윤 기자, 웬만하면 부친이랑 풀어. 윤 의원이 나한테 물어보더라. 윤 기자 잘 지내고 있냐고. 윤 의원, 나랑 친하지도 않은데 와서 묻더라고. 부친이 겉으로 세게 나와도 속으론 윤 기자 엄청 걱정하고 있을 거야."

"말씀 감사해요. 그치만 집안일은 제가 알아서 하겠습니다."

윤장미는 서둘러 자리를 떴다. 왜 남의 출입처에 가서 딸의 안부를 물어? 윤 의원, 그러니까 아빠라는 사람은 왜 그렇게 여기저기 들쑤시고 다니는 건지 마음에 들지 않았다. 아니, 애초 마음에 드는 구석이 하나도 없었다.

정민순을 취재하고 집으로 돌아가는 길에 윤장미는 조만간 독립해야겠다고 생각했다. 윤장미의 집은 윤용정 지역구의 한복판에 있었다. 정확히는 윤용정의 집이었다. 아빠의 집에서 독립해야 감정의 골이 더는 깊어지지 않을 것 같았다. 그때 익숙한 음성이 마이크를 타고 들려왔다. 윤용정이었다. 지역구에서 보국당 선거 운동을 하는 모양이었다. 그는 유세 트럭 위에 마이크를 들고 서 있었다.

"김춘익 후보는 깨끗합니다. 부인을 불법으로 취업시키고, 그런 거 없습니다. 김춘익 후보는 그럴 여지도 없습니다. 부인은 현모양처로, 계속 가사에만 집중하고 있습니다. 반면 김동 후보는 어떻습니까, 여러분! 썩지 않았습니까? 지금이야말로 깨끗한 후보로 정권 교체를 해야 할 타이밍입니다, 여러부운!"

윤용정의 목소리가 쩌렁쩌렁 울렸다. 퇴근 시간이라 그런지 유세차 앞에는 사람이 많았다. 윤장미는 그 앞을 모르는 사람인 양 스쳐 지나가려 했다. 어차피 그와 대화하지 않은 지 한 달이 다 돼가니, 그냥 지나친대도 특별히 어색할 건 없어 보였다.

윤장미는 아빠가 자꾸 자신의 삶을 교정하려고 하는 걸 이해할 수 없었다. 결국 나를 엄마처럼 만들려는 거 아닌가? 싫다. 그의 말은 듣지 않을 것이다. 나는 저널리스트로서 멋지게 성공할 거다. 그러니 더는 내 삶에 참견하지 말라……. 트럭 앞을 지나치며 윤장미는 속으로 그렇게 되뇌었다.

그때였다. 갑자기 한 남성이 과도로 보이는 칼을 들고 트럭 위로 뛰어올랐다. 윤장미 바로 앞에서 순식간에 벌어진 일이었다. 칼끝은 정확히 윤용정 의원을 향하고 있었다. 그때 윤장미는 남성의 눈빛을 똑똑히 보았다. 광기가 가득했다. 그 순간 윤장미 역시 유세차 위로 뛰어올라갔다. 동시에 아빠를 감싸 안고 온몸으로 칼을 막았다. 칼은 윤장미의 왼쪽 목덜미를 찔렀다. 칼끝이 5센티미터가량 보이지 않았다. 새빨간 피가 유세차 바닥에 후두두 쏟아졌다. 남성은 곧 제압됐지만, 윤장미는 털썩 쓰러지고 말았다. 아빠의 품 안에서였다.

"장미야! 119! 내 딸 살려줘!"

*

서수경은 뭔가 이상하다고 생각했다. 녹음파일 속 세 사람은 한껏 조롱하는 투로 김동 후보를 비꼬았다. 대선 후보를 날릴 수 있는 제보를 하고 있음에도 진중함이란 찾아보기 어려웠다.

"무슨 범이야? 내려오게?" "비호감. 크크."

웃음과 농담을 곁들인 대화를 앞다퉈 쏟아냈다.

취재할 때 많은 제보자를 만나봤다. 익명의 제보자들은 말 자체를 굉장히 조심스러워했다. 특히 개인이 잘 쓰는 단어나 어투가 드러나지 않게 말하려고 애쓰곤 했다. 신원이 노출되지 않게 늘 신경을 곤두세웠다. 그런데 이번 녹취는 달랐다. 게다가 보도가 나오자마자 김춘익 캠프에서 녹음파일을 공개해? 같은 제보가 고도일보와 캠프에 동시에 들어갔다는 건가?

서수경은 미친 듯이 취재하기 시작했다. 김동 후보 부인의 임용 과정을 알 수 있는 사람을 추려보니 여섯 명이었다. 몇 시간씩 뻗치기를 하며 이들을 일일이 다 만났다. 다시 사회부 기자로 돌아간 듯했다. '3초 서수경'은 괜히 생긴 말이 아니었다.

다들 고도일보 보도 내용은 결코 들어본 적 없는 얘기고,

396

김춘익 캠프와 만난 적도 없다고 했다. 누가 그런 발언을 해서 녹음파일이 만들어진 건지 자기들도 너무 궁금하다고 했다.

"이 임용에 개입한 사람은 뻔하거든요. 서로 누군지 잘 알고요. 그런데 저희 빼고 대체 누가 저런 대화를 나눴다는 걸까요? 이해가 안 돼요."

그즈음 검찰은 대선이 얼마 남지 않은 점을 감안해 캠프별 고소 고발 건을 신속하게 수사하겠다고 발표했다. 다민당과 보국당은 그동안 십여 건의 고소 고발을 서로 주고받은 바 있다. 양 캠프로 곧 압수수색이 나올 수 있다는 소문도 돌았다.

그때 김동 캠프의 법무팀에서 서수경에게 문의를 해왔다. 김춘익 캠프에서 이럴 바에 서로 고발을 취하하자는 제안을 했다며 어떻게 할지 의견을 물었다. 지금 이 시점에 취하하자고? 하필 녹음파일 건을 고발하고, 검찰이 본격 수사 방침을 발표한 직후에? 서수경은 감이 왔다. 아주 확실한 감이었다.

서수경은 이번엔 방향을 바꿔 김춘익 캠프 관계자들을 치밀하게 취재하기 시작했다. 자원봉사자부터 실무진까지 차근차근 접촉했다. 김춘익 캠프와 김동 캠프에는 많은 자원봉사자와 실무진이 있었는데, 지지하는 정당과 관계없이 그들끼리 여러 갈래의 네트워크를 형성하고 있었다. 소개에 소개가 이어졌다. 기자 시절부터 익숙하게 해오던 일이었다.

그리고 드디어 20대 청년인 한 실무진을 만나게 됐을 때 서수경은 그가 결정적 취재원이라는 것을 바로 알아차릴 수 있었다. 이어 이번 대선판이 크게 흔들릴 수 있다는 걸 직감했다. 그는 매우 초조해하며 다리를 달달 떨었다. 연신 아랫입술을 물어뜯었다. 그러면서 자초지종을 털어놨다.

녹음파일은 완전히 조작된 결과물이었다. 캠프에서 김동 후보 부인의 취업 비리와 관련해 '썰'을 들었지만 아무리 찾아봐도 실제 확인할 방법이 없었고, 대선이 임박한 만큼 급한 대로 자료를 직접 만들자는 결론을 내렸다는 것이다. 어차피 맞을 것 같으니 가짜 자료로 일단 지르고, 그 결과 대선에서 확실하게 이기면 별 탈 없이 넘어갈 거라 판단했다고 한다.

김동이 4퍼센트 포인트 차이로까지 따라왔을 때 캠프 실무진 세 명은 결국 이 계획을 실행에 옮겼다. 김동 부인의 임용에 관여한 사람인 양 사칭해 녹취록을 만들었고 이는 문주민에게 전달됐다.

20대 청년이 서수경을 만나기로 결심한 건 선처를 호소하기 위해서였다.

"저 빨간 줄 그어지는 거 아니죠? 저 취업해야 해요. 스펙 쌓으려고 캠프 왔다가 너무 열심히 한 죄밖에 없어요. 진짜

무서워요. 대변인님, 힘 있으시잖아요. 제발 고발을 취하해 주세요. 이렇게 다 말했잖아요……."

서수경은 청년이 매우 안쓰러웠다. 그러나 그냥 넘어갈 수 없었다. 이건 대선이다. 제보조작 건은 유권자들에게 너무나 많은 영향을 미치고 있었다. 서수경은 "실무진에게는 최대한 가벼운 처벌을 하되, 윗선에 수사를 집중해달라고 검찰에 탄원해보겠다"고 답했다. 청년은 '윗선'은 없다며 입을 다물었다. 설사 실무진의 치기 어린 행동에 그친다 하더라도 후폭풍은 거셀 게 분명했다.

서수경은 김춘익 캠프의 제보조작 건을 전격 발표했다. 모두 깜짝 놀랐다. 상상도 못 할 일이었다. 대선 캠프에서 상대 후보를 깎아내리기 위해 제보를 조작하는 것은 전례가 없었다. 민주주의의 근간을 해치는 일이기도 했다. 예상대로 반응은 어마어마했다. 김춘익의 지지율은 크게 하락했다. '제보 조작당'이라는 수식어가 어딜 가나 따라다녔다. 수세에 몰렸다.

김춘익은 "전혀 몰랐던 일"이라면서도 "관리 책임을 통감한다"며 대국민 사과를 발표했다. 김동 캠프는 "후보직에서 물러나라"며 공세 수위를 높였다.

그러나 실제로 실무진 세 명만의 작당 모의인지, 문주민 등 캠프 고위 관계자들, 특히 김춘익 본인이 알고 있었는지는 결국 알아내지 못했다. 사건은 검찰의 손으로 넘어갔다.

이렇게 대선판이 출렁이는 가운데, 결정적인 이벤트가 펼쳐졌다. 후보 단일화였다.

극진보당 정민순은 후보직을 내려놓겠으며 앞으로 김동을 지지하겠다고 발표했다.

김동은 사전에 정민순을 물밑에서 접촉하며 당선 시 노동부 장관 자리를 극진보당 몫으로 내놓겠다고 약속했다. 정민순 캠프는 여섯 시간 넘게 내부 회의를 진행했다. 다섯 명의 공동선대위원장 중 네 명은 단일화에 찬성했으나 한 명이 반대했다. 정민순은 그를 설득했다. 결국 극진보당은 선거비 폭탄 위험을 피하고 실리를 챙기기로 했다. 발표 전 정민순은 선대위원장들 앞에서 이렇게 말했다.

"비록 이번에는 중도 하차하지만 이건 다음을 도모하기 위해 한발 물러서는 것입니다. 우리가 함께 꿨던 꿈을 절대 포기하지 않겠습니다."

정민순이 확보한 10퍼센트가 모두 김동 몫으로 간다는 보장은 없었지만, 단일화로 인해 김동 후보가 최소 5, 6퍼센트는 더 확보하게 된다는 게 여론조사 기관의 분석이었다. 제보조작 건으로 김춘익의 지지율은 주춤한 상태였다. 하락했다는 조사 결과도 있었다. 이럴 때 김동 후보가 치고 올라간다면…… 누구도 최종 결과를 예단할 수 없게 됐다.

제보조작 폭로와 후보 단일화. 두 개의 폭탄이 떨어진 뒤 전국이 들썩였다. 민심은 늘 그러하듯 즉각 반응했다. 마지막으로 공표된 여론조사에서 김춘익과 김동의 지지율은 40.4퍼센트 대 40.1퍼센트로 비등해졌다.

정민순은 약속대로 윤장미에게 1보를 날릴 기회를 주려 했지만 당분간 윤장미의 바이라인으로 기사가 나갈 수 없었다. 윤장미는 아직 깨어나지 못한 채 병원에 입원해 있었다. 생각보다 출혈량이 많았던 탓이었다.

윤용정 의원은 모든 유세 활동을 중단하고 딸 옆을 지켰다. 그는 윤장미의 귀에 대고 이렇게 말했다.

"어서 깨어나서 너 하고 싶은 거 다 하고 살아라. 네 앞길 막지 않으마. 그러니까 제발 깨어나기만 해라, 내 딸 장미야……."

고도일보는 내부 징계위원회를 열었다. 조사 결과 기민호의 취재가 미흡했음을 확인했다. 문주민이 건넨 제보 문건에 대해 크로스 체크가 제대로 이뤄지지 않았는데도 성급하게 기사를 내보냈다는 것이다.

"다 제 탓입니다. 최창수 선배는 잘못 없고요. 제가 고집을 부렸습니다."

기민호는 모든 걸 인정했다. 고도일보 독자위원회는 이번 사안으로 고도일보 신뢰도가 바닥에 떨어졌다며 재발 방지

를 위해 특단의 조처가 있어야 한다고 촉구했다. 편집국장은
이에 대한 책임으로 스스로 국장 자리에서 물러났다.

고도일보 징계위는 평기자 징계 결과를 발표했다. 최창수
는 정직 2년을 통보받았다. 기민호에 대한 결과도 발표됐다.

고도일보 징계위원회 결과

기민호(기자): 해고

*

기민호는 회사에 기자증을 반납했다. 노트북도 되돌려줬
다. 노트북 키보드 중에 R, L, A, C 등의 글씨가 살짝 지워져
있었다. 평소 자주 친 자판들이었다. 조합해보니 '김춘익'이
었다. 1년 6개월 동안 김춘익이라는 주어로 시작되는 문장을
얼마나 많이 쳐댔던가. 새삼 많은 시간이 지난 걸 깨달았다.

집에 돌아오니 아무 일이 없었던 것처럼 고요했다. 몇 년
간 기자 생활을 했던 게 그저 한 번의 깊은 꿈이었던 것처럼
아득하게 느껴졌다. 그동안 작성한 숱한 기사들을 떠올려보
려 했다. 그러나 잘 생각나지 않았다. 머릿속에서 어렴풋하
게 '기민호 기자'라는 바이라인이 보이는 듯했지만, 너무 뿌
예서 알아볼 수 없었다.

정말 꿈을 꾼 걸까. 기자가 되고 힘을 키워 하고 싶은 걸 한다는 것 자체가 애초에 허황한 꿈이었나. 무엇이 나에게 무리한 욕심을 갖게 하고 그런 선택을 하게 하였나. 무언가에 씌었던 걸까. 기민호는 어느 질문에도 답을 찾지 못했다.

대선 투표 날이었지만 투표를 하지 않았다. 그렇게 디데이를 세며 목 빠지게 바라보던 대선인데, 남의 나라 일인 양 무덤덤하게 느껴졌다. 그깟 대선이 뭐라고⋯⋯. 아, 이제 그만 생각하자⋯⋯. 기민호는 고개를 가로저었다.

애들 소식은 궁금했다. 배정민은 김동을 뽑으면서 청와대행을 꿈꾸고 있으려나. 그 녀석, 짐벌 사용법 좀 더 가르쳐줘야 하는데⋯⋯. 박동현은 투표장 앞에서 리포팅하고 있겠지. 또 얼마나 혼자 나이스한 척하고 있을 거야. 은근히 귀엽다니까. 그리고 송가을. 송가을은 지금 뭘 하고 있을까. 송가을로부터 부재중 전화가 37통 와 있었다. 이러다 '미친개' 고규범처럼 130통을 넘기는 거 아니겠지. 문자도 여러 개 수신되었다.

"기민호! 전화 좀 받아라! 플리즈!" "방어회 사줄게! 기름진 방어회 먹자."

그렇지만 도저히 전화를 받을 수 없었다. 너무 받고 싶지만, 잠시라도 목소리를 들으면 좋겠지만 용기가 안 났다. 박새롬의 자살 뒤 칩거 시절 내가 전화를 걸었을 때 송가을도 이런 느낌이었을까. 이럴 때 우리가 방송 기자였다면 좋을 텐데. TV를 틀면 얼굴이라도 볼 수 있으니⋯⋯.

기민호는 옆에 놓인 오늘 자 고도일보를 펼쳤다. 송가을의 바이라인을 찾았다. 송가을 기자⋯⋯ 여기 있다! 인쇄된 이름을 검지로 천천히 눌러보았다. 글씨의 질감이 느껴지는 듯했다. 이 기사를 쓰기 위해 또 얼마나 열정적으로 취재했을까. 글씨에서 송가을의 목소리가 들리는 듯했다.

대선 한복판에서 송가을은 제보를 받고 크로스 체크가 온전하지 않다며 기사화를 막았다지. 기사를 내자는 반장을 외려 설득해내고 결정적 순간에 나와 정반대의 선택을 했다. 역시 멋진 기자다. 나도 송가을 앞에서 멋진 기자, 동료, 그리고⋯⋯ 남자가 되고 싶었는데⋯⋯. 이제 완전히 망해버렸다. 언제쯤 송가을의 전화를 받을 수 있을까.

기민호는 멍하니 누워 천장만 바라봤다. 아버지는 투표하러 나가고 집에 없었다. 그 한 표 행사하지 않는다고 세상에 큰일 나는 것도 아닌데, 아니 그 한 표 행사한다고 세상이 달라질 것도 아닌데 편치 않은 몸을 이끌고 꾸역꾸역 투표장에 나가는 걸 보니 속이 답답했다. 아들이 출근을 하든 기사를 쓰든 평소 별다른 관심도 없던 양반이 언제부터 나라 돌아가는 거에 그렇게 관심이 있었다고 열심히도 투표하러 나갔단 말인가.

기민호는 아버지 방에 들어갔다. 자리를 비운 사이 방이나 쓸어야겠다 싶었다. 지금은 그저 아무 의미 없는 동작을 닥치는 대로 이어내고 싶었다. 아버지의 방은 정갈했다. 딱히 먼지도 없었다. 구석에 좌식 책상이 하나 놓여 있었는데 그 위로 노트가 여러 권 보였다.

일기를 쓰시는 건가? 기민호는 그중 한 권을 들어서 펼쳤다. 가장 두꺼운 노트였다. 그리고 눈물을 쏟았다.

노트에는 기민호의 기사가 빼곡히 스크랩돼 있었다. 기민호가 입사해 처음 쓴 기사부터 마지막에 쓴 김동의 비리 혐의 기사까지 하나도 빠짐이 없었다. 종이신문을 일일이 가위로 잘라 딱풀로 꼼꼼하게 붙였다. 중간중간 노란 형광펜으로 줄이 쳐 있었다. 그리고 기민호의 바이라인에는 늘 밑줄이 그어져 있었다. 자를 대고 그은 듯 반듯한 줄이었다.

기민호는 노트를 한 장 한 장 넘기며 눈물을 흘렸다. 신문지의 회색 용지가 검게 변해갔다.

*

대선이 끝나고 결과가 발표됐다. 김동의 승리였다.

김동 후보는 43퍼센트의 지지율을 얻어 41퍼센트의 김춘익 후보를 누르고 대한민국 대통령이 되었다. 헌정 사상 첫

50대 대통령이었다.

박동현은 국회 정문 앞 레드카펫 위에 섰다. 앞에 송가을이 서 있었다. 표정이 좋지 않았다. 걱정이 많은 것 같았다.

"윤 선배, 아직 못 깨어나신 거지?"

박동현이 묻자 송가을은 고개를 끄덕였다.

"기민호 자식은 아직도 집에만 있고?"

마찬가지로 송가을은 고개를 작게 끄덕였다. 뭔가 위로를 해야 했다.

"왜 시련은 한꺼번에 찾아올까. 대선이 뭐라고……. 생각해보면 아무것도 아닌데, 그치?"

이렇게 말한 뒤 박동현은 자기 자신을 떠올렸다. 사실 박동현은 송가을에게 고백할 기회를 몇 번이나 날렸다. 남도사랑방 앞에서는 판이 깔리기까지 했으나 놓쳤다. 대선이 끝난 뒤에 고백하자 싶었다. 꾸미의 연애 금지 조항이 신경 쓰였고, 무엇보다 송가을의 마음에 여유가 없을 것 같아서였다. 그런데 송가을은 지금도 여유가 없어 보였다. 대선이고 뭐고 그냥 서두를 걸 그랬나. '대선이 뭐라고'는 자신에게 하는 말이기도 했다.

"근데 박동현, 할 말이 뭐야? 나 빨리 가봐야 할 것 같은데."

박동현의 아랫입술이 살짝 떨렸다. 마음을 진정시키고 입을 열었다.

"실은······ 그게 실은······. 나였어. 빨간펜. 네 답안지에 빼곡하게 좋은 점 써놨던 사람."

송가을은 놀라 말을 잇지 못했다.

"나 애초에 너 때문에 그 수업 들은 거야. 너 보고 싶어서. 도서관에서 신문 보고 있는 널 봤거든. 5년도 더 된 일이야. 기자도 너 때문에 됐어. 네가 정치부로 발령받고 우리 꾸미에 온다고 했을 때 심장이 터져버리는 줄 알았다. 운명이구나 싶었고."

송가을은 여전히 입을 떼지 못했다.

"네가 그 빨간펜 덕분에 용기를 얻고 처음으로 희망을 느꼈다고 했을 때 울컥했어. 그래서 이제는 고백해야겠다 했는데 많이 늦어졌네. 그놈의 대선이 뭐라고."

박동현은 크게 숨을 들이쉰 뒤 말했다.

"송가을. 나 너 좋아해."

송가을의 눈동자가 미세하게 흔들렸다. 박동현은 어서 말을 이어가야 했다.

"지금 많이 힘들겠지만, 혹시 괜찮다면······ 내가 옆에 있으면 안 될까? 네 옆에 있고 싶어, 송가을."

글씨체를 보고 혹시 박동현일지도 모른다고 생각했지만

진짜일 줄은 몰랐다. 박동현에게 "나 좋아하냐"고 물었다가 망신만 당한 뒤엔 모든 상상을 접었다. 그런데 그게 다 사실이었다고? 그럼 내가 희망을 갖고, 깊은 수렁에서 벗어나 기자가 되고, 정치부에서 대선을 치르고, 지금 이렇게 국회 앞에 서 있게 된 게 다 박동현 덕분이었단 말인가.

정말 감사한 일이었다. 박동현은 인생의 은인이고 귀인이었다. 나는 박동현 덕분에 기자가 되었는데 박동현은 나 때문에 기자가 되었다니⋯⋯. 이 기막힌 인연을 어떻게 해석해야 할지 머릿속에 하얘졌다.

그런데 이상했다. 기쁘고 벅찬 게 아니라 무언가 아리고 슬펐다. 왜 이렇게 마음이 아프고 헛헛하기만 하지.

송가을의 손에는 고도일보가 들려 있었다. 맨 앞장, 1면에 신입 기자 채용공고가 인쇄돼 있었다. 송가을은 신문을 가만히 바라봤다. 송가을 머릿속에 한 얼굴이 계속 떠올랐다. 송가을은 고개를 들어 박동현을 바라봤다.

"미안해, 박동현. 나, 가봐야 할 것 같아. 내가, 지금 내가, 옆에 있어 주고 싶은 사람이 있거든."

이번엔 박동현이 말을 잇지 못했다.

"비록 명백한 실수를 했지만, 한 번의 실수로 모든 걸 포기하라고 말할 권리는 아무에게도 없다고, 충분히 반성하고 원점에서 새롭게 시작해보자고, 옆에서 토닥여주고 싶은 사람이 있어. 나 지금 그 사람한테 당장 가봐야 할 것 같아."

박동현은 송가을 손에 들린 신입 기자 공고를 가만히 내려다보았다.

"그거 지금 기민호에게 가져다주려는 거구나. 처음부터 다시 도전하라고……. 근데 송가을, 그거 동기로서 동료애일 뿐인 거지? 아니면 연민이나……."

송가을이 박동현의 말을 잘랐다.

"미안해. 동현아."

송가을은 힘차게 달려 계단을 내려갔다. 이어 국회 앞 잔디를 가로질렀다. 기민호에게 다시 시작하자고 말할 생각을 하니 신이 났다. 이게 박동현의 말대로 동료애인지 아니면 다른 무엇인지 정확히 알 수 없었지만 분명한 건 지금 이 순간 송가을은 기민호 옆에 있고 싶다는 거였다. 그에게 새로운 문을 열어주고 싶었다. 서둘러 그에게 가야 했다.

박동현은 송가을이 국회 담 정문을 빠져나갈 때까지 그 뒷모습을 한참 바라보았다. 갑자기 사회부에서 친하게 지냈던 선배의 말이 떠올랐다. 그 선배는 '아끼면 똥 된다'를 기자 생활의 좌우명으로 삼고 있다고 했다. 특종 냄새를 맡았을 때 괜히 이것저것 재다 보면 타사 놈들이 홀라당 보도해버리는 경우가 비일비재하니, 머뭇거리지 말라는 조언이었다. 중요할수록 즉각 움직이는 게 필수라고 했다.

박동현은 혼자 읊조렸다.

"내 인생, 똥 됐다."

기사는 타이밍이었다. 사랑도 마찬가지였다.

*

송가을이 택시를 막 잡아타자마자 회사에서 전화가 왔다. 정확히는 회사로 추정되는 곳이었다. 앞 번호는 같은데 뒷번호가 살짝 달랐다. 정치부가 아니라 다른 부서인 모양이었다. 서둘러 전화를 받았다. 국제부였다.

국제부 선배는 송가을에게 "당장 회사로 들어오라"고 했다.

"참, 9층 말고 11층으로 와야 한다? 국제부는 따로 있는 거 기억하지?"

영문을 몰랐다. 일단 가던 길을 멈추고 회사로 향했다. 국제부에 도착하니 선배들이 함박웃음을 짓고 있었다. 송가을에게 비싼 홍삼 음료를 권하고 푹신해 보이는 의자를 내밀었다. 뜻밖의 환대에 송가을은 어리둥절했다.

"실은 우리가 꼭 1빠로 인터뷰 따내야 하는 분이 계신데 잘 안 되고 있었거든. 신임 대사인데 파격적인 인선이 이뤄졌다는 정보를 오프 전제로 미리 들었어. 근데 오프를 깨긴 어려워서 당사자 컨펌이 필요했고. 사실상 인터뷰를 해달라는 거지."

　그런 얘기를 왜 다른 부서 기자인 나한테 하는 거지? 국제부 선배는 말을 이어갔다.

　"근데 계속 안 한다고 하다가 오늘 극적으로 인터뷰를 허락하셨어. 아직 공표 안 된 내용이라 완전 특종이야."

　국제부 선배는 신이 난 얼굴로 송가을을 바라보았다.

　"단, 송가을 네가 인터뷰하는 조건으로."

　내가 조건이라고? 아니, 내가 국제부 취재원을 인터뷰한다고? 대체 무슨 상황인지 이해가 안 됐다. 짧은 순간 혹시 영어로 해야 하는 건가 싶어 불안감이 엄습했다. 영어 울렁증은 토익 점수로 덮을 수 있는 게 아니었다. 송가을은 물었다.

　"아니, 선배. 대체 누구길래 그러세요?"

　"20대 여성으로 한국 대사가 된 엄청난 인물이야. 아, 나라를 말 안 했구나? 필리핀. 필리핀 대사."

　귀에 필리핀이라는 단어가 꽂히자마자 송가을은 소름이 돋았다. 한 얼굴이 떠올랐다. 설마…… 아니, 설마! 그때 선배가 출입문 쪽을 쳐다보며 말했다.

　"저기 오신다. 어서 오세요, 대사님."

　송가을 앞에는 친구가 서 있었다. 10년 전, 고등학생 시절 나쁜 친구들로부터 부당한 폭력을 당해야 했던 친구. 송가을이 인생 최대의 용기를 내어 도왔으나 폭력은 더 확대됐고, 어느 날 갑자기 엄마의 나라인 필리핀으로 돌아가버린 친구. 언젠가 한번 만나게 된다면 안아주고 싶었던 친구. 보고 싶었던 바로 그 친구.

옆에서 선배가 "한국에서 태어나 필리핀에서 고등 교육을 조기에 마치고 예일대에서 석박사 학위를 따냄과 동시에 필리핀 외교관 시험에서 사상 첫 만점으로 수석 합격한 뒤 첫 부임지로 태어난 나라인 한국에 오게 됐다"라고 배경을 설명했으나 송가을 귀엔 들리지 않았다. 그저 눈물이 주룩주룩 흘렀다.

그 친구 역시 눈물을 줄줄 쏟아내고 있었다. 송가을의 두 손을 잡고 말했다.

"그때, 네 용기 덕분에 내가 여기까지 왔어. 이 인터뷰는 우리 둘의 이야기야, 가을아."

인터뷰는 네 시간가량 이어졌다. 어릴 적 한국에서 겪었던 폭력과 당시 용기를 내어준 친구에 관한 이야기로 시작됐다. 집안 사정으로 필리핀에 돌아간 뒤 그 친구에게 부끄럽지 않은 사람이 되기 위해 밤낮으로 코피를 쏟으며 공부했던 이야기도 들려줬다. 어쩌면 한국에서 비슷한 경험을 하고 있을지도 모를 또 다른 '초코우유'를 위해, 그들에게 용기를 주고 싶어서 한국에 돌아왔다는 이야기도 주된 내용이었다.

국제부 선배들은 "1톱3박은 떼놓은 당상"이라며 신나 했다. 인터뷰를 이틀에 걸쳐 연재하고 바로 책으로 내자고 했다. 친구는 고도일보에서라면 다 좋다고 답했다. 친구는 송가을을 조만간 공관에 초대하겠다고 했다. 송가을은 "너무 좋다"며 연신 고개를 끄덕였다.

인터뷰를 마친 뒤 송가을은 형언할 수 없는 감정을 느꼈다. 신기하고 행복했다. 정말 벅찼고 감동적이었다. 동시에 슬프면서 아렸다. 그리고 감사했다. 한국에서 안 좋은 기억을 안고 떠났을 텐데, 그 뒤에 열심히 노력해서 이렇게 멋진 모습으로 돌아온 그가 정말 자랑스러웠다. 마음이 차오를수록 이 모든 감정을 함께 나누고픈 사람이 더 격렬하게 떠올랐다.

기민호.

전화를 해보았지만 여전히 받지 않았다. 송가을은 서둘러 택시를 타고 기민호의 집으로 향했다. 집 우편함에 신문을 꽂아두었다. 신입 기자 채용공고에 빨간펜으로 별표를 열개 쳐놓았다. 그곳이 잘 보이게, 우편함 한가운데에 꽂아 놓았다.

언론사들은 김동 정부의 첫 내각 구성을 먼저 보도하는데 혈안이 돼 있었다. 어느 장관 자리에 누가 가느냐를 타사보다 먼저 터뜨려야 '이 신문사는 이번 정권과 관련해 취재가잘되는 곳이구나'라며 초반부터 영향력을 과시할 수 있었다.김동 대통령은 첫 인사로 노동부 장관을 발표하기로 했다.

대한신문은 역시나 1등 신문이었다. 발표 하루 전 조간을통해 노동부 장관 인선 결과를 단독 보도했다. 파격 인선이었다. 김동 정부의 첫 노동부 장관은, 보국당 금문성 의원이었다.

김동 정부는 당파성을 뛰어넘어 탕평책을 펼치겠다며 인재가 있으면 어느 당이든 가리지 않겠다고 했다. 그 1호 인사가 노동부 장관, 금문성 의원이었다. 김동 정부는 금 의원이보국당 비례대표로서 노동자의 권익 실현을 위해 의정활동을 소신 있게 펼쳐온 점을 높게 평가한다고 했다. 금문성은기꺼이 수락했다. 대한신문을 비롯한 각 언론은 사설에서 이번 탕평책을 긍정적으로 평가했다.

극진보당은 내부적으로 반발했다. 노동부 장관 자리를 극진보당에 내놓는 조건으로 단일화를 극비리에 수락했는데,뒤통수를 맞은 격이었다. 정민순은 즉각 김동 측에 항의했지만 "다음을 기다려달라"는 답만 돌아올 뿐이었다. 정민순이 이 같은 답변을 당 내부에 전했으나 반발은 사그라들지 않았다.

특히 단일화 협의 당시 혼자 반대했던 공동선대위원장이 거세게 목소리를 높였다. "정 대표 중심의 리더십은 더는 유효하지 않다"며 "당을 새롭게 재편해야 한다"고 주장했다. 정민순도 '뒤통수 사태'에 책임을 통감했다. 그는 결국 대표직에서 물러나기로 했다. 극진보당은 전당대회를 열어 새로운 대표를 뽑기로 했다. 대선을 거치며 극진보당도 그렇게 새시대를 맞이하게 됐다.

김동은 청와대 인사에도 속도를 높였다. 첫 번째 인사로 청와대의 얼굴이자 출입 기자들을 상대할 대변인을 먼저 발표했다.

서수경이었다.

청와대 대변인에 40대 여성이 임명된 것은 이번이 처음이었다. 40대가 대변인을 맡은 것도 처음이었다. 언론 업계에서 '첫' 타이틀을 갈아치우던 서수경은 정치권에 발을 디딘 뒤에도 같은 행보를 이어갔다.

서수경은 청와대 브리핑룸에 마이크를 잡고 섰다. 카메라 플래시가 터졌다. 서수경의 어린 딸과 엄마는 집에서 떨리는 마음으로 생중계를 지켜보고 있었다. 서수경 엄마의 두 눈엔 눈물이 그렁그렁 매달렸다.

그의 머릿속에 많은 장면이 겹쳤다. 처음 손녀를 입양했던 날 행복해하던 딸의 모습, 아기가 열이 39도까지 올랐는데 떨어지지 않아 혼자 발을 동동 굴리며 응급실에 달려갔던 밤, 야근을 하다 뒤늦게 알게 된 서수경이 "왜 연락 안 했냐. 내겐 아기와 엄마가 가장 소중하다"며 흘리던 눈물, 뜬눈으로 밤을 지새운 딸이 아기의 열이 완전히 떨어진 걸 확인한 뒤 옷만 갈아입고 눈을 비비며 출근하던 날의 아침……. 힘들었지만 어느 때보다 행복했던 시간이 지나고 아기는 이제 아이가 되었다.

서수경의 엄마는 손녀의 작은 손을 꼬옥 쥐었다. TV 화면 속에서 서수경은 환히 웃으며 자신을 소개했다.

"안녕하십니까. 다섯 살 아이 서희주를 키우고 있는, 청와대 신임 대변인 서수경입니다."

고도일보는 '디지털 퍼스트'를 표방하며 새 편집국장에 이용식 디지털부장을 임명했다. 이용식 신임 국장은 "종이신문은 잊자"를 구호로 삼고 기자들에게 실시간 디지털 기사를 최대한 많이 작성하라고 지시했다. '네티즌을 사로잡는 제목 작법' '클릭 유발 기사의 10가지 법칙' 등의 자료를 직접 만들어 기자들에게 뿌리기도 했다. 정치부장 자리에는 고석동이 임명됐다. 최창수가 제보조작 보도 건으로 정직 징계를 받는 사이 고석동은 꿈에 그리던 정치부장 자리를 드디어 꿰찼다.

사회부 법조팀에서는 양의철 1심 기사를 쓰느라 바빴다. 재판부는 그에게 징역 4년을 선고했다. 의원직 상실형이었다. 양의철은 자신의 선배들이자 유명한 전관인 변호사들을 대거 기용했지만 방어에 실패했다. 수석보좌관이 모아놓은 자료가 워낙 방대했고 상세했다. 수석보좌관은 법정에 나와 증언하는 것도 주저하지 않았다. 양의철은 즉각 항소했으나 그의 양복 깃에 다시 국회의원 배지가 달릴 일은 없어 보였다.

송가을의 엄마는 딸의 방을 찾았다. 손에는 새로 나온 책이 한 권 들려 있었다. 그 안에는 송가을이 필리핀 대사를 인터뷰한 내용이 담겨 있었다. 송가을의 엄마는 책 표지를 소중하게 쓰다듬었다. 이어 딸의 책장으로 향했다. 그곳에는 송가을의 졸업앨범이 차례로 꽂혀 있었다. 남색의 초등학교 앨범, 짙은 녹색의 중학교 앨범에 이어 바로 대학교 앨범이 놓여 있었다. 엄마는 중학교 앨범과 대학교 앨범 사이의 빈 공간을 잠시 쳐다보았다. 그리고 그곳에 새 책을 꽂아 넣었다. 엄마의 얼굴에 비로소 미소가 번졌다.

송가을은 국회 앞에 섰다. 저 위로 민트색 돔이 보였다. 멀리서 지나치기만 할 때는 그저 하늘색이겠거니 했지만 가까이서 보니 돔은 명백하게 민트색이었다. 민트색에는 설렘

417

이 한 방울 섞여 있었다.

송가을은 정문 아래 계단을 밟았다. 계단 하나를 밟을 때마다 생각났다. 출입문이 어딘지도 모르고 헤매다 지각해 고석동에게 깨지던 출근 첫날, 의총장 비밀의 문을 발견하고 떨면서 귀대기하던 순간, 박새롬과 라볶이에 귤향 맥주를 마시며 행복했던 시간, 그리고 모든 걸 놔버리고 싶었던 지옥같은 그때, 복귀 후 취재 버스를 타고 열심히 전국을 누볐던 지방 선거, 그리고 '정치는 생물'이라는 말을 가장 극적으로 보여준 이번 대선까지……

1년 6개월 동안 너무 많은 일이 있었다. 그사이 송가을은 좋은 기자가 됐을까. 아무래도 아직 아닌 것 같았다. 그나마 분명한 건, 좋은 기자가 되기 위해 계속 고민하고 노력해왔다는 점이다. 송가을은 문뜩, 그걸 놓지 않는다면 언젠가 좋은 기자에 가닿을 수 있으리라 생각했다.

계단 끝에는 레드카펫이 깔려 있었다. 그리고 비로소 정문이 나왔다. 정문 앞에는 방호원들이 서 있었다. 방호원들은 엄중한 표정을 짓고 있다가 송가을을 발견하고는 미소를 지었다. 송가을은 가볍게 웃으며 그들과 인사했다.

"식사하셨어요? 아, 아드님이랑 갈 딸기농장은 예약하셨고요? 제가 알려드린 곳, 조카랑 다녀왔는데 진짜 괜찮았다니깐요."

송가을은 출입증을 찍고 건물 안으로 들어갔다. 발걸음이 경쾌했다. 아는 당직자들과 마주치자 가볍게 묵례했다. 익숙한 얼굴들이 정겹게 느껴졌다. 그때 전화가 울렸다. 핸드폰에는 뽀로로 스티커가 여전히 꿋꿋하게 붙어 있었다. 발신자는 신임 정치부장 고석동이었다. 그는 이번에 출입처 이동이 있다고 했다. 송가을에게 더는 국회에 출근할 필요가 없다고 말했다.

"부스 가서 짐 싸고, 내일부터 다른 곳으로 출입해."

갑작스러운 통보에 송가을은 어안이 벙벙했다.

"어디로요?"

고석동은 한 박자 숨을 고르더니 또박또박 말했다.

"청와대."

고도일보의 새 1호 기자는 송가을이었다.

작가의 말

2021년 첫 장편소설 《고도일보 송가을인데요》를 내기 직전, 출간을 취소하고 싶다는 무책임한 생각으로 한동안 괴로웠다. 자신이 없었다. 나는 등단 작가도 아니고 문체는 건조하기 그지없어 기사체에 가까웠으며 사회부 기자를 소재로 한 이 소설이 독자님들에게 의미를 드릴 수 있을지 확신이 서지 않았기 때문이다. 15년 동안 수천 개의 기사를 작성하며 매일 평가받는 삶을 살아왔지만, 누군가에게 내 글을 내미는 건 여전히 두려운 일이었다.

그런데 책이 나온 뒤 괴로움은 조금씩 수그러들었다. 독자님들 덕분이었다. 정말 감사하게도 많은 분들이 소설 속에서 의미를 발견해주셨다. 나는 인스타그램과 페이스북, 블로그 및 서점 사이트를 찾아다니며 반응을 모조리 읽었다. 그렇게 1년이 지났을 때쯤, 정치부 기자 시절 정리해놨던 기록들이 떠올랐다. 읽고 또 읽었다. 이후 주말마다 노트북을 열었다. 용기를 내어 두 번째 소설을 쓰기 시작했다.

2015년부터 2019년까지 국회를 출입하며 국회의사당 바닥의 먼지 한 톨도 놓치지 않겠다는 각오로 취재했다. 처음부터 그랬던 건 아니다. 사실 난 정치에 크게 관심이 없던 사람이었다. '본회의장' '원내대표' 따위의 단어도 몰랐다. 그런데 직접 가서 보니 정신이 번쩍 들었다.

때론 어이가 없을 정도로 기괴하고 현기증이 날 정도로 열정이 넘치며 이기적이면서 이타적이라고 강조하는 인간군상 300명과, 그에 연관된 수천 명이 모여 법을 만들고 있었다. 이곳은 욕망의 용광로였다. 사회부와 경제부에서 적잖은 영역을 취재했지만, 국회만큼 날것이 넘실대는 공간은 없었다. 그리고 여기서 만들어진 법은 신생아부터 노인, 때론 죽은 자까지 우리 모두의 인생에 큰 영향을 미치고 있었다. 하지만 그 속살을 생생하게 보여주는 콘텐츠는 아쉽게도 많지 않았다. 기사로는 애초 불가능했다.

나는 내 경험을 여러 빛깔로 각색해 소설을 쓰기로 했다. 상상을 왕창 넣어 말진과 반장, 그리고 정치인 캐릭터를 하나하나 만들어냈다. 전작 대비 송가을의 서사에 살을 더 붙이고 보조 인물들을 추가했다. 멋진 캐릭터를 창조하기보다는 최대한 현실에 닿아 있는 모습을 담으려 했다. 극성을 유달리 강화하지 않아도 여의도의 숨겨진 이야기들은 충분히 극적이었다.

두 번째 소설 출간을 앞둔 지금, 다시 불안감이 스멀스멀 올라오는 것 같다. 그러나 물러날 수 없다. 내게는 전편 독자님들의 응원과 기대가 함께한다. 그리고 이제《민트 돔 아래에서》독자님들과의 시간이 시작된다. 소설을 읽고 어떤 반응을 보여주실지에 따라 또 다른 숱한 경험들이 상상력을 통해 새로 태어날 수 있을지, 아니면 기록으로만 남아 있게 될지가 정해질 듯하다. 이번엔 조금은 설레는 마음으로 기다려보려 한다.

독자님들 외에도 감사한 분들이 너무 많다. 한겨레신문 식구들은 변함없이 든든한 지원군이 돼주었다. '꾸미원' 등 타 언론사 동료들도 마찬가지다. 이제 얼굴만 봐도 웃음이 나다 눈물이 날 것 같은 사람들이다. 조태근 님 등 정치권의 많은 '선배'들은 이번 창작 활동에 계속해서 에너지를 보태주셨다.

한겨레출판 문학팀은 작품을 멋진 책으로 재탄생시켜주셨다. 하이지음스튜디오 한석원 님은 이번에도 소설에서 새로운 가능성을 찾아주셨다. 정말 감사한 일이다. 감수를 맡아주신 김완원 님과 늘 영감을 주시는 류현경 님께도 두 손

모아 인사드린다.

출근하는 나 대신 아이를 성심성의껏 돌봐주신 우리 엄마와 집필 기간 내내 집안일을 다 하고 매일 저녁 내 발을 주물러준 남편에게도 무한한 사랑을 보내고 싶다.《고도일보 송가을인데요》를 낼 때 첫째가 배 속에 있었는데, 이번에는 둘째가 그렇다. 내 삶에 차원이 다른 행복을 선물해준 현준이와 곧 만날 우리 노랑이에게도 사랑한다고 말하고 싶다.

2022년 송가을이 가장 사랑하는 계절 가을에,

송경화

민트 돔 아래에서

초판 1쇄 인쇄 2022년 9월 20일
초판 1쇄 발행 2022년 9월 30일

지은이 송경화
펴낸이 이상훈
편집인 김수영
본부장 정진항
문학팀 김다인 최해경 하상민
디자인 형태와내용사이
마케팅 김한성 조재성 박신영 김효진 김애린
사업지원 정혜진 엄세영

펴낸곳 (주)한겨레엔 www.hanien.co.kr
등록 2006년 1월 4일 제313−2006−00003호
주소 서울시 마포구 창전로 70 (신수동) 화수목빌딩 5층
전화 02−6383−1602~3
팩스 02−6383−1610
대표메일 munhak@hanien.co.kr

ISBN 979−11−6040−515−6 03810

* 책값은 뒤표지에 있습니다.
* 파본은 구입하신 서점에서 바꾸어 드립니다.
* 이 책의 일부 또는 전부를 재사용하려면 반드시 저작권자와 (주)한겨레엔 양측의 동의를 얻어야 합니다.